Elisabetta

Uwe Krist

© axel dielmann – verlag
Kommanditgesellschaft in Frankfurt am Main, 2022

Gestaltung: Urs van der Leyn, Basel
Satz: Dagmar Mangold, Bad Soden
Korrektur: Stefan Schöttler, Mainz
Gestaltung des Umschlags: unter Verwendung einer
© Fotographie von Uwe Krist, Berlin
Gesamtherstellung: OOK Press, Veszprém

ISBN 978 3 86638 366 1
eBook 978 3 86638 367 8

Elisabetta oder Das Sterben der Grille

Roman

Uwe Krist

axel dielmann – verlag

Kommanditgesellschaft in Frankfurt am Main

Inhaltsverzeichnis

Teil 1

Teil II

Teil III

Teil I

Die Leiden der Grille

„Grillen sind das Modell der menschlichen Seele …
Sie sind gleichbedeutend zu entkörperten Seelen
und durch das Abstreifen der Larvenhaut befreit
von körperlichen Bedürfnissen auf einer höheren
Ebene angekommen."

(aus **Phädros** von Platon, 428 bis 347 v. Chr.)

Nacht im Museum 1

Später hatten es alle schon immer gewusst. Und die Hysterie dieser Frau gegenüber, die – obwohl aus demselben Ort – für sie plötzlich wie eine Fremde war, erinnerte an den Eifer, mit dem man die frischen, im seichten Meer gefangenen Kraken weich schlägt, bis sie genießbar sind, bevor man sie bis zur Zubereitung draußen neben der Tür aufhängt.

Das Ritual war immer das Gleiche: Jeden Abend, nachdem die letzten Besucher gegangen waren, zog Elisabetta Morabella einen grauen Leinenvorhang vor die Glastür, sodass kein Blick mehr von außen in die unterirdische Ausstellung fallen konnte. Dann wurde das Licht gelöscht, die Alarm- und Klimaanlage noch einmal kontrolliert. Zuletzt schloss sie um exakt 20.30 Uhr die Glastür zum Treppenhaus, von dem aus man ins Untergeschoss des *Museo Nazionale della Magna Grecia* von Reggio di Calabria gelangte, von außen ab.

Die ohnehin vergangene Welt gehörte jetzt für weitere elf Stunden wieder ins Reich der Stille. Erst gegen 7.30 Uhr am Morgen eineinhalb Stunden vor Öffnung des Museums würde die vierköpfige Putzkolonne die Räume wieder aufschließen, um sauberzumachen. Es war eine schweigsame, stille Welt. Aber vor allem auch eine verschwiegene. Die Mauern schienen im Einklang mit der großen Omertà des Südens zu stehen, dem Selbstverständnis des Schweigens, des gönnerhaft-toleranten Duldens und ehrenhaften, aber auch gebotenen Für-sich-Behaltens. Das war dieser Region und den Menschen hier schon immer eigen auch im Jahrtausend der digitalen Welt, der rapide sich verändernden Werte, der libertinen Gemeinschaften und der dazu scheinbar schwerelos kontrastierenden, frühmittelalterlich anmutenden Bruder- und Schwesterschaften.

Elisabetta Morabella war erst 20 Jahre alt, arbeitete aber schon seit drei Jahren als Aufsicht, Sekretärin und Kaffee-Holerin für die Direktorin, Kartenverkäuferin und Blumengießerin in diesem Institut; typische *donna tuttofare*, anstelliges Mädchen für alles.

Seit einiger Zeit führte sie zudem hier im Nationalmuseum am Corso Giuseppe Garibaldi an der Piazza De Nava die Aufsicht „unten", also in dem Tiefgeschoss der Abteilung „Unterwasser-Archäologie".

Elisabetta war von eher kleiner Statur. Als Kind und Heranwachsende mager, aber drahtig, war sie nun fraulicher, aber immer noch schlank und nicht sehr groß gewachsen. Auffallend ihr Gesicht: die Nase mit dem feinen römischen Höcker, den sie von der Mutter geerbt hatte. Dazu die Augen, eines, das linke, braun, das andere blau. Die Lippen voll, der Mund lachend, unwissend begehrlich und südlich, die weißen Zähne wie der gerippte Rand einer kleinen Porzellanschale. Oft krauste sie beim Lesen oder Nachdenken die Nase und kniff die Augen etwas, worauf eine horizontale Falte die Stirn in zwei Hälften teilte.

Ihre schwarzen Haare trug sie im Gegensatz zu den langen, wild wehenden Locken von früher heute kürzer und nur bis zur Schulter fallend. Ihr crèmeweißes Leinenkleid mit dem roten Ledergürtel reichte bis knapp unters Knie und bot einen reizenden Blick über ihre schlanken – nicht dünnen! – braunen Beine bis zu den roten Pumps mit den halbhohen Absätzen.

Um den Hals trug sie eine silberne Kette mit einem Kreuz, das früher ihrer Mutter gehört hatte – ein Kreuz ohne Christusfigur. Ihre Mutter hatte es täglich getragen, außer an jenem Tag ihres schrecklichen Todes. Elisabetta war überall beliebt, eckte nirgendwo an und gab erst recht keinen Anlass für Klagen. Alles lief in ruhigen, geordneten Bahnen.

An jenem Abend verschloss Elisabetta die breite, doppelflügelige, rahmenlose Glastür der Abteilung nicht wie üblich von außen, sondern von innen und wusste dabei nicht einmal, was und warum sie es tat.

Sie wartete.

Es war so dunkel, dass man nichts mehr erkennen konnte.

Dennoch setzte sich Elisabetta nach einer Weile wie in Trance in Bewegung. Sie kannte auch im Dunkeln jeden Quadratzentimeter der großzügigen, in weiß gehaltenen Räume. Konnte ihre Ecken atmen, die Vitrinen seufzen, die Türen wispern hören.

Sie glitt vorbei an Ankern aus Blei und Steinen, an Amphoren der archaischen bis kaiserlichen Zeit und gelangte im nächsten Saal zu den zwei vor Jahrzehnten aus dem Meer vor der Küste geborgenen, fast übermannshohen griechischen Bronzefiguren.

Sie wusste genau, wo sie war, und schwebte fast in die hintere Hälfte des rechteckigen Saales, wobei sie ihre Arme nach vorn ausstreckte, die Finger wie Fächer gespreizt.

Sie raffte ihr Kleid über die Knie, überstieg die wadenhohe Absperrung, ohne sie zu berühren, kletterte auf den weißen, erdbebensicher doppelt gelagerten Sockelkubus und umarmte den bronzenen Krieger. Ihre Finger zitterten, als sie mit den Kuppen, ihre Augen in der Nacht, die teils glatte, teils porige Metallhaut des Körpers entlangfuhr. Sie berührte seinen festen Rücken, fuhr ihn mit ihrer Hand ab und legte ihren Kopf an seine Schulter. Es war nicht die Schulter des Vaters, an die sie sich manchmal zögernd, Hilfe oder Trost suchend, gelehnt hatte, um ihm, der nicht trösten konnte, wenigstens nahe zu sein. Es war kein Bruder, kein Vetter, kein Nachbarfreund, mit dem sie gespielt hatte ohne Scheu und Ahnung. Der hier war ein Mann.

Genau in diesem Moment verschmolz etwas in ihrem Kopf, ein Etwas aus Sehnsucht, Gefühl, Überwältigung und Wahn. An dieser Stelle ihres späten, geheimen Rendezvous' spürte Elisabetta, wie dieser Klumpen Etwas in Wallung geriet, ihre Kindheit überschwemmte und mitriss. Lautlos.

Omertà. Schweigen. Die Mauern schwiegen.

Wie lange sie dagestanden hatte, wusste sie später nicht, es gab keinen Anhaltspunkt für Getanes und Vergangenes. Irgendwann stieg sie wieder herab vom Sockel. Setzte sich auf den Boden davor. Mit geschlossenen Augen hörte sie in der Dunkelheit ein Lied aus ihrer Kindheit, gesungen von ihren Vettern, wenn sie zu Besuch bei ihnen in der bergigen Einsamkeit ihrer Heimat gewesen war. Sie wusste nicht, warum dabei immer die Fenster- und Türläden geschlossen werden sollten:

„Fammi cumpagna tu notti lucenti, eu su 'nnucenti e o sannu puri i Santi ...“ hieß es da im heimischen, harten, schon fast sizilianischen Dialekt der Sila-Berge: „Komm, sei meine Begleiterin, helle Nacht, ich bin doch noch so unschuldig, das wissen selbst die Heiligen.“

In den Händen hielt sie nichts mehr, alles war leer und fühlte sich an wie ausgebrannt. Angst überlagerte das neue, unheimliche Gefühl ihrer Freude. Sie war wieder allein mit sich. Schweigen in der Stille.

Kurz darauf schlüpfte sie durch die Glastür hinaus, verschloss sie wieder – diesmal von außen – und eilte die Treppe hinauf, wobei sie im knappen Blick zurück ein wenig gehofft hatte, ihrem Liebhaber zu begegnen, ihn wenigstens einmal zu sehen. Zu schauen, ob nicht auch seine Poren aufgegangen wären.

Aber sie blieb allein. Die Bronzefigur verharrte im schweigenden Schwarz des fensterlosen Raums im Untergeschoss des Museums, so schweigend, wie sie es zweieinhalb Jahrtausende im Ionischen Meer getan hatten. Omertà!

In der Personalgarderobe holte sie ihre blassrosa Strickjacke, warf sie über. Sie griff ihre Tasche und verließ das Haus durch den seitlichen Personaleingang in die Via Vollario.

Vor dem Museum eilten im Abendlicht die Passanten vorbei, in der Bar gegenüber saßen ausschließlich Männer. Sie überquerte die Straße.

Wer waren diese Männer? War *er* einer von ihnen?

Es war nicht ihre Art gewesen, nach Arbeitsschluss in ein Lokal zu gehen. Normalerweise nahm sie vom nahen Bahnhof den nächsten Zug, der sie stadtauswärts nach Norden in den Vorort Villa San Giovanni brachte, wo sie bei ihrer Tante Grazia Morabella wohnte, der unverheirateten älteren Schwester ihres Vaters.

Doch heute verlangsamte sie, noch immer in ihrer Trance, ihren Schritt, als sie am Eingang der Kaffeebar vorbeikam. Der Rahmen der offenstehenden Tür begrenzte die Szenerie zum Bild; eine imaginäre Theaterbühne, auf der ein Stück Alltag gespielt wird. Etwas zögernd öffnete Elisabetta die Tür, betrat das Lokal, hielt aber den Türknauf fest in der rechten Hand, als wolle sie sich eine Fluchtmöglichkeit offenhalten, und schaute in diesen nur schwach beleuchteten theatralischen Raum. Es war die typische italienische Bar – Trinkhalle, Sozialstation, Asyl und Elysium für eine geliehene Zeit. Der kalte Qualm vergangener Jahrzehnte, als man in solchen Stätten noch hatte rauchen dürfen, schien als Patina auf den schmuddelig gelblichen Prägetapeten zu haften. Dieser Geruch aus Kaffeebohnen, Bohnerwachs und kaltem Zigarettenqualm hatte sich trotz sommers ständig geöffneter Tür in der Bar festgesetzt und sich wie eine Gaze auf alles, die Theke, die Lampen, Wände, die Tische, Menschen, auf das ganze Heute gelegt. Er erinnerte die Gäste in nichts an ihr eigenes Zimmer, obwohl die Einzelbestandteile sehr wohl auch bei ihnen daheim vorkamen. Es war wie so oft die Melange aus allem, die sie wohlig betäubte.

Neben dem Eingang rechts von ihr sah Elisabetta einen Mann, wohl den Kassierer, in einem kleinen Kabuff. Geradeaus, zum Stolpern nah, stand als Barriere die Theke mit dem Barista, zugleich der Wirt; ein nicht gerade mitreißender 60-Jähriger mit weißem Hemd, das zu seinen dünnen, schwarzen Haaren kontrastierte. Viel von ihm konnte Elisabetta nicht ausmachen. Alles weitere, bis auf die ruhig agierenden Arme und Hände, war hinter der Theke verborgen. Hinter ihm das deckenhohe Spiegelregal mit den akkurat aufgereihten Flaschen und Gläsern für die Apéritivi. Das linke Viertel der Theke belegte die riesige Kaffeemaschine, ein ab und zu leise vor sich hin zischendes, bei Benutzung dampfendes, sprühendes Wunder-Wesen aus Chrom und Stahl mit Düsen, Druckmessern, Hebeln, Rädchen und schwergriffigen Siebträgern.

Der einzige – wenn auch angekratzte – Aufkleber war dem SSC Neapel-Torwart Morgan de Sanctis geschuldet. Dank diesem Mann aus der 9000-Seelen-Gemeinde Guardiagrele in den Abruzzen hatte seine Mannschaft am 18. Oktober 2011 im Championsleague-Spiel in Neapel dem FC Bayern München ein stolzes 1:1 abgetrotzt: In der 49. Minute hatte er einen eigentlich ungerechtfertigten Elfmeter pariert. Daran erinnerte man sich hier an der Via Vollario noch heute ganz genau. Italien hat Helden aller Gelegenheiten und liebt jeden von ihnen. Und so hat de Sanctis seinen festen Platz in dieser Bar und eint die Herzen der notorisch Erinnerungssüchtigen zwischen dem Morgen und Mitternacht. Gleich neben der Kaffeemaschine stand ein Mann.

Elisabetta ging direkt zur Theke. Davor, auf dem schwarzgrauen Linoleumfußboden, der von aufgerissenen Zuckertütchen und Quittungsbons gesprenkelt war, stand die Reihe hoher, unbequemer Barstühle, auf denen die Protagonisten hockten; weitere fanden sich an den vier kleinen Tischchen im Raum zwischen Theke und Tür. Sie kletterte auf einen dieser Hocker und blickte sich weiter um. Vier Wandlampen mit elektrischen Kerzen als Theater-Licht sorgten für dumpfe Beleuchtung. Und da auch keine Musik aus irgendwelchen Lautsprechern kam (was freilich kein Wunder war, denn die CD-Anlage war schon seit ewigen Zeiten kaputt, aber das störte wirklich keinen), war die Betriebslautstärke dieser sozialen Katalysestation sehr gering und wurde nur ab und an vom grellen Crescendo aus der Dampf spuckenden Maschine unterbrochen.

Die Teilnehmer auf dieser Bühne waren gleichmäßig verteilt, vielleicht acht, neun mit oder ohne Sprechrollen. Das Repertoire war begrenzt, es handelte von Dramen und Drametten, die von draußen besehen unendlich belanglos waren, aber hier drinnen umso wichtiger schienen; von trivialen Erregungen bis zu – nur sehr selten – wahren Tragödien.

Keiner ahnte, dass gerade eine solche begonnen hatte. Die Rollen standen fest. Die Plätze waren verteilt. Der Tod hatte das Soufflierbuch aufgeschlagen. Mehr brauchte er heute nicht. Der Rest wird sich von selbst ergeben.

Der Mann an der Kaffeemaschine hatte schwarzes Haar, einen breiten Nacken, trug graue Hosen, die Farbe seines Hemds konnte Elisabetta nicht erkennen, das Jackett war ausgebleicht blau. Vor ihm stand ein frisch eingegossenes Glas Rotwein.

Ihr Atem ging plötzlich schneller: War *er* es?

Ganz gegen ihre Art betrat Elisabetta die Bar und gab damit ihre unschuldige Rolle als Zuschauerin auf.

„Buonasera!"

Der Wirt schaute sie kurz an: *„Buonasera, signora!"*

Sie verlangte nach einem Caffé und stellte sich mit der kleinen, weißen Tasse an die Theke rechts von dem Mann im blauen Jackett.

War *er das*, den sie gerade eben noch im Arm gehalten, gespürt hatte?

Sie musterte ihn vorsichtig aus den Augenwinkeln.

Vielleicht.

Sie versuchte, den Schwung seiner Hüfte unter dem Jackett zu ahnen; sie stellte sich seinen Hintern vor und spürte wieder dieses Ziehen in ihrem Inneren.

Sie schaute direkt zu ihm, wollte sein Gesicht erkennen, aber er hatte den Kopf leicht nach links fortgedreht, sodass sie nur sein rechtes Profil, ja, nur mehr sein rechtes Ohr, einen Schimmer Nasenspitze, seinen Nacken erkannte.

Und seine rechte Hand, deren Finger auf der Theke ein Lied zu klopfen schienen.

Dieses Ziehen …

Was klopften seine Finger? Wieder fiel ihr ein Lied der Vettern ein, eine Melodie, die zu dem Finger-Stakkato passte. Ouvertüre der Tragödie:

„Notti passate senza pigghari sonnu, a raggiunari i cosi chi sulu i stiddi sannu. Muntagne a nun finiri tutu intornu …"

O ja, sie kannte dieses Lied, „Meine Nächte vergingen ohne Schlaf, mit Gedanken, von denen nur die Sterne wissen." Sie erkannte es wieder. „Endlose Berge um mich herum …"

Ganz genau. Hatten seine Finger ihr damit ein Signal gegeben? Hatte auch *er* sie erkannt?

Mit einem Zug leerte sie ihre weiße Espressotasse. Mit einem schnellen Zungenschlag leckte sie, eine Marotte, die Zucker-

körnchen und den bitteren, schwarzen Kaffeerest vom Tassen-
boden.

Da löste sich der Mann neben ihr von der Theke und ging
durch die nur wenige Schritte entfernte Falt-Schiebetür zum
Waschraum vor der einzigen Toilette. Er *hatte* sie erkannt. Er
hatte ihr ein Signal gegeben.

Sie glitt hinter ihm her und zog die Falttür zu. Da stand er im Vorraum, wusch seine Hände. Ihr Herz schlug bis zum Hals, das kleine
silberne Halskreuz an ihrer Halskette tanzte über ihrem Brustbein
auf dem hellen Oberteil ihres hochgeschlossenen Kleides.

Der Raum war klein. Gleich rechts neben dem Eingang lehnte ein schmaler, hölzerner Ablagetisch auf dreieinhalb Beinen an
der grünlackierten, fleckigen Wand. Auf dem Tisch aufgestapelt
Toilettenpapierrollen und Bündel von Papierservietten, ein alter Kamm aus künstlichem Horn, ein abgebrochenes hölzer-
nes Randstück des ovalen Spiegels, in dem noch eine längliche
Scherbe steckte, daneben Ersatzseife, ein Plastikaschenbecher
mit schwarz eingebrannten Flecken. Links vom Eingang auf dem
Boden ein aus Plastik geflochtener Papierkorb, der überquoll von
gebrauchten Papierhandtüchern der letzten Tage, der Spender an
der Wand über dem Papierkorb. Rechts neben dem beschädigten
Spiegel war eine zweite Falttür vor dem eigentlichen WC.

Sie streckte die Arme aus und ging von hinten auf ihn zu, die
Finger wie zum Fächer ausgestellt. Sie berührte seinen Rücken.
Spürte festen Widerstand aus Haut, Muskeln und Knochen un-
ter dem Jackett. Und legte die rechte Hand darauf.

Da drehte er sich abrupt um.

„*Prego?*" Kühle Augen. Kein Lächeln. Kein Erkennen.

„*Scusi* …", stammelte sie.

Es war wie ein Blitz, der durch sie hindurch gefahren war und
ihren Körper an der Ferse wieder verlassen hatte. Eine Lauf-
masche war bis zu ihrem Oberschenkel gerast – gleich einer
dünnen Schneise blanken Entsetzens, durch die schwitzende
Haut schimmerte, und beißende Scham.

Sein Gesicht schien im Waschraum wie ein kalter Mond.

2 Das Meer kommt auf den Berg

Der Zug nach Villa San Giovanni kam an. Elisabetta stieg ein. Setzte sich wie immer auf die linke Seite in Fahrtrichtung. Drüben, einen Steinwurf vom zerkratzten Fenster entfernt, lag Sizilien. Zwischen ihnen die Meerenge von Messina, der *Stretto*; ihr Meer, das heute kleine weiße, aufgeregt wippende Schaumkronen auf den Wellenspitzen trug.

Ein funkelnder Saum schmückte die dunkle Landmasse: die belebte Küste mit ihren im Dunkel des Abends erleuchteten Häusern, Straßen und Autos. Elisabetta presste ihre heiße Stirn an die Scheibe. Morgens, wenn sie zur Arbeit fuhr, konnte sie mit bloßem Auge die Strömung in der Mitte der Meerenge an einer fein gekräuselten Linie und einer helleren Färbung des Blaus erkennen. Eine gefährliche Strömung, der schon viele Unvorsichtige, Schwimmer wie Fischer, zum Opfer gefallen waren.

Das Meer.

Eine geheimnisvolle Kraft bannte jedes Mal ihren Blick, aber es schreckte Elisabetta nicht. In der Schule in Rossano hatte man den Kindern schon früh davon erzählt: Irgendwo auf dem Festland in einer Höhle, so berichtete vor mehr als zweitausendsiebenhundert Jahren der griechische Dichter Homer, hätte ein gefräßiges Ungeheuer, die sechsköpfige Skylla mit ihren zwölf grässlichen Tatzen, auf seine Opfer gelauert. Bestimmt war das hier nahe dem heutigen Ort Scilla direkt an der Straße von Messina an der thyrrenischen Küste geschehen. Wer sich nun aber heldenhaft vor diesem wütenden Monster heil über das tobende Meer nach Sizilien retten konnte, war damit noch nicht gerettet. Kaum an der gegenüberliegenden Küste angekommen, verschlang dort das ebenfalls gefräßige zweite Untier, Charybdis, alles, was ihm zu nahekam. Nur einer, natürlich ein ganz, ganz großer Held, Odysseus, konnte allen entkommen, verlor aber sechs seiner Männer.

Den Kindern war damals nicht ganz wohl gewesen, dass nicht weit entfernt solche gefährlichen Monster gelebt hatten, und sie schworen nie, aber wirklich nie nach Scilla fahren zu wollen.

Elisabetta empfand das aber anders. Schon als Kind, lange bevor sie überhaupt das Meer gesehen hatte, spazierte sie in Gedanken am Strand von Scilla. Und ihr Blick nach innen suchte draußen die Wellen, von denen sie in der Schule nur gehört hatte. Meeresbilder, Fernseh-Wogen hatte sie natürlich auch in den Bergen der Sila gesehen. Aber ein richtiges Meer, wogende, aufbrausende, einschmeichelnde, salzige Wellen, ein sinnliches Meer war ihr in der Kindheit in den Bergen fern und fremd.

Als sie dann Jahre später in Reggio lebte und arbeitete, hatten sie sich näher kennengelernt, das Mädchen und das Meer. Aber davor hatten Kindheit, Aufbrüche und Ausbrüche, Sonne und Winter und auch der grausame Tod gelegen, der eigentliche Hausherr dieser scheinbaren Idylle.

Bei ihren Ausflügen mit dem Bus, die sie an ihren freien Tagen von ihrem heutigen Wohnort in Villa Giovanna bei Reggio aus unternahm, hatte sie ihren gar nicht so weit entfernten Sehnsuchtsort Scilla wieder entdeckt – die kleine Promenade der Marina Grande unterhalb des Kastells Ruffo auf seinem hohen Felssockel – bis zur Werft für die Holzschiffe der Fischer, darum herum die Handvoll an die schmale Küste hingewürfelter Häuser, in deren zum Meer hin offenen Kellern die Fischerboote lagen. Bei schweren Winterstürmen mag das Wasser bis zum Fenstersims oder höher anschwellen und die Häuser sogar einreißen. Weitere Häuser sind wie Stiftzähne in den überspülten Küstenfelsen eingelassen und scheinen einen respektvolleren Abstand zum unberechenbaren Meer einhalten zu wollen. Erst die Hausreihe gegenüber an der Felswand ist vor der Unbill seines Wütens sicher. Hier finden sich auch ein paar kleine Restaurants. All das Wenige ist Chianalea, ein Winzling von einem Ortsteil im ohnehin winzigen Scilla.

Dieser zerklüftete Felsstreifen war immer das Revier der Kraken oder Oktopusse, eine Delikatesse in den kleinen Tavernen und Ristoranti von Scilla. Die ausgefuchsten Oktopus-Jäger erwischen die glitschigen Wesen zwischen den Klippen oder beim Tauchgang knapp unter Wasser, spießen sie mit der Harpune oder sie packen sie blitzschnell an einem der acht Fangarme und schleudern sie an das felsige Land oder in ihr Boot.

Oder aber die Beute kommt wie todessehnsüchtig bis direkt unterhalb der Felskante. Denn wenn eine aufgewühlte See an die überschwemmten Haussockel rast, schwimmen auch die Kraken hoch, halten sich manchmal eine Weile bei ablaufendem Wasser in den Resttümpeln auf und finden hier ihre Beute – Krabben oder Schnecken, deren Schalen von der Kaltblütigkeit und Raffinesse der Kraken ihrerseits als Jäger zeugen.

Ihre freiwillige Übereignung an die Küche ist besonders dann reichlich, wenn die Kraken ausgerechnet während der Ei-Ablage nah ans Ufer heranschwimmen. Dann können sie sogar trockenen Fußes per Hand mit einem Ruck aus dem Meer gezogen werden.

„Schnell musst du sein", weiß Luigi Amanto, ein alter Fischer aus Chianalea, der sich auskennt, „und musst du sie sofort töten." Das Beste sei, wenn man an der richtigen Stelle zwischen den Augen zubeißt. „Dann haben sie keinen Schmerz und sie sterben sofort."

Dass sie nach der Begattung von selber sterben, interessiert hier keinen. Wenn man's überhaupt weiß, macht man Witze darüber.

Aber die Vorbereitung dieser Delikatesse für die Küche empörte Elisabetta bis zur Wut. Dieses Klatschen der Krakenkörper auf Fels. Dabei platzen die Zellen und setzen Enzyme frei, die die langen, miteinander verfilzten und harten Eiweißfasern zerschneiden. Das erst macht die Kraken überhaupt genießbar, die sonst zäh blieben. Aber die Tortur braucht lange. Sehr lange. Zu lange, findet Elisabetta.

Jeder Schlag schien auch sie zu treffen, als würde sie selbst geschlagen, gequält, entleibt und entehrt. Sie war solidarisch mit der amphibischen Umwelt, wo sie aus ihrer Unterwelt an Land gezogen wurde, wusste von deren Entehrung. Und verachtete die, die sie begingen. Elisabetta zuckte jedes Mal zusammen wie im Schmerz-Stakkato. Sie erinnerte sich wohl, wenn die toten, platten Leiber wie Wäschestücke an der Leine in Sonne und Wind hingen, an die Zeit ihrer Kindheit, wenn sie Hühner und Kaninchen schlachtete. Wie die linke Hand fest ins tobende Federkleid des zappelnden Huhns oder in den Pelzbalg des vor Angst strampelnden Kaninchens griff, hart und sachlich. Sie spürte die Knochen, die Sehnen, das Leben, das sie gleich beenden würde. Nicht, weil sie es musste. Das war ohnehin keine Frage des Gehorsams, sondern der Selbstverständlichkeit, die man so wenig hinterfragt wie das blutende Knie nach einem Sturz, einen strafenden Schlag ins Gesicht mit dem Ledergürtel des Vetters, wenn sie irgendetwas vermeintlich oder tatsächlich falsch gemacht hatte, oder den abwendenden Kopf der Mutter, wenn die kleine Elisabetta mal einen Trostkuss suchte. Es war eben so und so blieb es. *Basta.*

Aber sie erinnerte sich nicht an die Momente, wo sie das Schlachtvieh fester in den Griff nahm, sich die Finger härter schlossen, als es nötig war. Wie sie für Sekunden anders atmete, tief aus der Magengrube oder tiefer, wie sie dann aufblickte in ein imaginäres Publikum. Und dann mit dem Beil oder Messer ausholte. Sie wusste nicht mehr, wie sie wild um sich schaute, obwohl keiner außer ihr da war. Das sich windende Tier in ihren Klauen. Sie empfand keine Unbarmherzigkeit, denn es hatte ja auch nie Barmherzigkeit gegeben. Ihren eigenen Wert und ihren Stolz fühlen, ihn ausleben und Rache üben – das dürfen die Helden. Schon bevor sie Helden werden. Weil sie auch schon vorher Männer sind.

So traf es manchmal die Hühner und Kaninchen. Männlich fest und ohne Mitleid schlachtete Elisabetta. Aber das alles wusste sie nicht mehr. Weil sie nie behalten konnte, was ihr nicht zustand, keine Mahnung, keine Botschaft, kein schlechtes Gewissen. Sie hatte wohl überhaupt keines, denn bei der Art, wie man hier Normen aufstellte und sittliche Entscheidungen umsetzte, hätte ein gutes Gewissen nur träge gemacht und ein schlechtes den Lauf des Angeordneten aufgehalten und sogar zur Folgerung geführt, nicht alle Männer seien wahre Helden.

Auch in Scilla hatte Elisabetta Helden angetroffen, die sie bewunderte: Männer des Meeres, die mit den schönsten und schnittigsten Schiffen, den traditionellen Feluken, durch die Wellen schossen. Vorn, ganz an der Spitze des weiten Auslegers, steht der Harpunier. Oben, im höchsten Mastkorb fast 30 Meter hoch, lauert der Ausguck und Steuermann auf jedes verdächtige Muster in den Wellen, das einen Schwertfischschwarm anzeigen könnte, wenn er gerade einmal keine zwei Minuten bis knapp unter die Wasseroberfläche kommt.

Wenn es so weit ist, gleitet das Schiff still – Omertà! – in diesen nichtsahnenden Schwarm. Die Harpune in der Hand zittert ein wenig, weil die Muskeln des angewinkelten Arms zittern. In der nächsten Sekunde schnellen Arm, Hand und Harpune in einem Ruck nach vorn. Aus der Lunge des Harpuniers löst sich ein zischender Laut, während die spitze Waffe wie ein Torpedo schräg in die Tiefe stößt, ein Seil hinter sich her. Dann trifft die fünfzackige Harpune den Schwertfisch. Die Beute kämpft noch an Bord um ihr Leben – der Kampf Mann gegen Fisch bleibt gefährlich, das Schwert kann schwer verletzen, doch meist gewinnt der Mensch. Und der ritzt dem Fisch sofort ein Muster in die Haut, das auf dem Markt belegt: „Hier wurde per Hand gefangen!"

Im benachbarten Ortsteil San Giorgio zeugte ein Denkmal von diesem Kampf zwischen Mensch und Fisch. Ein muskulöser Männerkörper in ewiger Umarmung mit dem Meerestier. Elisabetta erschauerte jeweils, seit sie es das erste Mal gesehen hatte.

So träumte sie auch an diesem Abend auf der Heimfahrt über die Wellenkämme hinweg, die dem dunklen Wasser ein für das müde Auge unsichtbares, samtglänzendes Muster verliehen. Träume waren ihr Rückzugsort. Sie waren für sie schon immer Inseln in einem idyllischen Meer, an deren unbewohntes Land allerdings nur sie gehen durfte.

Sie las keine Bücher, kannte die geschichtlichen Zusammenhänge auch ihres Museums kaum. Sie lachte über Totò im Fernsehen, aß gerne Torte mit ihrer Tante Maria und trank – im Gegensatz zur Tante – keinen Alkohol. Sie empfand offensichtlich Schönes wie sanft geschwungene Landschaften, den Geruch der Blumen oder des salzigen Meeres als offensichtlich schön. Sie mochte Schlager mit süßlichen Texten; Mode galt ihr, wenn man sie fragte, nicht viel. Aber das dachte sie nur und suchte doch nach schönen Stücken.

Vom Wesen her war sie frohsinnig, konnte offen über vieles lachen, rätselte bei Scherzen ihrer Kollegen über die Auflösung. Ging aber nie mit, wenn das Team des Museums mal nach Arbeitsschluss um die Häuser zog. Es schien, als ob sie sich instinktiv ihrer Naivität bewusst war und sich deshalb genierte. Sie war das Kind einer anderen Heimat, stammte aus dem Nordosten des Landes, aus Santa Maria del Patire, einem ehemaligen normannischen Basilianer-Kloster, das am Ende einer sich ab Piragnetti Contrada scheinbar endlos in die Höhe und durch den Wald windenden Serpentinenstraße lag und Ziel von Pilgerfahrten war.

Hier, am Rande des mit grobem Kies aufgeschütteten und dann planierten Parkplatzes mit einer schäbigen öffentlichen Baustellen-Toilette, grünen, verbeulten Papierkörben und ein paar Holzbänken, denen Sitzbretter fehlten, war Elisabetta als Tochter von Giacomo Morabella und dessen Frau Clementia, beide aus Rossano, geboren.

Die Familie wohnte neben der eigentlichen Klosterkirche hinter der dreifachen Apsis und am Ende einer Arkaden-Ruine mit ihren verbliebenen sieben leeren Bögen. Sie lebte in einem langgestreckten, einstöckigen, heruntergekommenen Ziegelbaus, der auf einem Fundament aus groben Feldsteinen ruhte. Der gelb angemalte Kalkputz war an vielen Stellen abgefallen und gab die roten Wandziegel wie rohe Wunden preis. Die Fenster hatten dunkelgrüne Läden, die ebenfalls grüne Haustür führte auf eine zementierte Terrasse, von der ein kurze Treppe auf den Boden führte. Sie hatten üppige vier Zimmer – die Ess- und Wohnküche, das Elternschlafzimmer, das Zimmer von Elisabetta und das ihrer beiden Brüder. Alles war einfach, aber nicht ärmlich eingerichtet; die Möbel stammten aus der Jugendzeit der Eltern, im Haushalt gab es ererbte Weißwäsche, ein paar Dekörchen, Mitbringsel von Verwandten, ein paar echte Spitzendeckchen, getrocknete Blumen unter Glas und gerahmt, uralte, lederne Babyschühchen, dazu ein paar Familienfotos an den Wänden und ein Standrahmen mit USB-Stick, vom Vetter Juliano, für weitere Familien- und auch Tierfotos, die als Dia-Schau auf dem schulheftgroßen Glas auf- und nach wenigen Sekunden wieder in der digitalen Endlosschleife wegtauchten. Auch auf ein Radio, ein Fernsehgerät und ein Telefon musste die Familie nicht verzichten.

Elisabettas Vater Giacomo Morabella war hauptamtlich der Klosterverwalter oder besser: der Herr über die kleine, eigentlich schon vor zwei Jahrhunderten säkularisierte Kirche und die wenigen, wie ihr Wohnhaus, weltlichen Gebäuden und Mauerruinen ringsum. Die Kommune von Rosssano hatte ihnen die eine Haushälfte vermietet und zahlte Giacomo für seine Arbeit als Parkwächter und Verwalter ein nicht gerade üppiges Gehalt, ersetzte ihm aber prompt die laufenden Kosten für Putzmittel, den Strom für die Elektroheizung in der Kirche und das, was er bei Reparaturen so ausgab.

Im zweiten Haus etwas versetzt hinter einer Baumreihe war die Wohnung der Muffos, eine Familie mit zwei Mädchen in Elisabettas Alter. Sie zahlten ihre Miete ebenfalls an die Gemeinde Rossano. Vater Andrea Muffo verdiente sein Geld durch Waldarbeiten im nahen Naturpark *Oasi Cozzo del Pesco* mit seinen hunderten von riesigen Kastanien- und Ahornbäumen.

Beide Familien kamen gut miteinander aus – man besuchte sich regelmäßig, wenn auch ohne umarmende Gebärden, die Kinder tobten bei schlechtem Wetter ungehemmt und unbefangen durch die beiden Häuser, die Männer tranken zusammen selbstgebrannte Grappa und die Frauen kochten gemeinsam

Obst ein und schwatzten von dem Wenigen, das sie hier oben erfuhren.

Nachrichten über Radio und Fernsehen – die Satellitenschüssel hing am Mast einer der beiden defekten Laternen vorm Haus unter ebenfalls defekter Videokamera zur Überwachung des Platzes – hatten eine kurze Halbwertszeit, weil sie kaum in Beziehung zu dieser Welt traten. Was kümmerte es die Morabellas, wenn die Regierung in Rom wieder einmal wechselte, was die Muffos, wenn die Insel Lampedusa vor Sizilien – also quasi vor ihrer Haustür – von Flüchtlingen überquoll, die aus dem Mittelmeer gerettet wurden, was sollte man darüber reden, wenn zwei Frauen auf einer Rolltreppe im supermodernen Einkaufszentrum in Mailand oberhalb der Metrostation *Tre Torri* gestürzt waren und sich dabei tödlich verletzt hatten? Es war wie ein Leben in einer eigenen, kleinen Blase, die aus der großen, in der diese Nachrichten entstehen und geschehen, herausgeschnitten worden war, wie ein Luftballon, der sich auf dieser Berghöhe in einer Baumspitze für immer verhakt hatte. Die Familien waren und blieben das, was sie immer waren: bis zur Starre festgefügte und in traditionellen Regeln verbackene Symbiosen. Und die Ruhe des Ortes bestand nur aus dem Schweigen der Menschen, selbst wo es um sie selber ging.

Gioacomo, Elisabettas Vater, war still und unauffällig; von ihm gingen keine Gebote aus, keine Gesetze, nicht Strafen, nicht Wichtigkeiten. Aber auch keine deutbaren Gesten väterlicher Liebe, des Einfühlens in kindliche Seelen. Er sprach nicht viel. Sprach eigentlich gar nicht. Einmal hatte Andrea Muffo ihn im Wald beobachtet, wie er unter einem riesigen Mammut-Ahorn gestanden hatte, eine Handfläche auf die glatte Rinde gelegt, als wolle er sich abstützen. Und der Mann sprach. Andrea verstand ihn nicht, hörte wohl auch keine Worte, doch er sah, wie Giacomos Kiefer sich bewegte, die freie Hand in der Luft gestikulierte, sich sein Kopf nachdenklich wiegte oder er wie zustimmend nickte.

So wuchsen die Kinder heran, mit einer Mutter, die anstelle des Vaters die Richtung wies. Die Geschwister waren einander das eigentliche große Echo in dieser Reifezeit, die Nachbarskinder allenfalls kleine Spiegel.

Dieser Kosmos garantierte den fünf Kindern – Elisabetta mit ihren zwei Brüdern und den beiden Nachbarsmädchen – ein im Vergleich zu Stadtkindern ruhiges oder zumindest kein beunruhigendes Heranwachsen. Sie waren glücklich und hätte ihnen etwas gefehlt, hätten sie es nicht gewusst. Arm oder reich, ruhig oder rasant, wenig oder viel – spürbar wird alles doch nur im Vergleich. Und der fehlte auf dem Klosterberg. Zum Glück. Kleine, eher unschuldige Begehrlichkeiten kamen erst später auf. Da fuhr Elisabetta bereits mit dem blaugrauen Schulbus ins knapp 18 Kilometer entfernte Rossano.

Es waren diese frühen Schulbusfahrten mit Blick über die hügeligen Ausläufer der waldigen Hochebene der Piana di Sibari dort, wo sie an die zerklüftete Sila Greca stößt und oberhalb des Ionischen Meeres, die in Elisabetta bis zum Ende der Schulzeit mit 15 Jahren den Entschluss reifen ließen, eines Tages aus den Bergen herauszufinden und sich sie schwärmte davon, sich „… mit dem Meer zu vermählen."

Sicher, das Meer war vom Berg oben schon zu erkennen, aber für die Kinder waren das Blau des Himmels und des Meeres am Tage und beider undurchdringliche Nachtschwärze noch untrennbar, verliefen ineinander, sodass Himmel und Meer für sie eins waren. So verliefen auch ihre kindlichen Träume ineinander, die Märchen, die Heldenerzählungen. Nur für das Böse hatten die Kinder noch keinen Platz, denn sie kannten es nicht.

Immer, wenn sich auf der gut zwanzigminütigen Heimfahrt von Reggio di Calabria nach Villa San Giovanni der grünweiße Vorortzug wie an diesem Abend in eine Kurve legte, sangen seine Räder. Elisabettas linke Hand lag auf dem kleinen Plastikdeckel des Mini-Abfallbehälters unter dem Fenster. Im Takt zu den Rädern, die mal ihre Kurvenlied sangen, mal rhythmisch über die Schienenstöße klackten, klopften ihre Finger auf dem Deckel.

„*Muntagne a nun finiri tutu intornu ...*" Schon wieder.

Das waren die Finger des Mannes gewesen. Eben noch hatte sie es in der Caffè-Bar auf die Theke geklopft. „Endlose Berge um mich herum." Auf der anderen Seite des *Stretto* wuchs die Küste Siziliens nach der kurzen Dämmerung wie dunkler Wulst aus dem Wasser. Klackklack klackklack. Das Meer hielt für Elisabetta ein Bett bereit.

Auf ihrer ersten Busfahrt gemeinsam mit der Mutter, einer hageren, schweigsamen Frau, hatte Elisabetta von Kurve zu Kurve, unterbrochen von langen Pausen, in denen die Fahrtrichtung keinen Ausblick zugelassen hatte, erstmals überhaupt das Meer für sich entdeckt. Immer war es in den Blick gekommen, weißlich schimmernd im Gegenlicht der schräg stehenden Morgensonne. Der kleinen Elisabetta, die mit ihren sechs Jahren zum ersten Mal von zu Hause weggekommen war, kam es vor, als ginge es durch tausende gleiche Kurven. Mit Tausenden Sonnen und Tausenden Meeresblicken.

Anfangs hatte sich ein stimmloser Jubel in ihr ausgebreitet. Ein Jubel, den sie so nie zuvor erfahren hatte und der sich ihres ganzen Körpers bemächtigte. Sie meinte, schreien zu müssen, so außer sich war sie vor lauter Freude. Aber, natürlich, sie schrie nicht.

Sie hatte ihr ganzes bisheriges Leben auf dem Klosterberg verbracht und noch nie zuvor das Meer gesehen, so real, kannte es nur aus Erzählungen und von Bildern. Der archaische Stillstand ihrer Entwicklung war kein Einzelfall, war die unbarmherzige Zellhaut ihres Lebens. Solche Zellen gab es überall. Und gibt es weiterhin. Gelegentlich kamen ihre beiden älteren Vettern Luca und Paolo, die Söhne von Grazia Cresta, Witwe und Schwester ihres Vaters, zu Besuch und blieben meist über Nacht. Es

war immer ein wenig Getue darum und eine Geheimniskräme-
rei besonders vor den Muffos, den Nachbarn. Mit ihren wilden,
schwarzen Schnurrbärten sahen die Vettern in der mädchenhaf-
ten naiven Phantasie Elisabettas aus wie der gefährliche und ge-
fürchtete *capitano degli briganti*, einer der Räuberhauptmänner,
von denen das Radio und die wenigen Zeitungen, die ihr Vater
ab und zu mitbrachte, wussten. Oder sie stellte sich die beiden
zumindest als Stürme bezwingende Piraten vor, von denen sie
gelesen hatte. Da brandete das Meer in ihrem Kopf.

Aber wenn sie die Vettern dann neckte: „He, Paolo, was macht
dein Räuberhaufen bei uns im Wald?" Und: „Luca, wann geht
es wieder auf Piratenfahrt?", wurden die böse und zischelten, sie
solle still sein. Und auch die Eltern zischten.

Und wenn die Vettern nachts genug von Vaters Biervorrat im
Keller getrunken hatten, ihre Lieder sangen, konnte Elisabetta
zwar die Worte verstehen: *„Oh, mammacedda bella chi duluri, ti
cunsumasti l'occhi pi li stenti …"*, aber nicht den Sinn.

Wenn sie morgens nachfragte: „Oh, geliebte Mutter, was für
Schmerzen musst du durchleiden? Deine Augen sind verbraucht
von deinen Tränen …" Schweigen.

~~~~ ~

Eine, die so in den Bergen aufwächst, so eine bleibt doch in den
Bergen: Die kümmert sich zu Weihnachten um die leckere Pitta
Mpigliata, sorgt sich das ganze Jahr um den Hartkäse *Caciocavallo*
oder trocknet die knallroten Paprikaschoten, die superscharfen
Peperoncini. Die macht die Wäsche für die Familie, weint bei
der Beerdigung der Verwandten aus Rossano, wie sich's gehört,
zieht toten Kaninchen das Fell ab und was soll die durch den
dichten Wald aufs Meer zu schauen. Warum denn?

Gebetet wurde sonntags, wenn die Klosterkirche mit ihren
drei halbrunden Apsiden für alle Besucher geöffnet war. Manchmal kam sogar der Priester aus Rossano herauf mit seinem Auto.
Obwohl die Kirche offiziell entweiht und säkularisiert war, hielt

er in ihr immer wieder mal seine Messe ab. Da bot es sich auch für die zwei Familien an, daran teilzunehmen, obwohl: Die Eltern hätten, weil sie als Verwalter den Schlüssel hatten, ohnehin jeden Tag hier beten können, wenn sie denn gewollt hätten. Sie beließen es jedoch beim Wochenende, wobei man die Kinder, auch die der Muffos, anhielt, im Inneren der Kirche nicht mit ihren harten Schuhen oder überhaupt auf die wenigen erhaltenen, alten Bodenmosaike mit eingelegten Medaillons und Tierfiguren – ein Horn blasender Kentaur, geflügelte Pferde, galoppierende Einhorne und Zähne fletschende Hunde, oder waren es plumpe Drachen? – zu treten.

Draußen, an der Westfassade, hing an einem Balken, der aus der Steinwand ragte, eine Bronzeglocke. Es gab einen Wettbewerb unter den Kindern, wer sie aus einer festgelegten Entfernung am besten mit Steinen traf, sodass sie ihren hellen Ton abgab. Der Priester, der nur noch selten außer zu den Pilgerfesten für den Kirchengründer San Bartolomeo zu den Gottesdiensten auf den Berg kam, konnte sich daran nicht stören. Das war ein wenig schade.

Andere Wettbewerbe veränderten sich mit zunehmendem Alter der Kinder und dem fortschreitendem Gewahrwerden, wie verschieden doch ihre Geschlechter waren und wie sie gegenseitig aufeinander wirkten. Zwar wurden solche Spiele sorgsam vor den Erwachsenen geheim gehalten, die aber wussten Bescheid oder kannten das aus eigener Erfahrung und schwiegen. Ein einverständliches Schweigen, das den Kindern bewusst oder unbewusst eine gewisse Eigenständigkeit und Unabhängigkeit schenkte. Als gute Übung für später? Vielleicht dachten das die Älteren. Und wenn sie es nicht dachten, weil es ihnen nicht bewusst war, so schwiegen sie dennoch zu den verbotenen Spielen. Denn ihnen und allen vorangegangenen Generationen war es genauso gegangen mit den Eltern.

Aber sie, Elisabetta, wollte runter, wollte weg vom Berg. Sie wusste es seit dem Tag, als sie in dieser Kurve zum ersten Mal das Meer sah. Ihr Herz hatte auf ihrer ersten Fahrt in die Schule so stark zu klopfen begonnen, dass es den kleinen, kindlichen Körper beben ließ, während sie Kurve um Kurve die Nase fester an die Fensterscheibe presste. Blick um Blick.

Das Meer! Das Meer!

Das heiße Blut

Der Tod in der Toilette der Bar gegenüber dem Museum in Reggio war nicht der erste, der über Elisabettas Leben entschied. Nicht dieser blutige, leblose Körper in dem schäbigen Waschraum. Dem Tod war Elisabetta schon vor vielen Jahren begegnet.

Mit 15 Jahren hat sie die Schule in Rossano verlassen, Abschied genommen von den täglichen Busfahrten.

„Nimm doch mal zu, kleines Grillchen!", meinte der Vater, der sah, dass Elisabetta wuchs, aber dünn wie ein Holzpfahl blieb. Den Kosenamen hatte nicht der Vater erfunden, er hatte ihn von den Kindern übernommen.

Als Elisabetta einmal mit ihren Brüdern am Waldrand auf der Seite in der Wiese lag und die Jungen Steine in den blauen Himmel warfen, während nur ein paar Schritte entfernt der Vater auf der Waldlichtung Unterholz rodete, entdeckte sie neben sich im Gras ein seltsames graues Insekt. Es war aus einem Loch im Boden gekrochen. Auf einmal spreizte es seinen rechten Vorderflügel und strich ihn über die gezähnte hintere Kante des linken. Das machte schrille Töne in unregelmäßiger Folge und von unterschiedlicher Lautstärke – Elisabetta hatte sie schon tausendmal gehört. Fasziniert betrachtete sie das Insekt. Sie legte sich flach auf den Bauch, um das Schauspiel besser beobachten zu können. Da kam einer ihrer Brüder, Lorenzo, her. „Ach, eine Grille."

Elisabetta blickte zu ihrem Vater.

„Papa, hier ist eine Grille, eine ganz dicke!"

Der Vater kam zu den beiden herüber.

„Ihr habt Recht, das ist wirklich eine Grille, eine Feldgrille. Die sind sonst sehr scheu und kommen selten aus ihren Erdlöchern."

Er hockte sich herunter zu Elisabetta.

„Larven kann ich nicht sehen. Es wäre aber die Zeit."

„Dann werden sie also erst einmal Schmetterlinge?" So kannte Lorenzo es von den Raupen, so hatte es ihm sein Vater einmal erklärt."

„Na ja, Schmetterlinge werden sie natürlich nicht, sondern Grillen. Aber sie verpuppen sich nicht erst vorher. Sie häuten sich gleich, und bis sie eine richtige Grille sind, vielleicht sogar zehnmal, das ist wie wenn wir die Kleider wechseln."

Elisabetta sah ein Bild, das sie damit verbinden konnte: ihre *Bambola*, die einzige Puppe, die sie besaß und die ihr Tante Lucrezia geschenkt hatte. Es war eine der alten *Furga*-Puppen aus Gummi und bekleidet – bloß nicht zu viel Weiblichkeit – nur mit einer weißblau-karierten Mini-Latzhose. Mehr Kleider hatte ihre Puppe nicht. Und auch keinen Namen. Auf dem Berg war nicht der Platz für Puppenkleider. So stellte sich Elisabetta vor, wie sie ihre kleine Puppe mit Phantasiegewändern verkleidete.

In diesem Moment hörten sie alle wieder die Grille zirpen.

Giacomo stand auf.

„Es ist ein Männchen. Es spielt sein Hochzeitslied, hört mal genau hin!"

Dann ging der Vater wieder zurück an seine Arbeit auf der Lichtung.

Hochzeitslieder kannten sie von diversen Familienfeiern, zu denen man eingeladen worden war. Da konnten die Erwachsenen zur Musik tanzen und die Kinder das *tamburello*, ihr schepperndes Tambourin schlagen. Aber das hier …

Lorenzo sprang auf, trat mit seinem Fuß kräftig auf die Grille und drehte den Schuhabsatz noch einmal um.

„Hochzeit, Hochzeit, nichts da!"

Elisabetta war wie gelähmt. Sie schaute auf die zertretenen Reste der Grille, Tränen liefen ihre Wange herunter.

„Was heulst du? Bist du auch eine Grille? Grillen können gar nicht weinen, die machen nur Lärm. Hör auf zu flennen!"

Dann lief er zurück zu seinem Zwillingsbruder Aldo und ließ Elisabetta allein.

„Dünnes Grillchen …!"

Seit Beginn der Schulzeit hatte sie viele Menschen unten in Rossano kennengelernt, Mitschülerinnen und Mitschüler, deren Familien und Freunde. Sie wurde zu Familienfeiern eingeladen, blieb sogar das eine oder andere Mal über Nacht in der Stadt, natürlich nur am Wochenende, wobei die Mutter ihr befahl, am Sonntag zur Messe in die Kirche in Rossano zu gehen. Aber nicht in den ehrwürdigen Dom mit dem Gnadenbild der Madonna Achiropita, dem Sinnbild aller Frömmigkeit von Rossano. Dieser ehrwürdige Bau aus der Zeit der Angiovinen war von einem Erdbeben vor gut 160 Jahren schwer beschädigt worden. Mag auch sein, dass der lebensgroße weiße Engelputto, der wie ein Atlas die Kanzel stemmte, ihr zu barbusig erschien.

Sie ging lieber in die kleine Kirche San Panaghia hinter dem Dom an der Piazza del Commercio, die von den Gläubigen gerne *Maria La Tutta Santa* genannt wurde. Hier waren ihre Eltern getraut worden, hierher war die Mutter oft gekommen, als sie in den ersten Wochen ihre Tochter vor der Schule abgeliefert und auf den Bus zurück gewartet hatte, und in diese Kirche hatte sie auch Elisabetta nach der Schule mitgenommen. Im Halbdunkel hatte Elisabetta bis zum Ende der geflüsterten Gebete ihrer Mutter, deren Worte oder gar Sinn das Kind nicht verstand, ausgeharrt – verwundert über die Heftigkeit, mit der die Mutter zuweilen ihren stimmlosen Monolog führte. Und kindlich erstaunt darüber, wie oft der Mutter die Tränen kamen, obwohl sie daheim eine Frau ohne Gefühl und Regung war. Hier hatte es den Anschein, als würde sie ohne Zunge schreien. Kniend wand sie sich und bog sich vor und zurück, eine Hand gegen die Brust gepresst, die andere tief und zitternd in ihrem Schoss versenkt; ihr Körper bebte und zitterte, als wehrte sie sich gegen einen Feind, der sie, so schien es, zu Boden ringen wollte. Der Teufel?

Das eingeschüchterte Kind lief jedes Mal wieder durch den Kirchenraum nach vorn, versteckte sich in der halbrunden Apsis hinter aufgestapelten Kirchenstühlen, wo es im einfallenden und durch das Fenstermuster in dünne Streifen geschnittenen Tageslicht Spinnweben und Staubflocken hochwirbelte. Oder sie wanderte an den Wänden des Innenraumes entlang und schaute sich immer wieder die wenigen noch erhaltenen Freskobilder gleich neben der heiligen Achiropita an, deren eigentliche Heimstatt nebenan der Dom war.

In dieser Kirche also versprach Elisabetta ihrer Mutter zu beten, wenn sie wochenends bei einer Freundin übernachtete.

Nie würde sie den Geruch dieser Kirche, der der Geruch einer jeden kleinen Kirche oder Kapelle war, vergessen. Den Geruch von ranzigem Lampenöl, dicken, blakenden Kerzen und ihrem Rauch, es war der schwere Duft der Weihwasserbecken, süßlich wie das ausgelaufene Blut eines Lamms nach der Schlachtung. Er mischte sich mit dem Geruch des klebrigen Schweißes, den die Menschen absonderten, wenn sie halblaut sangen und inbrünstig beteten in ihrer Mischung aus Trotz und Unsicherheit – Ausdünstungen ihrer Ängste, ihrer Verzweiflungen. Das Wunder des Glaubens an die Kirche, deutlicher als die für ein paar Münzen gekaufte, kerzenschimmernde Überantwortung ihres Elends an die Heiligen. Eine Instanz, die sich ihnen nicht mitteilte, der sie sich aber seit Jahrtausenden ausgeliefert wussten. Wie eine Drohung oder schlimmer: Wie einen Knebel-Vertrag auf Ewigkeit hielt auf der Apsiswand der Heilige Johannes Chrysostomos an der Wand eine Schriftrolle seiner griechischen *Leiturgia* in der Hand.

So wurde Elisabetta älter. Schon lange nahm die Mutter sie nicht mehr mit in die Kirche. Seit Elisabetta allein zur Schule fuhr, war die Mutter nur noch selten in Rossano gewesen. Gelegentliche Arztbesuche. Einmal mit ihrem Mann zu einer Hochzeit.

Elisabetta wurde vierzehn und beendete die Schule. Es war ohnehin schon eine Seltenheit, dass sie als Mädchen die ganze Schulzeit durchhalten durfte. Nun war und blieb sie auf dem Berg. Von einer beruflichen Ausbildung nie ein Wort.

~ ~ ~ ~ ~

Ein Auto war eines Nachmittags auf dem leeren Parkplatz der Klosterkirche geparkt worden. Es war im Mai, als die Sonne besonders schön schien. Fett und gelb lag sie auf der Natursteinmauer der Kirche, als habe sie der goldene Pollenstaub, den ein verspäteter Frühlingssturm aus den Pinienzapfen geblasen hatte, dauerhaft eingefärbt.

Es hatte nach dem Vertrauten gerochen. Nach beginnender Wärme, nach den süßen gelben Blüten des Ginsters, nach heilendem Harz, nach Staub und Himmel. Und es schlich sich, wenn der Wind stark genug war, noch etwas anderes auf die Lippen, von weitem hergetragen. Das schmeckte bitter und so salzig wie die Lake, in der die Mutter die vom Strauch an der Kirchenwand abgepflückten Kapernblüten einlegte. Ein geheimes Wissen um Ferne. Eine Sehnsucht, die auch schon in den Kinderherzen ein manchmal schmerzhaftes Ziehen bewirkte.

Vater Giacomo war mit dem Nachbarn Muffo in den Wald gegangen, um im letzten Aprilsturm entwurzelte Bäume zu schälen. Die Kinder und auch Elisabetta saßen auf der Mauer vor der Kirche und warfen aus Langeweile Münzen gegen die Stufen der Eingangstür, gewonnen hätte, wessen Münze der Stufe am nächsten zu liegen kam. Sie wunderten sich über die Männer – insgesamt waren es vier –, die sich zu Giacomos Wohnhaus aufmachten. Irgendetwas hielten sie in den Händen.

„Was haben die denn vor?"

„Weiß nicht!"

„Lasst uns nachsehen."

Die Kinder sprangen von der Mauer und rannten zum Haus. Zwei der Männer bemerkten sie, drehten sich um, liefen ihnen entgegen, breiteten die Arme aus und wedelten heftig mit ihnen, um sie aufzuhalten.

„*Via! Via*! – weg, weg! Haut ab, weg!"

Die anderen zwei hatten die Haustür erreicht und stürzten hinein.

Sekunden später: ein lauter Knall, scharf, gepresst und wie, wenn er keinen Widerspruch dulde. Ein Schuss.

Schreie, ganz spitze. Die Mutter. Daraufhin Männerschreie – aber keine der Angst, keine der Empörung, sondern wie Befehle. Kurz, bellend.

Wieder spitze Schreie, wie die von jungen Schweinen, die auf der Flucht sind vor dem Messer des Schlachters, aber schon an einem Bein oder Schwanz oder Ohr fest gegriffen worden sind.

Gepolter, dumpfe Schläge, berstendes Holz.

Noch ein Schuss. Und noch einer.

Dann Stille.

Die beiden Männer draußen hielten die erstarrten Kinder immer noch in Schach und blickten über die Schultern nach hinten zum Haus, wo sich die Tür öffnete.

Die zwei Eindringlinge liefen heraus und eilten über den Parkplatz zu ihrem Auto. Einer sah für Elisabetta aus wie ihr Vetter Luca. Erst jetzt merkten die Kinder, dass im Auto noch ein weiterer Mann saß – der Fahrer. Sekunden später war der Spuk vorbei, der Wagen im Wald verschwunden. Etwas Straßenstaub verflüchtigte sich im leichten Mai-Wind wie der ausklingende Atem einer Glocke.

Noch heute erinnert Elisabetta sich an das Absurde der Augenblicke danach. Auf der Kirchenwand verharrte reglos eine Smaragdeidechse in der Sonne. Ein Bussard zog – *nel blu dipinto blu* – am blauesten aller blauen Himmel seine geschraubte Bahn. Ein leichter Windstoß löste viel zu früh zwei blutig rote Blütenblätter vom borstigen Stängel des wilden Mai-Klatschmohns neben dem Papierkorb am Parkplatz und trieb sie unter die hölzerne Bank. „So lange es den Klatschmohn gibt, muss gelebt werden!"

Elisabetta, die älteste, fasste sich als Erste, sie lief zur Haustür, die offen geblieben war. Die Fensterläden waren geschlossen und sie konnte wegen der Dunkelheit, die hier herrschte, erst nichts Ungewöhnliches erkennen. Doch dann schälte sich aus der Stille das Szenarium heraus wie ein blutig arrangiertes Stillleben:

Auf der Schwelle zur Küche lag die Mutter, nackt bis auf die wollenen, halblangen, dunkelblauen Strümpfe. Unter ihr lag ein Mann, ebenfalls nackt.

Er lag auf dem Rücken, Arme und Beine weit gespreizt. Die Mutter bäuchlings auf ihm, als hätte sie ihn bedecken wollen. Nur seine linke Schulter schaute unter ihr hervor. Und sein zur Seite verdrehtes Gesicht. Er hatte einen wilden, schwarzen Schnurrbart, wie der Seeräuber aus ihren Träumen.

Blut überall. Es roch ein wenig wie nach einer Schlachtung. Mit der Nase witterte Elisabetta unabhängig vom Schock, den ihr der bloße Anblick versetzt – diesen bekannten und vertrauten Geruch. Wo der erste Schock ihren Kopf lähmte, nahm ihr dieser Geruch den fremden Schrecken. Das hatte so etwas Vertrautes, eine sinnliche Folgerichtigkeit, die sie schützte.

Beide waren tot. So tot wie die anderen Toten, bei deren Beisetzung Elisabetta oft genug gewesen war. Nur dass diese hier nicht so schön angezogen waren, nicht die Hände gefaltet hatten, nicht gekämmt worden waren, nicht im feinen, weißen Bettzeug ruhten neben Blumen, Kreuzen und Kerzen.

Diese Menschen hier aber waren einfach nur abscheulich totgeschossen worden. Und die Augen hatten sie auch noch auf.

Auf seiner linken Schulter, oberhalb eines hässlichen, dunkelroten Lochs, lag eine blutig verschmierte, ihr unbekannte Spielkarte. Ein bildhaftes, buntes Szenarium: Der Tod reitet in voller Rüstung übers Land. Ein Herrscher liegt geschlagen auf dem Boden, zwei Königskinder, die um ihn weinen. Ein Bischof, der für das Seelenheil des getöteten Königs betet. Und strahlend erhellt im Hintergrund die aufgehende Sonne das Bewusstsein und den neuen Tag.

Absolut still im Raum.

Elisabetta atmete ganz flach. Der Geruch war verflogen. Sein Schutz löste sich auf. Wieder sammelte sich in ihr ein Schrei, der aber – wieder einmal – kein Ventil fand, heruntergedrückt wurde unter den Bogen des Zwerchfells, wo es schmerzt und brennt.

Wie im Traum ging sie rückwärts, vorsichtig an einem zerbrochenen Stuhl vorbei, den Blick starr auf die Toten. Konnte aber nicht begreifen, was das alles bedeutete, so wenig wie die Tarotkarte auf der Schulter neben Einschussloch. Ahnte nicht einmal etwas, und wenn, schlug sie diese Ahnung nieder wie ihren Aufschrei.

Als, viel später, der Vater kam, noch viel später der Nachbar, der Priester, dann die Polizisten, unbekannte, schweigsame, tuschelnde Männer, blieb man still. Der Vater hatte nichts gesehen, konnte nichts, würde nichts sagen. Der Mann war erschossen worden. 'Ndrangheta? Das System? Auf jeden Fall eine Hinrichtung. Giacomo hatte nichts gewusst, konnte sich nichts vorstellen. Schweigen. Omertà. Achselzucken.

Seine Frau war tot, ohne dass eine andere Beziehung zu der Tat offensichtlich war als die ihrer Nacktheit – aber das wäre ausschließlich seine Angelegenheit gewesen, nicht die der anderen. Ja, es war Giacomos Angelegenheit. Seine Schultern bebten. Jeder andere hätte geweint. Aber Giacomo wusste nicht, wie. Er hatte so viele Gedanken, Träume, Geschichten, Farben und ein eigenes Gespür für Gefühle. Doch er fand keine Tür, sie rauszulassen.

Es war Elisabetta, die sich mit ihren vierzehn Jahren fortan um die Brüder kümmerte. Der Vater war nicht mehr in der Lage, sich um ihre verwundeten Seelen zu sorgen. Seine eigene Seele war gestorben. Er konnte nichts mehr. Nichts fühlen. Nichts sagen. Nichts fragen.

Er war auf seine Art gestorben. Er blieb auf dem Kirchberg. Irgendwann begann er wieder zu essen, fing an zu trinken, versuchte zu arbeiten. Und schwieg. Er sah keinen Menschen mehr direkt an, auch nicht die Kinder. Elisabettas Geschwister fuhren nun, wie sie, täglich mit dem Schulbus vom Berg hinab in die Stadt.

Nach den Sommerferien Anfang September beschlossen entfernte Verwandte unten in Rossano-Scalò, die drei Kinder zu sich zu nehmen. Es würde nicht leicht sein, aber besser so als mitzuerleben, wie der Alte auf dem Berge sie letztendlich totschwieg. Die kindlichen Gefühle würden absterben wie trockenes, brechendes Unterholz. Aber Elisabetta weigerte sich. Sie wollte beim Vater bleiben. Die Verwandten zogen die Achseln hoch, nun gut, alt genug war sie ja. Wenigstens fürs Erste. Dann werde man weitersehen.

Die Menschen in Rossano waren einfache Leute. Und vielleicht deshalb fragten sie nicht viel, verstanden die Dinge aus dem Bauch und dem Herzen und handelten. Oder sie verstanden sie nicht und handelten dennoch. Aber die Zwillinge ganz alleine in Rossano? Nein, das wäre denn doch nicht gut. Elisabettas Widerstand fand ein paar Wochen Aufschub.

4
Scherben bringen kein Glück

Es war schon dunkel, kurz vor 21 Uhr. Das Telefon klingelte durchdringend. *Commissario* Enrico Baldini in der Polizeistation in Reggio di Calabria nahm den Hörer ab. Am anderen Ende war Maresciallo Silvester Mantua, ein Kollege von den Carabinieri. „Rico, kannst du mal rüberkommen in die Via Vollario da ist ein Fall, den wir schon angefangen haben, in der Caffè-Bar nahe der Ecke. Vielleicht bekommt ihr den überstellt. Komm doch schon mal selber rüber und schau dir das an."

„Was ist mit dem Staatsanwalt?"

„Der ist auch unterwegs."

Baldini war kein Freund von Kompetenzgerangel, zu dem es immer wieder kam, wenn die Carabinieri einbezogen waren. Dass man ihn anrief, war eine seltene Ausnahme; der Kollege kannte Baldini gut und verzichtete ihm gegenüber auf Arroganz und amtliche Allüren. Und Baldini musste nicht lange suchen. Die Blaulichter zuckten wie Leuchtfeuer für die Landung des Schreckens. Unübersehbar.

Auf der Via Vollario im Zentrum von Reggio di Calabria spuckten die Polizeiwagen ihre Blaulichtblitze in die enge Straßenfurche, bespritzten Carabinieri, Stadtpolizei, einen Krankenwagen. Rotweiße Flatterbänder sperrten die gesamte Straße, der Verkehr wurde über die Promenade geleitet. Seltsamerweise waren noch keine Reporter zu sehen.

Das Blaulichtgewitter verwandelte Straße und Häuserwände in eine aufgeregte Stroboskop-Kulisse mit ein paar wenigen Zuschauern. Die Ränge blieben dunkel, kaum jemand wohnte hier. In den Geschäftshäusern auf beiden Straßenseiten gab es fast nur Büros, die an diesem Abend schon geschlossen waren. Die Darsteller allerdings wimmelten umher. Liefen zu den Autos, kamen zurück, sprachen über Funk, ohne dass man aus der Entfernung auch nur ein Wort verstehen konnte. Es war ein pantomimischer Akt ohne die fröhliche Kakophonie aus Lachfetzen, Musikfahnen, Gläserklirren und Auspuffposaunen wie sonst um diese Zeit im Sommer auf der Straße vor dem Lokal.

Männer in weißen Zellstoff-Overalls, die gerade mit einem kleinen Polizeibus angekommen waren, betraten die Bühne. Ein Theaterfotograf folgte ihnen.

Hätte man sie begleiten können, wäre man ins Hinterzimmer des Stücks gelangt und hätte dort auch den Hauptdarsteller in der letzten Rolle seines Lebens treffen können. Eine Rolle ganz ohne Text. Und man hätte sofort den Titel des Stückes gewusst.

Mord.

Franco saß auf dem Boden vor dem Waschtisch im Toiletten-Vorraum. Wahrscheinlich war er – stehend – nach hinten gestolpert, dann an den Waschtisch geschlagen, wodurch ein Stapel frischer Papierservietten auf den Boden geblättert waren. Dann war das Opfer blutend an den Kacheln heruntergerutscht. Nun saß er da, die Augen noch immer geöffnet, tot. Beide Arme lagen links und rechts neben ihm auf dem Boden, die Handflächen ein wenig nach oben in einer Geste des unschuldigsten und Erstaunens. „Was ist denn hier bloß los?"

Francos Kostüm unterschied sich von denen der anderen wesentlich. Seine graue Hose, das weiße Hemd, das blassblaue, etwas verschossene Leinenjackett waren rot getränkt. Auch die Bühnenbretter, die offensichtlich nicht immer die Welt nur der Lebenden bedeuten, waren rot. Franco saß in seinem eigenen Blut, von Servietten umgeben, eine war sogar von seinem Herzblut getränkt. Denn in seiner linken Brust in Herzhöhe steckte noch immer eine spitze Glasscherbe mit einem Stück Rahmen, das eigentlich zu dem beschädigten Toilettenspiegel an der Wand über ihm gehörte. Wenn es ganz in dieser Brust steckte, müsste es sehr tief sitzen. Die Tat war erst vor kurzem entdeckt worden, als der Wirt Ludovico, wie er stammelnd aussagte, in den Toilettenraum gegangen sei, um Papierservietten zu holen, die dort in einem Karton lagerten.

Ja doch, er habe sofort die Polizei gerufen – hatte dabei im Schock aber kaum ein verständliches Wort herausgebracht, die Frau am anderen Ende der Notrufnummer hatte wiederholt und sehr energisch nachfragen müssen, bis sie wenigstens die Adresse und so etwas wie *„morto*, tot!" verstanden und dann alles in Gang gesetzt hatte.

Die Vernehmung verlief auch nicht besser. Es dauert zweieinhalb Espressi, bis Ludovico zusammenhängend reden konnte. Aber was und wie sie ihn auch fragten, es kam nichts Verwertbares heraus, er habe Franco, den Toten, nur flüchtig gekannt. Er wusste nur, dass der Tote eine *palestra*, so eine Muckibude mit Massage-Salon, betrieben hatte. Auch keiner der vier Gäste konnte sich an irgendetwas Auffälliges erinnern. Sie hatten noch nicht einmal gemerkt, dass Franco zur Toilette gegangen und sein Mörder ihm gefolgt war.

Commissario Rico Baldini, ein erfahrener Mittfünfziger aus Reggio, war erst in dieser Minute und nach den ersten Vernehmungen der Carabinieri eingetroffen und wollte sich zunächst einen Überblick verschaffen. Schon an der Tür war er von seinem Kollegen Silvester Mantua von den Carabinieri empfangen und direkt an den Tatort gebracht worden. Schaute sich die Toilette genau an, der Papierkorb war von den Ermittlern geleert und der Inhalt in einer Plastiktüte gesichert worden. Wieder so ein schäbiger Tatort. Und auch eine Spur von Bergamotten-Duft, den – wahrscheinlich – die Seife verströmte, milderte diese Dürftigkeit nicht. Zum Glück, dachte Baldini, verflüchtigt sich dieser Duft in größeren Räumen schnell. Nur hier in der engen Toilette hielt er sich länger. Baldini mochte die Note nicht. Danach befragte er die wenigen Leute im Bar-Raum, eindringlich, aber behutsam. Ließ sich und den Zeugen Zeit.

Inzwischen war auch Staatsanwalt Dottore Renzo Rovento eingetroffen und begleitete Baldini bei dessen Befragungen, hakte auch selber nach und machte sich Notizen. Das Stück ging in die Verlängerung.

Ludovico und auch Nello, der kahlköpfige Kassierer, um einen Kopf kleiner als Ludovico, mager, in schlotternder schwarzer Hose, über die ein weißes Hemd hing, kratzten sich an den Hinterköpfen, überlegten. In ihrer Art und Gestik glichen sie mit etwas Fantasie einem theatralischen Paar der *Commedia dell'arte*: Ludovico als der offene und ehrliche Publikumsliebling *Arlecchino*, Nello als der schlitzäugige *Brighella*. Auch der dünstete ein wenig Bergamotte aus, befremdlich für einen Mann. Vielleicht färbte seine Frau auf ihn ab. Der *Commissario* stellte sich eine solche Gelegenheit vor – *Brighella* in enger Umarmung mit *Colombina* – und musste grinsen. Aber so sehr Nello und Ludovico auch nachdachten und sich den Abend in Erinnerung zu rufen versuchten, es ergab sich nichts Neues. Es war alles eigentlich wie immer gewesen, die Gäste waren gekommen wie immer, hatten ihren Caffè getrunken wie immer. Oder einen Roten, einen Weißen oder einen Averna, auch wie immer. Sie hatten meist vor sich hin geschwiegen und waren schweigend wieder gegangen. Eigentlich alles wie immer.

Nur eben, dass Franco tot war. Dottore Grassenzo, der Polizeiarzt, hatte das Offensichtliche schnell bestätigt.

Nello musste Baldini die Duplikate der Kassenzettel vorlegen. Gemeinsam gingen sie die Zahlungen der letzten Stunde durch. Auch hier nichts Besonderes. Weiße, Rote, eine Grappa, ein Averna, ein Kaffee, ein Weißer.

Die ersten Reporter schlüpften unter dem rotweißen Flatterband hindurch, eilten auf die Tür und die Carabinieri zu. Wie immer.

5 Die Tante und die Toten

Nein, waren sich die Verwandten schließlich einig, auch Elisabetta sollte nicht bei dem stummen Vater bleiben. Sie könnte ja, so der Familienrat unter Vorsitz der verwitweten Tante Lucretia, zu ihr kommen und im Zimmer ihrer Tochter Chiara wohnen. Auf Dauer aber wäre das keine Lösung. Da müsste Elisabettas Bleibe neu geplant werden.

Sie hatte in diesem Sommer die Schule an der Via Nazionale abgeschlossen, also schaute man sich für Elisabetta nach einer Lehrstelle um. Das war neu für das Mädchen, denn die Eltern hatten nie auch nur die leisesten Anstalten gemacht, sie ausbilden zu lassen. Aber in der Stadt dachte man anders, sicher auch mit dem Hintergedanken, dass ein ausgebildetes Mädchen Geld verdienen könne und nicht den Verwandten auf der Tasche läge.

In Rossano direkt, das stellte sich bald heraus, gab es zumindest für diesen Sommer und wohl ebenso ab Herbst nichts Geeignetes. Elisabetta freute sich auch über diese Übergangslösung, glaubte, dass ihr diese Arbeit bei *Tutti i fiori*, der Gärtnerei, gefallen könnte. Für sie schien der Firmenname wirklich zu stimmen – hier gab es tatsächlich alle Blumen. Auf alle Fälle mehr als sie kannte oder je gesehen hatte.

Da sie sich ein Zimmer mit ihrer Cousine Chiara im alten Viertel von Rossano teilte, konnte sie bequem mit dem Fahrrad die zwei Kilometer zur Stadt hinaus in die Gärtnerei zurücklegen. Das Haus der Tante stand in einer abschüssigen, kleinen Straße im Stadtteil Pennino mit Sicht auf das alte Rossano, fast 300 Meter oberhalb auf dem Berg und mit dem Meer weitab im Rücken in Richtung Lido Sant'Angelo.

Also das Meer!

Es war ein einstöckiges, unscheinbares, hellblau gestrichenes Haus mit einer braunen, geriffelten Glastür und zwei schmalen Fenstern daneben. Die Tante wohnte und schlief oben, wo sie ihre Ruhe hatte, die ihr wichtig sei, wie sie betonte.

Unten lagen die Küche und das winzige Duschbad mit der Toilette. Überall ein fugenloser Terrazzoboden, der durch jahrzehntelanges Schrubben und Polieren wie ein glänzendes, bunt gesprenkeltes Wachstuch wirkte. Eine der üblichen Armeleuteküchen: Spülstein, niedriger, moderner Kühlschrank, ein schmaler Plastiktisch mit zwei Stühlen und Sitzhocker, ein Hängeschrank und eine altersarmselige *Madia*, die typische, früher übliche Vorratskiste mit Klappdeckel – einst für Getreide, Mehl, Brot und Wein, heute nur noch für Unnützes, das man nicht wegwerfen mochte, Aluminiumtöpfe mit abgerissenen Henkeln, die man immer mal wieder anlöten wollte, längst verblichene Zeitungsausgaben.

An der Wand eine batteriebetriebene Uhr, ein ebenfalls mit Batterie beleuchteter Mini-Marienaltar angeblich aus echtem Meerschaum, ein paar Fotos, Rezepte, Merkzettel.

Neben der Küche das schmale, vollgestellt wirkende Wohnzimmer mit dem zweiten Straßenfenster; das Vorzeige-Zimmer der Familie, das ewige Schonfrist genoss. Möbliert war es mit einem zu großen, runden Holztisch mit kugelig gedrechselten Füßen, fadenscheinig bedeckt mit einer sehr alten, weißen Tischdecke aus italienischer Schiffchen-Spitze, die wohl nur deshalb noch nicht zerfallen war, weil sich seit Jahrzehnten keiner mehr an diesen Tisch gesetzt hatte. Auch die vier mit altrosa Samt gepolsterten, längst in die Jahre gekommenen Stühle durften keinen nennenswerten Belastungen mehr ausgesetzt werden.

An der Wand gegenüber dem Fenster stand ein hohes Vertiko aus dunklem Nussbaumholz auf den vertrauten gedrechselten Kugelfüßen. Es war unterteilt mit mehreren Schubfächern für Wäsche, Decken, Bestecke, aber auch für Waschmittelpakete, und unter einer alten, eingerissenen Arbeitshose versteckt fanden sich Vorräte uralter, bräunlich ausgelaufener Batterien.

Darüber hing ein gerahmtes Familienbild mit Menschen, die Schnurrbärte hatten, weiße Tücher um den Hals und mit grimmigen, schwarzen Augen in das Wohnzimmer vor sich und den Ausschnitt der Welt draußen vorm Fenster starrten.

Auf dem Vertiko stand ein Radio, dessen Elektrokabel lose herunterhing. Den Boden bedeckte ein runder Strickteppich mit einem Schachbrettmuster aus roten und dunkelblauen Feldern, das wie ein Quadrat in einem weißen Ring lag.

Was Elisabetta wohl für immer in der Nase behalten würde: im Wohnzimmer roch es nach Alter, Zerfall, Staub, stehender Wärme, ein etwas säuerlichabweisender Geruch – der ganze Gegensatz zur lebendigen, warmen und nährenden Küche, die den Duft heiteren Lebens ausatmete.

Auch das Zimmer, in dem Elisabetta und Chiara schliefen, war sehr eng mit seinen beiden Betten, einem schmalen Holztisch und dem einzigen Stuhl vor dem Fenster zum Innenhof. Schmuck gab es hier drinnen keinen, der schmale Schrank zwischen den beiden Betten der Mädchen, die ohnehin nicht viel besaßen, machte das Zimmer noch unwirtlicher. Die Beleuchtungen aller Zimmer waren an der Decke befestigte grelle Neonröhren, die aus Spar- und Umweltgründen eigentlich, so die Tante, gegen LED-Lampen ausgetauscht gehörten. Das einzig Persönliche war ein weißes Deckchen mit ihrem Namen. Es war aus Ginsterfäden gewebt worden, eine heimische Produktion aus dem nur 25 Kilometer entfernten Calopezzati, Chiaras Mutter hatte es ihr einmal mitgebracht, weil Elisabettas Name eingestickt war. „Aus Ginster?", hatte sie ungläubig gefragt. „Ja, wirklich aus Ginster. Man muss es nur gut wässern, dann die nassen Bündel weich schlagen und trocknen." Die Tante lachte. „Wie Tintenfische." Elisabetta war irritiert, traute sich aber nicht, das Geschenk zurückzugeben. Und – es gefiel ihr. Noch nie hatte etwas ihren Namen getragen. Darum lag es jetzt auch im Zimmer von Chiara auf dem Tisch.

„Schade, dass kein Mann mehr im Hause ist", meinte die Tante oft genug; dabei hatte sie nicht sich selbst im Sinn, *Dio ce ne scampi*, Gott bewahre, und wenn doch, hätte sie sich zur Abwehr solch sündiger Gedanken heftig bekreuzigt. Stattdessen schaute sie mit aufreizendem Blick ihre Tochter Chiara an. Lucrezias Mann Alfonso war vor vier Jahren an einem Herzanfall gestorben. Barbara ignorierte die Anspielungen ihrer Mutter und verzog keine Miene.

Drei Jahre dauerte diese Übergangslösung für Elisabetta an. Man hatte sich aneinander gewöhnt, gewöhnen müssen. Der ruhige Verlauf dieses Lebens, das, wie es die Tante empfand, reibungslos und wie nebenbei funktionierte, bot zwar einer gedeihlichen Familienverstärkung keine Nahrung, aber es klappte.

Nie fuhren sie, denn Tante fürchtete es, ans doch so nahe Meer. Nie in den Urlaub. Nie feierte man Partys, nie kamen die beiden Mädchen mit Freundinnen oder Freunden nach Hause. Ab und zu besuchte man Verwandte im nahen Corigliano, in Catanzaro, und einmal machten die drei eine Pilgerfahrt per Bus nach Serra San Bruno am Fuße des Monte Pecoraro, einem eher düsteren Ort mitten in dichtem Wald mit dem Kloster Ritrovo Santa Maria, der Pilgerkirche und einem geweihten Bassin davor. Das Ziel war die Kartause *Santo Stefano del Bosco*, eine der drei Kartausen in ganz Italien. Ihr Gründer und damit auch der Begründer des Kartäuserordens vor tausend Jahren überhaupt, so dozierte die Tante ihr angelesenes Wissen, war der Heilige Bruno, gewesen, der, wie dann auch an der Tafel am Zaun stand, aus *Colonia* in Deutschland stammte und schließlich an diesem Ort seinen Platz gefunden hatte. Nun stand die bunt bemalte Zement-Figur dieses Heiligen hier bis zum Bauch im kalten Wasser des Teichs am dazugehörenden Marien-Heiligtum, was die Mädchen sehr komisch fanden, während die Tante sogar einige Münzen als Segensbitte ins Wasser warf.

Die drei Jahre hatten Elisabetta keinerlei Höhepunkte beschert. Die Familien, bei denen sie als Schülerin das eine oder andere Mal am Wochenende hatte übernachten dürfen, luden sie nicht mehr ein. Deren Kinder waren selbst erwachsen geworden, standen in Berufen oder hüteten eigene Kinder. Elisabettas wenige Freundschaften waren locker geblieben und nicht tief gegründet. Jungen mied sie. Sie rochen schon jetzt wie ihre Brüder, wie die Vettern, eben wie Männer, die ihr ein ungutes Gefühl bereiteten. Sie redeten überheblich, wedelten wie die Erwachsenen mit den Händen als mindestens zweitwichtigste Artikulation. Sie grinsten dazu, sahen zu den Mädchen herüber, sahen sich an und grinsten umso feister.

Sechs Tage die Woche radelte sie in die Gärtnerei an der Via Contrada Pennino – auch im eiskalten Winter, der weiter oben in der auf fast 300 Meter Höhe gelegenen Altstadt manchmal sogar Schnee brachte.

Längst hätte Lello, der Gärtnereibesitzer, sie als Lehrling übernehmen können, aber das hätte ihn zu viel gekostet. Als Lehrling würde sie Ansprüche haben; eine billige Hilfskraft, die alle Arbeiten ohne zu murren verrichtet und nur ein Taschengeld erhielt, war besser.

Auf dem Rückweg am Abend machte Elisabetta manchmal einen Umweg über den Friedhof und brachte der Mutter ein paar Blumen. Sie war in einer der weißen, hohen Wände bestattet, in denen Dutzende Verstorbene neben- und übereinander lagen; Wandlöcher, in die die Särge der Länge nach, das Kopfteil voran, gedrückt werden, was Geld und Platz spart. Man nennt sie auch *fornetti*, Öfchen, und mit einer Zementplatte verschlossen muten sie wie Schlupflöcher für die ewige Ruhe an. Auf Leitern, die vor den Grabwänden verrückt werden können, erreicht man auch die oberen Grabstellen. Elisabetta hatte Glück, sie musste sich nur leicht bücken, um das blechgerahmte, schon jetzt fast verblichene Schwarzweißfoto ihrer Mutter zu sehen neben einem elektrisch gespeisten Ewigen Licht, das die Tante bei der Friedhofsverwaltung beantragt hatte und pünktlich bezahlte.

Dieser Friedhof war und ist eine stille, aber prächtige Welt für sich. Er liegt wie ein dunkles, trauergrünes Zypressen-Dreieck auf einem markanten Hügel. Der Haupt- und Mittelweg, eine Allee, an beiden Seiten von hohen Zypressen gesäumt, deren Stämme im unteren Bereich mit Kalkfarbe geweißt sind. Die Défilé-Achse mit der von einer Kuppel gekrönten Kapelle als Nabe. In rechten Winkeln gehen die Nebenwege ab und von denen wieder rechte Winkel in noch kleinere Wege. Sie alle bilden von der Vergangenheit bewohnte Flecken des guten Todes. Und sie sind Miniaturen der tiefen Wünsche, allerdings selten der Verstorbenen, sondern mehr der Überlebenden.

Die Blumen – noch eben ansehnliche Reste von Lellos weißen, kurzstieligen Rosen, die hätten weggeworfen werden sollen, weil sie für den Verkauf nicht mehr frisch genug schienen – legte Elisabetta auf den schmalen Zementrand der Grabkammer ihrer Mutter.

Auf dem Weg zur Arbeit machte Elisabetta häufig Pause auf dem Friedhof, der eine große Faszination auf ihr immer noch kindliches Gemüt ausübte. Vielleicht lag das daran, dass ihr hier keiner ungewollt zu nahekam. Keiner sich vor ihr aufbaute und sagte, was sie tun müsse. Vielleicht waren die Bezüge, die sie zum *genius loci* dieses Ortes, zu den Wesen hier knüpfte feiner, subtiler, im besten Sinne freier. Ein freier Ort für freie Träume.

Und – seltsam: Der Friedhof war im inneren Wesen für sie ganz und gar weiblich. Wie die Seelen. Und alle Toten. Und die Ewigkeit.

Über allem Weiblichen schweben bis heute und schweben auch morgen die Zement-Engel als Hüterinnen der Grabstellen. Und wenn sie sich je in ihrer ja doch irdischen Kurz-Ewigkeit geküsst haben, dann berührten sie grünes Moos, das wie ein Balsam ihre körnigen Lippen schützt.

Elisabetta ist oft durch diese Alleen und Wege des guten Todes geschlendert. Ohne Neid, denn Neid hat sie nie gekannt. Sie war zufrieden gewesen mit dem Grab für ihre Mutter in einer der Wände. Einfach, schlicht, überschaubar.

Doch hier fanden sich – wie auf allen italienischen Friedhöfen – prunkende, protzende Bauwerke der Gegenwelt. Paläste aus Marmor mit schlanken ionischen Säulen konkurrierten mit ägyptischen Pyramiden, ein Quader-Kubus aus Sandstein mit einem altrömischen Portikus. Hunderte von Traum-Häusern im Kleinformat, Mausoleen und Gruften, perfekte Imitationen der weder im Leben noch nach dem Tode errichtbaren Wirklichkeit.

Eine immerhin bezahlbare und zudem vorzeigbare Himmels- und Paradies-Illusion. Weil diese Prachtbauten teuer sind, gibt es diese Monumentalität auch auf Raten samt all der Engel als Stellvertreter der Trauernden, samt wetterfesten Kränzen und Gestecken aus Keramik oder Plastik, samt verschraubten Fotos und Sprüchen der Anerkennung und Auszeichnung in poliertem Messing oder golden lackierten Blechbuchstaben. Und wenn's etwa sehr Teures ist, zahlt man die Raten notfalls bis ans eigene Lebensende, bis ein neuer Zyklus des Gebens und Nehmens beginnt. Auf solchen Friedhöfen zeigt auch die Armut ihre Fähigkeit zur Fülle.

Doch so eine Nekropole ist nicht nur Stätte der Andacht und Ruhe. Hier herrscht manchmal mehr Leben als mittags auf der Piazza so manchen Ortes, in dem das Dasein bloß gefristet und die Lebensfülle nicht ausgelebt wird. Hier ist Gelegenheiten für ein Treffen vor den Wänden und an den Behausungen für *tutta la famiglia*, die an den Gedenktagen herpilgert: am Sterbetag, am Geburtstag, am Namenstag, am Tag der Erstkommunion, dem der Eheschließung, am Tag des Militärdienstes und natürlich an jedem offiziellen Feiertag. Dieses Gedenken bietet willkommenen Anlass zum Gedanken-, Meinungs- und Informationsaustausch zwischen den Versammelten. Hier werden nicht nur die erinnerungswürdigen Ereignisse und denkwürdige Begebenheiten zum Besten gegeben, sondern auch profane Dinge, Alltägliches und Geschäftliches besprochen. Da zieht mitunter auch das Skurrile mit ein und wärmt die kalten Trauerwangen mit befreitem Lachen. So gedenkt man in einer der Gruften jedes Jahr nicht nur des bedauerlichen Unfalltodes des 34jährigen Andrea, sondern es feiern auch alle sein sagenhaftes Tor, mit dem der durch einen Motorradunfall Verblichene als Libero des Viertligisten AC Ventiglia den übermächtigen und verhassten Rivalen FS Santori besiegt und dadurch das eigene Team in die Dritte Liga geschossen hatte, und wenn es sich dort nur eine Spielzeit hatte halten können: bravo, Andrea!

Aber es konnte auch anders ausgehen an solch einem Grab, wo es angezeigt ist, wie im Leben „draußen", die Omertà zu befolgen das zeigt, wie es in der Zeitung gestanden hatte, etwa die folgenschwere Geschwätzigkeit an einem Allerseelentag auf dem Friedhof von Herkulanaeum bei Neapel. Auf die kampanischen Art zählend, auch mit den Verstorbenen laute Gespräche zu führen, hatte dort zu *Morti*, also an Allerseelen, die Polizei heimlich Mikrofone versteckt, mit deren Hilfe sie bei einer Mafioso-Beerdigung alle konspirativen Unterhaltungen zwischen den Grabsteinen hatte verfolgen und so das Oberhaupt der lokalen Camorra verhaften können.

Das letzte Mal, als Elisabetta ihre Mutter hier besuchte, war sie nicht allein. Sie sah zwar niemanden, der wie sie zur Wand ging, aber sie spürte dessen Anwesenheit. Glaubte sich, was selten vorkam, beobachtet. Sie war abgelenkt, horchte hinter sich, sah sich um, konnte aber nichts entdecken. Und doch: ein schwarzes Augenpaar beobachtete sie. Hatte sie den ganzen Weg vorsichtig verfolgt. Hatte sich hinter einer quadratischen Gruft neben einem Oleanderbusch versteckt, was nicht schwer war. Hatte nicht gehüstelt, sich keine Blöße gegeben. War auf der Pirsch. Und die Beute erreichte die offene Flur. Elisabetta ging noch immer aus unerfindlichen Gründen beunruhigt zurück. Erreichte den Eingang und radelte weiter. Das schwarze Augenpaar huschte zur weißen Gräberwand. Es hatte sich das Fach, an dem Elisabetta gestanden hatte, gemerkt. Die Finger strichen über den rauen Rand mit der roten Votivlampe. Die Augen des Unbekannten sahen kurz das fast zerbröselte Foto an, lasen den Namen. Dabei leckte er sich zufrieden mit der Zunge die Lippen und nickte. Kurz darauf war er verschwunden.

So leer wie heute war der Friedhof selten.

Es passierte, als Chiara für ein paar Tage in Scalò unten am Meer bei einer befreundeten Familie war. Elisabetta beneidete ihre Cousine, die eine Lehre in einem Unternehmen für Marmorsteine, Granitplatten, aber auch für Bäder- und Sanitäreinrichtungen in Scalò machte. Sie selbst wurde sonst nie von jemandem nach „unten" eingeladen. Andererseits genoss sie es, ein paar Nächte ohne Chiara allein in dem Zimmer mit dem Fenster zum Hinterhof zu verbringen.

Der Sommer war wieder sehr trocken und sehr heiß. In der Gärtnerei stöhnte ihr Chef Lello jeden Tag über den ungeheuren Wasserverbrauch und kontrollierte genau, wie viele Gießkannen zum Gießen sie wohin schleppte. Bloß nicht zu viel! Das war Knochenarbeit, auch für die zähe Elisabetta. Und als sie sich an diesem Abend auf dem Rad nach Hause quälte, spürte sie ihre schmerzenden Arme so sehr, dass sie ein übers andere Mal vom Rad steigen musste, um auszuruhen. Endlich angekommen, setzte sie sich an den schmalen Holztisch vor dem Hoffenster, das sie weit geöffnet hatte. Die Luft, die hereinströmte, war zwar nicht frisch, auch kaum kühl, aber wenigstens einen wesentlichen Hauch angenehmer als die stickige Wolke, die den ganzen heißen Tag über im Raum gelegen hatte.

Sie machte sie sich einen Tomatensalat an, mit dem dickflüssigen Olivenöl an, das in der Küche auf der Anrichte neben dem Kühlschrank stand in der Eineinhalb-Liter-Plastikflasche einer Mineralwassermarke. Dieses Öl war es wert, gelegentlich aus einem kleinen Grappa-Glas pur getrunken zu werden, was die Tante oft genug tat, um danach genüsslich zu schmatzen.

Tatsächlich war es ein ganz besonders gutes Öl aus dem Olivenhain eines entfernten Vetters der Tante. Elisabetta radelte auf dem Heimweg an diesem Olivenhain vorbei, hatte eiinige Male an seinem Rand nahe der Straße eine Pause eingelegt und sich ins Gras gesetzt, wenn sie Zeit übrig hatte. Dann war ihr, als kämmten die Winde die harten Grasmatten. Und oben, dem Himmel ein wenig näher, fuhr der Wind in die Wipfel der buschigen Ölbäume, deren Kronen sich wie eine sanfte, aber stete

Dünung im Bäume-Meer bewegten und die silbergraugrünen Lanzettblätter auf Kurs ausrichteten. Hier konnte sie auch das flüssige Gold der Oliven auf ihren vom Wind und der Hitze trockenen Lippen schmecken – das bildete sie sich zumindest ein, weil es schön war, solche Bilder nicht nur zu sehen, sondern sie auch zu fühlen, zu hören, zu schmecken.

Das Crescendo der Zikaden, dieses unsichtbare Orchestrion, verborgen auf und in den faltigen, borkigen, rissigen Rinden der Baumstämme schwoll auf. Es fügte sich mit den Kontrapunkten aus den erdigen Orchestergräben der Feldgrillen im Gras und vereinigte sich mit den äolischen Klängen der Winde, die – wenn sie sich zur Brise erhoben – zu einen feinen Klang, zum Lied in ihrer einfachen Seele.

„Pi la me sorti …" Je mehr ich mich erhebe …

Ein einfaches Lied aus einer scheinbar einfachen, gradlinig hinlaufenden Zeit, die sie als Heimat nahm, als Erinnerung an Geborgenheit und Sicherheit, Verlässlichkeit und Strenge. Aber nie an Liebe. Das waren ähnliche Erinnerungen wie an die schnauzbärtigen Helden in Sepia oder blassbunt, Foto-Helden der Familie, gerahmt über den Vertikos. Keiner konnte mehr die wahren Geschichten, das Leben hinter diesen Bildern erzählen. Dennoch: Sie waren für Elisabetta Zeugen eines reinen Friedens in der Frühe ihres Lebens.

Hier unter den Olivenbäumen träumte sie gerne ein wenig. Doch einmal zersplitterte dieses Bild im Diskant plötzlicher Erinnerung. Die Schnauzbärte entsprangen dem Rahmen, warfen sich auf sie, einer, zwei, drei, vier, die würgten sie, wobei ihr heißer Atem Elisabettas Ohr zu verbrennen drohte. Auf einmal auch das eine dieser Erinnerungen erkannte sie die Gesichter und wusste ihre Geschichte. Und sie hörte ein anderes Lied: *„Quannu jù moru nun mi diciti missa ma ricurdati di la vostra amica …"*

Fortan vermied sie es, am Olivenhain eine Pause zu machen. *„Wenn ich einmal sterbe, dann lies mir keine Messe, um schneller ins Paradies zu kommen, wichtiger, du erinnerst dich an mich, deine Freundin …"*

Das herrliche, fette, dickflüssige Öl aber konnte nichts dafür. Das erkannte auch ihr einfaches Gemüt. Und so goss Elisabetta reichlich davon über ihren Tomatensalat, schnitt ein Viertel einer Zwiebel hinein, salzte alles und streute Oregano darüber. Im Keramikfässchen mit dem flachen Holzdeckel auf der anderen Seite der Anrichte lag das Brot; obwohl vom Vortag, war es noch frisch: Der Teig mit Roggen, etwas Hartweizengrieß, Wasser, Hefe und Salz war, Geheim-Rezept der Tante, mit zwei Löffeln Essig gebacken. Dazu nahm sie sich ein Glas Wasser – Elisabetta war so zufrieden wie eine, die gar nicht wusste, dass es auch das Glück gibt. So heiß dieser Tag, so hart die Schlepperei der Kannen, so groß die verwinkelte Gärtnerei und so anstrengend die Heimfahrt mit dem Fahrrad zurück war, so sehr war Elisabetta müde. Sie zog früh am Abend, als der Hinterhof sich gerade erst mit der dunklen Atemwolke der Nacht gefüllt hatte, das Hoffenster leicht zu. Löschte das Licht und legte sich schlafen.

Es war wie immer ein tiefer Schlaf, einer, der nicht frieren lässt in der Nacht, einer, der wie ein Boot mit hoher Bordwand ist, in das keine noch so hohe See schlägt, ein Gefährt, das sicher über die schwarzen Wellen trägt, sicher und liebevoll sanft wiegend.

Das Meer.

Der Schiffbruch kam wie ein Vulkanausbruch noch vor dem Morgengrauen. Zwei übelriechende Pranken zwängten Elisabettas Schläfen wie Schraubstockzwingen ein, fast zerquetschten sie ihr den Schädel. Der Schmerz raste durch ihren Körper, sie bäumte sich voller Entsetzen auf, doch der Kopf blieb hart auf das Kissen gedrückt. Eine der Pranken löste sich von der linken Schläfe und presste ihren Mund zu. Trotz ihrer Todesangst schmeckte Elisabetta den widerlichen Dreck und Schweiß, die Hitze und ekelhafte Feuchtigkeit auf ihren Lippen. Sie wollte schreien, konnte aber nur stoßweise durch die Nase ihre Angst hinauskeuchen.

Ein hässlicher Mund näherte sich und heißer Atem schien ihr das Ohr zu verbrennen, als ihr die geflüsterte Botschaft ins Ohr sickerte: „Geh zu deiner Mutter und lies den Brief, den wir ihr geschrieben haben! Geh morgen! Geh! Geh! Geh! Und denk dran: Wir kommen, wann immer wir wollen!"

Unter einer schnellen Bewegung ließ der Druck nach, etwas sprang fast lautlos auf den Stuhl vor dem geöffneten Fenster und war mit einem Satz verschwunden, verschluckt von der Schwärze des Hinterhofes und entkommen am Ende seiner Tiefe durch den unsichtbaren Ausgang in eine Zwischenwelt der Lebenden und der Toten.

Nur die Ausdünstung aus Unheil, Dreck, Schweiß und Gewalt hing noch eine Weile im Raum.

Elisabetta war wie gelähmt. Die Schläfen schmerzten. Ihr ganzer Körper schmerzte. Mit weit geöffnetem Mund holte sie tief Luft und presste sie dann wieder aus ihren Lungen. Die drohenden Worte rasten durch ihren Kopf und sie blieb vom puren Entsetzen gepackt.

So ging der Tag an. Elisabetta hatte immer noch starr vor Angst und in die Bettdecke gehüllt die letzten Stunden vor dem Fenster gesessen und auf das erste Licht gewartet. Als sich die Dunkelheit etwas aufhellte, stieg sie auf das Fahrrad. Kein Mensch zu sehen.

So früh am Morgen ist alles sensibler, klarer, durchdringender, auffälliger. Die Farben der Eukalyptusbäume an der Straße. Die gelben Mimosenquasten. Die Luft, die noch durchsichtiger ist als später im Tag und sich wie fein gesponnene Gaze auf die Haut zu legen scheint. Noch der Kies spritzte lauter auf als sonst, als Elisabetta mit ihrem Fahrrad über den Hauptweg des Friedhofs fuhr. Das Grab ihrer Mutter lag an einem Nebenweg. Alles war still. Auf dem blasshellen Stein funzelte das Ewige Licht mühselig um Bedeutung. Das Foto ihrer Mutter war aus dem Rahmen gebrochen und zerrissen an den Fuß der Wand geworfen worden. An der viereckigen, roten Plastiklampe lehnte ein Zettel: *„Deine Mutter starb, weil sie mehr als eine Zunge hatte. Dein Vater schweigt, weil sein Verstand keine Zunge mehr hat und darf darum leben. Dir werden wir die Zunge nehmen. Weil du ganz bestimmt* *eines Tages reden willst.*" Darunter war ungelenk eine Spielkarte gemalt. *Der Tod reitet in voller Rüstung durch das Land.*

Da brach Elisabetta zusammen. Auf einmal wusste sie etwas, wusste, wer. Und was. Und warum. Nur das Wann war noch unklar. Und ein Tagtraum fiel ihr wieder ein, als sie zu sich kam: Die Schnauzbärte waren aus dem Bilderrahmen über dem Vertiko gesprungen, einer, zwei, drei, vier. Und waren über sie hergefallen. Einer wie der andere. Und diese Schnauzbärte waren die Piraten ihrer Kindheit, die Kapitäne, Briganten und Liedersänger. Sie wusste in diesem Augenblick, dass hinter diesem gar nicht so komplizierten Einmaleins von *sangue e onore*, von Blut und Ehre mit dem Amen der Omertà kein Glaube mehr steht. Diese Schweigegelübde – *Cu è su du, orbu e taci, campa cent' anni 'mpaci* –, seit dem Mittelalter in der gesamten Region, von Sizilien bis Apulien, die grundsätzliche Verweigerung, mit den staatlichen Institutionen zu kooperieren, auch wenn man selbst Opfer eines Verbrechens gewesen ist. „Wer taub, blind und stumm ist, lebt hundert Jahre in Frieden" galt und gilt nach außen wie auch untereinander als reine Überlebenstaktik..

Diese süditalienische Spezies und die dazu gehörige Schweigeversicherung, die Elisabetta schon als Kind immer wieder auch bei harmlosen Beiläufigkeiten in der Familie – vereinfacht und verkürzt – *La bocca che non parla salva la vita* – gehört hatte, war längst Haltung geworden. „Der Mund, der nicht spricht, rettet das Leben."

Elisabetta stand auf und ging zu ihrem Rad. Sie wusste, was sie tun musste und was sie auch tun würde: diesen Ort, diese Stadt, dieses Leben verlassen. Sobald wie möglich.

Am Abend sagte sie der Tante in der Küche unumwunden, dass sie gehen wolle; sie klagte, dass sie die Arbeit in der Gärtnerei wie eine Tortur empfinde, dass sie keine Kraft mehr habe, dass sie wegwolle oder sich das Leben nehmen würde. Die Tante musterte sie stumm. Dann holte sie aus. Sie schlug ihr mit der flachen rechten Hand ins Gesicht, Elisabetta stürzte fast zu Boden, konnte sich nur mit Mühe an der Anrichte abstützen.

„Du bleibst!"

Elisabettas Gesicht war rot angelaufen, geschwollen und brannte. Aber es war nicht dieser Schmerz, der sie erschütterte. Es war die über sie herstürzende Erkenntnis, dass ihre Freiheit auch in der Familie nur eine Duldung auf Zeit war, dass ihr Recht kein Recht war, sondern eine Großzügigkeit nur selbstgefällige Gnade war das, keine verstehende Barmherzigkeit.

Sie ließ ihre inneren Widerstände wachsen. Sie fuhr weiterhin in die Gärtnerei, machte sich aber bei Lello Tag um Tag unbeliebter. Für das Taschengeld tat sie ihre Pflicht putzen, Blumen schneiden, wässern, Müll sortieren, aber keinen Handschlag darüber hinaus, und schon gar nicht blieb sie freiwillig länger, wie früher. Anfänglich hatte die Tante, wenn sich Lello bei ihr beschwerte, das missmutig weggefegt. Doch als der Gärtner andeutete, sie noch in diesem Monat, gar in dieser Woche schon rauszuwerfen, hörte sie hin.

Die Woche verging und Elisabetta blieb. Aber dann wurde sie krank, konnte eines Morgens nicht aufstehen, war schweißgebadet und hatte kaum noch Stimme. Die Tante stellte ihr eine Tasse mit einem heißen Sud aus gekochter Weidenrinde ans Bett. Ohne Erfolg. Am zweiten Tag holte sie einen Arzt, der Elisabetta untersuchte.

„Es ist nichts. Sie hat nichts."

„Aber sie schwitzt doch wie eine kranke Legehenne und hat Pusteln im Gesicht!"

„Das sind keine Pusteln, das sind Abschürfungen."

Der Arzt schaute die Tante eindringlich an. Aber die verzog keine Miene.

Wenn Chiara abends zu ihrer Cousine ins Zimmer kam und in ihr Bett schlüpfte, versuchte sie, Elisabetta aufzuheitern. Aber die antwortete auf nichts und weinte nur still vor sich hin.

Und als Lello mit einem höchst unangenehmen Unterton nach Elisabetta fragte, änderte sich endlich die Lage. Der Tante wurde klar, dass sie, wenn sie die Kleine los war, auch keine lästige Verantwortung mehr hätte. Sie überlegte ein wenig intensiver.

Wenn Lello sie entlassen würde, entfiele das Taschengeld. Und die Tante müsste alles wieder allein finanzieren. Die Geldfrage stand also deutlich über der dürren Familienbindung.

Die Tante gab scheinbar zögerlich nach und ließ sich dafür in der Familie feiern und lieben. Elisabetta durfte gehen – aber unter engen, strengen, familiären Bedingungen und nur mit Anstand, Ordnung, Arbeit und unter einer Aufsicht als Garanten für eine sichere Wahl und Beruhigung des Gewissens der Tante.

6

Endlich am Meer

Die Verwandten hielten es für das Beste, Elisabetta ganz im Süden, in Reggio di Calabria unterzubringen. Maria Donazelli, eine ältere Sekretärin beim Landratsamt, war sehr, sehr entfernt verwandt mit der toten Mutter. Es gab noch die Tante väterlicherseits, Grazia, Giacomos jüngere Schwester, die beiden hatten jahrelang keinen Kontakt miteinander gehabt. Zur Beerdigung der Schwägerin war sie nach Rossano gekommen und danach sofort wieder abgereist. Auch dort hätte Elisabetta wohnen können, es gab also ein Hin und Her, ein Diskutieren, Rechnen, Abwägen. Die Tante hatte gerade genügend Geld für sich allein, und dann noch eine Person mehr mitziehen? Und die Brüder waren ja auch auf die Haushalte verteilt worden, alle in der Nähe zwar, hatten jedoch kaum noch Kontakt zu ihrer Schwester.

Aber Elisabetta wollte ja hinzuverdienen, ihren Aufenthalt bezahlen. Das erleichterte die Entscheidung für die Tante in Reggio, weil die Donazelli ihr eine Arbeit im örtlichen Museum in Aussicht stellte, deren Direktorin sie kannte. Nach einigen Anrufen und Briefen packte Elisabetta endlich ihre wenigen Sachen.

Es war Anfang Juli gewesen und schon so heiß, dass der Asphalt Wellen warf und die Feuerwächter der Carabinieri ein wachsames Auge auf die trockenen Wälder hatten.

Am Abreisetag stieg Elisabetta tränenüberströmt auf den schmalen Beifahrersitz einer Piaggio-Dreiradkarre, einer feuerroten, ältere Ape mit langer Pritsche, deren bienenemsig knatternder Motor ihrer Bezeichnung alle Ehre machte. Sie gehörte dem Gemüsehändlers Camillo aus der Via Malena in Rossano, der ohnehin Richtung Reggio nach Brancaleone Marina musste. Es waren knapp 300 Kilometer bis dorthin und für den kleinen Einzylinder-Zweitakter eine gewaltige Strecke.

Camillo hatte sich bereiterklärt, Elisabetta gegen einen Spritzuschuss mitzunehmen – das war billiger, wenn auch länger und mühseliger, aber für ein unerfahrenes Mädchen auf alle Fälle gefahrloser als eine Zugreise allein. Die restlichen 70 Kilometer nach Villa San Giovanni kurz hinter Reggio, wo die Tante wohnte, würde er auch noch meistern. Zurück ginge es ja schneller, da konnte er die Fahrtroute abkürzen und die Halbinsel an ihrer engsten Stelle durchqueren.

Elisabetta küsste alle: ihre Geschwister, die ebenfalls losheulten, deren Gastfamilie und sogar Gärtnermeister Lello, Chiara, die sich extra freigenommen hatte, und ihre Tante, die öffentlich und eigentlich nur anstandshalber in Tränen aufgelöst war. Und sogar Camillo heulte los, der Gemüsemann und Chauffeur, den sie durch ihren salzigen Tränenschleier nicht gleich erkannt hatte.

Dann ging es auf die für sie schier unendliche Reise.

Mit Gestank, Gerüttel und dem müden Antrieb des in hohen Tönen singenden Motörchens; auf der Ladefläche neben den Koffern von Elisabetta war – der eigentliche Anlass der Fahrt – ein gebrauchter Außenbordmotor festgezurrt, den Camillo an die kleine Werft von Tomasio Torcelli in Brancaleone Marina verkauft hatte.

Zunächst fuhren sie von Rossano zur nahen Küste und dann über die Küstenstraße 106, der *Ionica*, in Richtung Süden, vorbei am Cap Trionto, Punta Alice, Capo Colonna und Isola di Capo Rizzuto, was aber gar keine Insel sei, wie ihr Camillo erklärte, sondern nur eine Halbinsel. Aber das war alles gar nichts gegen das Eigentliche, das ganz Große, die Hauptsache, die sie schon die ganze Zeit begleitet hatte; linker Hand, wo Camillo am Steuer saß und an dem sie immer vorbeischauen musste:

Das Meer.

Von diesem Meer, dessen Wellen kleine, weiße Matrosen-Käppis aufhatten, wehte ein heftiger Sommerwind aufs Land und schüttelte die Ape. Elisabetta sah alles zum ersten Mal: moderne Windmühlen und stillgelegte Fabriken. Die Eisenbahn, die längs der Straße immer wieder mal aus engen Tunneln herauskam. Touristenbusse und Tankstellen, große Städte wie Crotone und Yachthäfen wie Marina di Gioiosa Ionica oder die kiesigen Badestrände von Locri oder Blanco.

In Brancaleone lieferte Camillo seinen Motor ab und dann aßen sie vor der Weiterfahrt eine Pizza bei Daniele in der *Pizzeria La Grotta* am Corso Umberto. Dann weiter, zur runden Ecke des Festlandes.

Genau da, als sie hinter dem Capo Spartivento nach Westen abbogen, erlebte Elisabetta zum ersten Mal Sizilien, sah den Ätna, dessen Spitze allerdings in einer weißlichen Wolke verborgen lag.

Sie war angekommen in ihrem Traum. Angekommen wie ein Kieselstein, den ein Bergbach in Jahrhunderten vorwärtsgetrieben, dem nächst größeren Fluss anvertraut hatte, der ihn in langen, trockenen Zeiten in seinem Bett aufbewahrte, um ihn nach einem tiefen Winter in einer einzigen großen Schmelzflut mitzureißen.

Aber auch das bringt ihn nicht immer ans Meer. Manchmal braucht es noch ein paar Hände, die ihn in auswegloser Ufernähe aus dem brackigen Wasser fischen, einstecken und ihn endgültig von der letzten Höhe dorthin werfen, wo schon Millionen andere Kiesel den Saum zwischen Land und Wasser bilden.

Ins Meer.

Und da war Elisabetta angelangt. Am Meer.

Es nie wieder verlassen zu wollen, das schwor sie sich in diesem Augenblick.

7
Suche und Verlorenheit

Im Museum hatte man den ganzen Tag vergeblich auf sie gewartet. Elisabetta, die sonst penibel pünktlich war, meldete sich nicht.

Am Ende des zweiten Tages wollte ihre Tante Maria im Museum anrufen und sagen, dass „das Kind" krank sei. Denn Elisabetta hatte sich ins Bett gelegt und weigerte sich aufzustehen. Damals bei Tante Lucretia in Rossano hatte sie sich so rigoros zurückgezogen, um sich aus der Umklammerung der gnadenlosen Familie zu retten. Dieser Weg in die Krankheit war nicht bloße Strategie, er war unvermeidbar, das Karma in dieser Katastrophe, als die sie im Herzen ihre bisherige Existenz zu erkennen begann. Wenn das Herz etwas versteht, lässt es sich selbst gegenüber keine Ausreden oder Schönfärbereien zu. Damals hatten sich in der größten Not Herz und Kopf zur rettenden Allianz verbündet und Elisabettas Wechsel nach Reggio Calabria bewerkstelligt.

Jetzt war es anders. Der Kopf war komplett ausgeschaltet, das Herz wie gelähmt. Als Maria fragte, ob sie nicht im Museum anrufen solle, schüttelte Elisabetta sich wie in Krämpfen, stammelte verzweifelt „Nein!" und schien einer Ohnmacht nahe. Sie krampfte die Fäuste vor dem Hals zusammen und wurde leichenblass. Maria rief also nicht an.

Elisabetta verbrachte zwei Tage und Nächte im Bett und schlief viel. Sie wusste selbst nicht, warum sie hier lag, warum sie nicht schleunigst aufstand, sich anzog und mit dem Zug nach Reggio ins Museum fuhr. Sie wusste es wirklich nicht. Und sie erinnerte sich auch an nichts.

Maria versorgte ihre Nichte mit Tee und brachte ihr gekochten Reis und etwas Hühnerfleisch. Aber Elisabetta aß nichts außer *Panettone* zu leichtem Salbeitee mit Honig. Tante Maria nannte sie bereits scherzhaft „Meine kleine Panettona" und gab sich damit zufrieden. Die Überlegung, einen Arzt zu holen, stellte sie erst einmal zurück.

Am dritten Morgen stand Elisabetta zu Marias Erstaunen plötzlich auf und machte sich schweigend fertig – sie wirkte gelenkt wie die *Angelica*, die Marionettenfigur aus den *Teatri dei pupi*, die ihren Geliebten, den rasenden Roland, um seinen Verstand bringt. Sie zog sich schweigend an, verabschiedete sich schweigend nur mit einer eckig hochgezogenen, wedelnden Handbewegung über der rechten Schulter – wie von einem heftigen Ruck am Marionettenfaden in die Höhe gerissen. Die menschengroße Marionette Elisabetta lief in Richtung Bahnhof und ließ eine Tante zurück, die verblüfft in der Tür stand. Elisabetta wollte pünktlich im Museum sein. Wie immer.

Es war ja *Roland*, der seinen Verstand verloren hatte. Nicht sie, *Angelica*.

Maria blickte Elisabetta hinterher. Sie fühlte sich missachtet, zur Seite geschoben. Und die seltsam mechanische Gestik ihrer Nichte hätte unter anderen Umständen respektlos und bewusst verletzend gewirkt. Jetzt aber erschreckte sie sie.

Im Museum erklärte Elisabetta, dass sie „sehr, sehr krank" gewesen sei, jetzt aber unbedingt wieder arbeiten wolle. Selbstverständlich verzichte sie auf anteiligen Lohn für die ausgefallenen zwei Arbeitstage. Die Direktorin nickte, wie man zu einer Selbstverständlichkeit nickt, und machte sich eine Notiz.

Elisabetta arbeitet den ganzen Tag wie immer zunächst im Parterre in der Bibliothek. Später ging sie ins Untergeschoss zu den Artefakten, Amphoren und Stockankern. Dort traf sie auf Sebastiano, die studentische Hilfskraft aus Messina; ein knapp 22jähriger, schlaksiger Junge, nur wenig größer als Elisabetta, dem was sie anziehend fand die schwarzen Locken immer ins Gesicht fielen, wenn er heftig den Kopf bewegte. Das tat er beim Reden oft. Mit seiner randlosen, runden Brille sah er schon jetzt ein wenig aus wie ein Gelehrter. Er trug mit Vorliebe helle Leinenhosen und bunte Polohemden, deren Kragen er hochstellte. Im Vorbeigehen sprach er Elisabetta an, brauchte angeblich ihre Hilfe beim Austauschen neuer Beschriftungen. In Wirklichkeit aber war er nur neugierig.

„Was war denn los mit dir?"

Elisabetta schaute ihn fragend an. „Wieso?"

„Na, wo warst du gestern und vorgestern?"

„Ich war doch hier. Hier unten."

„Nein, das warst du nicht."

Elisabetta schien nachzudenken.

„Du warst ganz bestimmt nicht hier. Nicht im Museum."

Sie antwortete nicht sofort. In ihrem Kopf wirbelten mehrere Szenarien umher. Endlich entschied es sich in ihr für die eine von vielen Wahrheiten, deren vollständige Deklination es ohnehin beherrschte. Es nannte diese Version einer Mogelpackung *Panettone*.

„Ich war krank. Zu Hause."

Sebastiano hatte sich ganz dicht vor Elisabetta gestellt, tippte ihr mit einem Finger fest an die Schulter.

„Was soll das, mal warst du hier, dann doch krank. Hast du es im Kopf?" Seine großen, dunklen Augen wirkten durch seine Brille noch größer.

Elisabetta wich einen Schritt zurück. Sebastianos Finger hatte ihr wehgetan. Sie hatte ihn wie einen heftigen Stoß empfunden, derb und ungehörig. Was war bloß los mit Sebastiano?

„Ich war *sehr* krank", sie betonte dieses „sehr" deutlich wie kurz zuvor bei der Direktorin, „und jetzt möchte ich nicht mehr darüber reden."

„Na gut, wie du willst. Aber ich verstehe gar nichts. Kann mir aber auch egal sein. Wenn man nicht mal mehr fragen darf …"

Sebastiano drehte sich um, schlenderte durch die im Augenblick bis auf sie beide menschenleere Abteilung und ließ Elisabetta an der weißen Marmorstatue des Gottes aus Paros stehen. Die Stille des Augenblicks war wie der flache Atem, den die Zeit unterhalb des Zwerchfells der Welt anhielt. Auch Elisabetta hielt kurz den Atem an. Etwas wehte ihr durch den Kopf, trocknete den Mund aus und nistete sich im Bauch ein. Etwas, das sie nie zuvor empfunden hatte. Etwas, das unsicher macht, die Stirn und die Handflächen schwitzen lässt. Etwas, das mit Sebastiano zu tun hat, mit seinem schwarzen Wuschelkopf, mit seinen lachenden Augen. Dann schloss sich der Gefühlstresor wieder.

Elisabetta wechselte, ohne Sebastiano hinterher zu blicken, in den Raum mit den beiden überlebensgroßen Bronzefiguren.

Was sie dort sah, traf sie wie ein Schlag, und die Zeit stieß mit einem laut pfeifenden Geräusch ihren eben noch angehaltenen Atem aus.

Wie angewurzelt blieb Elisabetta in der Schiebetür mit den hellgrünen Milchglas-Scheiben stehen. Ihr wurde heiß, dann kalt, Schweiß brach aus, sie musste sich an der Glastür festhalten. Die zusammengeschobenen Scheiben klapperten laut, was Sebastiano alarmierte, der nebenan zwischen den Korallenfunden und Fischtabellen Notizen machte.

Er sah Elisabetta stehen, ging zu ihr und legte seine Hand beruhigend auf ihre Schulter.

Elisabetta zuckte zusammen, wirbelte herum.

„Was …" mehr brachte sie nicht heraus.

Beide Bronze-Figuren waren verschwunden, die weißen Sockel waren leer, der Raum ohne sie wie tot.

Es dauerte eine lange Sekunde, bis sie wieder etwas hören und bewusst wahrnehmen konnte. Eine Sekunde, über der sie so oft beim Warten auf den Zug die Zeigerspitze der Bahnhofsuhr ewig lange vor der nächsten Zahl zittern sah, bis sie die gestrichelte Etappe erreicht hatte. In der sie früher – sssst! – das Huhn enthauptet hatte. Eine Sekunde, in der sie aber wusste sie das überhaupt? vor kurzem noch in diesem Raum in völliger, nächtlicher Dunkelheit grell wie nie zuvor aufgeschrien hatte.

Sebastiano lachte kurz. „Ach das. Unsere Helden sind beim Arzt!"

Elisabettas Augen waren jetzt schmale, schwarze Obsidiansplitter.

„Sie wurden vorgestern abgeholt mit großem Tamtam und vielen Experten, es gab deutliche Standrisse bei der einen Figur die da hinten stand mit dem Haarband , und weil man Angst hatte, dass das auch bei dem Kollegen hier vorn auftritt, hat man gleiche beide abgebaut."

„Und wo", Elisabetta konnte nicht wissen, wie abseits der Wirklichkeit sie mit ihre Formulierung war, „wo stehen sie jetzt?"

„Sie stehen überhaupt nicht mehr, sie liegen. Und zwar in der Museums-Chirurgie drüben", er deutete hinter sich, „im anderen Viertel im Haus des Regionalrats von Kalabrien, in der Villa Campanella. Die Restaurierungs-Werkstatt. Da werkeln die Experten vom *Istituto Superiore per la Conservazione ed il Restauro*, die man extra aus Rom geholt hat, herum. Das wird dauern."

Elisabettas Magen krampfte sich zusammen. Sie glaubte, dass ihr endlich schlecht würde, und stürzte an Sebastiano vorbei Richtung Toilette.

Samstagnachmittag. *Commissario* Rico Baldini balancierte vier Pizzaschachteln auf einer Hand vor der Brust. Von der Pizzeria „Giordano", schräg gegenüber seinem Büro in der *Questura*, dem Polizeipräsidium und Sitz der Staatspolizei, überquerte er den Corso Giuseppe Garibaldi. Der mächtige, vierstöckige Bau in Mussolinis Monumentalstil mit seiner glatten, hellen Travertin-Fassade wirkte auf ihn immer irgendwie verlogen. Das Gebäude nahm fast einen ganzen Block ein; das Dutzend nebeneinander liegender Fenster war geteilt von einem dreifachen Bogeneingang unter den riesigen, grauen Buchstaben *Questura*. Es erinnerte Baldini unangenehm an das *Casa de Combattente* , das „Haus der Kämpfer" in Latina aus den 1920er-Jahren in der Pontinischen Ebene, der Vorzeigesiedlung des Duce. Aber, so tröstete sich der *Commissario*, solche faschistischen Bauten gibt es landauf, landab. Hier war sein Büro, der Bestimmungsort der vier Pizzen für sich und die drei Kollegen nur darauf kam es gerade an.

Vorbei am Kiosk im Pavillonstil neben dem schmalen Eingang zum Park, hüpfte Baldini über eine breite Asphaltwunde, wobei er seine Pizzen sicherte, indem er sanft die zweite Hand oben auf den warmen Kartonstapel drückte.

Schließlich erreichte er sein Büro im Hochparterre. Es war Samstag und seine Abteilung hatte wieder einmal Wochenenddienst.

Was jedem Fremden im Haus auffiel, war der Geruch nach Staub, Reinigungsmitteln, kaltem Tabakqualm, nach Angst in Akten, schlechten Tagen, nach Schweiß und konservierter Strafe. Ein dünner Nasennebel, der schon beim Betreten des Gebäudes jeden Anflug von Heiterkeit, Phantasie und Wagemut ausschaltete. Er gehörte genauso zum Gebäude wie die Ölofen-Wärme, die nichts hatte von Wohligkeit. Sie lag in den Fluren, Treppenhäusern und Zimmern wie ein schlechter Atem, durch keine noch so eilfertige Klimaanlage zu bewegen. Die Räume waren allesamt gleich mit nur minimalen individuellen oder nutzungsbedingten Unterschieden. Kleine Steckschilder außen neben jeder Tür mit den Namen der Sachbearbeiter und dem Kürzel für die jeweilige Polizeiabteilung gaben ordnende Hinweise.

Das galt auch für Baldinis Büro. Es war einer der weltweit verbreiteten Raum-Typen für Staatsdiener: ein Doppelschreibtisch mit zwei Computern und einer Doppel-Telefonanlage. Hier saßen sich die Kriminalbeamten gegenüber. An der linken Schmalseite zwei hohe Rollschränke, die beim Öffnen ratterten wie ein uralter Schwarzweiß-Film mit defekter Tonspur. In der Ecke klebte ein weißes Handwaschbecken, darunter der Papierkorb, dann kam das Fenster, an der zweiten Schmalseite rechts die hohe Heizung, eine Aktenablage mit einem Drucker und ein hellbraun gebeizter, eintüriger Schrank für die Garderobe. An der Decke eine Batterie mit vier grellen Neonröhren, etwas abgerückt, nahe dem Fenster, die Klimaanlage. Erwähnenswert noch ein Wandkalender von *Campari* und gegenüber ein gerahmtes, farbig retuschiertes, altes Foto von Messina.

Man hätte all das dürftig, leb- und lieblos nennen können. Aber so stimmte das nicht. Es war für Baldini genau das richtige Maß an Notwendigkeit. Nichts lenkte ihn ab oder hielt den Lauf seiner Gedanken auf.

Commissario Enrico „Rico" Baldini war 56 Jahre alt, immer noch schlank, gut 1,80 Meter groß, mit schwarzem, fast militärisch kurzem Haar, glattrasiert, salopp gekleidet. Wer sich mit ihm unterhielt, schaute in ein freundliches Gesicht und erfuhr seinen sympathischen Humor. Beides aber wurde mitunter völlig falsch eingeschätzt und fatal unterschätzt. Er hatte auf ein abgeschlossenes Jurastudium folgend die Höhere Polizeischule in Rom mit Bravour absolviert und arbeitete nach etlichen Stationen in der Region nun seit drei Jahren in diesem Zimmer, zuerst allein, seit einem halben Jahr zusammen mit dem jüngeren Kollegen Sandro Domballa. Keine Wunschkarriere, auf die musste Baldini wohl noch etwas warten, die großen Rosinen sind selten auf dem Teller der Beförderungen. Aber er hatte dazu eine positive Einstellung: Es machte ihm nichts aus und er liebte diesen seinen Job.

Sandro und er hatten sich auf Anhieb gut verstanden. Baldini war der Analytiker und Akribomane. Der erst 22jährige Polizeihauptwachtmeister Assistente Sandro war wie Baldini fleißig, kannte montags immer alle Sportergebnisse und schwärmte von seinen diversen Freundinnen, auch wenn die ihn immer mal neckten, weil er – im Gegensatz zu den schicken Carabinieri, dem „Adel" der Polizei – nur die „dunklen Lappen" der Staatspolizei, so lästerten sie, trug.

Die Carabinieri waren nicht nur nach außen eine Sonderklasse, fuhren die besseren Wagen – mindestens Alfa Romeo – und hatten auch die schöneren Uniformen. Sandro trug „nur" die dunklen Hosen und hellblauen Hemden der *Polizia di Stato*; auch ganz hübsch, aber ohne den Schneid der über 200 Jahre alten Tradition der Carabinieri mit ihren tiefdunkelblauen

Jacken, der weißen Schärpe, den dunkelblauen Hosen mit den feuerroten Seitenstreifen, den glattgewichsten schwarzen Stiefeln, weißen Handschuhen, silbernen Kragenspiegeln und an den Mützen dem Emblem einer Granate mit brennender Lunte.

Es gab nun einmal diese historische Dissonanz zwischen einer staatlichen Polizei und den Carabinieri. Die Staatlichen unterstehen dem Innenministerium, die Carabinieri sind eine Abteilung des Verteidigungsministeriums und so Hüter eines Staates im Staat, wie es das Gros der Italiener seit jeher sieht. Und sie balancieren durch beide Instanzen. Denn werden sie zum Beispiel herangezogen für Aufgaben der Ruhe, Ordnung und Sicherheit, also als „Polizeikräfte mit allgemeiner Kompetenz" und damit auch für kriminalpolizeiliche Ermittlungen, unterliegen sie den Weisungen des Innenministeriums.

Eher ironisch – aber in der Vergangenheit auch bewundernd – nennt man sie im Volksmund *La Benemerita*, die Verdienstvolle, womit eigentlich ihr namengebender Karabiner gemeint war. Oder auch kurz und leidenschaftslos *L'arma*, die „Truppe".

Am wenigsten Sympathie genießen die *Fiamme Gialle*, die gelben Flammen, wie die militärisch organisierte *Guardia di Finanza* des Ministeriums für Wirtschaft und Finanzen wegen ihres Logos auf dem Kragenspiegel genannt wird.

Dann doch, meinte Sandro im Stillen, lieber so rumlaufen wie sein Chef Baldini, der als „Höherer" unauffällig in Zivil arbeiten durfte statt in den billigen Stato-Uniformen.

Commissario Baldini war verheiratet, aber kinderlos. Seine Frau war durchaus froh, dass er nicht in Uniform heimkam und somit keinen besonderen Interessen ins Auge stechen konnte. Das hätte sie sehr beunruhigt.

An Baldinis Platz lag ein großer, hellroter Umschlag mit dem Stempel der Carabinieri. Er stellte die Pizzaschachteln auf die Schreibtischplatte, während sein junger Kollege Sandro aus dem hölzernen Rollschrank zwei Teller und Besteck holte. Er schaute Baldini fragend an und deutete mit Messern und Gabeln vage in den Schrank. Baldini verstand ihn.

„Zu früh, lass den Roten drin."

Die Tür öffnete sich und Luigi, der Bote, kam herein.

„Man riecht's schon auf dem Flur. Was kriegst du, Rico?"

„Elf Euro für die zwei Margherita, und von dir, Sandro, fünf Euro fünfzig."

Luigi verließ mit den zwei immer noch dampfenden Pizzen das Zimmer und Baldini und Sandro aßen schweigend an ihrem gemeinsamen Schreibtisch. Einige Male sah Baldini zum Fenster.

„Es wird bald regnen."

Sandro nickte und kaute.

Beim letzten Bissen ging die Tür ohne Anklopfen auf und der *Vize-Questore*, Polizeidirektor Dottore Rufio Rumello, stand im Raum. Ein seltener Besuch, zumal an diesem Samstag, an dem er sicherlich frei hatte.

„Baldini", sein Ton war leicht quengelnd, „die Carabinieri aus der Via Aschenez haben angerufen, wann sie mit den Ergebnissen rechnen könnten oder ob wir jetzt die Ermittlungen leiten. Um was geht es da?"

Baldini griff reaktionsschnell zur hellroten Akte unter dem jetzt leeren Pizzateller und hielt sie demonstrativ hoch:

„Bin dabei. Hab alles hier!"

Sandro hatte sich ebenso schnell und eifrig in eine andere Akte vertieft und hob den Kopf nicht um auch nur einen Millimeter.

Rufeo Rumello musterte den Schreibtisch und die beiden Teller.

„Haben Sie eben hier was gegessen?"

Baldini überging diese Frage und antwortete auf die vorletzte: „Das ist der Fall Franko Bardo, der tote Masseur aus der Bar in der Viale Amendola. Den hatten zuerst die Carabinieri. Die waren eher da als wir, aber dann habe ich alles am Tatort noch übernommen. Was soll also der Anruf, es ist doch alles klar."

„Und wieso weiß ich nichts davon?"

„Ich habe es Ihnen gleich am nächsten Morgen gemailt. Das war vor vier Tagen." Er sprach diesen Satz vorsichtshalber ohne Ausrufezeichen.

„Ja, gut, gut. Ich war unterwegs. Und wie ist der Stand heute?" Auch Rumello vermied jetzt eine zu starke Interpunktion.

„Kurz: Wir haben nichts, sind aber dabei. Bardo ist mit einer spitzen Spiegelscherbe im Vorraum der Toilette erstochen worden. Motiv null. Täter null. Alle Anwesenden sind vor Ort verhört worden: der Wirt, seine Leute und die Gäste. Aber wir werden sie noch einmal hier bei uns befragen."

„Haben Sie wenigstens einen Verdacht?"

„Nein, haben wir nicht. Aber es gibt da noch Ungereimtheiten, denen wir nachgehen werden." Er wollte ihm noch nichts erzählen von der unbekannten Frau.

Vor gut einem Monat hatte Rumello hintenherum erfahren, dass eine Stelle als *Primo Dirigente Vicario* in Catanzaro frei werden könnte. Es wäre wichtig, seine Chance auf einen möglichen Aufstieg zum Leitenden Polizeidirektor in der Hauptstadt Kalabriens mit Erfolgen zu untermauern. Und ein vierter Stern auf dem Kragenspiegel würde ihm gut anstehen. Schon als Fünfzehnjähriger hatte er in Neapel die Militätschule „*Nunziatella*" besucht, später Jura studiert, war nach Rom, Brescia und Mailand gegangen und steckte jetzt fest in Reggio. Darum brauchte er auch in diesem Fall eine rasche Lösung, die er auf sein Ernennungs-Konto schreiben konnte. Baldini schien ihm nicht gerade der ideale Steigbügelhalter zu sein.

„Wissen Sie, Baldini, ich brauche Sie an anderer Stelle. Wenn Sie wollen, kann auch ich den Fall selbst übernehmen. Bringen Sie den ganzen Kram doch in mein Büro."

Rumello wollte sich schon zur Tür wenden. „Übrigens, von wo holen Sie die Pizzen?"

Baldini war überrumpelt. „Von drüben, von Giordano".

„Sagen Sie das nächste Mal Bescheid, ich nehme dann auch eine. Können Sie schon mal aufschreiben: immer eine Margherita."

Sandro gab einen schlecht unterdrückten Gluckser von sich.

Baldini stand auf und begleitete Dottore Rumello zur Tür.

„Geht klar!"

Dann klinkte er das Fenster auf und knipste das Licht im Raum an. Das hatte nichts zu tun mit der Tageszeit, sondern war eine unbewusste Handlung gegen den aufgekommenen Regen draußen. Keiner wusste, dass das Schicksal für Baldini nur einige Blocks weiter einen Köder ausgelegt hatte. Jetzt begann sich der Regen zu verstärken. Ein heftiger Windstoß warf ihn gegen das Fenster, das für Sekunden undurchsichtig war und nur schlierige, verzerrte Bilder der Wirklichkeit draußen wiedergab.

In der 8 Falle

Es war nicht ungewöhnlich auf diesem letzten Zipfel italienischen Festlands, dass im Oktober stürmischer Regen fiel. Im Gegenteil, Immer wieder schüttelte sich der nasskalte Nordwind heftig aus oder es verirrte sich ein unangenehmer *grecale* bis nach Reggio Calabria. Wie überall in Italien hieß hier Wind nicht nur einfach „Wind", sondern jeder hatte seinen Namen – so der *grecale*, der bissige griechische Nordostwind oder der *maestro di ali*, der Beherrscher der Flügel, der die Möwen hochschleudert bis weit über die ziegelrot gedeckten Dächer Reggios und noch höher über die gelben Kirchtürme der Stadt und noch über den Dom, der sich den Regen spuckenden Winden breit wie ein weißes Gebirge Gottes entgegenstemmt. Dann springt schon mal der schwere Wellenberg aus dem zu knapp gewordenen Bett der Meeresenge gegen die Kaimauer. Der Sturm reißt dem tobenden *Stretto* die bitterweiße Gischt wie eine Kappe vom Kopf, schäumt damit zum *Lungomare Falcomatà*, der sommers belebten Uferpromenade mit den jetzt verlassenen Plätzen der Straßencafés unter den frierenden Palmen und Magnolien, auf den breiten Mittelstreifen und salzt die grauen Wülste und schrundigen Luftwurzel-Schaufeln der riesigen Feigenbäume, welche die Straße säumen.

Es ist Samstag, am früheren Nachmittag ist sie aus San Giovanni gekommen, ist stundenlang vom Bahnhof aus durch die Straßen der *città vecchia* von Reggio gelaufen. Nun sitzt Elisabetta in der absinkenden Dämmerung mit ihrem dunkelblauen Plastikregenumhang auf einer nassen, steinernen Bank ohne Lehne unter einem gusseisernen, dreihelmigen Kandelaber sitzt sie und blickt aufs Meer und ins Vergebliche. Aus weiter Ferne, meint sie, drängen sich Töne zum maritimen Schlagzeuger,

Tamburine, hart geschlagene Gitarren, schwer wie der Knall, mit dem der Wasserfels an die Mole klatscht.

„Vorra' sapire ch'ha format' il mondi e tantu bieddu, l'ha saputu fare cci ha formati lu mare e puru l'unna e le varchette ppe' ci navicare ..." Sie hört auf ihre Art diese Musik, diesen Sprechgesang – kehlige Männer- und Frauenstimmen hinter ihrer Stirn. Es ist, als flüstere ihr Blut den Refrain, den sie erst hier in Reggio hat erfahren dürfen.

Das Meer!

„Ich wüsste so gerne, wer diese schöne Welt erschaffen konnte, dieses Meer, die Wellen und all die Boote, die auf ihnen segeln ..."

Für Reggio war dieser Samstag ein völlig gewöhnlicher Tag. Die Fähren von und nach Messina torkelten wie immer unpünktlich durch den Hafen. Der Herbst war angebrochen, der Himmel hing wie ausgelaugt mit dunklen Wolken bis auf die Straßen der Stadt. Die Menschen wanderten nicht mehr gemächlich und das Bad in der Menge genießend durchs Viertel, sondern hasteten in sich gekehrt und unausgeruht hin und her. Der grüne Eis-Kiosk am *Lungomare* war längst geschlossen: die Saison für „Ricotta-Feigen-Rosinen" oder „Sonne des Stretto" war vorüber. Die Einkaufsstraßen wie die Via Francisco Cananzi und besonders der Corso Garibaldi waren wie ausgestorben. Das Leben schien sich nach dem alljährlichen Exzess des Sommers wieder dem Notwendigen zugewandt zu haben, Beiläufigkeit war das Alltagskleid. Jeden Moment konnte es zu regnen beginnen.

Es war eine ruhige Stimmung, aber anfällig für jede auch nur kleinste Störung, die das Gleichmaß dieses Augenblicks jäh zerbrochen hätte. Darum fiel das nur ganz kurze Gerangel unmittelbar vor der *Banco di Napoli* am Corso Garibaldi besonders auf. Es war exakt 17.05 Uhr. Laute, empörte Stimmen, klappernde Schuhsohlen, laute Rufe. Menschen wie ein in sich verschlungenes Knäuel, das sich rasch auflöste. Harte Sohlen, die sich hastig entfernten in die herbstgraue Lautlosigkeit. Gleichzeitig begann der Regnen, als wolle der erschrockene Himmel mit allen Mitteln der Beschwichtigung einschreiten.

Diese Szene aber konnte der Regen nicht gleich auslöschen. Sie blieb greifbar. Für Elisabetta, die sich bei ihrer ziellosen Wanderung durch die müde Stadt eng an die Hauszeile gedrückt hielt und durch die menschenleere Fußgängerzone gehuscht war, kam es wie ein Blitz, der alle Vergeblichkeit aufhob, ihr im Bruchteil dieser bis gerade eben noch ungebrauchten Zeit eine neue Gegenwart schenkte.

Da stand er! Direkt vor der *Banco di Napoli* mitten auf dem Corso Garibaldi.

Seine dunkelbraunen Augen direkt vor ihren. Lachend sein Gesicht: rufend, strahlend, glänzend. Seine Hände ihr entgegengestreckt: Weil er sie endlich mitnehmen wollte. Das war der Augenblick, dem sich auch das Chaos unterwarf. Die alte Gegenwart war abgelöst, es bedurfte keiner weiteren irrigen Verfügung mehr. Elisabetta war angekommen wie damals auf ihrer ersten langen Reise von Rossano in Camillos Dreiradwagen, als sie endlich am Meer gestanden war.

Er war da.

Ihr Gesicht war voller Glück, voller Liebe. Sie dachte nichts, umschloss ihn, der fest und ruhig wie eine Statue vor ihr stand. Ihr Arm umklammerte ihn, ihre Hand fuhr mit deutlichem Druck über seinen Rücken.

Wie oft hatte sie das in den zurückliegenden Tagen getan und sich immer wieder geirrt. Nie war einer der Rücken wirklich fest gewesen, niemals mündete er in perfekt runden, muskulösen Gesäßhügeln. Nie seine Ausstrahlung, sein Geruch, seine Elektrizität und deren Knistern, wie sie es suchte, zurückholen wollte, brauchte. All die Männer der letzten Tage in der Bahn, in den engen Bussen, auf den Rolltreppen, in der Kathedrale, in den Läden, all jene, die sie berührt hatte, denen sie mit der Hand prüfend den Rücken hinuntergefahren war bis zum Hintern – keiner war der Richtige gewesen. Keiner war wie die Bronzefigur, die sie sanft berührt, deren Körper ja nur zum Schutz aus Bronze und darunter Leben war als bloß Fleisch und Blut. Ihr ewiger Mann, der ihr Herz so tief verwirrt hatte. So sehr sie ihn auch suchte, immer war es der falsche, sobald sie ihn anfühlte. Auf der Stelle hatte die getäuschte Elisabetta die Falschen wieder losgelassen, war ihnen flink ausgewichen, weggegangen, fortgelaufen. Nein, das war er nicht. Wieder nicht, und wieder nicht. Sie musste weitersuchen.

Und weil sie jedes Mal so schnell verschwunden war, erlebte sie auch nie die Aufregung, die sie hinterließ. Die Peinlichkeit der Männer, denen sie sich sogar im Beisein ihrer Frauen genähert, sie angepackt hatte ohne jede Scham.

Oft wurde nach der Polizei gerufen, wie man über Taschendiebe zetert, und herbeigeeilte Polizisten konnten nach der weiblichen Attacke doch nur die rechtschaffende Empörung der Opfer notieren. Was zumindest dazu führte, dass in der *Questura* eine Akte angelegt wurde und die Streifenpolizisten ganz allgemein dabei mit vagen Beschreibungen der Täterin zu einer gewissen Wachsamkeit aufgefordert wurden.

Nun war die Suche vorbei. Elisabetta hatte ihn endlich, endlich gefunden. Ihr Herz schlug hoch bis unters Kinn. Sie fühlte so viel Liebe.

„Ist Ihnen nicht gut? Kann ich Ihnen helfen?"

Da standen sie, an der *Banco di Napoli*, sich gegenüber.

„Mein Gott, bist du es wirklich? Ich habe dich überall gesucht und nun bist du da."

Es war nicht der geringste fragende Vorwurf in ihrer Stimme, der sonst oft Sorge, Angst oder Anmaßung kaschiert und eine feste Position aufgibt mit dem Gedanken oder gar dem Vorwurf: „Wo bist du so lange gewesen?" Sie stand ganz nahe bei ihm. Ihre Augen strahlten ihn an, ihre Hand strich schon seinen Rücken hinunter. Er war hart wie Bronze. Diesmal war sie so sicher.

„Sind sie verrückt geworden, was soll das? Lassen Sie mich sofort los!"

Ihr Gegenüber stieß Elisabetta von sich und stolperte selbst zurück. Eine Sekunde geschah nichts weiter. Als sei alles stehengeblieben und dann implodiert. Das Begehren, die Gewissheit, die Beherrschung, die Sicherheit, das Leben.

Und dann schrie die Liebende wie wahnsinnig auf. Schrie, dass die Wolke aus Möwenflug erschrocken zum Meer auswich. Dass die aufgepeitschte Brandung in eigenem Entsetzen verstummte. Genauso abrupt brach der Schrei ab, wie wenn eine hohe Wasserfontäne voll weißer, gepresster Gewalt plötzlich in sich zusammenfällt.

Der Mann mit dem vom Regen glänzenden Gesicht auf der leeren Straße schien im diffusen Regenschleier zu versinken. Er war auf die andere Seite des Corso gelaufen. Dort hielt er einen Passanten an und redete gestikulierend auf ihn ein, wobei seine Hand immer wieder in Richtung Elisabetta zeigte, die wie erlöscht stand.

Es war ein seltsames, erregtes Theater in einem lautlosen Untergang.

Dann schloss sich der Vorhang. Das Stück war aus. „Was habe ich bloß getan? Warum schreien die Leute mich an? Warum habe ich auf einmal so viel Angst?" Wie jedes Mal stürzte Elisabetta mit laut klappernden Schuhsohlen davon. Nur war der Takt viel schneller.

Die alten, ehrwürdigen Häuser und Palazzi am *Lungomare Falcomatà* haben die Augen geschlossen und sehen nicht die in sich zusammengesunkene junge Frau auf der Bank da vor ihnen. Ihr Rücken ist rund, die Schultern hängen herab, der Kopf mit seiner grauen Strickmütze ist aber nicht gesenkt. Es sieht ein wenig aus, als sei er irgendwie falsch an den Hals montiert, schief wie bei einer modernen Statue, wie sie im Sommer als Freiluftkunst hier unter den Bäumen oft platziert werden. Und weil der Kopf schief sitzt und weil es regnet und weil ihre Schultern nicht zucken, kann keiner der eilig vorbeihuschenden Menschen sehen, dass Elisabetta weint.

Und weil sie weint, kann sie auch nicht die Polizeistreife sehen, die sich ihr von der Meeresseite her nähert. 17.55 Uhr; in wenigen Minuten wäre für die Beamten Feierabend.

„Ob sie das ist?", fragt der Assistente seine Kollegin.
„Sieht ganz so aus."

Der Streifenwagen der *Polizia di Stato* hielt vor der Questura. Assistente Massimo und seine Kollegin Barbara stiegen aus und halfen der jungen Frau aus dem Fond. Es war keine große Szene, als sie die sieben regennassen Stufen hinaufschritten. Einzig der starre, fast maskenartige Gesichtsausdruck der Frau zwischen ihnen war auffällig.

„Ciao, Massimo!"

Der Mann in Zivil, der ihnen auf der Treppe entgegenkam, hatte seinen Mantel noch nicht ganz geschlossen und nestelte beim Gehen an den Knöpfen.

„Ciao, Commissario Baldini!"

Dessen nächste Worte waren schon über die Schulter gesprochen.

„Noch kein Feierabend?"

„Nein, Commissario, aber bald, nur noch eine Vernehmung, aber dann."

Rico Baldini hörte schon nichts mehr. Er war auf dem Heimweg und hatte keinen Schirm dabei. Sein Auto stand daheim, weil seine Frau es für Wochenendeinkäufe gebraucht hatte. Nun musste er mit dem Bus fahren.

Das Vernehmungszimmer lag im Hochparterre links ganz am Ende des langen Gangs. Die mattgrauen Türen mit ihren im Vorbeigehen kaum lesbaren Hieroglyphen-Schildchen und Nummern links und rechts des Gangs wirkten wie hämische Beobachter, schadenfroh und kaltherzig. Jede schien dem Opfer zu signalisieren, dass hinter ihr ein Paradies sei im Vergleich zu dem, was im letzten Raum warten würde.

Dieses hinterste Zimmer war karg eingerichtet, drei Stühle, ein Tisch, der obligate Rollschrank, Neonröhren an der Decke, Telefon, Computer, ein altes Aufnahmegerät, keine Klimaanlage, nur eine schmale Heizung. Auch keine Blumentöpfe, keine Kalender, keine Bilder, keine Zuflucht für die ängstlichen Augen und alarmierten Herzen. Das einzige Fenster – vergittert – ging in den Hof, wo die Streifenwagen lauerten, Privatwagen parkten und zwei große, grellgelbe Mülltonnen standen, an denen zwei Fahrräder lehnten, über deren Ledersattel Plastiktüten gegen den Regen gestülpt waren. Aber der fliehende Blick ging immer wieder hinaus in dieses triste, emotionslose Nichts, in das man sich gern flüchten würde, weil es zumindest nicht bedrohlich schien.

Elisabetta war ganz anders. Sie dachte nichts, sah nichts, empfand nichts. Sie war einfach mit den beiden Menschen mitgegangen. Trotz des geräuschdämpfenden Bodenbelages hatten auch hier ihre harten Schuhsohlen deutlich auf die billig wirkende Auslegware gehackt, nur dumpfer als auf den Straßen draußen.

Kein Wort fiel. Der Assistente hatte sich aus der Registratur einen Umschlag mitgeben lassen, aus dem er jetzt eine dünne, hellrosafarbene Akte zog, auf den Tisch legte und aufschlug. Er saß der Aufgegriffenen gegenüber, seine Kollegin hatte sich an der Seite des Schreibtischs platziert.

Massimo las die wenigen Zeilen in der Akte, griff ein leeres Blatt Papier aus dem offenen Rollschrank hinter sich, schaltete das Aufnahmegerät ein und nahm einen Kugelschreiber aus der Schreibtischschublade.

Er räusperte sich und schaute die Frau gegenüber an.

„Zunächst einmal brauche ich Ihren Namen. Ich hatte Sie schon bei Ihrer Festnahme danach gefragt und keine Antwort erhalten. Das ist ja der Grund, warum ich Sie überhaupt mit hierher auf die Wache nehmen musste."

Barbara, seine Kollegin, merkte, wie sich Massimo etwas aufspielte. Eigentlich hatte sie ja die Frau noch am *Lungomare* befragt und um ihren Ausweis gebeten und Massimo hatte nur danebengestanden. Jetzt aber lief das Tonband. Völlig unnötig, denn hier ging es bloß um eine vorläufige Befragung, nicht um ein Verhör. Barbara war bereits 48 Jahre alt und hatte mehr

Sinn für die pragmatische Arbeit als ihr fast 20 Jahre jüngerer Kollege. Aber sollte er halt.

„Kein Name, kein Ausweis. So geht das nicht. Also: Wie heißen Sie?"

„Morabella Elisabetta."

Massimos Kopf ruckte hoch. Mit solch einer präzisen und prompten Antwort hatte er nun nicht gerechnet.

„Ach!"

Elisabettas Gesicht war noch immer wie hartes, graues Wachs. Nichts Feines, Warmes, Lebendiges. Ihre Stimme wirkte zwar entfernt, aber die Worte fielen ohne zu zögern wie aus einem Automaten.

„Und Sie wissen wohl auch, warum Sie hier sind!"

„Nein."

„Wegen Erregung öffentlichen Ärgernisses."

Elisabetta sah ihn verständnislos an. Es war das erste Mal, dass ihre Augen wach schienen. Sie sagte nichts.

„Hier steht es ganz genau, alle Fälle!" Massimo tippte auf die Akte. „Sie haben ständig Männer angemacht, in aller Öffentlichkeit, vorhin ja noch. Da haben wir Zeugen."

Jetzt sprach er noch lauter. Eigentlich schon zu laut. Aber das Tonband lief und er, er war der Vernehmer.

„Widerlich angemacht. Einfach widerlich, eine Schlampe, ja das bist du, eine widerliche Schlampe."

Jetzt griff Barbara mit bemüht deeskalierendem Ton ein.

„Wissen Sie, was Sie da gemacht haben? Ist es Ihnen überhaupt klar?"

Und eher bittend und hilflos: „Erinnern Sie sich denn nicht?"

Elisabetta sagte immer noch nichts weiter. Ein wenig schien es, als wenn sie nachdächte oder in sich hineinhorchte, ob da etwas wäre. Massimo schaute Barbara an, dann auf seine Uhr und jetzt – weniger streng also noch vor wenigen Augenblicken – Elisabetta.

„Was machen wir nun mit Ihnen?" Er siezte sie – mit einem Blick auf Barbara – wieder. Seine Kollegin stand auf. Massimo gab noch nicht auf.

„Wenn wir bei solchen Anschuldigungen keine Adresse haben, müssen wir Sie hierbehalten, bis wir alle Fragen geklärt haben. Massimo zog theatralisch die Augenbrauen zusammen.

„Und das kann dauern. Wollen Sie das?"

„Morgen ist Sonntag", warf Barbara ein.

Da stand Elisabetta auf, schob den Stuhl weit hinter sich. Diese Handlung war ein erstes Glimmen von Selbstbehauptung und damit von einem Selbstvertrauen, das sich anschickte, an die Tür der freien Welt zu klopfen. Und sich damit abzunabeln von allen bisherigen Lebensweisen, von Tradition und fixierten Normen. Plötzlich war ihr junges Gesicht wieder hell und weich und verwirrt gerötet, als sei es gerade aufgewacht in einem fremden Zimmer zu einer ungewöhnlichen Zeit bei unbekannten Leuten in einem anderen Leben. Klein, dünn wie eine Figur von Giacometti stand sie da, immer noch in ihrer Blase aus Verdrängung, immer noch zitternd, aber nicht mehr so völlig verloren.

„Ich weiß überhaupt nicht, was Sie von mir wollen, ich habe nichts getan und möchte jetzt nach Hause. Ich wohne bei Donazelli Maria in Villa San Giovanni in der Via Serena Nummer 31."

Barbara begriff als erste das junge Mädchen. Sie hatte selbst zwei Töchter, die ältere etwa wie diese zitternde junge Frau vor ihr: „Hat Ihre Tante ein Telefon, kann man sie anrufen?"

Massimo, in Sekunden von seiner älteren Kollegin zum Statisten degradiert, schwieg perplex. Dann fragte er mit dünner Stimme: „Haben Sie die Nummer?"

Mit leiser, aber fester Stimme nannte Elisabetta die Ziffern. Dann schaute sie sich im Zimmer um, als sei sie gerade erst hereingekommen. Ihr war jetzt kalt. Sie wollte heim. Mit dem Zug kurz an der Götterküste entlang und durch das vorbeifliegende Fenster das jetzt am nahenden Abend bereits eingeschwärzte Meer aufspüren.

Das Meer.

Massimo schien sich etwas erholt zu haben, deklamierte lauter: „Sie werden beschuldigt, in den letzten Tagen die genauen

Daten sind hier aufgelistet und sicher erinnern Sie sich noch an den jüngsten Fall gerade eben vor einer Stunde auf der Via del Corso also Sie werden beschuldigt, sich verschiedenen Männern genähert und sie unsittlich berührt zu haben. Das ist verbotenes Stalking."

Er hatte in seine Rolle zurückgefunden. Aus dem Schrank nahm er ein dickes, etwas zerfleddertes Buch heraus, den „Codice Penale", das italienische Strafgesetzbuch. Er suchte das Inhaltsverzeichnis durch, schlug dann eine Seite auf und las vor: „Hier, im zweiten Buch, Artikel 612b. Bestraft wird jeder, der wiederholt jemanden bedroht oder belästigt, um einen anhaltenden und ernsten Zustand von Furcht und begründeter Angst um die eigene Sicherheit zu erzeugen."

Er schaute aus dem Weihrauchnebel seiner unehrlichen Geflissenheit auf, sah aber nicht zu Elisabetta, sondern zu seiner Kollegin hinüber, als wolle er diese belehren.

Massimo, eifrig, blätterte weiter, keine der beiden Frauen unterbrach ihn. „Hier, Absatz 3. Und das gilt ganz besonders Ihnen: Unabhängig von der physischen Begegnung zwischen Opfer und Beschuldigtem findet eine Verfolgung dieser Straftat dann statt, wenn das drohende Verhalten des Täters das psychische Gleichgewicht der beleidigten Person destabilisiert. Was sagen Sie nun dazu?" Massimo stach mit dem rechten Zeigefinger auf die aufgeschlagene Seite in seiner Linken und legte das Gesetzbuch auf den Schreibtisch. „Haben Sie also oder haben Sie nicht?"

Elisabettas Augen kehrten von der imaginären Zugfahrt am Meer entlang zurück ins Vernehmungszimmer, richteten sich zum Fenster. Die Kulisse draußen war fast so schwarz wie das Meer. Nur die beiden Mülleimer im Hof glotzten wie die phosphoreszierenden gelben Augen einer riesengroßen Katze durch die nassen Scheiben.

„Ich weiß nichts davon."

„Wollen Sie nichts wissen, oder erinnern Sie sich nicht?", fragte nun Barbara in einem beruhigenden, versöhnlich stimmenden Ton. „Der Mann heute hat Sie eindeutig identifiziert."

Elisabetta schaute Barbara lange und traurig in die Augen. Sie überlegte sich, was diese Frau da bloß meinte. „Das war nicht mein Mann, das war der falsche Mann. Es waren immer die falschen Männer."

Sie machte eine Pause, war nah daran zu schluchzen und sah in die Nacht mit den zwei gelben Augen. Hielt sich im Stehen an der Stuhllehne fest. Dann setzte sie sich wieder. Schüttelte den Kopf, zog beide Schultern hoch und kreuzte die Hände vor ihrer Brust.

„Und jetzt kann ich nicht mehr. Ich gebe auf."

Sie ließ die Schultern sinken und legte die offenen Hände auf ihre Oberschenkel.

„Gut, dann können wir das jetzt protokollieren. Und Sie unterschreiben alles." Massimo schnalzte die Worte fast heraus. Barbara beruhigte Elisabetta.

„Danach können Sie gehen, nach Hause zu Ihrer Tante."

Und zu Massimo flüsterte sie: „Was redest du da für einen Quatsch, du bist doch kein Richter! Und auch der braucht ein Gutachten. Und das nimmst du auch noch auf Tonband auf! Ich glaub es nicht!"

9 Verirrte Gefühle

Jeder erkennt diese unangenehmen Botschaften schon auf den ersten Blick am hellgrauen Umschlag und dem billigen Behördenpapier. So einen Brief hielt etwa drei Wochen später Tante Maria in der Hand, als Elisabetta abends aus dem Museum kam.

Sie wedelte mit ihm, als Elisabetta die Tür hinter sich geschlossen hatte.

„Das ist ja interessant. Man bekommt Post vom Staat persönlich. Sogar vom Staatsanwalt. An Signorina Elisabetta Morabella. Und in dicken Buchstaben: PERSÖNLICH!"

Elisabetta blieb im kleinen Flur vor der Tante stehen.

„Gib mir bitte den Brief!"

Maria warf ihn auf das kleine Schuhregal unter dem Spiegel.

„In diesem Haus hat noch keiner Post von der Polizei oder dem Gericht bekommen."

Elisabetta antwortete nicht, nahm den Brief an sich und wandte sich noch im Mantel ihrem Zimmer zu.

„Hast du gehört, was ich gesagt habe?"

Der Ton in der Stimme der Tante wurde kälter und luftloser, als spräche sie nur beim Einatmen.

„Sag was, mach den Brief auf. Jetzt. Hier."

Sie erwähnte nicht, dass sie das schon selbst – allerdings heimlich, wenn auch vergeblich – versucht hatte. Aber bevor die mit einer Messerspitze angehobene Klebefläche verräterisch eingerissen wäre, hatte Maria sie vorsichtig wieder angedrückt. Der amtliche Stempel auf dem Umschlag und die aufgedruckte Wertmarke für Behördenpost hielten ihre Neugier in Schach.

„Komm in die Küche mit dem Papier!"

Elisabetta drehte sich wieder um und ging voraus in die Küche, Maria folgte ihr. Als sich beide am Küchentisch gegenübersaßen, kam Elisabetta ein Bild zugeflogen, eine Szene in einem anderen Zimmer gut zwei Wochen zuvor. Sie nahm den Brief, öffnete ihn mit dem Messer, das vor ihr auf dem Tisch lag, und nahm den Inhalt entschlossen heraus. Sie las und legte dann das Schreiben offen auf den Tisch.

Maria drehte die Seite herum, sodass auch sie lesen konnte.

Für ewige dreißig Sekunden war es still in der Küche. Keine Winterfliegen. Kein Tropfen aus dem Wasserhahn. Elisabetta dachte an die Frau, die sie ausführlich ausgefragt hatte in diesem Haus in Reggio. Von draußen Alltagsgeräusche, Autos, die sich entfernten, Motorräder. Erst als Maria sich – den Brief in beiden Händen – mit den Ellbogen auf die Tischplatte stützte, knackte es: Ihr Stuhl stöhnte leise. Dann fand sie ihre Stimme wieder. Aber die war mit einem Mal ganz die der alten Tante, Elisabettas fürsorgender Mutterersatz.

„Mein Gott, Kind, jetzt ist es amtlich: Du bist verrückt!"

Als *Commissario* Rico Baldini gerade mit der Post aus der Rezeption zurück zu seinem Zimmer ging, traf er zufällig seine Kollegin.

„*Ciao*, Barbara!"

„*Ciao*, Commissario!"

„Sag mal, wo hast du eigentlich Massimo versteckt, ich hab ihn schon lange nicht gesehen. Gehst du jetzt allein auf Streife?"

Barbara blieb stehen und lachte.

„Nein, ich fahre jetzt mit Carlo. Netter Kerl, den kenne ich schon lange. Seine Tochter ging früher mal mit meiner Rita in die gleiche Klasse."

„Und was ist mit Massimo?"

„Der wurde versetzt in die Abteilung Betrug im dritten Stock, Innendienst. Hatte sich draußen etwas als Asphalt-Cowboy aufgespielt."

Baldini blickte irritiert.

„Na ja, er war halt etwas zu forsch. Und das mit der Tonband-Vernehmung war wohl zu viel. Ich hatte ihn ja gewarnt."

„Vor was?"

„Vor diesem Blödsinn bei der Vernehmung der jungen Frau."

„Was war denn mit der?"

„Na ja, die war wohl noch verwirrter als vorher."

„Vorher?"

„Ja, das war doch die, die in aller Öffentlichkeit zig Männer angetatscht und behauptet hat, sie suche ihren Mann."

„Und", Baldini hatte bereits die Schlüssel aus seiner Hosentasche gezogen, um sein Zimmer aufzuschließen, „hat sie ihn gefunden?"

„Nö, glaube ich nicht. Ich hab' noch mal nachgehakt. Weiß aber nur, dass sie zum Amtsarzt musste, der sie wohl kopfkrank geschrieben hat, und dass sie eine Geldstrafe gezahlt hat. Massimo ist wohl auch ein bisschen kopfkrank, aber ohne Amtsarzt."

Barbara lachte halbherzig: „*Ciao* also, Commissario."

„*Ciao*, Barbara."

Baldini betrat sein Zimmer und schloss die Tür hinter sich. Irgendetwas hatte dabei „Klick" gemacht. Es war etwas in seinem Archiv. In seinem Gedächtnis. Ganz hinten. Aber immerhin.

Alles wurde noch viel schlimmer. Die Krake war mit einem Ruck aus dem Wasser gezogen worden und wurde jetzt auf dem Marktplatz weich geschlagen. Kraken gehören zu den Weichtieren; sollte ihnen diese Zuordnung solch eine Quälerei nicht ersparen? Die Wissenschaft zählt sie zu den klügsten Weichtieren überhaupt und attestiert ihnen eine Intelligenz vergleichbar der von Ratten. Sie sind sehr scheu, aber auch recht neugierig und lernfähig. Zudem sind sie meisterhafte Fluchtkünstler. Wenn noch Gelegenheit zur Flucht besteht.

Diese Krake konnte es nicht mehr und wurde öffentlich behandelt. Wie immer bei solchen grauenhaften Volksbelustigungen, ob auf dem Markt oder im Fernsehen, fiktional oder tatsächlich, weidet sich das öffentliche Auge an den primitiven Vorführungen, ob Pranger, Nachreden, Hinrichtungen oder Schlachtungen der Seelen.

Es sind die klassischen Zutaten einer dunklen Volksoper, einer unheilvollen *dramma per musica*, in der zur *Cabaletta* die Köpfe rollen. Dieser Kitzel reizt nicht nur scheinbar einfache Seelen alle Schichten werden davon erfasst, liefern sich dem leichten Würgereiz einer degoutanten Vorstellung aus, die sie sich mit der zivilisierten Empörung als Opernglas aus sicherer Distanz betrachten.

Eine große Tageszeitung, ja, die *Gazzetta del Sud* aus Messina hatte in ihrer Lokalausgabe für Kalabrien einen zweispaltigen Artikel veröffentlicht mit Elisabettas Geschichte: „Verrückte Stalkerin fällt Männer an." Es war inhaltlich kaum mehr als die zutreffende Tatsache ihrer Festnahme und wenige Details aus dem Polizeibericht, der – weitaus größere – Rest war diffamierende Spekulation.

Ihr Name war abgekürzt, aber es gab klare Hinweise auf Wohnort (*Villa S. Giovanni*) und Arbeitsplatz *(Museo Nazionale della Magna Grecia)*. Das reichte als Navigationsinstrument und führte Sensationslüsterne punktsicher ans Ziel. In Elisabettas Umgebung wurde getuschelt. Das eher dürre Anfangs-Gespinst wuchs unvermeidlich zu einem großen Verleumdungs-Knäuel an. Missgünstiger Tratsch und tragisches Missverständnis bauschten den Fall auf. Allein die Hauptdarstellerin wusste nichts von der publizierten Schande.

Die Wellen dieses Möchtegern-Tsunamis erreichten schließlich auch die Museumsleitung, brandeten ins Direktoriumszimmer und trafen ins geschockte Gemütszentrum von Dottoressa Martha Filaci. Als Direktorin wusste sie einigermaßen rational zu reagieren. Sie würde es nicht dulden, dass ihr Haus damit in Verbindung gebracht und beschmutzt wurde. Das war sie der hohen Kommission des Kultusministeriums, von der sie schließlich berufen worden war und bezahlte wurde, schuldig.

Während ihre Seele noch geschockt war, setzte sich bereits ihr Pragmatismus als Gegengewicht in Gang. Sie diktierte eine kurze Pressemitteilung über die „Missbilligung der Museumsleitung gegenüber der Handlungsweise einer untergeordneten Mitarbeiterin und den schwerwiegenden Vorwürfen und Tatsachen, wie sie erhoben beziehungsweise erwiesen wurden." Stets, so betonte sie schriftlich, sei „oberste Priorität neben der fachlichen Kompetenz auch ein tadelloses Erscheinungsbild aller Mitarbeiterinnen und Mitarbeiter, was unerlässlich ist für eine Beschäftigung in unserem weltbekannten Haus".

Dann bestellte sie Elisabetta ein.

Angesichts der tatsächlichen Fakten war diese Aktion natürlich ebenso übertrieben wie die scheinheilige Empörung einiger Leser der *Gazetta del Sud* in Reggio. Aber so ist es nun einmal an derlei Übertreibung kann zwar die Wahrheit ersticken, aber sie ernährt auch, wie ein kalabrisches Sprichwort weiß, hundert hungrige Wölfe.

Als Elisabetta ins Direktionszimmer trat, lag ihre Entlassung schon unterschrieben auf dem Tisch.

Es war noch lange nicht Feierabend, als sich der Zug nach Villa San Giovanni in Bewegung setzte. Seufzend hatten sich die Bremsen gelöst, behäbig nahm die Geschwindigkeit zu. Das Gesicht am Fenster in der Mitte der linken Sitzreihe war wie ein ovales, weißes Stück Papier, das an der Scheibe klebte. Nichts bewegte sich in diesem Gesicht. Kein Wimpernzucken, kein Lippenlecken, kein Stirnrunzeln. Es war das zweidimensionale Abziehbild einer tief gründenden Traurigkeit.

Elisabetta sah aus dem Fenster und nahm doch nichts wahr. Nicht die tanzenden, rollenden, weißen Wellenkämme. Nicht die eilfertigen, stampfenden Fähren. Nicht den spätherbstlichen Himmel in den Grautönen eines gewellten Schieferdachs über dem *Stretto* und nicht die gegenüberliegenden felsigen Zehennägel Siziliens. Sie hörte nicht das Geschrei der Seemöwen, die eben noch auf dem Bahnhofsdach eine Taube mit ihren Schnäbeln zerhackt hatten und wie triumphierend und jubelnd über ihren blutigen Sieg davonflogen.

Am Ziel angekommen, stieg Elisabetta aus wie immer, überquerte den kleinen Vorplatz des Bahnhofs, über den der heftig gewordene Wind ein paar graurot gesprenkelte Federn in ihr Gesicht warf.

Sie sah alles und wusste doch nichts. Und sie schwieg. Die Grille trug ihre Schwermut ohne Worte. Vielleicht half ihr das Schweigen als rettendes Erbteil ihres Vaters, der der Welt seit dem gewaltsamen Tod seiner Frau die Stimme versagte.

Die Tante, mit der sie seit der Sache mit dem Brief vor zwei Wochen kaum mehr als das Notwendigste gesprochen hatte, war nicht da. Elisabetta wusste, dass die Tante Teile des gerichtlichen Gutachtens, die zusammen mit dem Strafbefehl über 750 Euro in dem Brief an Elisabetta gewesen waren, gelesen hatte. Ebenso, aber das wusste Elisabetta nicht, auch gewisse Artikel aus der regionalen Tagespresse über ihre Nichte.

Was wiederum die Tante nicht wusste: Jeder Tag, an dem die Nichte das Haus verließ, um zur Arbeit im Museum zu fahren, war eine diktierte Lebenslüge. Elisabetta verbrachte ihre aufgezwungene freie Zeit in den Parkanlagen oder auf den Straßen von Reggio di Calabria. Sie aß in den Schnellimbissen oder bei Regen in den Bars, stromerte augen- und gefühlslos herum, bis es Zeit für sie wurde, wieder – angeblich von der Arbeit her – nach Hause zu fahren. Auch an diesem Donnerstagabend.

Am nächsten Morgen war sie allein, die Tante war aus dem Haus. Einem inneren Impuls folgend packte Elisabetta in – was man bei anderen Anlässen so nennen würde – „aller Ruhe" einen kleinen Koffer, denselben, mit dem Camillo sie aus Rossano zwei Jahre zuvor hierhergebracht hatte. Das war schnell getan. Sie ging ins Schlafzimmer der Tante, wo Maria ihre persönlichen Papiere in einer verschlossenen Schrankschublade versteckte. Da Elisabetta aber wusste, wo der Schlüssel war in der

Küche versteckt in einem Holzkästchen mit Nähutensilien, war dies keine Hürde. Sie nahm ihre persönlichen Unterlagen an sich. In ihrem eigenen Zimmer war im Schrank eine Stahlkassette mit ihrem Ersparten – nicht viel, da sie den größten Anteil ihres Lohns an die Tante abgegeben und auch die 750 Euro an die Staatskasse bezahlt hatte. Aber da sie immer sparsam gelebt hatte, war etwas Geld übrig. Alle ihre Papiere verstaute sie sorgfältig in der Kassette und im Innenfach des Koffers, das Bargeld in ihrer kleinen, dunkelblauen Handtasche aus Kunstleder.

Dann verließ sie das Haus und schloss die Tür hinter sich ab. Die Schlüssel warf sie in den Briefkasten neben der Haustür. Kein Blick zurück. Kein letzter Wink für ein Erbarmen in letzter Sekunde mit sich selbst. Es war dieselbe Zeit, in der sie sonst das Haus verließ. Bald würde die Tante zurückkommen und Elisabettas Brief auf dem Küchentisch finden. Den letzten.

Hätte es Hunde gegeben, dann hätten sie irgendwann angeschlagen. Hätte es Fragen gegeben, hätte irgendjemand angeklopft. Ob das Telefon zwischenzeitlich geklingelt hatte, war nicht herauszufinden. Manchmal ist soziale Armut auch das Ausbleiben aller Zufälle. So hier. Denn es dauerte mehrere Tage, bis Giuseppe, der Hausmeister dieses und dreier benachbarter Häuser, zu einer schriftlich angemeldeten Überprüfung der Heizungskörper vor dem drohenden Winterbeginn klingelte. Als keiner öffnete, holte Giuseppe den Generalschlüssel heraus und schloss, wie er es in ähnlichen Fällen tat, die Wohnungstür auf.

Es war Vormittag und der Flur hell genug, jetzt, wo die Tür aufstand.

„*Ciao*, Maria, ich bin's, Giuseppe," rief er ihr zu, die er am Flurende sah, derweil er noch den Schlüssel abzog, „du weißt ja, wegen der Heizung."

Maria antwortete nichts, sah ihn nur aus großen Augen an. Und diese Augen waren entsetzlich aufgerissen und standen hervor wie blauweißrot marmorierte Murmeln, in obszöner Pose streckte sie Giuseppe aus offenem Mund die Zunge entgegen. Ihre nackten Füße schwebten wenige, aber entscheidende Zentimeter über dem Boden. Ihre Schuhe standen akkurat nebeneinander mit den Spitzen zur Wand neben der Garderobe. Maria hatte ihren einzigen Winter-Wollschal, lehmgelb gestrickt, um ihren Hals geknotet und hing an einem der beiden obersten stabilen Haken ihrer Garderobe, Gesicht zur Wohnungstür.

War es die Inhaltslosigkeit der Antworten auf alle Fragen? Die Folge der Familientradition, die es ihr beigebracht hatte, gar nicht erst Fragen zu stellen? Sie war als erste und letzte Tat gegen die große Scham dieser Unfreiheit vom kleinen Schuhschrank unter dem Spiegel in ihr endgültiges Schweigen gesprungen.

Omertà!

10

Höhnische Heimat

Sonnenaufgänge können trösten. Wie eine Umarmung. Das frühe, noch kalte Morgenlicht glitt über den welligen Meeresspiegel und erreichte das ansteigende Vorland der ionischen Küste. Es leuchtete durch die Obstbäume, streichelte die Olivenblätter und erhellte den groben, geschichteten Bergbrocken, auf dem sich Rossano ausbreitete.

Elisabetta fühlte, wie die Sonne ihr den Rücken wärmte. Mit dem Koffer in der Hand marschierte sie die gewundene Straße hinauf. Sie hatte so spät im Jahr trotz des Mantels gefroren, als sie in Rossano Scalò, unten fast an der Küste, aus dem Zug gestiegen war. Die Straße führte durch das breite, ebene Küstenvorland mit seinen Plantagen, den Orangenbäumen, Olivenhainen und Gemüsefeldern, dann wurde der Weg am Fuß der Hügel steiler und beschwerlich. Erste Frühaufsteher kamen ihr entgegengefahren. Elisabetta hörte die Motoren schon von weit, in Kurven hielt sie sich ganz am Straßenrand. Alle fuhren zu dieser Stunde stumm und grußlos vorbei, keiner hupte, keiner winkte aus einem offenen Fenster, die Autos waren wie neutrale Kapseln, die ihre schweigenden Passagiere zur Arbeit brachten.

Als sie am Donnerstagabend wieder zurück aus Reggio in Villa San Giovanni am Bahnhof ausgestiegen war, wusste sie genau, was sie wollte. Umsteigen. Aber ihr Vorhaben funktionierte nicht, sie war ein paar Minuten zu spät angekommen. Der Zug, den sie hatte nehmen wollen, schon weg. Sie war wie vor den Kopf geschlagen, aber trat fast trotzig an die Fahrkkartenausgabe.

„Wann geht der nächste Zug nach Rossano, bitte?"

Der Mann am Ticketschalter fuhr mit seinem dicken Zeigefinger auf dem Anschlag die Abfahrtszeiten entlang: „Heute gar nicht mehr. Erst morgen wieder."

Das brachte Elisabetta aus der Fassung. Ihr wurde heiß, der Atem stockte. Sie stand einfach nur so da vor dem Mann. Es war, als wäre ihre impulsive Aktion – nicht ihr Plan, denn sie hatte keinen – Tränen schossen ihr in die Augen. Sie konnte nur stammeln.

„Aber, aber …"

Der Mann mit der Bahnmütze auf dem Schalterbrett neben sich sah sie an. Vieleicht war er Vater einer ebenso jungen Tochter wie Elisabetta. Vielleicht war er jünger im Herzen als auf dem Papier und in dieser Sekunde blitzte ihm ein Bild aus dem uralten Archiv der Erinnerungen auf, das sich nie von ihm lösen würde. Der einzige Moment, als auch er einmal weggewollt, weggemusst hatte, er rebelliere hatte dem Vater gegenüber, weil er sich eine eigene Wohnung direkt in Reggio nehmen wollte, im südlichsten Stadtteil Pellaro. Er hätte dort in der Via Bosco – eingeklemmt zwischen Eisenbahn und Strand – eine kleine Ein-Zimmer-Wohnung bekommen können und einen Job in einem Strandlokal. Jedoch, Pellaro war – gesehen aus familiärer Sicht – extrem weit weg von Villa San Giovanni. Nein, das war nichts für den Vater. Darum ließ der Sohn diese Chance auf Ausbruch schon nach Sekunden des Aufplusterns ungenutzt und ging zur Bahn in Villa San Giovanni.

„Wenn Sie unbedingt fahren wollen, da geht kurz vor Mitternacht noch ein Bus. Der fährt …", sein dicker Zeigefinger fuhr wieder über Zahlenreihen, „bis Sibari und dort müssen Sie umsteigen. In Sibari müssen Sie fast drei Stunden auf den Anschluss mit dem Zug warten. Dann kommen Sie, einen Moment mal … um 5.28 Uhr in Rossano-Scalò an. Ist das was für Sie?"

Sie hatte schon die spärlich zwischen die Felder und Obst-kulturen verteilten Häuser hinter sich gelassen. Als sie sich jetzt umwandte, überblickte sie die breite, grüne Fläche, die bis zum Meer reichte.

Das Meer.

Sie fühlte sich in die Kindheit zurückversetzt, als sie aus dem Schulbus in den Kurven dieses Meer gesehen, dieses Sehn-suchts-Element in sich eingesogen hatte, gespeichert bis heute. Das Meer. Genau dasselbe zwischen Sizilien und Reggio einge-quetschte Wesen, das sich dort in der Meerenge nicht befreien konnte genauso wenig wie sie selbst.

Und ohne auch nur irgendein Detail der vergangenen Zeit zu bewerten, *wusste* sie jetzt und hier in dieser Kurve, dass sie rich-tig gehandelt hatte. Dass sie wie das Meer aus der entsetzlichen Enge um sich herum und letztlich in sich selbst hatte fliehen müssen. Und sie *wusste*, dass sie ihn hier finden würde. Ihren Liebhaber aus dem Meer.

Noch war kein Wind aufgekommen. Über allem ein Duft von säuerlich gärendem Kohl auf den Feldern ohne die feine Süße reifender Herbstfrüchte, von salzig auf den Lippen sich anhaf-tenden Böen des Meeres, vom Restqualm der Herbstfeuer des Vorabends.

Die Erinnerung an all das zu solchen Düften Geschehene stieg in ihr auf. Diese Luft führte Elisabetta in ihre frühesten Kindertage auf dem Berg. In die Küche, wo ihre Mutter kochte. In den Wald nach einem Regen. In ihr Zimmer bei geöffnetem Fenster. Und in den Hof, wenn geschlachtet wurde. Alles war gut. Damals.

Von den Hängen her wehte der dünne Klang von kleinen, kugeligen Schafsglocken zu Elisabetta herüber. Sie liebte die-se Melodie, die so frei war von allen Zwängen. Ohne Absicht, ohne Noten, ohne Pathetik. Es war eine ewige Musik, die keiner komponiert hatte. Wie der Schwall des Wasserfalls, der über eine grünbemooste Felszunge stürzt. Ewig frei und ohne Auf-trag.

Elisabetta atmete diesen Morgen tief ein.

Sie ahnte nicht, wie bald schon die Luft ihr den Atem nehmen, wie sie von einem gurgelnden Wasserfall mitgerissen werden würde immer schneller einem Abgrund entgegen, zu einem Fortissimo ganz anderer Glocken. Totenglocken.

Sie nahm ihren Koffer wieder in die Hand, drehte sich um und marschierte weiter die bergige Straße aufwärts auf Rossano zu.

„Hast du mal einen Augenblick Zeit für mich, Barbara?"

„Hallo, Commissario, um was geht es?"

„Ach, ich habe so einen Gedanken. Lass uns doch was essen gehen, dann erzähle ich davon. Gehen wir zu Salvatore."

Salvatore war der Wirt der stylischen Ristobar und Pizzeria *Magica della Cucina* direkt gegenüber der Questura. Von dem halben Hundert an Sitzplätzen, die hier im Sommer auf Gäste warteten, war nur eine kleine, von grünen Pflanzenkübeln umrahmte Gastro-Insel übriggeblieben. Für die einladenden roten Stühle und schwarzen Tische aus Plastikflechtwerk konnten sich nur wetterfeste Gäste begeistern, verirrte Touristen.

„Lass uns reingehen." Barbara fror schon bei dem bloßen Gedanken, im kalten Herbstwind zu sitzen.

Sie wählten einen Platz am Fenster. Baldini bestellte sich eine Pizza mit rohem Schinken, Kapern von der Äolen-Insel Pantelleria und Pilzen, die so nicht auf der Karte stand, für ihn als Stammkunden aber extra gemacht wurde. Er mochte besonders die einmalig feine, zarte Salznote der Kapern von Bonomo & Giglio. Barbara wählte einfache Spaghetti mit Tomatensauce. Dazu eine Flasche Mineralwasser. Es war selbstverständlich, dass sie wie alle Mitarbeiter aus der *Questura* einen Rabatt auf die ohnehin schon sehr zivilen Preise bekamen.

Nur wenige Gäste saßen an den gelb gedeckten Tischen in dem Raum mit seinen grünen Wänden. Der Ton des Fernsehers oben an der Wand war abgeschaltet, sodass man sich unterhalten konnte.

„Also, was gibt's, Rico?" Barbara sah ihn offen an. Es war ihre Art, innerhalb der *Questura* ihren Kollegen zu siezen, jetzt aber, fast privat beim Essen, duzte sie ihn, während Baldini diese Vertraulichkeit der Anrede auch im Dienst pflegte. Er nahm sich die Flasche Olivenöl und goss etwas davon auf einen flachen, weißen Teller. Dann kam ein Schuss schwarzbrauner Balsamico neben das bernsteinfarbene Öl und über alles aus der Holzmühle gedrehter schwarzer Pfeffer.

„Erinnerst du dich noch an die Frau, von der du mir mal kurz erzählt hast?" Er brach vom Baguette aus dem Brotkorb ein Stück ab, schob es wie einen Schneeschieber über den Teller und dann öl- und essiggetränkt genüsslich in den Mund. „Ist schon länger her, das war irgendwie im Zusammenhang mit Massimo. Was macht der übrigens?"

„Massimo? Der fährt wieder Streife, mit Adriano."

„Und die Frau?"

Barbara schaute aus dem Fenster auf die leere Straße, wo sich eine dreifarbig gefleckte Katze an die Blumenkübel drückte und dann ihren Kopf ins Gestrüpp steckte, vielleicht, um eine der vielen Mäuse zu finden, die hier, wenn es ruhig war, umherhuschten. „Camouflage", dachte sie beim Anblick des schleichenden Tarnfells.

„Ich würde sie Camouflage nennen."

„Hieß sie so?"

Sie hatte wohl laut gedacht. Ihr Blick kehrte wieder zum Tisch zurück.

„Nein, ich meinte die Katze, die ich eben durchs Fenster gesehen habe. Die Frau? … Ja, ich erinnere mich. Die hatte auch etwas von einer Katze, einer ganz kleinen, wie man sie meist ertränkt. So ein junges Mädchen, knapp 20 etwa. Wir beide haben sie vernommen. Massimo hat sie dabei fertiggemacht."

„Genau, dafür wurde er ja auch versetzt. Du hattest es mir vor kurzem erzählt. Geschieht ihm recht."

Sie trank einen Schluck Wasser. Baldini hakte nach. „Was hatte sie denn eigentlich angestellt?"

„Es ging um *Stalking*. Geldstrafe und so. Wieso fragst du?"

Das Essen kam.

„Ich habe da einen Mordfall. Auch schon länger her. Ein Mann, der in einer Bar erstochen wurde. Täter unbekannt."

Barbara rollte die Spaghetti mit der Tomatensoße auf die Gabel.

„Und was ist mit der Frau? Ist sie verdächtig?"

Baldini schnitt sich ein Pizzastück ab. „Weiß nicht. Hab nur so ein komisches Gefühl."

„Na, ich kann's mir kaum vorstellen. Die und Mord? Nein, bestimmt nicht."

Von den Spaghetti auf Barbaras Gabel tropfte rote Tomatensoße. Baldini bemerkte es. Pasta mit Mord, er musste lächeln.

„Aber sie hatte doch Männer gestalkt. Das ist ja auch nicht ohne."

„Aber wie kommst du auf die Idee, dass der Fall in der Bar was mit dieser Frau zu tun hat?"

„Der letzte Gast in der Bar vor der Tat soll eine Frau gewesen sein. Sagt der Kassierer der Bar. Eine junge Frau wie deine Stalkerin. Und wie sie geguckt haben soll, sagte er, hatte sie es wohl eindeutig auf Männer abgesehen. Ich muss mir unbedingt mal die Akte besorgen."

Der gewölbte, dunkle Rand der Schinken-Pilz-Pizza war wunderbar knusprig.

~ ≈ ≈ ~

Erste Häuser tauchten vor Elisabetta auf, die Steigung der Straße wurde flacher. Plötzlich, als hätte jemand ihren Namen gerufen, blieb sie stehen, drehte sich um. Ihre Augen blickten wieder klar, waren nicht einfach nur geöffnet. Ein Schleier war fortgezogen worden. Auf einmal sah sie statt der wie durch ein Kinderkaleidoskop bunt zerwürfelten Welt wieder zusammenhängende Strukturen. Sie blickte auf Scalò und den Badestrand von Mirto Crosia unter sich und fand vertraute Landmarken: Häuser, Sportplätze, bekannte Baumgruppen wie die gegen den noch flachen Sonnenschein schwarz wirkenden Zypressen, die auf dem Friedhofsberg drüben auf dem Hügel in den neuen Morgenhimmel drängten.

Sie hatte sich den ganzen Weg lang nicht einmal gefragt, warum sie nicht vom Bahnhof direkt in die Unterstadt gegangen war. Da lebten ihre Leute, die sie kannte, Familie, Freunde, Bekannte. Lello, ihr Chef in der Gärtnerei, Camillo, der Gemüsehändler. Chiara und Tante Lucrezia, bei der sie gewohnt und ein bisschen Heimat gehabt hatte. Sie wusste nicht warum. Und sie wusste auch nicht, warum sie rauf in die Oberstadt dort auf dem Fels, in die Altstadt wollte. Genauso wenig wusste sie, warum es ihr nicht in den Sinn gekommen war, am Bahnhof auf den ersten Bus zu warten, statt über eine Stunde mit ihrem Koffer zu gehen. Nun spürte sie ihre schmerzenden Schultern und Füße.

Sie bog in die erste Straße ein, die sie erreichte, und verspürte Hunger. Es war ewig her, dass sie etwas gegessen hatte. Auf der linken Seite sah sie eine Bar mit weit geöffneter Tür wie zum Lüften, die vielleicht schon Brioche und Kaffee anbot. Gerade in dem Moment, als sie in Höhe eines kleinen Friseurladens von der rechten auf die linke Straßenseite wechseln wollte, passierte es. Ein heller Tonkrug flog von oben auf sie zu, schlug in kleinste Stücke zerplatzend mit einem hässlichen Knall unmittelbar vor ihr auf das Pflaster, Splitter sprengten gegen ihre Beine. Vom Balkon über dem Friseurladen schrie eine Frau laut und höhnisch in die morgenruhige Straße:

„*Buon giorno*, Elisabetta! Da ist ja das Früchtchen! Dass du dich überhaupt wieder her traust, *sgualdrina*, du Flittchen!"

Abrupt, wie gegen eine Wand gelaufen blieb Elisabetta stehen und schaute hoch. Auf dem Balkon stand eine in Schwarz gekleidete Frau, die sie flüchtig kannte. Der Name fiel ihr nicht ein.

„Hau bloß ab, geh zurück nach Reggio und mach da die Männer an!" Dann war der Balkon wieder leer.

Elisabetta stolperte wie blind in die Caffè-Bar. Weil die Tür weit geöffnet war, schepperte die Türglocke nicht.

Hinter dem Tresen stand ein vielleicht dreizehnjähriger Junge mit weißer Schürze. Er hatte gerade einen Korb duftender Brioches in das Fach unter der Glasplatte des Tresens gepackt, dreietagige Pyramiden aus Hefeteig, ofenfrische *Brioscia*, die man zum Morgenkaffee verzehrt und im Sommer sogar aufgeschnitten und etwas ausgehöhlt mit Eis füllt. Aber der Sommer war längst vorbei.

Der Junge fragte, ohne Elisabetta anzusehen:

„Caffè?"

„Si. Und eine *Brioscia*, bitte."

Sie legte das Geld für das Brioche in den Plastikteller auf dem Tresen und der Junge nahm es heraus, zählte die Münzen.

„Stimmt so", meinte Elisabetta. Der Junge brummelte etwas, hantierte dann schweigend an der Kaffeemaschine und ließ den heißen Espresso in die kleine Tasse fließen. Dann nahm er die Brioche, legte sie auf eine Papierserviette und reichte beides über den Tresen.

Elisabetta steckte die Hand aus, um zunächst die Tasse zu nehmen.

In dieser Sekunde ragte eine riesige, braune und behaarte Klaue in die Szenerie und nahm mit einer einzigen energischen Bewegung dem Jungen die Tasse aus der Hand, bevor er sie herüberreichen konnte.

Diese Klaue gehörte zum Vater des Jungen, dem Bäcker Simonetto. Mit einem harten, schrillen Geräusch setze er die kleine weiße Tasse samt Untertasse auf die Arbeitsfläche hinter dem Tresen, so hart, dass die zwei Tütchen Zucker und der dünne Alu-Löffel herunter tanzten. Mit der anderen Hand wischte er gleichzeitig die Serviette mit der Brioche vom Tresen herunter, sodass das Gebäck auf den Boden fiel. Er trat es mit der Fußspitze wütend weg.

„Es gibt keinen Kaffee für dich und auch keine *Brioscia*!"

„Aber ..."

„Wir haben auch gar nicht geöffnet. Und wenn, für dich gibt's sowieso nichts!"

Dann kippte er Elisabettas Münzen aus dem Teller in seine Hand. Sein Sohn stand mit offenem Mund neben ihm und schaute abwechselnd das Mädchen und seinen Vater an, dessen Gesicht ganz rot war. Nicht von der Hitze des offenen Backofens, wo der Vater die fertigen Brotlaibe mit kräftigen Schwung und in seiner ihm eigenen Grandezza des besten Bäckermeisters der Welt mit dem langstieligen, hölzernen Schießer aus dem Feuer holte. Diesmal war sein Gesicht zwar auch rot, aber zudem ungewohnt verzerrt, als er Elisabetta die Münzen vor die Füße warf.

„Hier hast du dein Geld wieder, ich lass mir nichts nachsagen, nicht wie du! Und jetzt raus mit dir."

Und seinem Jungen schrie er zu: „Schließ sofort die Tür, Alfredo! Verdammt, wir haben nicht geöffnet. Nicht für solche! *Basta*!"

Sie stand wieder auf der Straße, fühlte nur einen schnellen, ihr völlig unbekannten Schmerz, der tief in sie eingedrungen war. Das Beste, das ihr in diesem Augenblick widerfuhr, war die Gnade totaler rationaler Abwesenheit. Sie verstand überhaupt nichts.

Die Morgensonne, spätherbstlich flach und dünn, hatte das Felsplateau, auf dem der alte Teil von Rossano lag, erreicht und wärmte so gut es ging das mühselig erworbene Altersrot der Häuserwände und das Hell- bis Lehmgelb des Uhrenturms an der Piazza Steri, bevor es schließlich der nahen weißen Kathedrale *Maria Santissima Achiropita* ein weltlich warmes rosa Makeup gönnte.

Das Innere dieser mehr als tausend Jahre alten Kathedrale war nicht nur für einfache Gemüter verwirrend durch ein bombastisches Zuviel an allem, was das Auge da sah. Zuviel der kantigen, roten Säulen, der geschnitzten hölzernen Kassettendecke, der unendlichen Marienpräsenz, der raffiniert von der oberen Fensteröffnung über dem Mittelgang einfallenden blendenden Lichtüberschwemmung, der byzantinischen, pseudobyzantinischen und übersatten architektonischen und dekorativen Verzierungen.

Nichts konnte die Gläubigen dieser Kirche an Selbstzweifel und Irrungen erinnern. Nichts konnte die Kirche an der Richtigkeit ihres Weges, so unerreichbar weit über den Gläubigen, zweifeln lassen angesichts des immer wieder von höchster Stelle argumentierten Endes der Welt. Allenfalls fände man hier Augustinus' missverstandene niedere Welt des Werdens, die nur den Sinnen zugänglich ist. Diese aber wurde hier wie überall und immer schon verwandelt, in ein eitles Schaufenster der Blendung gestellt und nicht in ein Kraftwerk der Verwandlung überführt. Hier triumphiert einzig die glänzende Allmacht der Kirche und verurteilt die Gläubigen mindestens einmal die Woche zum ehrfürchtig geflüsterten, aber zwingend zustimmenden Ablass-Applaus.

War es ihr Instinkt gewesen, der Elisabettas Mutter abgehalten hatte, in diesem Haus zu beten und sich seelisch zu entblößen? Sie war ja mit ihrer Tochter stets in die kleinere benachbarte Kirche *Panaghia* gegangen, wo ohne viel Brimborium ihr ehrliches Stoßgebet für die Linderung ihrer Leiden und Bedrängnisse genügte, wo diese einfache Währung akzeptiert wurde.

An diesem Freitagmorgen saß Elisabetta als Einzige im Mittelschiff der Kathedrale, deren Wucht ihr den Atem zu nehmen drohte. Hierher hatte sie sich geflüchtet in ihrer Panik. Sie wusste nicht was, doch sie spürte, dass ihr etwas geschah. Und sie fühlte, dass sie geschlagen wurde, immer wieder geschlagen. Wie die achtfüßigen Kraken von Scilla. Auch die Tür der Kathedrale hatte weit aufgestanden. Und jetzt saß sie hier ganz vorn auf der ersten Kirchenbank fast unter der Kanzel. Im Gang zwischen den Kirchenbänken, stand ihr Koffer.

„Meine Tochter …!“

Die Stimme klang mechanisch, emotionslos, beinahe ohne Ton.

Elisabetta erschrak. Vor ihr hatte sich der Priester aufgebaut und warf einen Schatten über das blasse Gesicht von Elisabetta.

„Mir scheint, es ist höchste Zeit für eine Beichte!“

„Pater …“

„Meine Tochter, du weißt selbst, dass du sehr gesündigt hast. Komm jetzt zur Beichte.“

Gegen das Licht konnte sie das glatte, glänzende Gesicht des Priesters nicht erkennen, weder seine Augen noch seine Mimik. Sie sah nicht seine gegelten, dünnen Haare, die nur zum Teil von seinem vierkantigen Birett bedeckt wurden. Sie hörte nur seine Worte, die wie aus dem Mund eines Automaten kamen. Und die einen ganz leisen, drohenden Unterton hatten.

Das Innere der Kathedrale war normalerweise der Klangkörper einer brausenden, brandenden, jubelnden Ja-Sagung. Jetzt lag es verloren still wie ein nach der Aufführung entleertes Theater. Nur der Atem des Priesters war zu vernehmen und seine raschelnde, schwarze Soutane, als er sich zu ihr in die Kirchenbank zwängte. Die wie gelähmt verharrende Elisabetta hatte keinerlei Anstalten gemacht, ihm in den Beichtstuhl zu folgen.

In diesem Augenblick stimmte keine Dimension mehr. Die scheinbare Großartigkeit hatte keine Bindung an das Einzelne, aus dem sie sich als Kirche zusammensetzt. Dies war kein Ort für den Dialog, für zu flüsternde Gespräche, für nur zwei Menschen.

Elisabetta rückte vom Priester etwas ab. Der sprach weiter, nach vorn, ohne zur Seite zu sehen.

„Ja, du hast schwer gesündigt, unten in Reggio. Es war schon vermessen zu glauben, du könntest dort allein mit falschem Stolz und ohne den Schutz und die heilsame Strenge der Familie ein sündenfreies Leben führen.“

Jetzt schielte er nach rechts zu ihr. Elisabetta saß regungslos neben ihm in der Bank und hatte die Hände so fest in ihrem

Schoß gefaltet, dass die Knöchel weiß hervortraten. In ihr brannte es. „Pater, ich verstehe nicht, in Reggio, ich habe doch immer nur gearbeitet. Wieso gesündigt?"

„Ach so, du willst nicht beichten. Ist das deine Achtung vor einem der wichtigsten Sakramente? Ist dir selbst der Heilige Augustinus nicht mehr heilig?!"

Die Stimme des Priesters war schärfer geworden. „Wie willst du die Taufgnade wiedererlangen, wenn du dein Gewissen nicht erforschst, nichts bereust, wenn du dir nicht alle Sünden, die du seit deiner Taufe begangen hast, vor Augen führst? Ohne Beichte bleibst du befleckt! Willst du das vor Gott wagen?"

Jetzt sah auch Elisabetta zur Seite, zum Priester.

„Bitte! Was habe ich denn …"

„Beichte jetzt! Sofort. Oder du bleibst eine Verdammte Gottes!"

„Was habe ich denn …?"

„Wieso fragst du mich? Denkst du, es gäbe für dich eine Ausnahmeregel? Was du getan hast? Frag die Menschen hier in deiner Heimatstadt, was sie über dich und deinen Lebenswandel denken."

Sie fühlte sich gedemütigt, zu Unrecht verurteilt, ehrlos und schlecht.

Aus der Tiefe der Kathedrale hörte sie einen dumpfen Ton, den sie schon kannte, der sie ekelte: das anschwellende Weichschlagen der Kraken von Scilla, wie eine Strafe allein dafür, dass sie gelebt hatten und – verdammt! – nicht sterben wollten.

Der Priester fuhr sich mit der Zunge über die trockene Oberlippe.

„Wie du öffentlich auf allen Straßen die Männer gierig berührt hast, wie du dich in Gedanken und Taten in der Todsünde gesuhlt hast, wie die Polizei dir auf die Schliche gekommen ist", er verschluckte sich fast, „denkst du, wir hätten davon nicht erfahren? Und du verweigerst Gottes ausgestreckte Hand!"

Jetzt verstummte plötzlich im Resonanzboden des Kirchenraums die rhythmische Tortur an den wehrlosen Lebewesen aus dem seichten Wasser. Nun wurden die Kraken öffentlich auf der Leine aufgehängt. Die Sonne musste sie nur noch trocknen; sie zu trösten gab es keinen Grund.

Der Priester wollte sich vollständig Elisabetta zuwenden, schaffte es aber wegen der Enge der Kirchenbank und seiner eigenen Körperfülle nicht. Noch während er versuchte, sich und die Soutane zu sortieren, geschah etwas Ungeheuerliches im Leben von Elisabetta. Etwas, das ihr sonst nie in den Sinn kommen würde, das allen bisherigen Werten entgegenstand, das sie schutzlos machte, Bindungen zerriss. Aber sie auch befreien könnte.

Sie wollte diesem unbarmherzigen Richter ins Gesicht schlagen.

Doch der marode, alte Baum steht fest. In seinem morschen Geäst hocken viele, große, schwarze Krähen. Sie heißen zum Beispiel „Tradition", „Sicherheit", „Männlichkeit", „Immerso" und „Niemalsanders", „Herr im Haus" und „Kusch dich", „Ich bin dein Chef" oder „Halt's Maul". Sie kontrollieren von ihren bereits mürben Logenplätzen das ganze Leben unter dem Baum, da tanzt keiner aus der Reihe. Da wird nichts hinterfragt, gibt es kein Aufbegehren. Ein einziges, von dem Baumkollektiv, von seinen Wurzeln bis in die Krone hinauf gesteuertes Bewusstsein.

Diese Bande im Baum kann selbst ein heftiger Wind nicht wegpusten, auch nicht ein Zerwürfnis mit einem Priester als Handlanger der Baumkrone. Doch es gibt eine andere Art Aufstand, einen Anti-Sturm, leise, aber zugleich ungeheuer stark. Etwas, das im Inneren entsteht, dessen Elisabetta sich nicht bewusst war. Und nur diese Kraft könnte es erreichen, dass der Baum ganz einfach umkippt, zur Seite fällt und krachend zersplittert. Und alle die fetten, schwarzen Krähen entsetzt aufflattern und sich hässlich klagend in alle Winde zerstreuen.

Aber in Wahrheit gab es ihn ja gar nicht, diesen einen bösen Baum – es war ein ganzer, mächtiger, alles beherrschender Wald, der nur den einen Baum verlieren würde. Einen. Diesen einen unter den vielen. Aber immerhin.

In dieser Situation quietschte es draußen vor der Kirchentür vernehmlich und dissonant. Eine Autotür wurde heftig zugeschlagen, laute Stimmen sprachen durcheinander.

Noch während der Priester sich in Rage redete, war Elisabetta bis ganz ans andere Ende der Kirchenbank gerutscht und heraus. Sie sprach kein Wort, als sie ruhig zum Ende des Mittelgangs ging, wo ihr Koffer stand. Sie sah nichts, hörte nichts. Keine Engelschöre, kein Orgelbrausen, nicht einmal die Stimme des Priesters, der noch immer in die Bank eingeklemmt saß, aber unaufhörlich Verdammung predigte. Es war nicht einmal klar, ob er Elisabetta überhaupt noch wahrnahm.

Elisabetta hatte ihren Koffer genommen und war zur Eingangstür der Kathedrale geschritten, die noch immer offen stand. Draußen überstrahlte die Sonne mit ihrem hellen Licht heiter die Straße und schien sich zu freuen. Am Straßenrand stand ein grauer Wagen mit einem leicht eingebeulten Kotflügel auf der Beifahrerseite, davor hob eine Frau ein leicht demoliertes Fahrrad auf und schob mit dem Schuh die Scherben einiger Flaschen zusammen, die wohl beim Zusammenstoß mit dem grauen Auto aus ihrem Fahrradkorb gefallen und zerbrochen waren. Neben ihr ein älterer Mann, wohl der Fahrer, der ruhig etwas auf einen Zettel schrieb. Er schien freundlich und auch die Frau hatte sich beruhigt. Es war ja kaum etwas passiert. Eine ganz alltägliche Kollision.

Es war die Sonne, die *Commissario* Baldini für einen Augenblick geblendet hatte. Und er war wohl auch müde von der langen Nachtfahrt von Reggio di Calabria nach Rossano.

„Wie komme ich an das Mädchen?", hatte er am Nachmittag zuvor seine Kollegin Barbara gefragt.

„Wieso? Ich denke, sie hat bezahlt und der Fall ist erledigt."

„Ja, aber ich habe trotzdem ein ungutes Gefühl. Ich kann's dir nicht erklären."

Es war auch alles noch völlig unausgegoren. Ihm ging die Aussage des Kassierers in der Bar, wie hieß er doch noch richtig – Nello! –, nicht aus dem Kopf. „Eine junge Frau …" Elisabetta Morabella war eine junge Frau. Mit einem eigenartigen Hang zu fremden Männern. Er hatte ihre Akte kommen lassen und durchgelesen. Insbesondere die psychologische Begutachtung, die von der Staatsanwaltschaft in Auftrag gegeben worden war. Das war nicht ungewöhnlich, diente sie doch einer – wo immer möglichen – Beschleunigung des jeweiligen Falls ohne Hauptverfahren.

Baldini meinte, dass keiner der Männer einen wirklichen Schaden erlitten habe.

„Du denkst wie ein Mann, Rico", Barbara sah das ganz anders. „Wenn du keine Beule siehst oder kein Blut fließt, dann hat es auch keinen Schaden gegeben? Das ist doch absoluter Unsinn. Warum gibt es denn überhaupt eine Anzeige und dieses ganze Verfahren? Was ist denn mit dem seelischen Schaden; zählt der nicht, nur weil die Opfer Männer sind?"

Baldini wusste, dass sie Recht hatte. Er hatte einfach nur das Falsche gesagt.

„*Scusami*, Barbara, natürlich zählt eine männliche Seele genauso."

Jetzt hatte er sich also das Papier noch einmal zur Hand genommen.

„Gutachten im Einklang mit Art. 13, 32, Abs. 2 italienischer Strafprozessordnung im Rahmen eines verkürzten Verfahrens nach Aktenlage mit Strafbefehl einer Geldstrafe nach Art. 459 + 460 (*)"

Es war wie der Mantel des Mädchens im Regen, dachte er, so dünn. Aber ob dick oder dünn – das war kein Argument. Auch und gerade eine dünne Messerklinge etwa konnte verletzen und töten. Ebenso wie Worte und Akten.

„Hinter dem Dominanzstreben der Stalkingtäterin steckt eine unreife Selbstwertregulation, die sich des Abwehrmechanismus der projektiven Identifikation bedient. Sie geht davon

aus, dass andere für die Besorgung ihrer Bedürfnisse zuständig sind."

Da war sie wieder, diese distanzierende Psychologensprache. Aber immerhin, am Ende aller wissenschaftlich-juristischen Wenns und Abers folgerte die Gutachterin Dottoressa Renata Severini:

„Im vorliegenden Fall stelle ich eine eindeutige Schuldunfähigkeit fest, ohne ... Unterbringung in einem psychiatrischen Krankenhaus zu befürworten. Entscheidender wäre eine Entfernung aus dem geo-sozialen Umfeld, in dem sich die Wahnvorstellungen der Morabella Elisabetta manifestieren."

Und wo war nun diese junge Frau? Amtlich war sie in Villa San Giovanni bei ihrer Tante Maria Donizelli gemeldet. Doch diese Tante hatte sich in der Zwischenzeit das Leben genommen, wie polizeilich festgestellt worden war. Dort war das Mädchen also nicht mehr.

Durch das Melderegister erfuhr Baldini ihren Geburtsort. Rossano. Dort war auch ihre letzte heimatliche Adresse, bei einer Tante in Rossano. Hier wollte Baldini den Faden wieder aufnehmen. Er hatte bereits viele Nachfragen telefonisch gemacht, aber sie waren nicht zufriedenstellend verlaufen. Weitere Details hätte er natürlich von Reggio aus mittels Amtshilfe klären können; aber dazu hätte es einer offiziellen Anfrage mit dem Segen von oben bedurft. Und weiter herumtelefonieren? Irgendetwas hielt ihn davon ab und veranlasste ihn, persönlich hinzufahren.

Der *Vize-Questore*, Dottore Rufio Rumello, hatte die Fahrt, wenn auch stirnrunzelnd, gebilligt. Er war immer noch *Vize-Questore* in Reggio, der vierte Stern, der in Catanzaro aufgehen sollte, ließ auf sich warten. Der Mord in der Bar war bis jetzt nicht aufgeklärt, die ominöse Frau, um die es in der Aussage gegangen war, nie gefasst worden. Und warum sollte jetzt die junge Stalkerin etwas damit zu tun haben? Da wäre ja jede Falschparkerin oder Ladendiebin, die man mal festgenommen hatte, ebenso verdächtig.

„Was soll das, gegen die Frau liegt nichts mehr vor, sie hat ihre Geldstrafe bezahlt, und gegen sie wird nicht mehr ermittelt."

„Das nicht, aber ich habe da so einen Verdacht, der mir keine Ruhe lässt."

„Ja, ja, ich weiß, die Sache in der Bar. Aber es reicht nicht für weitere Ermittlungen, die ja auch der Staatsanwalt anordnen müsste."

„Das ist mir klar, aber ich möchte nur mal etwas näher an sie herankommen, einfach so."

Rumello überlegte. Wenn Baldini doch auf der richtigen Spur war, konnte das ihm, dem *Vize-Questore*, nur recht sein. Er hatte es bisher, obwohl er den Fall übernommen hatte, selber nicht geschafft und das wurmte ihn. Jetzt schlummerte die Akte im Archiv. Dort lagerten noch fünf weitere ungelöste Fälle. Da wäre einer weniger für die überfällige Beförderung ganz sicher hilfreich.

„Na gut, besuchen Sie Ihr Phantom, Baldini. Aber das machen Sie bitte privat, es ist ja ohnehin Wochenende. Montag sehen wir uns wieder. Und zwar hier. Viel Glück."

Typisch für Rumello, dachte Baldini. Der Chef hatte zwar Recht, dass dieser Fall eigentlich durch war, weil sich bisher nichts, aber auch gar nichts mehr ergeben hatte. Vielleicht wirklich ein klassischer *caso irrisolto*, ein Cold Case. Aber Rumello wollte sich nur wichtig machen. Mit ein paar rudernden Gesten und blindem Schein-Aktionismus. Mehr nicht. Will die Akten haben!

Baldini hatte seine Tasche gepackt und die Dienststelle verlassen. Dann war er nach Hause zu seiner Frau gefahren. Er wollte noch ein paar Stunden schlafen, bevor er sich auf den Weg machte. Gegen fünf Uhr wacht er auf. Zeit, sich zu verabschieden.

„Ich denke, ich bin am späteren Abend wieder zurück."

„Nimm eine *Focaccia* mit Käse mit. Ich mach dir eine."

„Danke, gute Idee. Wenn du schon dabei bist, dann mach mir doch bitte auch eine Thermosflasche mit heißem Tee."

So war er nach Rossano gestartet. Fast 300 Kilometer, zum Glück die meiste Strecke Autobahn nach Lamezia Terme und Cosenza. Aber dann bei Tarsia runter und rechts ab, eine unangenehm kurvige Strecke, vorbei am ehemaligen Konzentrationslager, dessen Baracken hinter der Gedenkstätte weißfahl im kalten Dunst lagen. Schlecht zu fahren, gerade im Zwielicht der Morgendämmerung.

Zurück auf dem Berg
11

Die Ape quälte sich im kreischenden Diskant eines überforderten Zweitakters die Serpentinen hinauf. Die Ladefläche war schwer beladen mit sechs dicken Säcken schon zurecht gesägtem, aber noch ungespaltenem Brennholz aus Stämmen und Ästen der Aleppokiefer. Zwischen ihnen und dem Seitenbrett eingekeilt, klemmte ein brauner Koffer.

Elisabetta war froh gewesen, dass der Fahrer sie ohne viel zu fragen mitgenommen hatte, als sie winkend an der Straße stand. Er war ein älterer Mann mit dem Albaneser Skipetaren-Dialekt, typisch für die Leute aus San Demetrio Corone nicht allzu weit entfernt vor der Kulisse der höchsten Berge der Sila. Er wollte, so hatte er es Elisabetta unterwegs erzählt, mit den Brennholzsäcken nach Acri zu seinem Schwager und fuhr direkt am Haus auf dem Berg vorbei. Als Elisabetta schon einmal in einer Ape mitgereist war, mit ihrem Koffer hinter sich neben einem Bootsmotor, da war sie in ihre Zukunft gefahren. Sie schauerte ein wenig bei dem Gedanken, wie sie nach Reggio gestartet war. Ähnlich wie jetzt. Nun auf der Reise in ihre Vergangenheit. Zu ihrem Vater.

Der Vater.

Man hätte meinen können, die schrillen Schallwellen der lauten Ape hätten das ganze welke Spätherbstlaub von den riesengroßen Kastanien und Ahornbäumen schütteln müssen. Doch als der Fahrer anhielt, war kein noch so brüchiges Blatt abgefallen. Nichts regte sich in dieser überschaubaren Welt auf dem Berg. Elisabetta stieg auf der Beifahrerseite aus der engen Kabine und griff sich ihren Koffer von der Ladefläche und stellte ihn neben sich auf den Asphalt, der am Rand der Straßen bereits zerbröselte. In der Luft lag kein würziger Bergherbst, sondern die stinkende Auspuffwolke.

Die Ape jaulte auf, ruckte an und zockelte wieder los. Das war in diesem Augenblick das Einzige, was Elisabetta wahrnahm. Sie spürte nichts, hörte nichts, sah sonst nichts. Gerade waren die letzten drei ihrer jungen Jahre weggestorben. Sie war nicht mehr die Elisabetta, die nach Rossano und dann nach Reggio ausgewandert war. Sie war ein Baum. Ein Busch. Sie war die immer noch zerbrochene Bank am Parkplatz da drüben. Sie war der Holzzaun vor der Kirche dort. Die Glocke an der Wand. War die Heimat. Wieder die Grille. Die aber jetzt in einer solchen Schwermut steckte, dass sie nicht einen Ton hätte hervorbringen können. Schon gar kein Hochzeitslied. Nicht einmal einen kleinen, zitternden Klagelaut. Nur einen Schmerz, unter dem sie sich duckte, spürte sie.

Dann riss sie die Augen weit auf. Sie war daheim auf ihrem Berg. Die Grille war zurück in ihr Erdloch geschlüpft. Jetzt war es wieder Elisabetta, die ihren Koffer aufnahm.

Commissario Enrico Baldini war es sehr peinlich gewesen, dass er die Frau auf dem Fahrrad übersehen hatte. Zum Glück hatte es – bis auf die zerbrochenen Flaschen – keinen Schaden gegeben. Er schrieb der Frau seinen Namen und Adresse auf (ohne Hinweis darauf, dass er Polizist war), faltete den Zettel und legte noch einen guten Geldschein – „das Flaschenpfand" – dazu.

Er wollte sich schon abwenden und ins Auto steigen, als ihm eine Idee kam. „Kennen Sie eigentlich eine junge Frau namens Elisabetta Morabella?"

„Warum sollte ich?"

„Ich suche sie, es geht um etwas Wichtiges. Ganz privat. Wegen ein paar Dokumenten."

Zu seiner Überraschung antwortete die Frau: „Ja, die kenne ich. Die kommt von hier. Hat aber zuletzt bei ihrer Tante gewohnt."

„Ach, Tante Maria in Villa San Giovanni?"

Die Frau sah ihn an. „Nein, die nicht. Ich meine hier, in Rossano. Lucrezia Garano.“

„Ach die, die ist ja …“, fast hätte sich Baldini verraten, „bestimmt nicht dieselbe wie die in Villa San Giovanna.“

„Nein, aber was ist denn mit der Tante in Villa San Giovanna? Hat Elisabetta bei ihr gewohnt?“

„Hatte. Jetzt ist die Tante tot.“

„Tot?“ Die Augen der Frau waren groß und fragend.

„Ja, mehr kann ich Ihnen auch nicht sagen.“

„Und wo ist dann Elisabetta?“

„Das wollte ich eigentlich Sie fragen.“

Ein paar Sekunden schwiegen beide. Dann nahm die Frau Baldini am Ärmel. „Ich wusste nicht, dass die Tante tot ist. Aber ich kann Ihnen was anderes über Elisabetta erzählen. Haben Sie einen Augenblick?“

Baldini holte tief Luft: „Nehmen wir doch einen Kaffee zusammen irgendwo“, schlug er vor. Doch die Frau winkte ab.

„Nein, nein, so viel ist es auch nicht.“ Sie dachte einen Moment nach. „Kann ich mich nicht kurz zu Ihnen ins Auto setzen?“

Baldini riss die Beifahrertür auf, neben der sie beide standen. „Bitte, steigen Sie ein!“

Keiner von ihnen bemerkte den mittelgroßen, bäuerlich gekleideten Mann mit schwarzem Schnurrbart, der auf der gegenüberliegenden Seite des Platzes am Eingang einer kleinen Bar stand. Er war gerade in dieser Sekunde von der Toilette an die Straßenterrasse der Bar getreten und hatte den kleinen Unfall nicht mitbekommen. Nun aber schaute er, geschützt durch eine Grünpflanze, über die kleine Verkehrsinsel mit dem Gitter auf der Mitte des kleinen Platzes gespannt hinüber zu den zweien.

Der Mann kannte Baldini nicht. Aber er kannte die Frau gut. Das war seine Schwester.

„Na, warte!“, murmelte er, als er sah, wie sie ihr Fahrrad an die weiße Mauer der Kathedrale lehnte und sich zu dem fremden Mann ins Auto setzte.

~ ~~ ≈ ~ ~

Der *Commissario* hatte ein gutes Gedächtnis und musste nichts von dem mitschreiben, was ihm die Frau über Elisabetta erzählte. Wie sie anfänglich noch ein paar Mal zusammen mit ihrer Tante Lucrezia, der Schwester ihrer Mutter, und ihren Brüdern Aldo und Lorenzo mit dem Linienbus auf den Berg und zum Vater gefahren war.

„Ob das für alle Beteiligten eine reine Freude war, glaube ich nicht. Der Alte hatte ja nie viel geredet. Da konnten sie ihm noch so viele Geschenke auf den Berg schleppen – bedankt haben wird er sich bestimmt nicht überschwänglich. Ich kenne mich aus, wir sind ja entfernt verwandt mit denen. Da spricht sich viel herum." Die Frau schnaubte spöttisch. „Selbstgezogene Wachskerzen, bunte Kreidebilder oder aus einem Poesiebuch der Tante abgeschriebene Sinnsprüche – das war doch alles Quatsch für den Alten."

Baldini musterte sie von der Seite. Wie geschwätzig war doch diese Frau. Nun, ihm konnte es nur recht sein. So erfuhr er, was er wissen wollte.

Nie hatte ein Besuch bei ihm, tratschte die Frau, länger als eine Stunde gedauert: „Das passt auch ganz gut, hat Tante Lucrezia immer festgestellt." Die Frau blickte starr nach vorne.

Die letzten Jahre war sie nie wieder oben gewesen. Hatte gelegentlich aus Reggio geschrieben, etwas von sich erzählt. Nie eine Antwort erhalten und sie auch nie erwartet. Deshalb war sie auch nie enttäuscht gewesen. Oder nur ein klein wenig. Schließlich waren Enttäuschungen, hatte ihr die Mutter klar gemacht und sich dabei bekreuzigt, eine Art himmlische Strafe für begangene Sünden. Je schwerer die Enttäuschung, desto schwerer auch die Sünde, so die Mutter. Und legte damit dem Kind einen machtvollen Stein auf die Seele. Das erste, was Elisabetta auffiel, war der zerbrochene Holzzaun vor der Kirche. Er hatte ihre ganze Kindheit ausgehalten, war unzählige Male überklettert worden, hatte ebenso oft den Kindern als unbequemer, aber favorisierter

Zuschauersitz gedient beim Münzenwurfspiel gegen die Kirchenwand gegenüber oder als Proszeniumsloge bei der gelassenen Betrachtung ihrer damaligen Welt und deren Bewohner, wenn diese bei den raren Gottesdiensten und noch selteneren Pilgertagen auf- und vorbeimarschierten.

Jetzt war der Zaun an vielen Stellen morsch und zerfallen, einzelne vom Regen und Schimmel geschwärzte Sprossen lagen herum und um ihn zu überwinden, musste man kaum wirklich auch nur einen Fuß anheben.

Elisabetta ging langsam neben der Bogenarkade entlang zum Elternhaus hinter den drei gedrungenen Apsiden-Trommeln der Kirche.

Es war sehr still. Sonst kämmte der Wind die Frisuren der Kiefern im Kirchgarten und ließ die feinen, zarten, hellgrünen ausgefächerten Nadeln der harzigen Quasten summen.

„Wie seltsam ruhig es hier ist", dachte sie. Auch der Himmel blieb stumm. Ließ keinen Laut zu, kein scharfes Habicht-Gickern, keine gezogenen Bettelrufe hungriger Jungsperber, keinen schrillen Ruf des Rotmilans von hoch oben vom unbefleckten spätherbstlichen Himmel herunter auf die Welt von Elisabetta. Kein Laut.

Dann aber doch: Sie hörte etwas. Nicht oben am Himmel, sondern fast unmittelbar vor ihr. Kaum verständlich, wie ein vorsichtig akzentuierter einzelner Ton, der nicht variiert wurde, obwohl es doch wohl ein Lied sein sollte. Manchmal hatte Elisabetta als Kind so etwas bei Sterbegebeten in den Gottesdiensten gehört und es seitdem als ein festes Ritual dieser Begängnisse gespeichert. Es war wie eine monotone, liturgische Sterbe-Litanei ohne jeden Nachhall im verzweigten Kirchenraum, deren Worte nicht als Vermittlung gehört werden mussten. Sie gehörten einfach dazu.

Jetzt auch. Unverständliche, auf einer flachen Ton-Linie schwebende Worte.

Elisabetta trat einen Schritt näher ans Haus, stieg die wenigen Stufen zum Eingang hoch und stellte ihren Koffer ab. Die

Tür war einen kleinen Spalt weit geöffnet. Im Zimmer – mitten im Raum – stand ein alter Mann. Er fühlte sich unbeobachtet und reinigte mit einer kurzen Drahtbürste die Sohle eines Schaftstiefels, verklumpte, trockene, dunkle Erde aus den Profilen fiel zu Boden.

Dabei sang er seine Leier.

Jetzt, so nahe und fast bei ihm, konnte sie die Worte wieder verstehen.

„Sangu, sangu chiama sangu…". Keine echte Melodie, eher auf einer Ebene mit Rotkehlchen, die verzweifelt in den Netzen oder auf Leimruten von Vogelfängern zappeln, lebende Lockvögel für größere Beute, *„Sangu chiama sangu."*

Blut ruft Blut.

Mit einem Ruck stieß Elisabetta die Haustür ganz auf, blieb aber auf der Schwelle stehen.

Abrupt endete das Lied. Der alte Mann erblickte seine Tochter und ließ Stiefel und Drahtbürste fallen.

„Grillchen!"

Das Weinen der Grille

12

Luca hatte eine Nase für Komplikationen. Für eigene und die anderer. Das war auf der einen Seite eine zwar nicht perfekte aber doch ganz gute Absicherung gegen Angriffe aus dem Hinterhalt – einer wie er musste ständig mit etwas rechnen.

Auf der anderen Seite verführte ihn sein Witterungsvermögen oft genug zu unsinnigen und gefährlichen Aktionen, wo es besser gewesen wäre – falls überhaupt notwendig –, zunächst nur zu reagieren. Er drängelte sich manchmal regelrecht in die Konflikte hinein und gerierte sich als der große Stratege der er nun einmal ganz und gar nicht war. Und er war bedenkenlos, skrupellos, cholerisch, rechthaberisch.

Seine Augen wurden nicht nur wegen der Sonne eng, die ihm auf der Seite gegenüber der Piazza Duomo neben dem Oleander ins Gesicht schien. In seinem Kopf züngelten kleine Wutflämmchen. Warum setzte sich seine Schwester zu einem Fremden ins Auto? Wer war der Kerl? War der vielleicht gar kein Fremder? Und warum in aller Öffentlichkeit an einem Samstagvormittag? Warum wusste er nichts davon, hatte sie ihm nichts gesagt? Was traute sie sich?

Er hatte sich im Raucherbereich unmittelbar vor der Tür der Bar auf einen der schwarzen Plastikstühle hinter dem Oleanderbusch gesetzt, eine Zigarette aus der Schachtel gefischt und rauchte nervös. Immerhin war es auch seine Reputation, die auf dem Spiel stand. Der Mann in der Familie war seit dem Wegzug seines älteren Bruders Paolo in die Nachbarstadt Corigliano er, Luca, und nicht seine Schwester Christina. Auch wenn sie von den drei Geschwistern die Älteste war. Das zählte nicht. Also hatte er die Verantwortung und das Recht.

Die Zigarette war schon längst zu Ende geraucht, aber noch immer saß Luca hinter dem Oleanderbusch und beobachtete das Auto. Fast war er soweit, zu dem Wagen zu gehen und die Tür aufzureißen - als er sah, wie seine Schwester ausstieg, ohne sich umzublicken zu ihrem Fahrrad ging, aufstieg und losradelte. Unmittelbar nach ihr startete auch das graue Auto und bog ebenfalls in die Via Don Ciro Santoro ein.

Luca schnippte den gelben Filter seiner Zigarette in den Oleandertopf und stand auf.

Die beiden Silben fielen in den Raum wie zwei gealterte Medaillons, die ewige Zeiten in einer verschlossenen, dunklen Kiste gelegen hatten. „Grillchen!" Sie hatten keine Tonfarbe, keinen Auftrag, nichts von einer Botschaft. Sie waren frei geworden und suchten erst jetzt eine Bedeutung, ein Gefühl, ihren Wert.

Elisabetta stand bewegungslos in der offenen Tür ihrem Vater gegenüber. Sie musterte ihn. „Wie alt er doch geworden ist. Ob er viel gelitten hat?" Sie hatte bisher ihren Vater immer nur als schweigsame Teilperson ihrer Familie erlebt und betrachtet. Für diese Funktion hatte sie ihn stets respektiert. Die klassische Vaterrolle gegenüber seinen drei Kindern hatte er selten erfüllt und wenn, dann eher hölzern, verlegen, möglichst berührungsfrei. Doch Elisabetta hatte sich weiterentwickelt. Aus der Anspruchslosigkeit ihrer Kindheit war durch die jahrelange Entfernung keine Entfremdung erwachsen, sondern eine manchmal sogar melancholische, suchende, fragende Erinnerung. Mehr und mehr hatte sie seine Wichtigkeit für sich entdeckt und als sie jetzt vor ihm stand, wusste sie, wie sehr sie ihn vermisst hatte. Und als er sie „Grillchen" nannte, schossen ihr die Tränen in die Augen.

Hier stand er als uralter Mann in der kleinen, niedrigen Küche, die aber wegen ihrer Unproportionalität den gebeugten Greis zum Riesen machte. Ihr Vater, der einzige Mann bisher, dem sie bedingungslos vertrauen konnte und den sie doch verlassen hatte. Und er sie. Der begann jetzt ebenfalls lautlos zu weinen.

Die beiden blickten sich gegenseitig an. Elisabetta wischte sich mit dem Handrücken die Tränen aus den Augen. Nie zuvor hatte sie um jemanden geweint, nicht einmal um ihre Mutter. Nur einmal war das vorgekommen, damals, als die Grille vor ihr im Gras zertreten worden war.

Elisabetta ging ganz langsam die wenigen Schritte auf ihn zu und schloss ihn in beide Arme. Es waren für sie wohl die intimsten Momente ihres gemeinsamen Lebens, da sie zum ersten Mal zusammen weinten.

Und es war auch der seltsame Kern dieses Augenblicks hier oben auf dem Berg, dass sie beide sogar aus demselben Grund weinten. Nur hätte keiner von ihnen diesen Grund benennen können. So weit waren sie noch lange nicht.

Sanft drückte Elisabetta ihren Vater auf den Stuhl. Keiner von beiden sagte etwas, kein Wort des Verstehens, keine Geste der Verlegenheit, kein Wort der Abmilderung. Beide wischten sich nun die Tränen mit den Handrücken aus dem Gesicht.

Und beide öffneten ihre Augen, als habe gerade jetzt ein ganz neuer Tag begonnen.

So war es ja auch.

Elisabetta öffnete die beiden Türflügel des Hängeschranks über der Anrichte, nahm zwei dickwandige, kleine, weiße Porzellantassen hervor, fand die Zuckerdose, fischte zwei Weißblech-Löffel aus dem offenen Geschirrkasten neben der Spüle. Dann zog sie einige Schubladen des Küchenschrankes auf.

„Wo ist der Kaffee, Vater?"

Giacomo stand auf, durchquerte die Küche und ging zur steinernen Spüle. Oberhalb des Wasserhahns löste er einen Stein aus der Wand, der lose in der meterdicken Mauer eingelegt war. Dahinter war ein Loch.

„Hab ihn hier gesichert."

Aus diesem Geheimfach holte er einen flachen Blechkasten mit dem Kaffee und stellte ihn auf den Küchentisch.

„Aber wieso denn hier drin? Da wird er ja ganz muffig". Wie um sich zu überzeugen, klappte sie die Blechschachtel auf und roch an dem schwarzen Kaffeemehl.

„Da drin ist er besser aufgehoben, da kann ihn keiner stehlen!"

„Aber Vater, wer sollte hier denn sowas wie Kaffee stehlen? Hier ist es doch sicher!"

Bei dem Wort „sicher" ruckte der Kopf ihres Vaters hoch. Als wolle er etwas sagen, fand aber die Worte nicht, stammelte nur halblaut Unverständliches. Elisabetta wusste sofort: In dieser Küche, in der nie hätte etwas passieren können, hatte die tote Mutter in ihrem Blut gelegen. Hier, wo für ihren Vater schon lange nichts mehr sicher war, bewahrte er jetzt in diesem Loch hinter dem Stein seine inneren Bilder, sein Entsetzen, seine Stimme, seine Erinnerung und seinen Kaffee auf. Ohne ihm zu antworten, nahm sie den Aluminium-Espressokocher, um ihn mit Wasser zu füllen. Dazu kam sie aber nicht, denn plötzlich stand ihr Vater neben ihr und nahm ihr die Arbeit ab. Mit schneller Handbewegung schraubte er das Oberteil ab und füllte ins Unterteil Wasser ein. Mit einem Mal schien sich Giacomo wieder im Griff zu haben, wurde zu einem Teil der ablenkenden Überlebens-Routine der letzten Jahre. Elisabetta ließ ihn schweigend gewähren.

Mit einer bei ihm völlig ungewohnten Behutsamkeit füllte er dann das schwarze Mehl in den blechernen Filtertopf ein, ohne es anzudrücken. Die harten Fingerkuppen wischten mit einer für diesen rustikalen Mann überraschenden Leichtigkeit die letzten Kaffeekrümel vom Rand. Schließlich schraubte er alles zusammen und setzte den Kocher auf die kleinere Flamme des Gasherds.

Dann schlurfte er ins Schlafzimmer und holte einen zweiten Stuhl. Beide setzten sich immer noch schweigend abwartend an den Küchentisch. Es war kein erzwungenes, anstrengendes Schweigen. Eher war es eine Erleichterung, eine echte *pausa* für den Kaffee. In diese Stille hinein tönten die letzten Takte des *Concerto per due*. Das Wasser im Inneren des Kochers begann *allegro ma non troppo* zu gurgeln, dann stieg, *piano*, im Inneren der schwarze Espresso-Sud hoch ins Oberfach und schenkte der Stille zwischen den beiden Menschen im Raum nach dem letzten *Presto* des nun verkochenden Wassers ein vernehmlich fauchendes *Vibrato*. Der Kaffee war fertig.

Fast zwei Stunden saßen Giacomo und seine Tochter zusammen. Die meiste Zeit hatte Elisabetta erzählt. Von ihrer Zeit in Rossano beim Gärtner Lello. Von ihrer Reise nach Reggio. Von der Arbeit im Museum. Aber keine Erwähnung der Katastrophen, die im Saal der Bronzen ihren Auslöser hatten. Es waren nur Ausschnitte, der andere Teil der Wahrheit war eingefroren. Sie konnte viele einzelne Puzzle-Teile ihres Lebens in Reggio di Calabria zwar faktisch klar benennen, aber nicht in einen Zusammenhang bringen. Da war keine Geldstrafe und keine Panik-Abreise. Es schien, als sei sie über Eisschollen auf dem kalten Meer gesprungen, um hier an Land zu geraten.

Der Vater hatte zugehört, seinerseits nicht viel von seinem Leben auf dem Berg erzählt. Nur Routinen: dass die Muffos für ihn einkauften, aber planten, bald zurück ins Tal zu ziehen. Wie die Arbeit im Wald und bei den seltenen Pilgertagen in der Kirche verlief und dass schon mal seine Söhne mit der Schwägerin, bei der sie wohnten, ihn besucht hätten. Es war wie ein vorsichtiges Tasten in einem Lebenshaus, das mehr Türen hatte, als man öffnen wollte. Nicht aus Klugheit heraus, nicht aus Taktgefühl oder aus irgendeiner anderen Feinfühligkeit hatte er geschwiegen und sie nicht ein einziges Mal gefragt, warum sie überhaupt aus Reggio weggefahren und zu ihm zurückgekommen sei. Giacomos Leben war, was Hinterfragen, Abwägen, Einordnen betraf, schon so sehr skelettiert, dass auch er nur einzelne Eisschollen sah und nicht, wer oder was diese einst salzigen Wellen zerfroren hatte. Ein Wunder, dass sich in diesem gebeugten Schweiger überhaupt hatten Tränen halten können. Darum wurde auch der Tod der Mutter nicht einmal mit einem Gedanken berührt.

Darüber war die Sonne von Herbstwolken verdunkelt worden. Leichter Regen drängte sich lautlos an die Fensterscheiben und überzog sie wie eine Folie. Irgendwo erstarben gerade Autogeräusche vor der Kirche. Aus dem Nebenhaus drangen Stimmen. Die Muffos, Elisabetta wollte später zu ihnen rübergehen. Das Erzählen stockte wie ein kümmerlich kleiner Bach. Zu wenig Wasser, kaum Gefälle, immer wieder ausgebremst.

Die Gesichter der zwei Menschen lagen tief im Schatten des Zimmers und ruhten sich aus.

Da klopfte es fast herrisch an der Haustür.

Baldini war nicht wirklich viel weitergekommen. Die Frau, Christina Zeferrelli, geborene Cresta, hatte dem *Commissario* von den Gerüchten, Vorwürfen und – wie sie es völlig überzeugt nannte – Beweisen erzählt, die über und gegen Elisabetta Morabella durch Rossano kursierten. Dass sie wegen Männervergewaltigungen verurteilt worden und nur deshalb mit einer Geldstrafe davongekommen sei, weil sie's mit einem hohen Tier aus der Justiz in dessen Haus getrieben habe, als die Frau dieses Mannes *zufällig* – sie betonte dieses Wort *fortuitamente* mit einem theatralisch spitzen Mund und einem dabei leicht nach hinten gelegten Kopf – bei ihrer Schwester in Cosenza gewesen war. Zeitungen hatten über ihren Geisteszustand geschrieben und aus einem Gutachten zitiert. Darin habe gestanden, Elisabetta sei unheilbar. Und vor allem – an diesem Punkt wirkte die Frau erregter als bloß interessiert – *sessodipendente*. Sie hauchte dieses Wort fast: „sexsüchtig".

„Wenn Sie mich fragen, dann hängt das alles zusammen mit dem Tod der Mutter."

„Wieso, was war da denn?"

Die Frau hatte während des ganzen Gesprächs immer nur stur nach vorn geschaut, Baldini nicht ein einziges Mal angesehen.

„Na, die hat doch als Kind miterleben müssen, wie ihre Mama erschossen worden ist. Mitten in ihrer Küche. Und mit ihr ein Mann."

„Ihr Mann?"

„Nein, das war ein fremder Kerl, mit dem sie's gemacht hat. Ist doch klar, dass die Tochter nach ihr gerät."

„Und warum wurde sie erschossen?"

Jetzt blickte sie den *Commissario* direkt an.

„Na, warum wohl? Können Sie sich das nicht denken?"

Baldini ging nicht darauf ein.

„Und wer war es?"

Jetzt schaute die Frau wieder weg, sah aus dem Beifahrerfenster auf die Kirchenmauer, an der ihr Fahrrad lehnte. Ihre Stimme wurde plötzlich dünn und tonlos.

„Weiß bis heute keiner. Die Polizei auch nicht. Waren sicher nicht von hier. Keiner hat sie gesehen."

„Sie? Waren es denn mehrere?"

„Ja, eine ganze Hand voll. Die Kinder haben alles mitbekommen."

„Ach, ja? War also Elisabetta auch dabei?"

„War sie."

„Und was war oder ist mit dem Vater und den Kindern geworden?"

„Der Alte hat den Verstand verloren und redet seitdem kein Wort mehr mit anderen. Lebt völlig verwildert und allein in dem Mordhaus. Die Kinder sind weggeholt worden. Runter, nach Rossano."

Sie hatte immer schleppender erzählt, sich auf keine Details mehr eingelassen, als habe sie sich erschrocken, einem Fremden gegenüber so viele Einzelheiten, überhaupt so vieles preiszugeben. Ja, gut, da seien schließlich noch die Nachbarn. Und Verwandte hier in der Unterstadt.

„Und Elisabetta?"

Die habe man nach einiger Zeit weggeschickt – „das wird ja wohl auch seine Gründe gehabt haben" – zur Tante in Reggio.

„Und die ist jetzt auch tot!" Damit schaute sie Baldini direkt ins Gesicht.

Ob er noch weitere Fragen habe wegen der Dokumente. Hier in Rossano wisse jedenfalls keiner, wo Elisabetta abgeblieben sei. Oben auf dem Berg, *certamente no!*, gewiss nicht. „Die wird sich wohl kaum hierher trauen!"

Die Frau krallte sich mit der rechten Hand an den Öffner der Wagentür, schob diese mit dem Ellbogen auf. „Ich muss jetzt gehen. Bringen Sie die Dokumente doch zur Polizei. Am besten nach Reggio, da ist sie bestimmt noch. Die werden Ihnen schon sagen, wo."

„Nein, die Polizei hat keine Ahnung. Das müsste ich doch wissen."

„Wieso, sind Sie etwa von der Polizei?"

Die Frau war schon halb aus dem Auto und ihre Stimme klang heftig erschrocken.

„Nein, nein", ruderte Baldini zurück, „es ist nur – da hab ich schon nachgefragt. Darum bin ich ja hier, um es hier direkt auf der Wache mal zu versuchen."

Die Frau hatte es auf einmal sehr eilig, sie stieg rasch aus, warf die Tür zu, griff sich ihr Rad, das fast neben ihr an der Kirchenwand gelehnt hatte und fuhr vor dem *Commissario* davon. Baldini sah ihr noch einen Augenblick nachdenklich hinterher, dann drehte er den Zündschlüssel. Der Wagen startete auf Anhieb.

Christina taumelte durch die offene Tür. Ihr Bruder hatte sie von innen mit einem Ruck aufgerissen, als sie gerade von außen die Hand auf die Klinke gelegt hatte. Der Schwung zog sie ins Zimmer. Luca schloss die Tür, schlenderte betont langsam zum Tisch, lehnte sich in seinem grobkarierten, rotweißen Baumwollhemd wie ein schräger Koppelpfosten an die Tischkante gegenüber. Seine Augen unter den zu buschigen Brauen waren Schlitze, sein Mund eine waagerechte Schießscharte. Er hatte sein Basecap mit der ausgestreckten, roten Rolling-Stones-Zunge noch auf dem Kopf, sein schwarzes Haar strähnte unter der Mütze hervor. Trotz der zur Schau gestellten Lässigkeit atmete er schwer, seine gekreuzten Arme hoben und senkten sich auf der

Brust. Als seine Schwester sich am Domplatz aufs Rad gesetzt hatte, war er losgesprintet, immer darauf bedacht, von ihr nicht gesehen zu werden. In dem Moment, als Christina kurz anhielt, um etwas an ihrem Rad zu richten – vielleicht war die Kette, die immer zu locker auf dem Zahnradkranz lag, abgesprungen –, war er schnell auf der anderen Straßenseite vorbeigehuscht und so knapp vor ihr in ihrer kleinen Zweizimmer-Wohnung im Erdgeschoss eines Wohnhauses in der Via Labona im östlichen Viertel der Altstadt angekommen.

„Ich hab dich gesehen. Was hast du mit dem Typ im Auto gemacht?"

Eine Frage wie ein Torpedo.

Christina stützte sich am Türblatt ab und ging, wie um einen nächsten Angriff abzufedern, fast unmerklich in die Knie. Es war eine Reflexbewegung, vielleicht ein Instinkt. Obwohl – in ihrer Welt gab es keine Widerstandsautomatismen, kaum ein Hochreißen der Arme vor das Gesicht, um sich gegen die Schläge derer zu wehren, die schlagen dürfen. Oder es zu müssen meinen, und das sind viele: Großeltern, Väter, Mütter, Ehemänner, Lehrer, Priester, Polizisten. Und natürlich Brüder, nicht nur ältere.

Luca stieß sich mit der Hüfte von der Tischkante ab, angelte sich einen Stuhl und setzte sich. Christina blieb stehen.

„Was ist?!"

„Es war ein Fremder, der mich was gefragt hatte. Nichts Wichtiges."

Den kleinen Unfall und das Wiedergutmachungsgeld verschwieg sie, die kleinere Form der Omertà.

„Ach, und dafür musstest du dich zu ihm in seinen Wagen setzen?", höhnte Luca, fuhr sie aber sogleich an: „Ja, spinnst du denn? Am hellen Tag mitten auf dem Domplatz ins Auto eines Fremden steigen!" Und nun laut: „Aber vielleicht war er für dich ja gar kein Fremder."

Frauen wie sie, die man schlagen darf, sind nicht unbedingt willenlos. Sie haben sich auch nicht aufgegeben. Oft sind sie nur nicht aufgeklärt, kennen keine Alternativen, respektieren und akzeptieren die Welt und die Verhältnisse, in die sie hineingeboren wurden. Aber sie verspüren dennoch Leid, Unterdrückung, Schmerz, hassen sie mitunter. Nur hassen sie grundsätzlich niemals deren Verursacher, haben dafür ihren Ersatz: Schicksal, Verfluchung, Gottesstrafe, *Malocchio*, der böse Blick, gegen den sie sich knallrote Amulette-Hörnchen umhängen. Aber sie legen sich Taktiken zu, diese Schmerzen erträglich zu halten – wie auch die eigene Scham, von der sie wissen, dass sie auch schmerzt, nur anders.

Luca schwitzte. Wenn Christina ohne äußerliche Hitze schwitzte, war es aus Angst. Luca transpirierte reine Wut. Wut, die Ventile sucht. Darum war Christina auf der Hut.

„Der Mann hat mich nach Elisabetta gefragt. Du weißt doch, Mutters Nichte, die nach Reggio ausgewandert ist. Er wollte das nicht offen auf der Straße machen. Darum hat er mich reingebeten in sein Auto."

Lucas Schwitzen wurde stärker. Christina nahm das wahr.

„Wieso hat er denn angehalten und ausgerechnet dich gefragt?"

Christina wusste, dass sie jetzt etwas gestehen musste, zumindest einen Teil.

„Ich war mit dem Fahrrad gestürzt und er kam mit dem Auto und hat angehalten."

Lucas Blick wanderte an Christina hinunter und sah eine rote Schramme auf ihrem linken Unterschenkel.

„Was genau wollte der Typ wissen? Was hast du ihm erzählt von Elisabetta?"

„Er hat mich gefragt, ob ich sie überhaupt kenne."

„Warum?"

„Er sagte mir, dass er Dokumente für sie habe, die er ihr zustellen oder, ich weiß nicht mehr genau, vielleicht auch selber bringen wollte. Aber er wusste ihre Adresse nicht."

Luca schaute sie misstrauisch an. Man konnte sehen, wie es in seinem Kopf arbeitete.

„Wieso war er dann hergekommen? Die wohnt doch in Reggio!"

„Ja, ja, das ist doch das Seltsame. Er sagte, die Tante in Reggio, bei der sie gewohnt hat, sei tot, da sei sie also gar nicht mehr. Und darum sucht er sie hier, weil sie hier geboren sei, das hätten auch die Polizeiakten ergeben."

Es war wie das Stichwort auf der Bühne eines schlechten Theaters.

Luca sprang förmlich auf seine Schwester zu, packte sie brutal mit beiden Händen an den Schultern und schrie sie an: „Polizei? Das war ein Bulle! Was hast du ihm gesagt?"

„Nichts, gar nichts. Was sollte ich ihm denn sagen?"

Christina schluchzte laut auf, konnte ihre Tränen nun doch nicht mehr aufhalten. Der Druck seiner Hände, die sich in ihre Schultern gegraben hatten, schmerzten heftig. Schluchzen ja, das durfte sie gerade noch. Aber mehr nicht. Wie hineingeboren in dieses Wimmern, nicht herauszukommen aus dem Schluchzen.

So schnell, wie er sie gepackt hatte, ließ er Christina los, schüttelte sie ab, stieß sie von sich.

„Wohin ist er jetzt gefahren?"

„Ich weiß es nicht." Schluchzen. „Vielleicht nach Hause."

Bei Luca läutete mehr als eine Alarmglocke. Ja, Elisabetta hatte es gewagt. Ja, sie war damals in Rossano auf dem Friedhof gewesen und hatte den Zettel gefunden, das hatte er aus seinem Versteck, dem Oleanderbusch neben einer Gruft, beobachten können. Und nein, er war sich nicht sicher, ob sie ihre Lektion kapiert hatte, als er sie nachts in ihrem Zimmer besucht und bedroht hatte. Er hatte lange geglaubt, sie würde nichts sagen. Aber jetzt war er unsicher, ob sie schweigen würde.

Immerhin: Jetzt suchte die Polizei sie. Das stand fest, der Kerl war ein Bulle aus Reggio. Dort war sie also nicht. In Rossano auch nicht. Dann blieb nur eine Möglichkeit – sie musste sich oben auf dem Berg verstecken, bei dem Alten. Wenn der Bulle nicht ganz blöd war, hatte er sich schon auf den Weg dorthin gemacht. Jetzt musste man schnell sein, handeln. Er brauchte Paolos Wagen. Warum, würde er ihm nicht sofort sagen. Erst musste er selbst klären, wie weit sie in der Scheiße steckten. Das war ja auch in Paolos Interesse. Sicher würde er das dann gutheißen.

Luca steuerte auf die Tür zu, mit einer Kopfbewegung bedeutete er Christina, ihm Platz zu machen. Sie gehorchte, wich ins Zimmer aus und ließ ihren Bruder wortlos passieren.

„Du bleibst zu Hause. Rühr dich bloß nicht weg! Keinen Schritt raus! Und kein Wort zu anderen, kapierst du?"

Christina, im Gegensatz zu Elisabetta, hatte es kapiert. Omertà.

Natürlich wollte Baldini zur lokalen Polizeiwache. Das war keine Ausrede gewesen eben. Aber, so war ohnehin sein Plan, auf alle Fälle – und nach dem Gespräch mit dieser Signora Zeferelli erst recht – auch zu Elisabettas Vater. Doch der wohnte, wie aus den Akten hervorging, etwas außerhalb, während – wie er auf seinem Navigationsgerät im Wagen sah – die Wache ganz in der Nähe in der Via Interzati lag. Also zuerst zur Wache. Er war überzeugt, dass Ortspolizisten – wie Briefträger und Stromableser – mehr über das Woher und Wohin der Bewohner einer Straße, eines ganzen Viertels bescheid wissen.

Es dauerte jedoch eine kleine Weile, bis er den Weg durch das Labyrinth alter Sträßchen und ansteigender Gassen gefunden hatte und nun auf dem trotz des pompösen Namens schmalen, unscheinbaren Corso Giuseppe Garibaldi stand.

Wie er solche Winkel kannte, diese sterbenden Stereotypen einer ausrangierten Zeit: Unermüdlich täuschte auch diese Ecke ganz am Ende der Stadt und an der Abbruchkante aller Begehrlichkeiten eine Gegenwart vor, die sie selbst in der schönsten Vergangenheit nicht gelebt hatte. Zwei-und dreistöckige gelbe oder ockerfarbene Palazzi, unbewohnt unter abgerissenen Stromleitungen, fehlenden Regenrinnen, aber mit Stuckwülsten der Vorzeit auf der Fassade, mächtigen Eingangsbögen, heute von rostiger Kette verschlossen und flankiert von müden, billigen Topfpalmen. Daneben schon vor dem Alter gebeugte

Wohnhäuser mit bröckeligem Putz. Balkone klebten wie zu kleine Boote an den Hauswänden und suggerierten Hoffnung auf ein letztes Restchen Ausblick und Leben. Einst wunderschöne, sechseckige Kandelaber, die heute mit toten Augen an kunstvoll geschmiedeten Eisenarmen hingen: ihre Gläser zerschossen, zersplittert, herausgebrochen, längst wegfegt.

Affitasi – Zu vermieten. Viele, zu viele solcher verregneten, gewellten Zettelchen flatterten an den Hauswänden als Entlassungsurkunden aus der profitierenden Gesellschaft. Diese lebte nicht nur geographisch tiefer unter ihnen, in der Senke zum Meer. Sie blühte auch geradezu üppig in der Nähe, rund um die Bahnstation, wohingegen hier oben das letzte Leben verzweifelt und vergeblich um Hilfe rief. *In vendita* – Zu verkaufen.

Dagegen war die Außenklingel der Wache der Carabinieri in diesem Viertel denn doch ein fast willkommener Knopf, mit dem das Heute aufgerufen werden konnte. Also klingelte Baldini. Wurde aber, auch als er sich als Kriminalbeamter ausgewiesen hatte, von den Kollegen, die Wochenenddienst hatten, reserviert begrüßt. Kollegenbesuche anderer Einheiten sind nicht immer willkommen.

Er ließ sich nichts anmerken und stellte mit aller Freundlichkeit seine Fragen nach Elisabetta – beiläufig und nicht fordernd. Wie auch!

„Das ist doch eher eine Frage der Meldestelle. Oder liegt was gegen die Frau vor?"

Baldini verneinte und erzählte zunächst nichts von seinem Verdacht in der anderen Angelegenheit. Die Kollegen waren erstaunt.

„Wieso kommen Sie dann am Wochenende her von Reggio?"

„Es ist ja nicht offiziell. Ich hätte sie nur gern noch einmal persönlich gesprochen."

Für die Carabinieri war nichts von dem plausibel, das war ihm klar, und Baldini wäre es umgekehrt auch so gegangen. „Es ist so", gab er jetzt zu: „Ich recherchiere da in einem anderen Fall, unaufgeklärt, ein Mord in Reggio. Erstmal nur für mich. Und da spielt eventuell auch eine junge Frau eine Rolle. Keine Ahnung, was für eine Rolle. Vielleicht den Haupt- oder einen Nebenpart. Oder überhaupt keinen. Ich weiß absolut nichts Konkretes."

Er sah in erstaunte, ablehnende Augen.

„Es könnte ja sein, dass diese Frau, sie heißt Elisabetta Morabella, etwas damit zu tun hat."

Die in sich gekehrten Augen der Kollegen erzählten nichts von dem, was in ihren Köpfen vorging, und blieben blicklos stumm.

„Ich war heute sowieso unterwegs und darum habe ich kurz den Abstecher hierher gemacht", log Baldini.

Das „Ach, so" und „Na, denn" der Kollegen klang nicht begeistert. Nun erzählte Baldini ihnen die ganze Geschichte. Vom Toten in der Bar. Von Elisabettas Stalking, von ihrer Geldstrafe, von der toten Tante, bei der sie bis dahin gewohnt hatte. Und dass keiner wüsste, wo sie sei. Schließlich hatte sie ja ihre Geldstrafe bezahlt und damit war die Sache juristisch erledigt. Sie war keinem Rechenschaft über ihren Aufenthalt mehr schuldig.

Er hatte natürlich vorsichtig herumtelefoniert. Bei ihrer letzten Arbeitsstelle, dem Museum in Reggio, ob sie eventuell eine Adresse hinterlassen habe. Nein. Hatte es mit einem Anruf bei ihrem Vater auf dem Berg versucht, aber der hatte sich gar nicht erst am Telefon gemeldet. Dessen Nachbarn, die Muffos, hatten sich ausgeschwiegen. Redseliger, aber nichtssagend war die Tante in Rossano Stazione, wo Elisabetta drei Jahre gelebt hatte. Sein Anruf hatte sie sofort argwöhnisch gemacht. Was war los, warum diese Fragen, wieso Polizei? Sie hatte seine Informationen gierig aufgesogen. Ihre Stimme hatte, erinnerte sich Baldini, am Telefon hektisch und sogar erregt geklungen. Sie wollte mehr wissen, als Baldini ihr sagen wollte und durfte, selbst aber konnte sie nichts Neues beisteuern. Oder wollte nicht: Nein, sie wisse nicht, wo sie stecke. Bei ihr hätte sie sich nicht gemeldet. Er solle doch mal den Vater, die Nachbarn, die Brüder… Aber sie hätte ja schon immer so eine böse Ahnung gehabt.

Die beiden Carabinieri hörten Baldini zu, ohne ihn zu unterbrechen.

Dann erlöste ihn der ältere der beiden Kollegen: „Ich kenne diese Morabella nicht persönlich, aber ich erinnere mich an einen Fall in ihrer Familie, wo es auch einen Mord gegeben hat. Ihre Mutter. Die Täter wurden nie gefasst."

„Wann war das?"

„Das muss etliche Jahre her sein. Da war Ihre Verdächtige bestimmt noch ein Kind."

Nun schaltete sich auch der jüngere Kollege ein.

„Ich glaube, ich kenne einen Cousin von ihr. Da war mal eine Verkehrssache mit Alkohol. Er und sein Bruder sind Kinder von der Schwester ihres Vaters, eine Witwe."

Er suchte in einem grauen Schrank, nahm einen dünnen Ordner heraus.„Hier ist es, Luca Cresta", blätterte. „Wohnt ganz in der Nähe."

Die Jagd beginnt

Das Klopfen an der Tür war keine höfliche Bitte um Einlass. Es war ein harsch aufs Holz gemorster Befehl. Giacomo schlurfte zum Eingang, öffnete. Vor ihm stand Luca, vom Regen besprüht. Sein Gesicht war verzerrt wie das des enthaupteten Goliath mit seinen aufgerissenen Augen auf dem Gemälde von Caravaggio, in die Schein-Idylle einer Pilgerklause gemalte Fratze des Schreckens.

„Wo ist sie?"

Der Alte schaute seinen Neffen hilflos an. „Wer?"

Luca schob mit einer harten Handbewegung seinen Onkel zur Seite und drängte in den Raum. Nur drei Schritte entfernt stand Elisabetta, die bis dahin nicht gesehen hatte, wer da eindringen wollte, weil der Vater ihn verdeckt hatte. Sie ahnte, was gleich passieren würde. O Gott, hoffentlich tut er Vater nichts!

Nun stand Luca vor ihr und Elisabetta wusste sofort, wer es war. Nie würde sie den vergessen können. Nie, seit er vor sechs Jahren zusammen mit seinem Bruder Paolo aus diesem Zimmer, aus diesem Haus gestürmt war, die Waffe noch in der Hand, mit der er ihre Mutter und den Fremden erschossen hatte. Ihr Cousin Luca Cresta.

Bei ihrer Ausweichbewegung stieß sie an den Tisch, kam ins Stolpern. Der Vater war zurück ins Zimmer gesprungen. Bevor er jedoch Luca erreichen konnte, hatte der den rechten Arm von Elisabetta gepackt und ihr auf den Rücken gedreht.

„Hier bist du also!"

Elisabetta schrie laut auf.

Luca schob sie vor sich her Richtung offene Haustür.

„Halt's Maul!"

Der Vater hob einen der beiden Holzstühle hoch und wollte damit auf Luca einschlagen. Doch der wich dem Schlag – immer noch den auf ihrem Rücken eingedrehten Arm von Elisabetta haltend – zur Seite aus, war mit einem weiteren Schritt an dem Alten vorbei und stieß Elisabetta, ohne sie loszulassen, durch die Haustür ins Freie.

„Komm mir bloß nicht zu nahe, sonst schlag ich die hier tot!", zischte er den Vater an. Doch Giacomo wollte nicht aufgeben, musste seinem Kind helfen. Er bückte sich für sein Alter erstaunlich schnell zum Stuhl, der auf den Boden gepoltert war. Doch er war nicht schnell genug. Luca bückte sich ebenfalls, sodass sie sich beinahe mit den Schädeln getroffen hätten. Dabei musste er allerdings Elisabetta loslassen, die sofort die Stufen vor der Tür hinuntersprang und losrannte. Weit aber kam sie nicht. Sie hatte gerade den dritten Arkadenbogen erreicht, als sie wieder gefasst wurde. Luca war mit einem Satz hinter Elisabetta her gesprintet, während ihr Vater mit dem Stuhl in der erhobenen Hand aus der Tür heraus taumelte. Er sah noch, wie Luca seine Tochter um die Kirche zur Straße zerrte. Hörte, wie sie laut und verzweifelt schrie. Wie ein Motor aufheulte und ein Auto losfuhr. Sekunden später und einige Kurven weiter verschwand der Lärm des Motors durch den matten Regen und der Wagen war endgültig weg.

Schwer atmend stand der alte Mann da, schaute blicklos hinterdrein und hielt sich noch länger gebeugt am eisernen Treppengeländer fest. Der Nieselregen benetzte die Kirche, die Bäume, die abgestorbenen braunen Astern an der Hauswand, das Haus selbst und Giacomo mit einem dünnen Nebel und nahm jede Schärfe aus der Sicht.

In der Küche hob er den Stuhl auf, nahm mit zitternden Fingern die Blechdose mit dem Kaffeemehl und versteckte sie wieder im Loch in der Wand, das er mit dem Stein verschloss.

Dann setzte er sich an den Tisch, stellte beide Ellbogen auf, legte sein altes Gesicht in seine offenen, harten Hände, weinte.

Luca hatte Elisabetta auf den Hintersitz gestoßen und stocherte nun den Wagen, einen fast 30 Jahre alten ausgebleicht grauen Fiat Punto, brutal über die regennasse Strecke talwärts. Beim Schalten hatte er hörbar Schwierigkeiten, da er so ein Getriebe nicht gewöhnt war. In der Fahrschule war er einen Automatik-Wagen gefahren und hatte danach nie ein eigenes Auto gehabt. Jedes Mal, bevor er durch die Kurven schoss, krachte es beim Runterschalten, als habe er einen Hammer ins Getriebe geworfen.

Elisabetta wurde auf dem Rücksitz hin und her geschleudert. Es ließ sich nicht sagen, sie hätte Angst, sie war selbst zur puren Angst geworden. Denn auch dies wusste sie sofort: Diesen ekelhaften Geruch aus Scheiße, Dreck und widerlicher Feuchtigkeit hatte sie schon einmal ertragen müssen, damals, nachts in ihrem Zimmer bei ihrer Tante Lucrezia, eingezwängt in die Pranken eines Untiers. Ohnmächtig zwischen den Schraubstockhänden ihres Cousins Luca. Schreien konnte sie damals nicht und auch nicht heute. Sie versuchte krampfhaft, sich irgendwo festzuhalten. Wenn sich ihre Hände dabei an die Lehne des Beifahrersitzes vor ihr klammerten, ließ Luca seine Rechte vom Lenkrad los, ging aber nicht vom Gas runter und schlug heftig auf Elisabettas Hand ein. Dabei kam der Wagen wiederholt ins Schlingern. Der Scheibenwischer auf der Beifahrerseite war schon vor langem abgebrochen und auch das Gummi des Wischers auf der Fahrerseite hatte seine Macken, wie im anhaltenden Regen die nassen Streifen auf der Windschutzscheibe zeigten. Zum Glück war ihnen bisher kein anderes Fahrzeug entgegengekommen.

Jetzt waren bei Toscanello schon wieder die ersten Häuser von Rossano erreicht. Luca bremste den Wagen ab und fuhr langsamer. Elisabetta hatte jeden Widerstand aufgegeben und kauerte auf dem Rücksitz. Sie sah nicht hinaus, sie sah nicht zu Luca. Sie hatte die Augen zusammengekniffen. In ihr aber tobte es. Sie konnte sich keinen Reim auf das machen, was gerade passierte. Aber sie wusste, dass sie in der Hand eines Mörders war. Und darum kroch sie fast in sich hinein, stellte sich wie tot und sie fühlte sich auch so. Ihr war klar, dass sie ihn auf keinen Fall reizen durfte.

Kurz danach fuhr Luca die Via Porta dell'Aqua im alten Rossano hoch, wo er in der schmalen Via Cerasaro wohnte. Er bog zwischen zwei Häusern als Abkürzung direkt auf seine Wohnstraße ein, als er *ihn* sah. Er bremste so stark, dass Elisabetta gegen die Kopfstütze des Beifahrersitzes prallte. Der Bulle aus Reggio! Gerade jetzt. In diesem Augenblick. Vor der Tür seines Hauses mit der großen Terrasse an der Ecke zum Corso Garibaldi.

Luca legte – wieder krachend – den Rückwärtsgang ein und war mit einem Ruck hinter dem Nachbarhaus und außer Sichtweite. Elisabetta flog wieder herum. Dann blickte Luca, weil das Glas gleich beider Außenspiegel ausgebrochen war, nach hinten durch das Rückfenster, gab vorsichtig Gas und wendete. Sekunden später hatte er die Ausfallstraße erreicht und beschleunigte. Er musste dringend zu Paolo. Sein Bruder hatte ihm auf seinem dringenden Anruf hin den Punto zwar gebracht und Luca wollte ihm das Auto am Abend zurückbringen. Doch jetzt schien es, als hätten sie noch vor dem Abend ein größeres Problem.

Enrico Baldini hatte schon zweimal geklingelt. Man konnte das melodielose Schnarren gut durch die geschlossene Kunststofftür hören. Nun versuchte er es ein drittes Mal. Nichts rührte sich. Das war schade, denn der *Commissario* erhoffte sich schon ein wenig von einem Gespräch mit diesem Luca Russo. Immerhin war er mit Elisabetta verwandt und Baldini hatte ihn nicht auf seiner Anrufliste gehabt. Er schaute auf die Uhr: kurz nach 14 Uhr.

Es regnete nasskalte Bindfäden, die ihm in den aufgestellten Kragen rannen. Er schauerte ein wenig. Bis jetzt jedenfalls hatte sich die überstürzte Fahrt nach Rossano nicht gelohnt.

Dann legte er eines seiner nassen Ohren fest an das kalte Türblatt und lauschte. Nein, er hörte noch immer kein Geräusch; war wohl tatsächlich keiner zu Hause.

Missmutig nestelte er mit kalten Fingern eine seiner Visitenkarten aus der Brieftasche. Mit einem Kugelschreiber schrieb er eine kurze Notiz auf die Rückseite mit der Bitte um einen dringenden Rückruf noch heute oder morgen auf seinem Mobiltelefon oder am kommenden Montag ab neun Uhr in der Dienststelle in Reggio. Er klemmte die Karte unter den Plastikrand der Klingel und ging zurück zu seinem Wagen.

Eigentlich wäre jetzt ein guter Zeitpunkt, wieder heim nach Reggio zu fahren, dachte er frustriert und überschlug seine Chancen, hier doch noch Informationen über den Aufenthalt der jungen Frau zu bekommen. Offensichtlich war dies ein Schuss in den Ofen gewesen. Er hatte seine Aufgabe unterschätzt und geglaubt, hier im vermeintlich kleinen Rossano an jeder Ecke etwas zu erfahren. Aber das Städtchen Rossano war nun einmal trotz seiner Überschaubarkeit und flächendeckenden Verschwägerung kein Ort absoluter Geschwätzigkeit.

Er hatte die mitgebrachte *Focaccia* völlig vergessen und verspürte Hunger. Nach Reggio lagen noch einige Stunden Autofahrt vor ihm. Es sollte nicht zu spät werden, denn er wollte den Samstagabend mit seiner Frau verbringen. Sie hatte nicht protestiert, als er ihr erzählt hatte, dass er ausgerechnet heute nach Rossano fahren wolle, so sollte er den Goodwill-Bogen auch nicht überspannen. Vor der Rückfahrt musste er aber unbedingt noch Elisabettas Vater aufsuchen. Er las dessen Adresse aus seinem Notizbuch ab und gab sie schon mal ins Navigationsgerät ein. Das konnte er schon noch mit einem kleinen Umweg auf dem Rückweg erledigen. Er schaute sich nach einer Trattoria um.

Die Zeit drängte. Paolo wohnte drüben in Corigliano Calabro, nur knapp dreizehn Kilometer entfernt. Nicht im schönen Altstadtviertel mit dem Schloss auf dem Hügel, sondern in der kleinen Via Aldo Moro am nordöstlichen Rand der Stadt nahe dem Büro des Friedensrichters.

Luca brauchte wegen des ruhigen Wochenendverkehrs keine fünfzehn Minuten. Als er vor dem Haus hielt, kam Paolo heraus und sah seinen Bruder mit einem Mädchen im Auto. Luca sprang heraus, lief um den Wagen, riss die Beifahrertür und zog Elisabetta aus dem Fahrzeug. Da erkannte auch Paolo die Cousine.

„Schnell rein, dass uns keiner sieht!"

Luca zerrte Elisabetta an Paolo vorbei in den Hausflur.

„Was soll das, Luca, was ist los?"

„Ich hab' mir das Miststück beim Alten oben gepackt. Sie wollte uns gerade verpfeifen."

„Verpfeifen?"

„Ja, natürlich. Es läuft schon ein Bulle aus Reggio durch Rossano und sucht nach ihr."

„Was hat sie denn auf dem Berg gemacht, die lebt doch in Reggio?"

„Das war einmal. Ihre Tante da unten ist tot, die hier hat irgendeinen Mist gebaut und ist getürmt. Und jetzt sind die Bullen hinter ihr her. Darum und dass sie nicht quatschen kann, ich hab' sie mir gekrallt."

Elisabeta ließ sich nichts anmerken. Bloß Luca jetzt nicht reizen. Und abwarten, wie sich sein Bruder Paolo verhält.

Paolo stieß Luft aus, als wenn er etwas auf der Zunge hätte und es ausspucken wollte. „Und woher weißt du das alles?"

Luca lachte kurz auf. Dabei hielt er Elisabetta fest an ihrem rechten Oberarm. Der Schraubstock grub sich in ihr Fleisch.

„Der Bulle hat ausgerechnet unsere Schwester Christina auf der Straße vor dem Dom angehauen, ob sie eine Elisabetta Morabella kennt. Und hat ihr dann eine lange Stange erzählt. Daher!"

Jetzt war auch Paolo blass.

„Was machen wir nun mit ihr?"

„Keine Ahnung, Hauptsache, sie redet nicht."

Für eine Sekunde hielten alle drei den Atem an. Paolo schaute zu Elisabetta, Luca sah Paolo in die Augen. Es war die Sekunde der entferntesten Nähe. „Luca, das ist unsere Cousine, unsere Familie!"

Elisabetta hielt den Atem an. Konnte Paolo seinen Bruder überzeugen? Würden die beiden sie laufen lassen? Ein winziger

Funken Hoffnung glomm in ihr auf. Doch Luca schnaubte Paolo nur an. „Das war ihre Mutter auch!"

„Du weißt aber doch genau, dass das damals mit Papa Leone abgesprochen war."

Jetzt begann Elisabetta wie wild zu zerren und wollte sich aus Lucas Griff befreien, stieß wie ein wundes, entsetztes Kalb gegen die behaarte, schwitzende Mauer aus Knochen, Fleisch und Muskeln. Die aber gab keinen Millimeter nach. Elisabetta versuchte in Richtung des anderen Cousins frei zu kommen.

„Paolo, du kennst mich doch, was ist denn los? Was habe ich euch getan?"

Paolo wich ihrem Blick aus und suchte den von Luca.

„Na ja, Leone hatte nur den Typen der Mutter gemeint, nicht sie selber", wandte Paolo ein und war Elisabetta dadurch einen Schritt nähergekommen, wie um sie gegen den hoch erregten Luca abzuschirmen.

Der tat diesen Einwurf mit schriller Stimme ab: „Und du weißt ganz genau, dass das in dieser einen Sekunde nicht mehr zu trennen war. Das hat Papa Leone dann ja auch gemeint. Also, red' jetzt bloß kein Blech!"

Luca hatte seinen Bruder mit hochrotem Kopf am Pullover gepackt und zog beide mit sich. Paolo und Elisabetta stolperten vorwärts.

„Du bist mit drin, ist das klar?!" Luca stieß mit pfeifendem Atem die Luft aus. Paolo hatte seinen Pullover wieder freigerissen.

„Okay, okay, reg' dich ab. Ich frag ja nur, was machen wir jetzt mit ihr?"

Die drei waren in dem schmalen, dunklen Flur am Fuß der Treppe zum Obergeschoss angekommen. Mit neuer Kraft wollte Elisabetta sich der Hand Lucas entwinden, zerrte und zog. Doch der hielt sie so fest, dass sie mit ihrem Körper, ihrem Gesicht, ihren Augen ganz nah vor ihm, vor seinem Gesicht, vor seinen Augen stand. Sein Atem war wie ein widerliches heißes, feuchtes Gebläse. Ihre Augen flehten nicht mehr, aber hatten noch nicht aufgegeben.

Und in diesem Augenblick reagierte das andere Leben der Elisabetta, das eigentlich nicht einmal in kleinsten Spuren hätte existieren dürfen. Sie spuckte Luca ins Gesicht.

Nicht ungestraft. Zuerst der scharfe Windzug. Fast im selben Moment der peitschende Aufprall. Dann das typische Geräusch, wenn irgendetwas bricht. Hell und dünn wie das Splittern eines Bleistifts. Das Knacken eines gebrochenen Nasenbeins.

Elisabetta war in derselben Sekunde gestoppt, geblendet, gebrandmarkt wie ein Stück Vieh, das den heißen Stempel spüren muss, der es für alle sichtbar zum Eigentum anderer macht.

Eine schwarze Decke war über sie geworfen worden, die ihr die Sicht und die Luft zum Atmen nahm. Sie fühlte ihren Körper nicht, sie war betäubt, paralysiert im Denken und Handeln. Es gab keinen Raum mehr und keine Zeit, keine Enge und kein Licht. Es war alles nicht wahr und sie war einmal mehr an den puderweichen Sandstrand ihrer Fluchtinsel gespült worden. So hatte es schon immer einen Ausweg gegeben.

„Los, nach oben mit dir!"

Luca stieß Elisabetta die schmalen Treppenstufen hoch und stapfte ihr nach. Paolo war ohne Kommentar zum Auto gegangen, um es abzuschließen.

„Luca, wo ist ihr Gepäck?"

Sein Bruder blieb abrupt auf der Treppe stehen.

„Was meinst du?"

Paolo war wieder zurück in den Flur gekommen und stand unten an der Treppe.

„Na, sie muss doch einen Koffer mit ihren Klamotten dabeihaben, wenn sie von Reggio gekommen ist. Wo ist der?"

Luca schoss es heiß ins Gehirn.

„*Per l'amor di dio*, verfluchte Scheiße, dann ist der noch oben beim Alten", er krächzte jetzt fast, „den müssen wir unbedingt haben. Weiß Gott, was sie alles mitgenommen hat! Wenn das die Bullen finden …"

Elisabetta war unmittelbar betroffen. Angst, Schmerzen, Lähmung. Zur Hoffnung gab es einen Grund, keinen Schimmer

Licht. Diese schwarze Qual war für sie nur eine weitere Probe, den das widerspruchslose Familiengesetz ihrer Seele abforderte. Sie wusste nicht, noch nicht, dass ihre Lage kein blindes Schicksal war, nicht zufällig, sondern ein distopisches Lebensspiel, in dem alle ihren Platz hatten.

Spätestens im Augenblick der theatralischen Katharsis auf dieser Treppenhaus-Bühne hätte sie sonst erkennen können, sogar erkennen müssen, dass Luca und Paolo wie auch die anderen genannten Akteure und Leidenden nun einmal keine holzgeschnitzten Handpuppen der sizilianischen *Opera dei Pupi* sind. Deren Spielchen kannte Elisabetta gut, konnte sie aber in ihrer Naivität nicht in Verbindung mit dem Leben bringen.

Dessen Darsteller sind im Unterschied zu den geschnitzten Chargen nicht auf ewig festgelegt, auch wenn manche sich in ihrem Leben kaum bewegen und selten verändern. Sie nähern sich damit zwar einer Skala fester Typologien, aber beim längeren Miterleben erkennt man, dass die „schneidigen" Polizisten, die „zackigen" Carabinieri, die augenrollenden Komischen oder die schnurrbartzwirbelnden Hirten auch widersprüchlich sind, eben nicht immer verlässlich typentreu agieren und oft nur hilflos in der Falle ihrer eigenen, zementierten Traditionen gefesselt sind – wie Elisabetta, wie alle ihre Frauen, die im Puppenspiel noch lachen konnten.

Elisabetta hatte bisher nichts hinterfragt, nicht einmal über so etwas nachgedacht. Es ist auch schwer, sich diesen schnellen Klischees zu entziehen. Doch die hölzernen *Orlando*, *Rinaldo*, *Angelica* oder *Gano de Magonza* der Puppen-Oper spielen nie ihr eigenes Stück, sondern nur das der Hände, durch die sie geführt werden. Gut zu sein oder böse, hat mit diesen Traditionen auch hier nichts zu tun, sondern ist eine Charakterfrage. Dramatik kommt auf, wenn beides zusammentrifft wie bei Paolo und Luca.

Beide Brüder waren in diesem Augenblick am ohnehin nicht zu hohen Zenit ihrer Handlungsfähigkeit angekommen und hatten im Sturzflug zugleich dessen Ende erreicht. Der Rest blanke Panik.

„Wir müssen Papa Leone fragen. Heute noch!"

14

Der Don ist am Drücker

Jetzt, am Nachmittag, war Leones Locanda fast leer. An einem heißen Wochenende wie diesem werkelte man in Haus und Hof, aß zwischendurch Pannini, Focaccia oder ein kaltes Stück Pizza vom Vortag, trank dazu seinen eigenen roten Cirò oder einen gelben, seifigen Limoncello, sägte vielleicht Holz für den nun schon sehr nahen Winter und entschied sich allemal für die Wohlfühl-Formel *Pennichella* einen ausgedehnten Mittagsschlaf.

Die kleine Locanda wäre eigentlich auch geschlossen gewesen, um erst am Abend wieder zu öffnen, aber der Wirt erwartete noch eine Getränkelieferung von seinem Grossisten in Crotone und hatte daher noch auf.

Deshalb auch störte ihn der einzige Gast nicht, der eben hereingekommen war und es sich am Tisch unter dem gerahmten großformatigen Schwarzweiß-Foto einer verschneiten Winterlandschaft in der Hohen Sila bequem gemacht hatte. Etwas antriebslos schlenderte er zu dem Mann, wobei er sich die nassen Hände, mit denen er gerade noch Gläser gespült hatte, an einem Handtuch abtrocknete.

„Sì?"

Baldini kannte die wortkarge Art der Leute des bergigeren Teils des Südens, wie hier in Rossano.

„Kann ich noch was essen?"

Der Wirt schaute gespielt deutlich auf die Armbanduhr.

„Könnte noch Lasagne heiß machen."

„*Al forno?*"

Der Wirt gluckste.

„*Al microonde.* Ich lass doch für einen einzelnen Gast den Ofen nicht an."

Okay, sah er ein, Mikrowelle. Baldini war es egal.

Der Wirt bewegte den rechten Daumen in Richtung seines Halses. Baldini verstand.

„Ein Peroni."

Der Wirt schlurfte zur Theke, wo er sich pro forma seine weinrote Schürze umband, und kam kurz danach mit der bestellten Flasche Bier und einem der gerade gespülten Gläser wieder. Mit dem Kopf wies er zum Nebentisch, wo in einem Korb Besteck, kleine Papierservietten und eingepackte Ciabatta-Scheiben lagen. Die Geste hieß: „Bedienen Sie sich!" Dann verschwand er in der Küche. Baldini sah sich gelangweilt um in dem kleinen Lokal. Fünf Tische, vier Hochstühle an der Theke als Barhocker. In den Raum geschoben aufgestapelte leere Cola- und Bierkisten, schon zum Austausch bereitgestellt. Ein summender Kühlschrank, hinter dessen Glasscheiben sich ein paar Stücke Kuchen langweilten. Die Adresse war die zweite Wahl. Aber der bessere Laden, ein Tipp der Carabinieri, die „Villa", machte erst am Abend auf. Schade, die Carabinieri hatten regelrecht davon geschwärmt. „Man sitzt dort auf zwei gestuften Terrassen mit einem tollen Blick bis zum Meer und in die versinkende Abendsonne." Das konnte ja wirklich so sein, nur der Sonnenuntergang war eine abgeleierte Wunschvorstellung ohne eigene Erfahrung. Die Sonne geht nun einmal im Westen unter und daher nie im Ionischen Meer im Osten, auf das man von diesen Terrassen blickt.

Nun ist es aber so, dass keine Carabinieri dort Dienst tun, wo sie zu Hause sind. Sie sind argwöhnende Fremde im Ort mit argwöhnischen Einwohnern. Durch den Dienst in der beziehungsfreien Fremde entwickeln sich auch keine Distanz-Konflikte und familiäre oder anderweitige Interessen-Kollisionen. Und was das Frequentieren der Gastronomie am Einsatzort betrifft, sind außer es ist dienstlich da doch enge Grenzen gesetzt.

Wie auch immer, die empfohlene Edel-Pizzeria war ja sowieso noch geschlossen und Baldini war froh gewesen, diesen Holzofen-Ersatz mit Mikrowelle nach kurzem Suchen gefunden zu haben.

Schon nach wenigen Minuten erklang „plinggg!!", das internationale *Ready to rumble* der Fastfood-Küche. Die Lasagne war heiß. Baldini angelte sich vom Nebentisch schon mal das Besteck und die Servietten.

~ ≈ ≈ ~

„Zuerst das Gepäck holen?" Luca schüttelte den Kopf. „Nein, erst zu Papa Leone!"

Die beiden Brüder standen unten neben dem Auto und flüsterten. Der stark aus der Nase blutenden Elisabetta hatte Luca zuvor im ersten Stock ein dunkelblaues T-Shirt zugeworfen. „Halt's dir auf die Nase. Wirst schon nicht dran sterben. Und rühr dich bloß nicht. Paolo fährt weg und ich bin unten und passe auf dich auf." Sie hatte nicht merken sollen, dass sie eine Zeitlang allein wäre.

Luca spuckte gezielt auf den vorderen rechten Autoreifen, traf aber knapp daneben.

Vorhin, oben, hatte dagegen alles besser geklappt. Er hatte Elisabetta in ein fast leeres Zimmer, das nach hinten hinausging, geschleppt. Mitleid gehörte nicht in sein Repertoire, auch nicht unter Verwandten. Gefühllos hatte er auf die leise wimmernde Cousine geschaut, die zunächst eingesunken nach vorn gebeugt auf einem Hocker vor ihm saß.

Aber die Nase blutete weiter und versaute ihm alles. Darum durfte, ja musste sich Elisabetta rücklings auf den Linoleumboden legen, das T-Shirt auf ihr blutiges Gesicht gedrückt.

„Sangue, sangu …!"

Dann hatte er ihr noch die Armbanduhr abgenommen und war hinunter gerannt.

Auf der Straße spuckte er ein zweites Mal und diesmal traf er die halbverrostete Radkappe. Zufrieden grunzte er.

„Los, lass uns fahren, Paolo. Ich weiß nicht, wann die da oben wieder laut wird. Bis dahin möchte ich wieder zurück sein."

Der Punto sprang an und sie rumpelten los Richtung Rossano. Jetzt war der Verkehr fast ganz eingeschlafen und so brauchten sie nur elf Minuten, bis sie vor Papa Leones Locanda standen.

Baldini kannte diese Sorte von Lokalen. Sie wurden viel zu selten gelüftet, viel zu flüchtig geputzt. Hier hatte sogar der Staub seinen eigenen Geruch, dumpf und flach, etwa wie halbleere Pfefferdöschen, die nach Jahren eher zufällig geöffnet werden. Solche Orte waren zweckmäßig und nüchtern eingerichtet. Tische und Stühle stammen schon mal aus verschiedenen Partien, die nicht immer zusammenpassen. Machte aber nichts. Immer lief ein Fernseher, diesmal ohne Ton. Meist war es drinnen zu dunkel, machte aber auch nichts. Im hellen Sommer fiel durch die weit geöffnete Tür genug Licht von der Straße herein oder man saß ohnehin vor dem Laden. Jetzt, beim vorwinterlich kalten Regen, war Baldini froh, dass die Tür des Lokals geschlossen war.

Das Personal wechselte in solchen Betrieben nie, es starb höchstens. Die Gäste aus der Contrada, dem jeweiligen Stadtbezirk, wollten zwar regelmäßig auch essen und trinken, aber die kamen vor allem, um zu reden, zu klagen, zu fluchen, sich Luft zu machen vor einem geduldigen Zuhörer, dem Wirt, einem Schiedsrichter, der einen ansieht, wenn man etwas loswerden will. Einer, der einem zum Trost und als anteilnehmende, zustimmende Geste fest die auf der Theke geballte Faust drückt, wenn man dann seine Not losgeworden war. So ein Wirt war für den Betreffenden, so schien das jedenfalls, stets wohltuend parteiisch, kannte inzwischen alle relevanten Fieberkurven von Ehen, Finanzen, Gesundheitszuständen, seelischen Verkümmerungen und charakterlichen Verkrüppelungen derer, die da zum Klagen und Trösten kommen.

Die Lasagne war zumindest heiß. Und der „Cirò aus den roten Gaglioppo-Trauben" schmeckte samtig und gut und erzählte viel von seiner erdigen Heimat. Laut Etikett kam er aus Melissa, fast vor der Haustür, nahe der Küste. Freilich, ein Glas musste reichen wegen der Rückfahrt mit dem Auto. Baldini überlegte, ob er nicht eine Flasche mit nach Hause nehmen sollte. Dann könnten er und seine Frau ihn gemeinsam genießen.

Dabei erinnerte er sich an ein Essen auf dem feinen, kleinen Weingut einer Rechtsanwalts-Dynastie in Rende bei Cosenza. Gut ein Dutzend Freunde waren dazu eingeladen gewesen, samt Kindern und Hunden. Zunächst hatte man in dem kleinen Weinberg eigenhändig und mit viel fröhlicher Ernsthaftigkeit die Trauben geschnitten. Diese waren dann wie in alten Zeiten in eine große Wanne gefüllt und mit den nackten Füßen getreten worden, dass der rote Saft aus den zerquetschten Fruchthäuten nur so spritzte, was besonders bei den Kindern bestens ankam.

Und dann war an einem langen hölzernen Refektoriumstisch auf der Terrasse getafelt worden. Und wie! In der Mitte hatte als Gastgeberin die in Schwarz gekleidete, hochgewachsene und immer noch schlanke Donna Anna gesessen, ach was, gethront, die strenge Rechtsanwaltswitwe. Sie sah alles, organisierte alles und dirigierte alle.

Es hatte Pasta mit 'Nduja, dieser besonderen scharfen, roten und wurstigen Mischung aus Schweinefleisch und Peperoncini gegeben, die man nur in Kalabrien hat, Pilzragout, Wildschweinbraten und Berge von Tiramisu zu Strömen vom eigenen Wein und mit Waldhonig versetzten Grappen.

Er sah noch heute, wie sich die Gastgeberin im Sitzen immer wieder mit der rechten Hand auf ihren schwarzen Gehstock mit dem silbernen Knauf in Form eines Schwanenschnabels aufgestützt und sich etwas hochgestemmt hatte, wenn sie eine ihrer Ansagen gemacht hatte.

Alle wussten, dass sie im Haus die Herrin war. Dass sie ihren Schwiegersohn Ernesto, natürlich ein Rechtsanwalt, verachtete und für einen Versager hielt. So behandelte sie ihn auch öffentlich und im Beisein ihrer Tochter Claudia und deren zwei etwa sieben, acht Jahre alten Jungen, ihren Enkelkindern.

Baldini und seine Frau hatten Dottore Ernesto Strabo einst bei Freunden in Reggio kennengelernt. Er hatte sich an diesem Abend im Garten der Freunde direkt an sie angehängt, wohl, weil sie freundlich und nicht herablassend mit ihm sprachen und ein wenig sein Selbstbewusstsein streichelten. Seine Frau saß am anderen Gartenende auf einer Hollywoodschaukel und nippte an einem Sektglas. Ernesto spürte Aufwind für sein lädiertes Ego und hatte Baldini und dessen Frau spontan zur nächsten Weinlese-Party zu sich nach Cosenza eingeladen. Schwiegermutter Donna Anna war zunächst etwas irritiert über seinen Alleingang gewesen, aber dann war sie beim Essen an der langen Tafel – perfekt inszeniert wie die Fernsehwerbung einer Pasta-Manufaktur – doch noch aufgetaut.

Zum Abschied hatte jeder Gast eine feine Flasche Vorjahres-Wein mit einem individuell gestalteten Namens-Etikett geschenkt bekommen. Für Baldini hatte man kein eigenes Etikett rechtzeitig vorbereiten können; so blickte von seiner Flasche – einmalig und nur für diesen Tag eigentlich als Gag hergestellt – als neutrale Version Donna Anna streng in die Genuss-Welt. Er hatte die Flasche nie geöffnet.

Eine zweite Einladung hatte es nicht mehr gegeben.

Er beschloss, dem Wirt eine Flasche Cirò abzukaufen für den Samstagabend. In diesem Augenblick wusste er noch nicht, wie klein diese Welt doch wirklich ist. Bevor Baldini jedoch den Wirt herbeiwinken konnte, ging die Tür auf und zwei junge Männer kamen herein. Sie bemerkten ihn nicht und strebten geschäftig auf die kleine Tür zur Küche zu, hinter der der Wirt hantierte. Als der die Tür hörte, musste er denken, sein Lieferant sei gekommen. „Bin gleich da, kannst die Kisten schon mal rausbringen."

Paolo und Luca hatten sich wirklich beeilt. Es war nicht klar, ob – wie häufiger – Leone sein Lokal bis nach der allgemeinen

Mittagsruhe gegen frühen Abend geschlossen hätte. Aber sie mussten möglichst bald mit ihm reden. Eigentlich hieß er gar nicht Leone, sondern Antonio. Aber weil er vor vielen Jahren in seinem Lokal immer wieder den Schmachtfetzen *Mama Leone* von Bino abgespielt hatte Bino, der eigentlich Benedetto Arico hieß und auch aus dem Süden, aus Palermo drüben auf Sizilien stammte , hatte Antonio schon bald seinen neuen Namen weg: „Papa Leone". Er hatte Bino nun einmal in sein Herz geschlossen. Dass den ursprünglichen Song ein Deutscher komponiert hatte, war ihm dabei schnuppe. Erst die Aufnahme mit Bino hatte den Schlager international berühmt gemacht. Und dass dieser Bino seine *Mama Leone* dann später auch noch Mutter Theresa gewidmet hatte – *Mamma mia!* Für Antonio waren beide Heilige, Mutter Theresa und Mama Leone. Und er versetzte sich und die Mama gleich nach Rossano, passend für die Stadt und passend für ihn: „*Mama Leone, tu sei un angelo … in quel paese pien di serenità, in questa terra di dolore …*"

Das war die Stelle gegen Ende des Liedes, wo Antonio regelmäßig die Tränen kamen. Das wurde jedenfalls bewundernd behauptet. Ein Don auch der Gefühle! Aber doch, das passte schon zusammen: die Tränen eines Don, die ebenso wie die Tränen des Monsignore in Rossano auf eine oft blutige Erde fielen. Beide beanspruchten unbedingten Gehorsam und ließen sich nicht in Frage stellen. „Mama Leone, du bist ein Engel in diesem Land der Heiterkeit, in diesem Land der Schmerzen…". Aber im Gegensatz zum Priester blieb ein Don zwar erhöht, aber verharrte letztlich erdverbunden unter seinen Leuten, die ihm folgten, die er liebte und für die er sich auch mit seinem Blut einsetzte, solange auch sie ihr Blut für ihn und die Gemeinschaft gaben. Nur sahen seine Abendmahle so gänzlich anders aus als die des Monsignore.

Papa Leone war die wichtigste säkulare Anlaufstelle in allen Problemen und misslichen kirchlichen oder seelischen geworden, mehr aber in rechtlich bedenklichen Lebenslagen. Eben ein Don. Ohne ihn ging nichts im Viertel – andere meinten sogar in ganz Rossano. Er war für den begrenzten Raum des Stadtviertels Vater, Verfolger, Richter, Mediator und Vollstrecker, Freund, Bruder. Zumindest sah *er* das so. Natürlich erfüllte er ostentativ eitel, wie er war auch alle Bedingungen, wenigstens hier im überschaubaren Kreis eine lebende Legende zum Anfassen zu sein. Er imitierte seine Leitfiguren aus den „Pate"-Filmen, aus populären Fernseh-Serien wie *La Piovra* von Ennio de Concini oder *ZeroZeroZero* von Saviano; seine Identifizierungsneurose ging so weit, dass er sich regelrecht verkleidete. Am liebsten beim sonntäglichen Schaulaufen über den Dom-Platz beim *tuffo sulla folla*, dem Bad in der Menge. Da markierte er seinen Lieblings-Serienkopf Remo Girone aus dem Film in *La Prova* als mordender Bankier und Mafia-Aufsteiger: dunkler Anzug mit weißem Einstecktuch und schmaler Krawatte, die dünnen, schwarzen Haare wie Tano nach hinten gekämmt und gegelt. Leider wirkte er mit seiner gedrungenen Gestalt und dem das schwarze Jackett gefährlich spannenden Bauchansatz nur wie eine pausbäckige Karikatur Tanos. Witze zu machen aber traute sich keiner. In seinem Orbit war er eine absolute Respektsperson. Allerdings eine, den die echten Ehrenwerten der Gesellschaft in Corigliano nie wirklich in ihre Reihen aufgenommen oder anderweitig instrumentalisiert hatten. Er galt als zu unsicher. Es reichte, ihn zu beobachten, dadurch erfuhr man schon, was man wissen musste.

Sangue e onore!

Die blutige und unrelativierbare Wahrheit vor solcher Kulisse freilich war keine Blaupause dieser Drehbuch-Welt. Man erfuhr sie täglich aus den Zeitungen oder sie flimmerte über die Bildschirme. *Commissario* Baldini kannte dieses Gemenge nur zu gut. Jeder konnte einer der Darsteller mit einer festgelegten Rollen sein in dieser realen Tragödie. Die blutige Ernte der 'Ndrangheta mit ihren Kokain- und Schutzgeldgeschäften in Milliardenhöhe ohne Scheinwerfer und Musik von Morricone und die ebenso gnadenlose Jagd der Polizei hatten keine Einschaltquoten und Werbepausen. Nur war die Polizei stets reaktiv, da Viertel wie dieses durchseucht und verfilzt sind von den Mitgliedern der *'Ndrine* oder noch treffender *Cosche*, was eigentlich das Innere der Artischocke meint und eine passende Metapher ist für eine Gesellschaft, die in sich verkapselt, die im Geheimen agiert. Das merkt auch das *Goel*, ein Konsortium mit dem hebräischen Namen für einen Verwandten, der einen anderen aus der Familie aus der Sklaverei befreit. Baldinis Chef, Dottore Rumello, hatte es ihm einmal erläutert.

„Es sind keine Traumtänzer, sondern sie pieksen die Mafia schon ganz empfindlich. Ihr Ziel ist, raus aus der Armut mit einem neuen ethischen, wirtschaftlichen und demokratischen, mafiafreien System. *Canciare*, so ihr Schlagwort für diese *Alta Moda*. Sie will das Kleid der bisher fatalen Situation zum Beispiel mit der Beschaffung legaler Arbeitsplätze ändern. Eine Sisyphus-Aufgabe." Baldini blieb skeptisch.

Und überall Omertà. Schweigen war und blieb auch hier das Gebot des Überlebens. Bei ihrer vertikalen Hierarchie wusste keiner vom anderen, ob und was er innerhalb dieser Strukturen und auch gegeneinander undurchlässigen Gruppierungen darstellte.

Baldini erlebte seine Kollegen von den Carabinieri oft genug, wie sie ohnmächtig gegen Schimären zu kämpfen schienen. Die meisten Mitglieder im unteren Bereich waren *picciotti d'onore*, einfache Soldaten, darüber die *Sgarristi*, die Eintreiber des *pizzo*, also des Schutzgeldes. Die Köpfe also den *Quintino* oder *Associazione* mit dem auf den Oberarm tätowierten fünfzackigen Stern als Rangzeichen kannte keiner. Nur wenn mal einer nach zehn oder zwanzig Jahren auf der Flucht endlich verhaftet werden konnte wie 2016 Giuseppe Ferraro und Giuseppe Crea , wurden ihre Namen bekannt und die Presse hatte ihre Schlagzeilen.

Die Hochburgen in Kalabrien sind noch heute Plati am Fuß des Aspromonte-Gebirges, aber auch und vor allem Corigliano und Rossano. Baldini musste auch oder gerade, weil er ein Polizist war, hier besonders auf der Hut sein. Dieser Wirt hatte keine tätowierten Oberarme. Aber er war bestimmt nicht ganz sauber. Wahrscheinlich eine mittlere Charge. Baldini hatte einen guten Spürsinn dafür. Die beiden Typen, die eben reingekommen und zu ihm in die Küche gehuscht waren, sahen nicht aus wie größere Lichter.

Andrea Muffo war bis jetzt und trotz des Regens im Wald gewesen. Dieser feuchte Spätherbst war eine gute Zeit für Steinpilze, besser als im trockenen Spätsommer. Er hatte ein geschultes Auge und konnte schnell erkennen, ob das, was sich da im Unterholz schlängelte, eine kurze, giftige aber langsame Viper war oder eine längere, flinke, harmlose Natter, bevor er sich mit der bloßen Hand den Pilzen näherte.

Eine Pilzpflückerlaubnis – den *tesserino* – hatte er nicht. Die kostete Geld und es drohten saftige Strafen bei Zuwiderhandlungen. Aber Andrea war ja hier in seinem eigenen Revier und musste keine Forstinspektoren fürchten.

Es hatte sich für diesen Tag wohl endgültig eingeregnet. Ein kalter Wind blies in Böen die nassen Schwaden vor sich her. Er stellte den vollen Korb auf der Treppe zu seinem Hauseingang ab, nahm das graue Tuch vom Korb, das die Pilze vor dem Regen geschützt hatte, und verpackte darin zwei volle Händen seiner gesammelten Steinpilze, deren Sporen schön reif waren und die einen anregenden Geruch von Pilzen, Wald und Frische verströmten.

Mit dem Tuch ging er die Stufen hinauf und klopfte an die Tür seines Nachbarn. Sie öffnete sich schneller als er gedacht hatte und Giacomo sah ihn enttäuscht an.

„Ach, du bist es!"

„Wer sollte es denn sonst sein?"

Ohne eine Antwort abzuwarten, hielt Andrea sein Mitbringsel aus dem Wald vor das Gesicht des Alten.

„Hier, hab dir frische Pilze mitgebracht."

Giacomo sah gar nicht hin, sondern machte einen schnellen Schritt an Andrea vorbei und blickte in Richtung Straße.

„Giàco, was ist los mit dir? Hier, die Pilze!"

Der Alte nahm mit der einen Hand das Tuch mit den Pilzen, hob es hoch und roch daran. Dann klopfte er Andrea mit der anderen, offenen Hand leicht auf die Brust, als wolle er etwas ankündigen, etwas loswerden. Aber nein: „Nichts, gar nichts. Aber danke."

Papa Leone hatte die Küchentür zugezogen, als Paolo und Luca Russo so plötzlich bei ihm aufgetaucht waren. Dann wandte er sich seinen unangemeldeten Gästen zu. Er mochte es nicht, überrascht zu werden. Denn dann konnte er sich nicht auf die Situation vorbereiten und einstellen.

„Na, ihr beiden, große Not im Doppelpack?"

Luca rieb sich seine Hände und wirkte äußerst nervös.

„Hast du einen Augenblick Zeit? Es gibt da ein Problem."

Leone musterte erst ihn und dann Paolo.

„Hast du ein Problem oder habt ihr zwei eins?"

„Das kommt darauf an. Vielleicht nur einer von uns, vielleicht wir beide, aber vielleicht noch viel mehr Leute."

Leone merkte, dass es offensichtlich nicht um Geld ging. Es war bekannt, dass er gegen gute Zinsen Geld verlieh. Wenn einer von beiden klamm gewesen wäre, aber aus irgendwelchen Gründen nicht zur Bank hätte gehen können, hätte er schon früher davon erfahren. Und die Gründe gewusst. Das war schließlich sein eigentliches Kapital.

„Erzähl!"

Aber dann öffnete er die Küchentür zum Schankraum.

„Warte eine Sekunde, ich muss erst bei dem Typ da hinten abkassieren. Nur eine Sekunde!"

Luca blickte über die Schulter von Leone. Der Typ, von dem Leone sprach, schaute direkt zu ihnen herüber und hob die Hand, in der er einen Geldschein hielt.

Lucas Augen in dem plötzlich kalkweißen Gesicht wurden in dieser einen Sekunde so weit wie gelbe, hässliche Tennisbälle.

Lo sbirro – da saß er, der Bulle!

Wie spät mochte es sein? Wie lange hatte sie so auf dem Boden gelegen? Ihr ganzer Körper schmerzte. Sie hatte sich aufgesetzt und hielt das Handtuch, das sie zum Blutstillen benutzt hatte, in ihrem Schoß in den Händen. Da war sie wieder zurück, die Wirklichkeit. Aber Elisabettas Wirklichkeit war noch zu unvollständig. Noch hatte sie keinen Faden in der Hand. Nur zwei Gesichter, die sie wahrgenommen hatte. Luca und Paolo.

Die beiden hatten oft ihre Eltern oben auf dem Berg besucht, mit ihnen gefeiert, getrunken. Aber sie erinnerte sich auch an die Heimlichtuerei, mit der das abgelaufen war. Die geschlossenen Fenster, das Abschotten vor den Nachbarn, der stille Abgang. Mal waren sie mit dem Bus gekommen und am anderen Morgen wieder zurückgefahren, mal hatte sie ein Lastwagen mitgenommen und wenn sie am frühen Morgen, noch bevor der erste Bus fuhr, heim wollten, mussten sie zusehen, wie sie nach Hause kamen, zu Fuß oder per Anhalter.

Elisabetta war in eine barmherzige Bewusstlosigkeit gefallen. Jetzt wurde sie wieder wach. Die Stille war fast greifbar, war eine durchsichtige Watte, die die Ohren verstopft, nichts durchlässt. So eine Stille suggeriert zunächst das Fehlen aller Konflikte. Gedanken würden nur stören, fehlweisende Bilder vorführen. Eine solche Stille ist zugleich auch eine tiefe Leere. Doch jetzt war sie wach. Die Nase schmerzte noch immer, pochte. Es waren für Elisabetta Klopfzeichen der Gegenwart. Sie hatte Zeit gebraucht, bis sie merkte, dass sie nicht selbst diese Leere ist, sondern nur ihr Gast. Und das Leben eine gekrümmte Strecke auf der ziffern- und zeigerlosen Uhr.

Jetzt ist sie wieder in diese Zeit aufgetaucht. Der Schmerz, die Nase, das Klopfen. Das Herz setzt seinen Kontrapunkt. Noch einmal ausstrecken, die Arme nach oben recken. Endgültig aufwachen. Noch ohne Gepäck.

Das Zimmer war fast leer und roch nach Verlorenheit, Vergessen und Nutzlosigkeit. Die Tür in den Gang: verschlossen. Eine weitere Tür befand sich links vom einzigen Fenster. Die Klinke ließ sich bewegen und die Tür öffnete sich. Dahinter lag ein schmaler, fensterloser, dunkler Raum – eine Toilette mit Waschbecken und Spiegel. Rechts halbhoch ein schwarzer Drehschalter für das Licht, eine einzelne Lampe über dem Spiegel. Sie drehte den Schalter und es wurde hell. Beim Anblick der Toilette merkte sie, dass sie die dringend brauchte. Aber obwohl sie allein im Zimmer war, zog sie die Tür hinter sich zu und legte sogar den einfachen Verschlusshaken um.

Beim Händewaschen erblickte sie im Spiegel ihr blutverschmiertes Gesicht. Sie schrak zusammen, wie verletzt und verunstaltet es aussah. Das Blut war in breiten noch immer, wie sie mit dem Finger fühlte, feuchten Spuren am Hals herunter gelaufen auf den hohen Kragen ihres hellblauen Kleids und die dunkelblaue Jacke, die sie seit ihrer Abreise aus Villa San Giovanni immer noch anhatte.

Die Nase schmerzte sehr, war dick geschwollen und sah unförmig und fremd aus.

Aber Elisabetta war keine Frau, die unter solchen Qualen zusammenbrach. Schon als Kind hatte sie sich – ungestüm, wie sie war – oft die Knie aufgeschlagen, war gestürzt, hatte sich die Finger verstaucht, an Zweigen und Dornen tiefe Schrammen gerissen. Schmerzen hatte sie riskiert, sie wusste, woher sie kamen und wer dafür verantwortlich war: nur sie selbst. Das war nun einmal das Risiko, das sie einging, um mehr zu entdecken, höher zu klettern, weiter zu springen und ohne nachzudenken ihren vorgegeben Horizont zu verschieben. Das waren Kollateralschäden und Wachstumsringe, nie Katastrophen, eher Bagatellen, die sie einfach in Kauf nahm, fast lachend. Auch die Eltern, Brüder und Nachbarn reagierten nie übertrieben.

Dies hier aber war etwas anderes und es ging dabei nicht um den körperlichen Schmerz. Sie war nicht über einen Zaun gesprungen und dabei auf die Nase gefallen. Sie war entführt, eingesperrt und niedergeschlagen worden. Von der eigenen Familie. Das war der eigentliche Schmerz.

Dazu die völlige Ahnungslosigkeit, warum ihr das geschah. Sie brauchte gar nicht erst viele Gründe gegeneinander abzuwägen es fiel ihr nicht einer ein. Genau das verstärkte das Gefühl ihrer totalen Hilflosigkeit. Die Schwermut der Grille war der Angst der Grille gewichen.

Und die Angst holte Erinnerungen aus dem Dunkel ans Licht. Jetzt sah Elisabetta wieder den Zettel vor sich, den sie am Grab ihrer Mutter gefunden hatte: „Deine Mutter starb, weil sie mehr als eine Zunge hatte. Dein Vater schweigt, weil sein Verstand keine Zunge mehr hat, und er darf darum leben. Dir werden wir die Zunge nehmen. Weil du ganz bestimmt eines Tages reden willst." Doch wie das so oft bei ihr war, förderte so ein Zustand keine lähmende Panik, sondern setzte Instinkte frei, sich mit den eigenen noch verbliebenen Kräften zu retten. Sie musste raus, weg von hier.

Das Fenster ging nach hinten raus und sie sah in einen kleinen, zementierten Innenhof, der bis an einen von Pflanzen überwachsenen hohen Zaun reichte. Rechts von ihr war ein Anbau wie eine kleine Werkstatt oder ein Schuppen. Sein Dach verlief schräg an der Außenwand und fast so hoch, dass sie es mit der Hand erreichen konnte, wenn sie sich weit genug hinauslehnte.

Im Innenhof, klein wie ein Patio, sah sie keinen Menschen. Luca war entweder auf der Straßenseite oder in einem der Räume des Hauses. Oder er bluffte nur und war mit Paolo gefahren. Wenn sie nur gewusst hätte, wie lange sie schon alleine in diesem Zimmer war.

Sie reckte sich aus dem Fenster und berührte das anliegende Schuppendach. Wenn sie bäuchlings und mit den Füßen zuerst rauskletterte, könnte sie es zunächst mit dem linken Fuß erreichen. Dann müsste sie sich, mit beiden Händen am unteren Fensterrahmen festhaltend, vorsichtig drehen und dabei mit den Händen umgreifen. Danach anfangen zu pendeln, sich dann mit einem Schwung abstoßen und so rückwärts auf dem kleinen Dächlein landen. Von dort könnte sie hinunter rutschen bis zur Kante, wo sie noch eine der Klammern der längst abmontierten Regenrinne sah.

Der Schmerz war für einige Sekunden betäubt gewesen, aber als sich Elisabetta vom Fenster wieder zurück ins Zimmer beugte, war er wie eine böse, harte Welle wieder da und spülte sich in sie hinein. Sie atmete ganz flach durch den Mund, denn die gebrochene Nase war völlig zu. Die Blutung hatte aufgehört, doch die Schwellung hatte sich wie eine Krake auf ihr Gesicht gelegt; die mittlerweile angetrockneten Blutströme fingerten wie lackrote Tentakel den Hals hinunter und verschwanden unter dem Kragen des eingefärbten Kleides.

Sie setzte sich auf den einzigen Stuhl im Zimmer. Ihre Brust und die Schultern hoben und senkten sich wie eine Tide der Erregung im Intervall ihrer Atmung.

Nach einigen Minuten ebbte die Schmerzwelle etwas ab. Sie hob den Kopf. Wenn sie es schaffen konnte, dann jetzt, vor der nächsten Attacke. Sie stand auf, schüttelte den leichten Schwindel aus dem Kopf und ging entschlossen zum Fenster. Unten noch immer keiner zu sehen. Sie hielt sich mit beiden Händen am Fensterrahmen und zog sich hoch, um den ersten Fuß nach draußen zu setzen. Da hörte sie einen Pfiff, dann eine halblaute Stimme ohne jede Ironie: „Ach, das Vöglein will wegflattern?"

Nur weil Papa Leone unmittelbar vor ihm stand, konnte sich Luca ungesehen ducken. Da saß er, der *Sbirro* aus Reggio, zu dem seine Schwester Christina ins Auto gestiegen war und der nach Elisabetta fahndete. Wenn nicht nach mehr. Und jetzt war er hier, ausgerechnet hier bei Papa Leone. Bevor er den Wirt warnen oder zurückhalten konnte, setzte der sich schon in Bewegung, um zu kassieren. Luca stieß Paolo tiefer in die Küche und schloss die Tür halb.

„Was soll das?" Paolo sah seinen Bruder fragend an.

„Draußen, der Gast, der ist von der Polizei."

„Ja, und?"

„Ja, und! Ja, und! Der ist dienstlich hier und hinter Elisabetta her!"

„Woher weißt du …?"

„Ich weiß es eben. Er hat heute Morgen schon Christina vor dem Dom angequatscht und sie nach Elisabetta ausgefragt, wo sie wohnt und so. Sie hat aber nichts gewusst und nichts gesagt. Und jetzt sitzt er hier."

„Hat er was mit Papa Leone besprochen?" Paolo sah durch den offenen Türspalt zum Tisch rüber, wo Leone gerade dem Gast Wechselgeld herausgab.

„Ich glaube, er geht jetzt." Davon wollte sich auch Luca überzeugen und stellte sich neben Paolo.

Der Typ redete mit Leone. Was wurde dort verhandelt? Luca sah, wie Leone den Kopf schüttelte, offenbar nachdachte und dabei die Spitzen seiner gespreizten Finger rieb. Luca wurde immer nervöser.

In diesem Augenblick kam der Wirt zurück und stieß die Tür weit auf. Die Brüder machten ihm Platz.

„Was ist los mit euch?"

Luca fasste ihn am Arm. „Da draußen der, das war ein Bulle."

Papa Leone hatte bisher immer ein gutes Verhältnis zur Polizei gehabt. Mit der *Polizia Municipale*, der Kommunalpolizei, sowieso. Er duzte sie alle, kannte sie alle gut, jeder ließ den anderen in Ruhe. Die Carabinieri waren anders. Sie hielten von vornherein jeden männlichen Einwohner in Rossano für verdächtig, aber ihm hatten sie bisher weder etwas nachweisen können noch waren sie ihm zu nah auf die Pelle gerückt. Aber ein Polizist aus Reggio? Das war etwas anderes.

Leone ging zum Getränkefach und nahm eine Flasche Rotwein heraus. „Der Bulle will sie kaufen. Wartet eine Minute." Dann ging er zurück, überreichte dem Gast den Wein und kassierte, natürlich, wie es das Gesetz vorschreibt, mit ausgedruckter Quittung.

Betont langsam und ruhig kehrte er ohne sich umzudrehen in die Küche zu den beiden Wartenden zurück. Lakonisch meinte er nur: „*Tutto bene*, auch Bullen haben mal Hunger." Er wollte den beiden Russos gegenüber demonstrieren, dass es für ihn völlig in Ordnung und selbstverständlich war, wenn auch die Polizei aus Reggio bei ihm am Tisch sitzt und isst. Ihn, Leone, konnte das nicht kratzen, denn er stand weit darüber. Er sah, dass der Mann gegangen war.

Baldini schaute vor dem Lokal auf seine Uhr. Wenn er noch vor Mitternacht zu Hause ankommen wollte, musste er sich jetzt sputen. Kurz Elisabettas Vater aufsuchen, wenn der denn überhaupt da war. Dann zurück nach Reggio. Er setzte sich in sein Auto, legte die Rotweinflasche auf den Rücksitz und startete das Navigationsgerät, das sofort das neue Ziel anzeigte. Über die Staatsstraße 188 nach Westen, dann rechts nach Norden abbiegen und weiter Richtung Santa Maria del Patire. Exakt 12,7 Kilometer. Unmittelbar gegenüber war eine kleine Tankstelle. Daneben ein Café. Er drehte die Zündung, sah auf den Benzinstand und überschlug die vor ihm liegende Gesamtstrecke. Besser wäre es, vorher noch zu tanken. In dieser Gegend waren solche Gelegenheiten gerade an Wochenenden rar. Also fuhr er den Wagen auf die andere Straßenseite an die ganz rechte, kleinere von drei grünen Zapfsäulen mit bleifreiem Benzin. Natürlich hatte dieser kleine Betrieb am späteren Samstagnachmittag geschlossen. Aber das machte nichts, es gab ja die Säule für die Kartenzahlung. Alles automatisch.

Nichts automatisch. An der Säule klebte vor dem Kartenschlitz ein handgeschriebener Zettel; *fuori servizio*, außer Betrieb. Und jetzt? Baldini ging die drei Schritte links zum *Café San Nilo*. Auch geschlossen, natürlich. Er drückte die Klinke heftiger hinunter, als nötig war und rüttelte an der Tür. Heiliger Nilo, diesmal war ihm der Schutzpatron der Stadt gnädig. Hinter der Tür gab es Bewegung. Eine junge Frau schlurfte aus dem Hintergrund heran. Baldini winkte und gab ein Zeichen aufzumachen. Die Frau schüttelte den Kopf, zeigte auf ihre Armbanduhr und hielt sieben Finger hoch. Baldini nahm beide Hände in Brusthöhe und schabte mit gekrümmten Fingern wie ein Maulwurf. Die Frau blickte fragend auf seine Hände, verstand diese Gebärdensprache offenbar nicht, näherte sich aber doch der Tür und schloss sie auf.

Baldini erklärte ihr seine Situation mit dem Tankstand. Nein, diese Station sei nur geöffnet, wenn der Pächter da sei. War er aber nicht. Das automatisierte Tanken sei schon seit vier Tagen gestört. Der Reparaturdienst habe sich längst angesagt, aber, sie schnippte mit Daumen und Mittelfinger, „Sie wissen ja, das braucht eben seine Zeit".

Leider, erfuhr der *Commissario*, sei dies die einzige Tankstelle überhaupt im Ort, die nächste, die „mit Sicherheit" geöffnet habe, läge zwischen Rossano Stazione und dem Meer an der Viale Sant'Angelo.

Der Schutzheilige ihrer Caffeteria, San Nilo, verstand mit Sicherheit nichts von Autos. Baldini machte sich auf den Weg. Besser dorthin als später unterwegs wieder irgendwo eine Abfuhr zu bekommen. Auch wenn ihn das jetzt bestimmt eine ganze Stunde kosten würde. Aber dann musste er unverzüglich zu der Adresse auf dem Berg.

Leone wandte sich betont lässig an die beiden vor ihm. „Und, was wollt ihr von mir? Ihr hattet es doch so eilig."

Luca schwitzte. „Es geht um Elisabetta, unsere Cousine. Sie ist wieder in Rossano aufgetaucht und macht Ärger. Ich hab sie oben bei ihrem Vater abgefangen und jetzt wartet sie in Paolos Haus drüben. Hab' sie eingeschlossen."

Bei Papa Leone stiegen die Körpertemperatur und die elektrische Leitfähigkeit seiner Haut rasant.

Er spitzte seine Lippen, als wolle er flöten.

„Tutto il mondo è paese!" Ja, die ganze Welt konnte schon mal ein verdammt kleines Dorf sein. „Was kann sie schon anrichten?"

„Sie kann ganz viel anrichten!" Luca sah Leone beschwörend an. „Auch wenn es schon ein paar Jahre her ist. Aber ich bin sicher, sie wird nicht vergessen haben, wer ihre Mutter und den Typ bei ihr erschossen hat. Sie hat alles gesehen und so ein kleines Mädchen war sie damals auch nicht. Und es gab ja auch noch gewisse Leute im Hintergrund."

Luca hatte seinen Kopf schräg gesenkt und blickte Papa Leone von unten mit einer Mischung aus Verschlagenheit und Unterwürfigkeit an. Paolo fühlte sich einfach nur hilflos und sah auch so aus – mit herabhängenden Schultern und Händen.

Papa Leone flötete nicht mehr, jetzt blies er hörbar Luft aus seinem spitzen Mund.

„Gut, Luca, hast Recht, wir müssen reden, kommt rüber an den Tisch. Ich kann nicht abschließen, weil jederzeit mein Lieferant aus Crotone kommen wird. Aber wir können ja schon mal anfangen."

Luca und Paolo gingen voraus und setzten sich an den Tisch. Leone nahm drei kleine Grappa-Gläser aus dem Regal an der Wand, die Flasche dazu und steckte die Geldbörse unter der weinroten Schürze in die Hosentasche.

Er setzte sich zu den beiden mit dem Gesicht zur Tür.

„So, und?"

Luca sah ihn etwas gequält an.

„Vielleicht, also, sie dürfte nichts mehr sagen", stotterte er, „ein für alle Male …"

Paolo fuhr mit der Fingerkuppe über die Maserung des Holztischs und verfolgte schweigend und ohne aufzublicken die Lebenslinien dieses schon so lange toten Baums.

Papa Leone sagte gar nicht erst „Cin", sondern kippte als erster seine Grappa mit einem Schluck hinunter.

„Auf keinen Fall, *coglione*, du Idiot! Wenn die Bullen schon hier sind, werden wir denen doch nichts servieren. Was glaubt ihr, wie lange die hier rumschnüffeln, wie sie alles durchwühlen werden."

Leone war sofort klar, wie nachhaltig seine Geschäfte und die seiner Leute und der anderen Familien gestört würden. Nicht auszudenken! Die in Corogliano würden verrückt werden und es ihm anlasten und heimzahlen. Nein, nicht eine einzige Sekunde Ruhe hätte er mehr nicht vor der Polizei, nicht vor denen drüben in Corigliano.

Jetzt hob Paolo, der bisher nur zugehört hatte, den Kopf.

„Aber wie können wir die Kleine denn mundtot machen? Denk doch nur mal, sie wird vorgeladen. Dann muss sie ja reden, und wenn die dann etwas Druck machen … sie hat ja kein Zeugnisverweigerungsrecht …"

Es dauerte genau drei Sekunden. In dieser Zeit war vor dem Eingang eine Reklameschrift aufgeleuchtet; hatte sich an der Spüle in Leones Küche vom Wasserhahn ein Tropfen gelöst und war auf den schmutzigen Lasagne-Teller gefallen, knackte Luca einmal mit den Fingerknochen. Dann kam ein zischender Pfeiflaut aus Papa Leones noch immer gespitztem Mund.

„Einer von euch beiden muss sie heiraten. Dann habt ihr sie ständig im Griff, sie läuft euch nicht weg und kein Gericht kann sie zur Aussage zwingen."

Jetzt dauerte es deutlich länger als drei Sekunden. Zwei Gehirne rotierten leiernd wie eine gecrashte Festplatte. Draußen fuhr ein Lastwagen vor, der Motor wurde abgestellt. Der Lieferant aus Crotone?

„Aber das geht doch nicht, wir sind ja verwandt miteinander."

Papa Leone war aufgestanden und ging zur Tür. Man hörte jetzt, wie Kisten energisch aufs Pflaster gestapelt wurden. Flaschen klirrten. Leone hatte seine Rolle wieder, jetzt konnte er reagieren. Er schaute lässig über die Schulter zurück.

„Macht euch darüber keine Gedanken. Das regle ich schon!"

Der Don war wieder am Drücker.

Der nasse Herbst versündige sich wieder einmal und nicht zum ersten Mal an der sonst so heiteren, sonnenverwöhnten *Bellezza* der kalabrischen Landschaft. Der kalte Regen hatte gegen frühen Abend deutlich zugenommen und Baldini steuerte seinen Wagen vorsichtiger als sonst die unzählig scheinenden Serpentinen der Straße in die Hohe Sila hoch. Das Tanken hatte ihn tatsächlich eine Stunde Zeit gekostet. Die Fahrbahn war ein nasser Regen-Film und entsprechend rutschig – mal als ein entgegenfließendes, flaches Bachbett, auf dem er fuhr, mal überströmt von zahllosen Rinnsalen, die seitlich von den abfallenden Flanken der Hügelwälder herab die Fahrbahn überquerten. Dabei spülten sie abgestorbene Nadeln und Buchenblätter, braungelbe Zapfen der Schwarzkiefer oder entwurzeltes Laubmoos in Bächen über den Granitrücken des Sila-Gebirges talwärts. Mit dem Regen war auch der Wind aufgefrischt und hatte die Nebelfahnen gegen die Waldränder gedrückt, wo sie in der beginnenden Dunkelheit unguten Geistern gleich noch einmal die schwarzen Bäume umklammerten, bevor sie sich auflösten. Und über diese Bühne polterte *Brigante Pennastorta*, der Hotzenplotz der Sila.

Baldini schaltete zur Sicherheit die Scheinwerfer an.

Einige scharfe Kurven weiter fiel sein Licht auf Gebäude, eine Art Parkplatzeinfahrt, eine Kirche. Hier musste es nach seinem Navi sein. Baldini lenkte den Wagen auf den unbeleuchteten Platz neben der Kirche und stieg aus. Er trat ins Nasse, das sofort in seine Lederschuhe eindrang. Das Regenwasser stand auf dem dürftigen Splittbelag des Platzes wie ein flacher See. Baldini ging los, stockte dann aber, ging zurück zum Auto und öffnete die Beifahrertür. Er beugte sich in den Wagen und kramte im Handschuhfach nach seiner fingergroßen Taschenlampe. Gerade als er sie gefunden hatte und den Kopf hob, zerschnitten Scheinwerfer die regennasse Watte. Ein Auto kam auf der Straße fast auf ihn zu, rollte dann aber langsam vorbei und hielt ein paar Meter weiter neben der Kirche. Baldini hatte den Kopf schnell gesenkt und blickte, verdeckt von seinem Auto, hinüber. Die Lichterpaare, rot am Heck und gelbweiß vorne, blieben an, nur die vorderen waren jetzt schwächer. Die Fahrertür wurde geöffnet.

Der *Commissario* blieb in Deckung, konnte aber aus seiner Entfernung und dem schwachen Parklicht, das mehr einer Notbeleuchtung verbreitete, nichts Konkretes erkennen. Nur so viel, dass eine Gestalt ausstieg und aus der schwachen Lichtblase ins Dunkle verschwand. Sollte noch einer Signor Morabella besuchen wollen? Oder war es vielleicht der Nachbar? Aber warum dann dieses vorsichtige Heranfahren, warum den Wagen mit eingeschaltetem Licht zurücklassen? Und saß da nicht eine zweite Person im Fahrzeug? Das alles sah doch eher nach einem unangekündigten Kurzbesuch aus. Wie seiner.

Vorsichtig glitt Baldini aus seinem Auto, richtete sich langsam auf. Wohin war die Gestalt gegangen, wo genau wohnte der Vater von Elisabetta? Dunkel lag die unbekannte Kulisse, in die er hineinhorchte, vor ihm. Der Polizist in ihm war hellwach. Er schlich langsam in Richtung der Gebäude, hielt sich neben der Kirche und wartete halb hinter der Apsis versteckt in der Stille.

Was auch immer geschah, es sollte ungesehen, ungehört, unbemerkt geschehen. Aber dieses Vakuum endete nach wenigen Sekunden, als in einiger Entfernung vor ihm eine Tür geöffnet wurde und für diesen Augenblick wie ein breiter, kurzer Vorhang Licht aus einem Zimmer heraus wehte. Baldini hörte Stimmen, ohne die Worte zu verstehen. Aber er konnte sehen, wie die Gestalt aus dem Auto im Türrahmen stand, sich offenbar mit jemandem im Raum unterhielt und das Haus betrat. Die Tür blieb offen. Baldini rückte etwas vor, unter einen Steinbogen. Jetzt konnte er auch zwei lichtlose Laternenmasten links und rechts vom Haus erkennen. Doch hier war sein Sichtwinkel zu spitz, als dass er durch die offene Tür in den Raum hätte spähen können. Er müsste einen Bogen schlagen, um direkter vor den Eingang zu gelangen. Aber kaum setzte er sich vorsichtig in Bewegung, als sich die Szene im Sekundentakt wieder änderte. Der Mann stand erneut in der Tür, diesmal aber nicht mehr mit leeren Händen, sondern mit einem Koffer, rief etwas über die

Schultern hinweg in den Raum und sprang aus dem schmalen Licht in den finsteren Regenabend. Baldini hatte sich sofort wieder hinter den Bogen zurückgezogen, als der Koffermann auch schon fast auf Tuchfühlung an ihm vorbei walzte und zu seinem Auto eilte. Schon bevor er das Auto erreicht hatte, wurde es auch schon gestartet. Also doch zwei Leute. Die Haustür wurde geschlossen, der lichte Teppich davor verschwand abrupt.

Schon fuhr der Wagen ab. Baldini konnte hören, wie hart der Gang eingelegt wurde, es knirschte laut im Getriebe. Dann gab der Fahrer Gas.

Erst jetzt schaltete der *Commissario* seine Taschenlampe ein und ging direkt auf die wieder geschlossene Haustür zu, aus der eben der Kofferträger gekommen war. Er leuchtete und suchte eine Klingel oder einen Namen, fand aber beides nicht. Ihm war klar, dass er hier ganz privat ermittelte und es absolut keinen Anlass gab, sich in irgendeiner Weise dienstlich zu verhalten. Darum klopfte er nur halblaut.

„Zuerst kümmert euch um die Kleine und bringt sie zu mir. Da ist sie besser aufgehoben als bei euch. Und dann holt schnellstens ihr Gepäck, dann sehen wir weiter." Für Paolo und Luca waren Papa Leones Befehle klar. Paolo fuhr die kurze Strecke rüber nach Corigliano, Luca saß neben ihm; er merkte, wie es in seinem Bruder gärte. Der hatte so gar nichts von der Souveränität Leones, der auch erschrocken sein mochte, aber schnell die Fassung wiedergefunden hatte und handelte.

Es war dunkler geworden. Der eine Scheibenwischer mühte sich, gegen den Regen anzukommen, vom anderen war nur ein Stummel übrig, der hässlich über das Glas kratzte.

Paolos Haus in der Via Aldo Moro war ein zweigeschossiger Bau. Hinter ihm, aber das konnte man von der Straße aus nicht sehen, lag ein winziger Innenhof, umrahmt von den beiden Nachbarhäusern. Sie reichten weiter in die Tiefe und am Ende wurde dieses „U" von einem etwa meterhohen Maschendraht-zaun abgeschlossen, der im Sommer verschwenderisch mit den filigranen Passionsblumen überwachsen, jetzt aber voller säuerlich schmeckender Früchte war.

Die beiden Brüder stellten den Wagen ab und betraten das Haus. Paolo blieb unten, Luca schlich die Treppe hinauf und horchte an der Tür, hinter der er seine Cousine gelassen hatte. Er hörte nichts und schloss, so leise es ging, die Tür auf. Es war eine skurrile Szene in dem fast dunklen Zimmer. Elisabetta hockte auf der Bank des weit geöffneten Fensters, sanft beleuchtet von links aus der Toilette, wo Licht brannte.

„Ach, das Vöglein will wegflattern?"

Mit einem Satz war Luca am Fenster und riss Elisabetta an der Schulter hart zurück ins Zimmer. Sie schrie auf, als er sie auf den Stuhl drückte und hielt instinktiv die Hände vors Gesicht.

„Was wagst du dich! Abhauen willst du? Da hast du dich aber verrechnet!"

Mit der Schuhspitze kickte er ihr das blutgetränkte Handtuch zu.

„Los, nimm das und komm mit."

Unten stand Paolo. Die Brüder brachten sie ohne ein weiteres Wort direkt zum Auto und verfrachtete sie auf den Rücksitz. Sie mussten sich beeilen. Leone wartete. Und auch der Koffer musste noch geholt werden.

Die Trattoria sah noch immer geschlossen aus, aber Papa Leone hatte ihnen gesagt, sie sollten direkt vor dem Eingang halten, sodass sie möglichst ungesehen hereinkommen könnten.

Elisabetta hatte während der kurzen Fahrt nichts gesagt und auch nichts gefragt. Ihre Flucht war gescheitert, nun musste sie eine andere Lösung finde Bei aller Robustheit war sie keine Kämpferin, da das Herz davon gar nichts wusste und der Kopf keine Mittel bereitstellte, weil ihm Kalkül und Taktik fehlten. Erst musste sich tief in ihr ein nicht angeborenes Empören bilden, mussten sich im Nukleus ihrer Existenz die Verklebung mit Familie und Tradition lösen, neue Wünsche wichtiger werden als die uralten Zwänge. Wie ging das?

Noch war Elisabetta nicht frei. Ein offenes Fenster – das war einfach. Aber es war ein neuer Reflex, immerhin.

Offenbar hatte Papa Leone sie kommen gesehen. Er öffnete die Tür und die drei drängten hinein. Schnell schloss er hinter ihnen wieder ab.

Er führte das Trio durch die Küche in den hinteren Bereich des Hauses und knipste das Flurlicht an. Dann nickte er Elisabetta zu und stieg mit ihr ohne die Brüder eine Treppe nach oben.

„Da!"

Das neue Zimmer für Elisabetta lag links. Es war schön groß, teilmöbliert und hatte ebenfalls ein Fenster.

„Herzlich willkommen."

So, wie Papa Leone das zu Elisabetta sagte, klang es sogar, als wenn er es ernst gemeint hätte.

Sie schaute ihn an. Fast entschuldigend zeigte er in den Gang.

„Bad und Toilette sind dort hinten."

Elisabetta nickte, wobei ihre Nase schmerzte. Vorsichtig befühlte sie die Schwellung.

„Ruh dich aus, für den Zinken hole ich dir den Doktor. Später."

Ihr Fluchttrieb war gerade eingeschlafen.

Papa Leone aber war kein *Buonista*, kein Gutmensch – menschliche Güte fand sich nicht in ihm, dazu war er viel zu misstrauisch und auch zu vorsichtig. Hätte er reflektieren können, wäre für ihn so ein Menschentyp ein Schwächling gewesen – mit hoher Wahrscheinlichkeit zum Scheitern verurteilt. So ein Schwächling wie Michele, der Friseur, der jeden Winter eine Kleidersammlung veranstaltete für Nordafrika-Flüchtlinge in Lampedusa und bei der Verteilung jedes Mal in Tränen ausbrach. Die Kleiderspende war okay, auch für Leone. Wenn man, wie die dort, nichts hat, dann konnte ihn das auch schon mal aufregen - aber auf seine Art. Er war nun einmal der Platzhirsch und musste stark sein. Er lebte, wie er meinte und demonstrierte, nicht in blassen Zwischentönen, sondern in einer

Welt kräftiger, auch gewaltiger Farben. Rührung und Romantik hatten da keinen Platz. Also, Klamotten ja. Aber Tränen? Nicht der Don.

Es wurde Zeit, in die Kirche zu gehen. Gleich morgen, am Sonntag. Sicher wird Monsignore Marini nach der Messe mit ihm reden wollen, ganz sicher.

Doch zuerst musste er mit dem Mädchen da reden. Er kannte es nicht persönlich, aber das war egal.

„Hast du deine Papiere mit?"

Elisabetta schaute ihn verwundert an. Sie war wieder auf der Hut. Was hatte der Kerl vor? Sie nahm sich vor, äußerst vorsichtig zu sein, ihn aber nicht zu reizen. Sie traute ihm zu, dass er ebenso rücksichtslos wie Paolo zuschlug Aber was wollte er mit ihren Papieren?

„Hast du sie?"

„Ja, sie sind in meinem Koffer."

„Und wo ist der?"

„Bei meinem Vater. Luca hat mich dort ja weggerissen."

„Weggerissen? Er hat dich nur abgeholt. Und jetzt wird er auch deinen Koffer holen."

„Aber mein Vater …"

„Pass jetzt mal ganz genau auf!" Leones Stimme war deutlich kälter geworden. „Deinem Vater geht es gut so lange du es willst. Es liegt ganz bei dir."

„Was soll das bedeuten? Ich verstehe überhaupt nichts."

„Mädchen, was du einfach noch nicht weißt – dein Vater wünscht dir ganz viel Glück zu deiner Hochzeit. Ich bin da sehr sicher. Freu dich darüber."

Elisabetta hatte sich bestimmt verhört. Sie fühlte sich in einer ganz anderen, fremden, unwirklichen Welt. Aber sie wusste gleichzeitig auch, dass sie sich überhaupt nicht verhört hatte. Es musste einen teuflischen Plan geben – mit ihr in der Hauptrolle. Ihr Herz krampfte.

„Aber ich heirate doch gar nicht. Was soll der Unsinn und was hat mein Vater damit zu tun?"

Leone trat ganz nahe an die junge Frau heran. Sie war kaum kleiner als er. Es war plötzlich eisig im Zimmer. Es waren seine Stimme und die Gedanken dahinter, die Elisabetta wie kalte Kristalle durch den Kopf wirbelten und sie frösteln ließen.

„Und ob du heiratest. Und ob!"

„Und wen?"

„Du wirst Luca heiraten. Schon bald. Ich sagte ja, dein Vater freut sich darüber."

„Luca? Meinen Cousin? Das geht doch gar nicht, das ist doch total verrückt!"

Elisabetta und Leone standen Auge in Auge. Der Don hob seinen rechten Arm vor Elisabettas Gesicht und drückte langsam und konzentriert mit dem Daumen auf ihre verletzte Nase. Sofort begann diese wieder zu bluten. Elisabetta schrie auf, wollte zurückweichen, doch Leone hielt sie bereits mit seiner anderen Hand im Nacken. Sein Atem war heiß und eklig wie das Gekröse ausgeweideter Kaninchen, das zu lange in der Sonne gelegen hat. Der Schmerz klopfte zwischen ihren Augen einen schnellen, bösen Takt, der ihre Gedanken betäubte.

„Du hast deine Nase, der Vater hat seine Augen. Willst du beides riskieren?"

Sie wollte wieder schreien, doch jetzt bekam sie nur ein Krächzen heraus. Sie wollte sich schütteln, nur weg aus diesem Alptraum.

„Du heiratest. Wenn du nicht willst oder wegläufst, wird dein Vater dich nie wiedersehen, auch wenn du vor ihm stehst."

Wieder näherte sich sein Daumen ihrer Nase. Sie drückte den Kopf weit nach hinten.

„Morgen kommt der Doktor. Sollst doch eine hübsche Braut sein."

Er wandte sich zur Tür und sagte beim Hinausgehen: „Ich bring dir gleich was zu essen und zu trinken. Du kannst das Zimmer verlassen, wenn du zur Toilette willst. Aber du bleibst oben. Ich komme regelmäßig und schau nach dir."

Bevor er die Tür schloss, musterte er sie noch einmal von oben bis unten.

„Um deinen Koffer kümmern wir uns."

Er grinste schief.

„Soll ich deinen Vater schön von dir grüßen?"

Die braune Holztür öffnete sich einen Spalt. Zwei Augen fixierten Baldini.

„Guten Abend, bitte entschuldigen Sie die Störung. Mein Name ist Enrico Baldini und ich bin von der Polizei in Reggio Calabria."

Mit der Hand hielt er seinen Ausweis vor das Augenpaar hinter dem Türspalt. „Sind Sie Giacomo Morabella?"

Das Augenpaar hinter dem Türspalt fixierte ihn. Baldini hielt dem Blick stand.

„Darf ich reinkommen?"

„Ich kann Sie ja doch nicht aufhalten. Also kommen Sie schon rein." Die Tür ging auf.

Der Mann, der ihm geöffnet hatte, sah älter aus als er wahrscheinlich war. Untersetzt, die wenigen Haare auf dem Kopf fielen weiß und dünn zu den Seiten, das Gesicht war ausgelaugt und faltig. Die Augen blickten ausgelebt, die dunklen Pupillen schwammen auf einer feuchten, gelben Murmel. Und seine Körperhaltung hatte offensichtlich jeden Funken von Lebenskraft verloren. Er stand in einer dunklen Küche mit schmalem Fenster, dessen dunkelbraunes Rollo heruntergezogen war. Das Licht kam von einer Deckenlampe über dem Tisch nahe dem Fenster.

Er war allein.

„Na, und, was wollen Sie?"

Er bot Baldini keinen Stuhl an, schlurfte aber selber zu einem am Tisch und setzte sich hin. Oder besser, er ließ sich fallen wie einer, der jeden Diskurs mit dem Leben, jede Neugier, jedes Ratespiel, auch jede Veränderung beendet hat.

Baldini kannte eine solche Haltung. Zu oft hatte er sie bei Verhören, bei Befragungen oder Untersuchungen erlebt. Es war die fatalistische Haltung der Aufgabe, des Endes. Es waren Verlierer, die sich fühlen wie Maulesel am Ende eines Lebens voller Schläge und Schlepperei. Luftlos, willenlos, wehrlos. So einer saß zusammengefallen vor ihm auf dem Stuhl. Giacomo Morabella.

„Ich suche Ihre Tochter, Elisabetta."

Es sind immer diese kleinsten Pausen, die so viel aussagen. Kleine, galaktische Schwarze Löcher, in denen die übervollen Container aller menschlichen Nebensächlichkeiten verschwinden.

„Warum?"

„Ach, es liegt nichts gegen sie vor, ich würde sie aber gern in einer bestimmten Angelegenheit sprechen."

Giacomo sah auf die Schwielen seiner Handflächen. Gerade zog das Schwarze Loch diese Küche, diesen Tisch, ihn selber aus der Welt.

„Ich weiß nichts. Gehen Sie. Ich weiß nichts."

Baldini sah sich in der Küche um. Es sah nichts aus nach einer zweiten Person, keine Garderobe, kein Gepäck. Oder doch? Neben der Spüle stand ein Teller mit Pilzen. In der Spüle zwei umgedrehte Kaffeetassen. Zwei Löffel. Der Mann musste Baldinis Blick gefolgt sein.

„Hab' mit Andrea Kaffee getrunken."

„Andrea?"

„Mein Nachbar. Hat mir Pilze gebracht."

„Und eben, wer war das, der aus Ihrem Haus gekommen ist mit einem Koffer?"

Giacomo zuckte nicht zusammen. Wer so leer ist wie er, wird normalerweise schon von deutlich Geringerem überschwemmt. Er aber nicht.

„Luca, mein Neffe. Hat seinen Koffer abgeholt."

„*Seinen* Koffer?"

„Seinen."

Wieder so eine Pause, in der Gegenwart verschlungen wird. Baldini sah ihn stumm an. Giacomo sah stumm zurück. Es war klar, dass mehr nicht kam.

Omertà.

Der *Commissario* nahm zum zweiten Mal an diesem Tag eine seiner Visitenkarten aus der Brieftasche, legte sie Giacomo auf den Tisch, drehte sich um und ging. Es hatte sich nicht gelohnt. Rumello hatte recht gehabt, es war eine *cattiva idea* gewesen, eine echte Schnapsidee. Nichts hatte er herausbekommen, wofür sich eine solche Reise gelohnt hätte, es war unnützer Aktionismus. Und noch lagen gut drei Stunden Rückfahrt nach Reggio vor ihm. Bei diesem Wetter. Nur gut, dass er wenigstens für den gemeinsamen späteren Abend mit seiner Frau diese besondere Flasche Wein gekauft hatte. Im *Conad*-Supermarkt bekommt man so einen Tropfen bestimmt nicht. Und an der Tankstelle erst recht nicht.

Der Wirt wollte wohl in letzter Sekunde doch noch ein kleines Geschäft machen und hatte ihn zu einem *Magno Megonio* von Librandi gedrängt. Ein tiefroter, schwerer Cirò Marina aus der typischen regionalen Maglicocco-Traube. Er hoffte, dass dieser Wein wenigstens halb so gut schmeckte wie damals dieselbe – dort sicherlich unverschnittene – Traube der Rechtsanwaltswitwe Donna Anna in Rende. Immerhin hatte ihm der Wirt hier in Rossano für den Edel-Roten dreimal so viel abgenommen wie für seinen offenen Wein zur Lasagne aus der Mikrowelle. „Aber", hatte er versichert und einen spitzen Mund gemacht, hatte geschmatzt wie ein glückliches kalabrisches Frettchen, „dafür ist er auch dreimal so gut!" Weiß der Himmel, woher und für wen der Wirt eine solche Sorte überhaupt bezog. Sein Laden sah nicht gerade aus wie ein Spitzenlokal.

Baldini stellte die Autoheizung an gegen die beschlagenen Scheiben. Im Fußraum auf der Beifahrerseite sah er eine Tüte liegen, die wohl vom Sitz gerutscht war. Die Foccacia, die ihm seine Frau am frühen Morgen mitgegeben hatte. Jetzt war das Fladenbrot noch trockener als ohnehin und die Heizung blies heiß dagegen. Es roch intensiv nach Rosmarin und dem Käsebelag, der sich zwischen den beiden Brotscheiben aufbäumte. Er musste sie irgendwo loswerden, bevor er wieder zuhause war.

~⁓⁓ ~

Paolo und Luca warteten unten im Schankraum. Leone nahm sich den Koffer und stapfte damit die Treppe hinauf. Mit einem Schwung warf er das Gepäckstück wie eine Trophäe auf das Bett von Elisabetta.

„Hast du den Schlüssel?"

Sie wollte den Mann auf keinen Fall reizen. Auch der hier würde ausrasten und einen Wutanfall bekommen. Zum Fürchten! Und sie fürchtete sich. Um ihre Angst zu kontrollieren, zwang sie sich, ruhiger zu atmen.

Sie nestelte in der Tasche ihrer Jacke, die neben dem Koffer auf dem Bett lag, und holte einen Schlüsselbund heraus. Sie wählte den kleinsten Schlüssel und reichte ihn stumm Leone.

In Sekunden klappte der Deckel des Koffers auf. Leone wühlte den Inhalt heraus. Wäsche, eine lange Sporthose, drei T-Shirts, zwei Pullover, zwei Kleider, zwei Gürtel, ein Buch, auf dessen Titel er einen kritischen Blick warf. Noch mehr Überwachung: Waschutensilien und ein wenig Kosmetik, Socken, Turnschuhe und Sandalen, etwas Schmuck, abgeheftete Behördenbriefe und die Kassette mit den Papieren, die zusätzlich verschlossen war. Leone nahm sie in die Hand, schaute ihr in die Augen, sagte kein Wort. Elisabetta verstand ihn auch so. Sie nahm aus der Jackentasche ihre Geldbörse aus blauem Kunstleder. Im Fach für die Münzen lag noch ein zweiter Minischlüssel, den sie in Richtung Leone aufs Bett warf.

Leone sah sie kalt an. „Werd' bloß nicht aufsässig. Bin kein Hund, dem man was hinwirft, man gibt es mir, *d'accordo?*"

Elisabetta hielt dem Blick stand, antwortete aber nicht. Leone nahm den Schlüssel für die Kassette und schloss sie auf. Dann kippte er den gesamten Inhalt aufs Bett und wühlte in den Papieren. Personalausweis, Geburtsurkunde, Taufschein, der grünweiße *Codice Fiscale*, die Plastikkarte mit der Steuernummer, ohne die keiner auch nur einen Telefonanschluss beantragen, sich ummelden, ein Bankkonto eröffnen oder irgendwelche andere Geschäfte machen kann. Auch die USL-Karte der *Unita Sanitarie Locale* ihres örtlichen Gesundheitsdienstes lag dabei, außerdem Zeitungsausschnitte und ein kleines silbernes Kreuz mit Kette.

Leone brummte zufrieden und sortierte ihre persönlichen Papiere aus. „Brauchst du alles nicht."

Den Rest schaufelte er mit seinen Händen zusammen und warf ihn in den Koffer. Dann beugte er sich über den Kleiderhaufen.

„So, und dies und dies und auch das hier. Und das."

Er hatte ihre gesamte Unterwäsche, ihre beiden Kleider und einen der beiden Pullover, die lange Sporthose und zwei T-Shirts aussortiert.

„Brauchst du alles auch nicht."

Er musterte sie ungeniert. „Und jetzt zieh deinen Rock und den Slip aus."

Elisabetta stand wie erstarrt vor dem offenen Koffer. Sie fühlte sich, als sei gerade ein Hochhaus eingestürzt mit all den Dingen, die ihr Leben ausmachten. Sie drehte sich ruckartig um, doch in diesen Augenblick hinein stieß Leone sie von sich und sie fiel rücklings mit einem lauten Aufschrei aufs Bett, schlug mit dem Hinterkopf auf eine Ecke des Koffers. Aber die Gnade einer Ohnmacht blieb diesmal aus.

Leone beugte sich über sie, sodass sie seine säuerlichen Ausdünstungen riechen konnte. Sein Daumen näherte sich wieder ihrer Nase.

„Mein Herzchen, du ziehst dich jetzt sofort aus, sonst tu ich es. Sofort!"

„Bitte!"

Der Don nahm seinen Daumen weg und richtete sich wieder auf.

„Nix bitte. Zieh dich aus und gib mir die Sachen! Hast du gedacht, ich wollte dich …?"

Elisabetta hielt den Atem an.

Leone kicherte.

„Ach, *das* hast du wirklich geglaubt? Nicht doch, du sollst schließlich als Jungfrau zum Altar gehen, was glaubst du denn?

Ich hoffe jedenfalls, dass du noch Jungfrau bist. Luca wird es mir bestimmt sagen."

Mit beiden Händen strich er über seinen Bauch.

„Nein, die Unterwäsche ist nur meine Versicherung. Nackt wirst du mir schon nicht abhauen. Das hilft mir und auch deinem Vater. Vergiss das nicht. Denk immer daran – seine Augen! Also, ausziehen!"

Er machte sich nicht einmal die Mühe, sich dabei umzudrehen.

Es waren nicht einmal vierundzwanzig Stunden seit ihrer Rückkehr nach Rossano vergangen und die Statthalter ihrer Heimat hatten Elisabetta alle Ehre, alle Würde, alle Scham, alle Kraft genommen. Nur einen winzig kleinen Lebensfunken gab es noch in ihr. Sie war im Schoss ihrer Herkunft eine Krake, die man lange schlagen muss, bis sie weich genug ist, bevor man sie sich einverleiben kann.

Paolo fuhr seinen Bruder noch bis zu dessen Haus und ließ ihn dort aussteigen. Sie wollten sich am Montag treffen, falls nichts dazwischenkäme.

Als Luca die Haustür aufschloss, fiel ihm eine vom Regen aufgeweichte Visitenkarte vor die Füße. Er nahm sie auf, las sie und erschrak. Schon wieder der Bulle aus Reggio! Es war also doch kein Zufall gewesen, als er auf seine Schwester Christina gestoßen war. Er hatte sie abgepasst. Schade, dass sie jetzt nicht im Haus war, sonst hätte er ihr was gesagt! Aber gut, dass sie Elisabetta und ihren Koffer hatten. Da konnte sich der Bulle gerne einen Wolf laufen! Und von wegen anrufen Luca grinste schief. Er dachte nicht daran. Aber in Wirklichkeit war ihm absolut nicht zum Lachen zumute. *„La tua ultima paura è la peggiore"* – deine letzte Angst ist die Schlimmste. Er spürte eine Vorstufe davon aufsteigen.

15 Die Schmerzen der Grille

Pater Marini konnte wirklich zufrieden sein. Seine Kathedrale *Santa Maria Assunta* wurde an diesem Sonntag wieder mehr von den Einwohnern der Stadt selbst als von Touristen besucht. Für die einheimischen Gläubigen war ihr Gotteshaus weder ein touristisches Highlight noch ein Museum, in dem – welcher ohnehin kaum einer von ihnen genau kannte – ein berühmter Purpurkodex mit über tausend Jahre alten Pergamentseiten voller Evangelientexten bestaunt werden konnte. Schon lange schauten sie auch nicht mehr auf das, was den eigentlichen Namen und Wert dieser Kirche ausmachte: das berühmte Bild der Maria, von dem es hieß *Achiropita*, es habe keine Menschenhand gemalt. Keiner wollte wirklich wissen, von wem denn. Gott als Maler? Warum nicht. Er kann doch sowieso alles. Es war schlicht ihre Kirche. Hier wurde gebetet, gebeichtet, wurden Taufen, Firmungen oder Hochzeiten zelebriert.

Nach der Messe an diesem Sonntag schlenderte die Gemeinde angeregt plaudernd aus dem Haupttor. Die dünne Herbstsonne war wiedergekommen nach dem Regen am Vortag. Der Priester hielt sich noch eine kurze Zeit an der großen Pforte auf und verabschiedete einzelne Gemeindemitglieder. Dann kehrte er zurück in den Kirchenraum, wo die zwei Messdiener, Söhne vom Friseur Pepe und dem Bäcker Simonetto, den Altar bereits abgeräumt hatten. Gerade steuerte er auf die Tür zur Sakristei zu, wo er sich umziehen wollte, als er aufgehalten wurde.

„Haben Sie es eilig, Monsignore?"

Marini drehte sich um. Er war zwar kein päpstlich geadelter Monsignore. Auch wenn das eine populäre Anrede war, war sie doch falsch. Er war auch nicht der Bischof von Rossano, sondern nur dessen Priester, der die meisten Messen las, besonders an

Sonntagen, wenn sein Vorgesetzter auf Reisen durch sein Bistum war. Aber der „Monsignore" schmeichelte ihm doch mehr als der „Padre".

„Ach, du bist es, Antonio. Was kann ich für dich tun?" Er kannte den Spitznamen längst, nannte ihn aber nie „Papa Leone".

„Nicht für mich, Monsignore, nicht für mich. Es geht um zwei junge Menschen, die den Bund fürs Leben eingehen möchten."

Er machte eine Kunstpause.

„In deiner Kirche."

Er war bewusst vom förmlichen „Sie" ins private „Du" gewechselt wie der Priester, der aber jeden so ansprach.

„Antonio, das ist ja wunderbar. Wer sind die zwei denn und wann wollen sie heiraten?"

„Luca und Elisabetta."

„Und was hast du damit zu tun? Wie ich weiß, hast du ja keine Kinder."

„Nein, ich habe keine eigenen Kinder. Nehmen wir also an, es sind so etwas wie meine Pflegekinder, an deren Wohl mir sehr liegt."

„Na gut, warum nicht. Und wann soll es stattfinden?"

„So bald wie möglich. Ich denke, am Mittwoch."

Auch der Priester kannte die traditionelle, freilich unkatholische Tagesauswahl für Hochzeiten: Dienstage und Freitage gehen gar nicht, das beschwört böse Geister herauf. Samstage sind für Witwen reserviert, die sich wiederverheiraten möchten. Bleiben also Sonntag, Montag, Mittwoch und Donnerstag.

„Mittwoch? Wer will denn da heiraten?"

„Luca und Elisabetta!"

Antonio hatte sich dem Priester bis auf zwei Schritte genähert und schaute ihm in die Augen.

„Und ich will's auch!"

„Gut, wenn's euer Wunsch ist. Natürlich. An welchem Mittwoch denn?"

„Am kommenden!"

Der Priester lachte leise.

„Antonio, es ist ja herrlich, wie die Macht der Liebe zur Eile drängt. Ist die Braut schwanger?"

Antonio ging noch einen Schritt näher auf den Priester zu, dem jetzt sichtlich unwohl wurde und dem das Lächeln aus dem Gesicht kippte. Er blickte suchend an Antonio vorbei in den Kirchenraum, der aber völlig leer war.

Papa Leones Stimme war eine deutliche Nuance leiser geworden und bekam eine gefährlich raue Färbung.

„Was geht's dich an, ob wer schwanger ist? Ich sage den kommenden Mittwoch und ich meine diesen Mittwoch. Und du sagst mir jetzt den Preis."

„Aber wie soll das denn überhaupt gehen. Ist das denn schon alles vorbereitet? Klar, es kann klappen, das ist es nicht. Bei mir", er sagte nicht „in der Kirche" und suchte nach mehr Festigkeit in seiner Stimme, „kostet es vierhundert Euro."

Antonio ging wieder einen kleinen Schritt zurück.

„Quatsch! Es kostet zweihundert Euro. Mach mir doch nichts vor. Vierhundert sind für das große Tamtam mit Musik, Kerzen und Gästen. Zweihundert reichen bei uns völlig. Keiner will mehr singen, als er muss."

„Und wann ist die standesamtliche Trauung?"

„Ich denke, am Dienstag. Das werde ich noch klären."

„Das kann doch nie gehen. Ihr müsst doch ein Aufgebot bestellen und das braucht Zeit."

Jetzt war es Papa Leone, der etwas gedämpft wirkte. *Cavolo!* Verdammt. Daran hatte er nicht gedacht. Er hatte nie geheiratet.

Der Priester bekam Aufwind.

„Ich habe eine Idee. Kostet vierhundert."

„Und was ist das?"

„Eine Konkordatsehe. Wir dürfen nämlich anstelle des Standesamtes ebenfalls rechtsgültige Ehen schließen, auch ohne Aufgebot."

„Und wie soll das laufen? Auch mit allen Papieren und so?"

„Mit allen Papieren. Vierhundert. Du besorgst die zwei Zeugen."

„Mittwoch?"

„Mittwoch!"

„Dreihundert?"

„Vierhundert! Und sag mir, wer genau die Brautleute sind."

Antonio rückte wieder einen Schritt näher. Jetzt wurde es richtig ernst.

„Luca Russo und Elisabetta Morabella, hier aus Rossano."

„Die Morabella?" Marini rückte zwei Schritte ab von Antonio. „Ich denke nicht daran. Der stelle ich bestimmt keinen Brautbrief aus. Gestern noch war sie hier und hat sich geweigert zu beichten." Sein Gesicht war plötzlich so rot wie ein Kardinalshut.

„Gestern war gestern, das weißt du doch auch. Und ist Vergeben nicht dein Job?" Er sah definitiv aus, als wenn er nicht weiter argumentieren werde.

Die beiden Männer standen sich gegenüber wie zwei knisternde Gegenpole. Zwischen ihnen flackerte ein Spannungsbogen aus gegenseitigem Wissen um die jeweiligen Stärken und Schwächen. Antonio wusste um die Schwächen des Priesters und dem Priester war das klar. Bei Antonio zählten die Stärken.

„Dreihundert!"

Der Priester schluckte.

„Okay. Dreihundert."

„Darfst du denn überhaupt die beiden trauen? Oder macht das dein Bischof?"

„Ich darf es, dafür habe ich schon vor Jahren von ihm Vollmacht bekommen."

Das klang gut. Die Einzelheiten waren schnell besprochen. Man war sich ja einig.

Der Nachhall der Turmglocke der Kathedrale, die die Gläubigen entlassen hatte, löste sich langsam auf. Die glühende Kohle in den silbernen Weihrauchkesseln war erkaltet und der sterbende letzte heilige Duft stieg unter das hohe Kreuzgewölbe der Altar-Apsis. Laut hallten die Schuhe Antonios in der Kirchenhalle, bis er nun wieder ganz Papa Leone den Vorplatz erreicht hatte. Er war sehr zufrieden.

~ ~ ~ ~

Die Sonne erreichte auch das Fenster im ersten Stock der Locanda *La Torre Gialla*. Spät, nach Beginn der Messe in der Kathedrale, erwachte Elisabetta aus ihrem ohnmächtigen Schlaf. Es war ruhig im Haus. Nur der Schmerz im Gesicht pochte dröhnend. Eine kleine, schwarze Spinne hatte ihren hauchdünnen Faden vom Vorhangsaum des Fensters bis auf den runden Holzknauf des linken Pfostens des Betts gesponnen. Vielleicht eine winzige Finsterspinne. Da war sie am Vorabend von draußen aus der frühen Kühle herein gekommen in die wohnliche Wärme. Hatte über Nacht ein Netz gewoben. Vielleicht ein Männchen mit einem aufgehellten Herzmal am Hinterteil seines kleinen, dunklen Leibs unterwegs zu seiner Hochzeit. Und jetzt am Morgen, wo alles bereit ist, sucht der Spinnerich die Braut.

Die Braut lag im Bett darunter. Elisabetta tastete vorsichtig ihre zerschlagene Nase ab. Die Schwellungen waren über Nacht wohl etwas zurückgegangen, so fühlte es sich jedenfalls an. Noch immer benommen stand sie auf und bemerkte, dass sie ja halbnackt war. Richtig, jetzt fiel es ihr wieder heiß ein: Die Unterwäsche hatte ihr der Mann gestern Abend abgenommen, sie trug nur ihr halblanges Polohemd. Sie wickelte das Bettlaken, auf dem sie geschlafen hatte, wie einen Sarong um ihre Hüfte und probierte, ob die Tür abgeschlossen war. Sie war es nicht. Aus ihrem Koffer nahm sie ihren kleinen Waschbeutel und huschte die wenigen Meter den Flur entlang zum Bad. Von unten hörte sie nichts. Sie war alleine. Im ersten Moment dachte sie an Flucht. Doch dieser Gedanke verschwand sofort wieder. Halbnackt mit einem Bettlaken fliehen? Wohin? Zu wem? Ihr Vater schien ihr in diesem Zustand unerreichbar. Dazu erinnerte sie sich an die Drohung des Mannes. So viel weiß auch die naivste Unschuld, dass man eine solche Warnung in diesem Land von diesen Menschen ernst nehmen musste. In dieser Situation waren sie – wie in einer Tragödie *en suite* – nicht mehr entfernte Cousins. Es waren Männer. Und diese Männer waren immer Täter. Und sie hatten immer das Recht zu allem. Angst gepaart mit Gehorsam war die einzige Währung, mit der sie sich eine freilich nur scheinbare Freiheit erkaufen konnte. Denn es gab in Wirklichkeit gar keine andere, gab keine neue Welt hinter der Tür. Es war bestenfalls ein bewachter Freigang, den Frauen wie Elisabetta erreichen konnten.

Als Elisabetta von unten Geräusche hörte, floh sie zurück in das Zimmer und legte sich unter die Bettdecke, um ihre Nacktheit zu schützen. Sekunden später ging die Tür auf und der Mann stand im Zimmer.

„Na, ausgeschlafen?"

Elisabetta zog die Decke bis an die schmerzende Nase herauf. Papa Leone, „der Mann". beachtete diese Abwehr nicht. Er hatte ein Tablett mit einem Becher *Cappuccino*, *Cornetti*, Honig, Butter und ein paar Scheiben *Ciabatta* mitgebracht. Sie überlegte, wer dieser Mann wohl war und in welchem Zusammenhang er zu ihren Cousins stand. Er war klein und gedrungen, mit dünnem Haar.Irgendwie schmierig ist er, seine Augen schauen richtig böse, auch wenn er lächelt. Elisabetta, sei jetzt ganz vorsichtig. Da kommt sicher der nächste Schlag!

„*Guarda*, pass auf, ich habe mit dir zu reden. Wir haben sind dabei, deine Hochzeit mit Luca vorzubereiten. Sollst ja auch deine Freude dran haben. Morgen gehe ich mit deinen Papieren zum Amt. Geheiratet wird am Mittwoch in der Kathedrale, so ist es beschlossen."

Jetzt schaute ihm Elisabetta offen ins Gesicht.

„Wer hat das beschlossen? Was sagt mein Vater dazu oder meine beiden Brüder? Oder wissen die genau so wenig davon wie ich?"

Ihre Stimme war zu ihrem eigenen Erstaunen kräftig geworden.

Papa Leone bemerket diese neue Nuance, ging aber auf nichts ein.

„Deine Brüder werden es früh genug erfahren," raunzte er. „Dein Vater ist übrigens einverstanden," log er, „aber er wird wohl selber nicht kommen können."

Von unten kam eine Stimme, jemand rief: „Papa Leone." Aha.
„Ich bin hier oben, komm die Treppe rauf", antwortete er
dem Mann unten. Und zu Elisabetta gewandt:
„Das ist der Dottore, der sich deine Nase anschauen soll."
Der Arzt kam die Treppe herauf und wurde von Leone ins
Zimmer gezogen.
„Da ist sie, hat eine Tür vors Gesicht bekommen, als die zu
schnell aufging."
Der Arzt war ein langer, dünner Mann im zu großen dunklen Sonntagsanzug und mit einer grob geknoteten Krawatte, die
kaum seinen spitzen, hüpfenden Adamsapfel verdecken konnte.
Sein nussbrauner Kopf war glattrasiert, zudem hatte er keine Augenbrauen. Er beugte sich zu Elisabetta, die sich im Bett aufgesetzt hatte.
„Dann wollen wir uns das mal ansehen." Seine Stimme war
dünn und mager wie sein Gesicht. Sein Mund hatte halmschma-
le Lippen. Wenn er sprach, hauchte er einen unangenehmen
Geruch nach Zigaretten und Grappa aus. Dennoch wirkte er
nicht unfreundlich. Seine Augen gehörten einfach nicht in diese
windige Visage – sie blickten überraschend gütig und auch ein
wenig traurig.
Nach kurzem Abtasten stand fest, dass Elisabetta noch einmal
Glück gehabt hatte.
„Das Nasenbein ist zwar gebrochen, aber es ist eine geschlossene Fraktur und offenbar hat sich nichts verschoben. Ich könnte sie ja zum Röntgen schicken, aber ich bin mir auch so sicher.
Das wächst von selber zusammen. Die junge Dame muss sich
halt ein wenig hüten", und dabei sah er nur Leone an, „wieder
gegen eine Tür zu laufen."
Jetzt wagte sich Elisabetta aus ihrer stummen Reserviertheit.
„Wie lange wird das wohl dauern?"
„Nicht zu lange, aber ein paar Wochen schon. Nasenknochen
wachsen in der Regel immer schnell zusammen, das beginnt
schon nach acht Tagen. Man kennt das ja von Boxern, die schon
bald wieder in den Ring steigen können."

Der Arzt sah Leone an und nahm seinen Block aus der Jackentasche. „Ich schreibe mal ein entzündungshemmendes Schmerzmittel auf und Nasentropfen zum Abschwellen. Dann kannst du", jetzt wandte er sich direkt an Elisabetta, „wieder besser durch die Nase atmen und du schläfst besser."

Der Arzt verabschiedete sich von ihr, der Papa Leone begleitet ihn bis an die Treppe. Ein Honorar, sogar mit Sonntags-Express-Zuschlag, das er dem Doktor bezahlen wollte, lehnte der ab. Leone war es recht. *Una mano lava l'altra.* Er gab dem Dürren einen Klaps auf die Schulter, dass dieser fast die Stufen nach unten taumelte.

Eine Hand wäscht die andere. Besonders praktisch, wenn beide dreckig sind.

Der Rest des Tages verging quälend langsam. Leone hatte Elisabetta noch einmal Essen und Getränke – warme Pasta mit etwas klebriger Gorgonzolasauce und vier Flaschen San Benedetto-Mineralwasser – gebracht und, weil er sich nun sicherer war, sogar ein Set Unterwäsche aus dem Bestand, den er bei ihr gestern noch requiriert hatte. Elisabetta nahm sie dankbar entgegen, eine Dankbarkeit, die weniger aus einem Gefühl kam als aus dem Steinbruch fossiler Gehorsamsbrocken.

Leone hatte ihr, weil er seine Locanda ab dem späteren Nachmittag wieder geöffnet hatte, eingeschärft, die obere Etage nicht zu verlassen und zur Bekräftigung mit seinem Daumen seine eigene Nase leicht aber deutlich eingedrückt. Sie verstand und nickte stumm.

Zunächst war es im ganzen Haus still. Elisabetta legte sich an diesem Tag zum zweiten Mal hin, um ein wenig die Zeit zu überbrücken und Ruhe zu finden. Morgen, so hatte es Leone versprochen, würde er ihr die Medikamente bringen. Jetzt musste ihr ein wenig Schlaf helfen.

Ihre ganze Welt war völlig aus den Fugen geraten. Sie war sich dessen aber diesmal – im Gegensatz zu ihrer Zeit in Reggio –

bewusst, weil sie klar und mit Abstand die Verwerfungen sah, die sich um sie herum ergaben, auch wenn sie die verwirrenden Dinge nicht verstand.

Doch genau diese neue Situation machte ihr große Angst, auch wenn sie immer wieder eine aufkommende Panik unterdrücken konnte. Denn im Grunde war es für sie schlimmer als noch vor kurzem in Reggio, weil sie dort so etwas wie Schutz in einer barmherzigen geistigen Abwesenheit gehabt hatte. Zu diesem Schutz hatte auch eine gezielt abgeschaltete Erinnerung gehört, die – wenn sie aktiviert wäre – ihr sowohl die wenigen glücklichen Momente schenken als sie auch brutal foltern könnte.

Elisabetta wanderte stets auf dieser brüchigen Linie. Zu den Bruchstellen in Reggio gehörten ihre vorgeschobene Krankheit, um zunächst nicht das Museum betreten zu müssen, in das sie dann doch zurückkehrte, genauso wie die wenigen wachen Sekunden beim polizeilichen Verhör und – erst vorgestern noch in Reggio – der von außen betrachtet pragmatische Aufbruch samt Gepäck und Papieren zurück nach Rossano. Jede dieser Aktionen war für sich genommen eine winzige rationale Insel im Meer ihres aufs Ganze gesehen, auf ihr eigenes Leben bezogen unbewussten Handelns, Perlen einsichtiger Vorgehensweisen. Aber alles zusammen ergab noch immer keinen Rosenkranz der Erkenntnis.

Hier, in ihrer Heimat Rossano, hatte sie trotz der befremdenden und erschreckenden Begegnungen und des harschen Empfangs gestern Morgen nicht das Gefühl einer verlorenen Orientierung. Vielmehr befand sie sich in einer totalen Verständnislosigkeit. „Heiraten? Warum soll ich denn heiraten? Und warum Luca? Warum?"

Ihr Kopf sagte zwar, dass sich dahinter ein Komplott verbirgt, bei dem sie wieder einmal kein Mitspracherecht hatte, aber weiter kam sie nicht.

Ihr Vater sollte davon wissen, es gebilligt haben? Mit nicht einem Wort hatte er etwas Derartiges auch nur erwähnt während ihres Besuchs. Stundenlang hatten sie zusammengesessen, aber kein Wort.

Im Traum sah sie nun keine konkreten Bilder, nur phantasmagorische Holografien. Als sie am späteren Nachmittag erwachte, war es bereits wieder fast dunkel.

Der kleine Spinnerich, der noch vor Stunden dabei gewesen war, sich vom runden Bettpfostenknauf abzuseilen, hatte längst die Brautsuche aufgegeben und war wieder hochgeklettert, um in einem reusenartigen Netzzipfel am Fensterriegel auf eine Abendmahlzeit zu lauern. Der Hunger war stärker als der genetische Trieb. Erst kommt das Fressen. Und dann die Hochzeit.

Als Elisabetta eine Weile lang wach im Bett gelegen hatte, vernahm sie als anschwellende akustische Wolke von unten die typischen Geräusche einer sich gut füllenden Gaststätte. Das Gläserklirren, Rufe aus der Küche, die lauten Unterhaltungen zumeist der Männer, die Unkundige auch gerne als Streit hätten klassifizieren können. Vibrierende Stimmbänder, flatternde Zungenspitzen, harte Gaumen, gerundete Lippen – die tonale Folklore der Region. Wobei allein die Lautstärke einer solchen friedvollen, kollektiven Körpersprache schnell den Lärmpegel eines Rasenmähers oder eines Saxophons erreicht. In manch anderen Ländern liegt am helllichten Tag in einer Wohnung schon die Hälfte eines solchen Wertes im Bereich strafbarer Ruhestörung. Hier aber war Lautstärke Ausdruck einer von jederman genehmigten, gern auch pathetisch orchestrierten Lebenssymphonie.

Im Zimmer des ersten Stockwerkes kam all das gedämpft aber gut vernehmbar an. Elisabetta störte das nicht, sie hatte als Teil dieser Kakophonie, in die sie hineingeboren worden war, nichts zu erdulden, denn sie war es gewöhnt, in einer solch lautstarken wie auch gestenreichen Welt zu leben. Und erstaunlicherweise blieb immer genügend Raum für Zwischentöne. Auch Elisabetta konnte selbst feinste Nuancen herausfiltern, mitunter auch gefährliche Erweiterungen, Uneinigkeiten und falsche Töne. Und trotz des geliebten *battuta*, des geselligen Geplappers regiert, wenn es ernst wird, immer noch das

Sprichwort *Il silencio è d'oro e la parola d'argento*, Schweigen ist Gold, Reden ist Silber.

Auch eine Ausprägung der Omertà.

Diese Stunde war der Wendepunkt. In diesem Moment begann ihr eigentliches Erwachen. Es war der Durchbruch vom Grillchen zur freien Frau

Der Tag entschwand. Die dunkelsamtenen Streifen der unlichten Vorhänge des frühen Abends umarmten sich fester und fester und schlossen sich schließlich zu einer wispernden, seufzenden und flüsternden Dunkelheit zusammen. Das war die Stunde, in der sich all die Versprechungen, Hoffnungen, Drohungen und Besänftigungen aus ihren Verstecken des Tages lösten und durch das nächtliche Zimmer tänzelten. Sie suchten als körperlose gute und böse *Fantasmi* nach den Schlafenden. Das kleine Spinnenmännchen ließen die Geister links liegen. Drüben schlief ja Elisabetta.

~~ ~~

Der Sonntag war auf dem Berg in dieser Jahreszeit ohne Kirchbesucher. Giacomo war schon mit dem ersten Licht aufgewacht und saß vor dem Frühstück. Die Pilze, die ihm sein Nachbar Andrea Muffo gestern Abend gebracht hatte, waren wirklich frisch. Aber das registrierte Giacomo nicht. Er hatte sie ohne Appetit in der Pfanne mit zwei Eiern gebraten, sich damit an seinen Küchentisch gehockt und ohne Appetit gegessen. Im Radio spielte sein Lieblingssender *Radio Italia Anni Sessanta* Oldies der Sechziger Jahre. Giacomo aber hörte kaum hin, ließ sich nur auf dem klimpernden Transportriemen der Musik ins Irgendwo ziehen.

Als Giacomo den Teller abräumte, stach ihm die kleine grüne Visitenkarte, die auf dem Tisch lag, ins Auge. Er hatte sie trotz ihrer fast grellen Farbe inmitten der holzbraunen Küche bisher übersehen, weil er gerade an diesem Morgen viel mehr nach innen blickte als in die Welt.

Er nahm die Karte auf. „*Commissario Enrico Baldini.*"

Der Polizist von gestern Abend, der ihn ausfragen wollte. Hatte wissen wollen, wo seine Tochter Elisabetta wäre. Er zog hörbar seine verschniefte Nase hoch. Da war sie wieder, die angeborene Abneigung allen staatlichen Institutionen gegenüber, besonders der Polizei. Aber dann überfiel ihn auch das Bild seines Grillchens, das so laut geschrien hatte, als es gestern Abend von Luca weggeschleift worden war. Und ihn übermannte wieder das Gefühl der Ohnmacht, als er daran dachte, wie Luca zurückgekommen war und den Koffer seiner Tochter abgeholt hatte. Es war genauso intensiv wie am Abend nach dem ersten lähmenden Schock im Augenblick der Entführung. Aber heute gab es einen Unterschied.

Unschlüssig lief er in der Küche herum, jetzt, wo er schon so viele Jahre alleine wohnte, der Hauptraum seiner Wohnung. Es regnete nicht mehr. Giacomo verließ das Haus und ging zur Wallfahrtskirche.

Ihr Inneres war mit Winter gefüllt. Kalte, stehende Luft. Der von der Kälte konservierte Geruch von billigen Paraffin-Kerzen. Eine erinnerungslose Leere zwischen den Bänken. Giacomo setzte sich in die hinterste Reihe. Der Schlüsselverweser dieser Kirche war nicht gläubiger als andere, aber auch nicht weniger. Er betete, wann und wie man so betet, oft auch anlasslos und ohne weitere Ambition. Und vergaß gleich darauf wieder diese Instanz.

An diesem Sonntag saß er länger als sonst und merkte nicht einmal, wie die Kälte der Kirchen in ihm hochkroch. Sein Kopf war geradeaus gerichtet und saß zwischen den Schultern wie eine große Melone auf dem Mantelgeripppe einer zwischen die Bänke gestellten gedrungenen Vogelscheuche. Er schien unfähig zu denken und zu fühlen. Aber er musste über etwas entscheiden, weil es ein Teil seiner Identität war, für Entscheidungen in so einem Dilemma hatte er weder Übung noch gab es Gebete, sie übersteigen die Zwangsjacke des ultimativen Gehorsams.

Spät verließ er die Kirche, schloss sie sorgfältig ab und ging zurück in seine Wohnung, in der noch immer das *Anni Sessanta* dudelte.

Giacomo stellte das Radio ab, ging zum Telefon und wählte. Das Rufzeichen tönte klar und auffordernd.

Luca dachte keine Sekunde daran, den *Commissario* anzurufen. Um nicht in gefährliches Gerede zu kommen, falls jemand aus Zufall dessen Visitenkarte bei ihm fände, hatte er sie zerrissen und die Schnipsel im Mülleimer entsorgt. Den frühen Sonntagabend hatte er mit seiner Schwester und Paolo verbracht, weil er Christina nach der Begegnung mit dem Bullen aus Reggio noch immer nicht über den Weg traute. Dann war er ohne sie mit seinem Bruder, der mit Sicherheit auf seiner Seite stand, zu Papa Leone ins *La Torre Gialla* gegangen. Luca hatte seine Papiere mitgebracht und sie Papa Leone für das Standesamt morgen gegeben. Nun wollte man alles Weitere besprechen und dann ein wenig auf den Putz hauen.

Es war schon eine skurrile Situation: Oben schlief Elisabetta, davon ging Luca jedenfalls aus, und unten feierte der Bräutigam seine Art von Junggesellenabschied. Papa Leone servierte *Farfalle* mit Pilzen, Radicchio-Gemüse und Blauschimmelkäse, dazu Cirò und Grappa, später auch Wassergläser voller Whisky. Dann wurden Details der Hochzeit am Mittwoch besprochen, ohne dass es bisher vom Standesamt Grünes Licht gegeben hatte. Das sollte am Montag erledigt werden. Leone sah da keine Probleme. „Und was gibt's zu essen?", fragte Paolo. Papa Leone mutierte kurz wieder zum Wirt und zum Koch Antonio.

„Ich denke, ich mache Murseddu. Und natürlich ganz viele Salate, *e tutto l'ambaradan*." Genau, dieses ganze Drumherum trieb die Kosten für die beiden Brüder in Not fröhlich in die Höhe. Schließlich war Murseddu, dieser beliebte Fleischeintopf mit Gemüsen alleine noch lange kein Hochzeitsmahl.

„Schmeckt hoffentlich besser als deine Farfalle!" Luca wollte witzeln, verschluckte sich aber fast, als er Leones Blick sah. Humor sah anders aus.

Weitere Gäste kamen und gingen, es war ja keine geschlossene Gesellschaft, die sich da am Sonntagabend traf. Es war die enge Welt des Viertels, die sich und diesen wie auch jeden anderen Abend feierte, in besorgter Eile, es könnte – und immer zu früh – einmal Schluss sein mit lustig. Die Rotweinflaschen wurden eine nach der anderen geleert, der goldgelbe Whisky und die Tresergläser flogen nur so an die Münder.

Irgendwann in der Nacht wachte Elisabetta kurz auf oder sie träumte es. Das Lied der Briganten und Seeräuber ihrer Kindheit. Dieselben Worte, dieselbe Melodie, dieselben Stimmen. Der hohe, immer ein wenig wehmütige, oft gleichförmige Klang des *Organetto*, jener Knopfharmonika, die auf so vielen tausend Rücken über die Berge zu den größeren und kleineren, spontanen, geheimen und einsamen Anlässen geschleppt worden ist. Die Kehlen der Männer, die nach und nach einfallen in die Inbrunst der Gruppe und den psychotischen Sog im Takt des *tamburello* verstärken.

Wenn Kalabrien eine eigene Nationalhymne hätte, wäre es genau diese Musik, die alle Seele bindet. Sie ist – auch bei allen falschen Zungenschlägen und Heroisierungen unechter Helden – die Ouvertüre zum Bühnenstück dieses Lebens. Sie rechtfertigen damit alle ihre Taten und Untaten.

Und dann die Würze: die *Tarantella Rigitana*. Ekstase pur, bei der die hölzernen Stimmplatten und Stimmblöcke des Organetto fast zu brennen beginnen, während die Finger nur so über die Tasten rasen, der bunte Stoffbalg zu reißen droht. Die Kumpanei der Menschen mit ihrer Musik, die ihnen für alles Absolution geben soll: Hart stampfen Lucas eisenbeschlagene Stiefelabsätze auf die hölzernen Bodendielen, wummern Leones Fäuste auf die blankgescheuerte Tischplatte und ersetzen die Pauke und die *cupa*, die Basstrommel, schlagen Paolos und der anderen feuchte Handflächen gegeneinander, tanzen Männer als vom Zeremonienmeister des Augenblicks zu Paaren gefügt im Kreis, mit leicht gebeugten Knien. Keine Frau, die sich mit ihnen dreht, die einzige in der Nähe liegt über ihren Köpfen im Bett.

Elisabetta merkte, wie sie unbewusst begann, mit zuckenden Zehen den Rhythmus der Tarantella, die unüberhörbar zu ihr hochstieg, zu begleiten. Denn auch dieser Rhythmus war eine der vielen ihr überreichten genetischen Geburtsgaben und bildete einen hohen, existenziellen Anteil in der Bibliothek ihrer DNA. Darum verspürte sie keine Angst oder Schmerzen, sondern für erlösende Momente nur die stärkende Kraft der Selbstverständlichkeit. Unabwendbar drang der hypnotische Takt der Füße in seinen humanen Klangkörper und überflutete ihn wie ein einziger großer musikalischer Gedanke, den aber nur ihre Seele formulierte, während ihr Kopf noch nach Deutungen suchte.

„Muntagne a nun finiri tutu intornu" – endlose Berge ringsum, die alles abhalten, aufhalten, beenden. Nichts durchlassen, keine Barmherzigkeit, keine Befreiung, keine Erneuerung.

Die vielen Refrains, die wie Hitzewellen nach oben stiegen, schenkten ihr zahlreiche Bilder, die sie schon immer gesehen hatte. Wie damals, als das kleine Grillchen in das Kaleidoskop geschaut hatte, das ihr der Nachbar Muffo einmal gebastelt hatte und in dem sich keine Sekunde lang die Bilder so hielten, wie sie gekommen waren. Zusammenstürzende Wirklichkeiten. Alles in Bewegung, alles neu.

Die Spinne in ihrer geflochtenen Reuse oben am Fensterrand schlief traumlos fest und zuckte mit keinem ihrer acht fadendünnen Beinchen den Takt. Denn sie hatte keine Ohren, um den Ruf der Tarantella, deren Bezeichnung doch aus ihrer Familie stammt, zu hören.

Auch der nachtkalte Frühwinterwind verspürte nicht den fordernden Sechs-Achtel-Takt. Weil jeder Schall unhörbar durch ihn hindurch geht. Er hauchte von draußen an die Fensterscheiben und legte das erste weiße Raureif-Make-up auf das dünne Glas.

Und Elisabetta hörte nicht, wie sich die Tür öffnete. Sie sah nicht den bösen schwarzen Schatten in der reinen Dunkelheit der Nacht, der sich durch ihr Zimmer schlich. Sie merkte nicht, dass sich unten die Musik noch einmal steigerte. Spürte nicht die hemmungslose Gier.

Es war zu spät, als der Mann sie auf dem Bett mit seinem Gewicht, das auf sie fiel, fast erdrückte. Als er ihr seinen brandigen Atem in den Mund spie. Als er sie nahm. In wenigen Tagen war sie ohnehin seine Frau. Warum nicht jetzt?

In dieser Nacht starb das Grillchen. Es war nicht der dreckige Stiefelabsatz, der – noch einmal hässlich mit Nachdruck in sein Opfer gedreht – die Hülle zerquetschte. Es war eine scharfe Säure, die jeden Chitinkörper von Grillen zerstören muss. Hier war es die scharfe Säure der tiefsten menschlichen Verrohung, die den Schutzkörper der jungen Frau in Sekunden auflöste. Wieder einmal schrie sie ihr Entsetzen und ihre Not nicht nach draußen, bäumte sich nicht auf. Sie war erstarrt und unfähig, die widerliche Last abzuschütteln. Ihr gepfählter Körper, ihre misshandelte Seele, ihr ganzes verachtetes Sein war eine einzige Wunde. Aber, so ist die Natur dessen, was hier geschieht, sie – so hätten es ihr vielleicht Tröster erklärt – gebar etwas.

Jetzt erstand endgültig Elisabetta.

Bis gegen drei Uhr am Morgen war mit den Gästen gefeiert worden. Irgendwann hatte Leone den Überblick über die spontane Party verloren. Die Kasse stimmte, er erinnerte sich auch noch verschwommen der eigenen Runden, die er ausgegeben hatte. Dann plötzlich waren sie alle weg gewesen, auch die letzten, Luca und sein Bruder hatten zum Aufbruch gedrängt.

Er war die Treppe hoch in sein Schlafzimmer am Ende des Flurs neben dem Bad gestampft. Mehr als seinen Wecker stellen konnte er nicht und sofort war er eingeschlafen.

Das Aufstehen war brutal. Leone wälzte sich mit Steinen im Kopf aus dem Bett, duschte und zog sich um. Er wollte leise sein, so ging er Elisabettas Fragen aus dem Weg. Schnell noch stellte er ein Frühstückstablett mit Kaffee, ein paar Scheiben Toastbrot, Butter und Erdbeermarmelade vor ihre Tür. Kurz hielt er den Atem an und legte ein Ohr an das dünne Sperrholz. Kein Geräusch von innen. Gut so. Sie schlief. Vorsichtig stieg er über die knarzenden Treppenstufen wieder nach unten, griff sich eine rotlederne Dokumententasche und ging. Die Haustür schloss er sorgfältig zu.

Es war ein kalter Montagmorgen. Der Himmel drückte grau und griesgrämig die Farbskala des zu dieser Zeit schon sterbenden Herbstes aus, Farben der Depression. Bald würden die ersten harten Schneehagelkörner wie vom Wind beschleunigte, winzige Geschosse auf die Haut prasseln. Dann würde dieses eisige, weiße Granulat in jede Mauerritze dringen und sie vollständig ausfüllen, bis die Steine von innen vereisen, der nachfallende Mantel der Schneekristalle alles verschließt und das ganze Bergland vom Monte Pollino bis zum Aspromonte abdeckt.

Leone stand nur Minuten nach der Öffnung um neun Uhr im Büro des Standesamts. Er spürte seinen Kater deutlich; das nächtliche Gelage forderte seinen Tribut: Kopfschmerzen und Übelkeit.

Mimmo war der für ihn zuständige Beamte. Mimmo war sein Vetter. Er und Mimmo mochten sich.

„*Cazzo*, wie siehst du denn aus, Antonio?!"

Leone grunzte etwas Unverständliches und legte die rote Mappe mit den Papieren auf den Tisch.

„Pass auf, Mimmo, es geht darum."

Nach wenigen Minuten wusste Mimmo fast alles und schaute von den Papieren hoch."

„Gut, also Luca Russo und Elisabetta Morabella. Kein Aufgebot, sie heiraten in der Kirche. Ich werde alles eintragen und abstempeln. Du gehst zur Kasse und zahlst die Gebühren, die Marken dazu bringst du mir und ich klebe sie drauf."

„Dann ist also alles klar?"

Mimmo nickte.

Alles in Butter.

„Aber eines ist ja klar, Luca und Elisabetta sind miteinander verwandt. Du weißt es und ich weiß es auch."

Leone grinste nur dünn, angelte nach einem schon einmal gebrauchten und jetzt mit einem Klebestreifen zugeklebten Umschlag in seiner Jackentasche und reichte ihn Mimmo.

„*Saputello!*"

Aber nein doch, Mimmo war bestimmt kein Klugscheißer. Er war zwar kein Cresta wie Luca. Auch nicht, was im Viertel durchaus möglich gewesen wäre, um acht Ecken. Nur war er um ein paar Ecken mehr mit dem Don verwandt. Auch hier regiert das Sprichwort *Il sangue non è acqua*. Klar, Blut ist nun einmal dicker als Wasser. Mit harmlosem Gesicht schaute er Leone an und strich mit den Fingerspitzen feinfühlig über den verschlossenen Umschlag.

„Ich sehe, die Gebühr für Ausnahmefälle ist bereits bezahlt. *Grazie mille*, mein Großer. Alles erledigt, den Rest macht der Pope, der hat jetzt den Ball. Ist nicht mein Revier."

So etwas geht einfach in einem Land, in dem auch gegen Extra-Gebühren schon Kinder-Ehen arrangiert werden, in dem – je nach Gewichtung – mehr dickeres Blut durch den einen oder anderen Mann – und eben durch keine Frau! – fließt, als die, je nach Gewicht sechs, sieben, acht Liter, die ein normaler Mensch hat. So normal wie Mimmos Verhalten, wie Lucas vorwegerzwungene Hochzeitsnacht. Alles eine dicke Ader.

So kehrte Leone früh wieder zurück in seinen *La Torre Gialla*. Er war sehr zufrieden mit sich. Die Brüder und besonders Luca würden staunen, wie locker er das gedeichselt hatte. Ja, er war eben der Don. Don Leone, das ist mehr als Papa Leone. Jetzt war der Termin fix. Da konnte nichts mehr dazwischenkommen.

~ ≈ ≈ ~

„Rico, hier ist noch ein Anruf vom Sonntag gewesen, wir haben die Nummer notiert." Es war kurz nach Dienstbeginn in der Questura in Reggio.

Baldini hatte am Sonntag dienstfrei gehabt und den Tag wegen des schlechten Wetters zu Hause verbracht. Er war am Samstagabend sehr spät heimgekommen und hatte trotzdem noch mit seiner Frau die Flasche Rotwein, die er ihr mitgebracht hatte, getrunken. Der Wirt hatte nicht übertrieben gehabt: ein sehr guter Tropfen, der ihn wieder an die etwas seltsame Donna Maria in Rende erinnert hatte. Seine Frau hatte ihm im Übrigen sofort die Enttäuschung über das magere Ergebnis seiner Kurzreise angemerkt.

Sie hatte den ankommenden Wagen früh gehört und ihren Mann direkt an der Straße abgeholt. Dass sie dabei auch die immer noch nicht angebrochene *Foccacia*-Tüte im Fußraum vor dem Beifahrersitz entdeckte, hatte sie übergangen. Sie hatte sie unauffällig zusammen mit seinem Jackett herausgenommen und in der Küche entsorgt.

„Hier ist sie", sagte sein Kollege und holte ihn aus seinen Erinnerungen in die Dienststelle zurück.

„Danke, Sandro." Baldini nahm den Zettel seines Kollegen Dombella und las stirnrunzelnd die Nummer.

„Wer war das denn? Habt Ihr den Namen?"

„Nein, nur die Nummer, die war auf dem Display erschienen. Das war alles, was mir die Zentrale aufgeschrieben hat."

Baldini signalisierte ein Fragezeichen.

„Rufen Sie doch zurück, Commissario."

„Ich würde aber vorher gern wissen, wer dahintersteckt. Und wenn es wichtig ist, wird der oder die bestimmt noch mal anrufen. Aber lass mal sehen, woher der Anruf kam."

Baldini öffnete auf seinem Handy die Such-App und gab die Vorwahlnummer ein.

„Hier, die 0983, – das ist," Baldini nahm umgehend den Hörer seines Diensttelefons auf, „Rossano!" Er war sofort im Bilde. Es gab nur drei Möglichkeiten – die Carabinieri, der Vater der Gesuchten oder dieser Luca, den er nicht angetroffen hatte.

Bevor er zurückrief, wollte er zuerst einmal sehen, ob und gegebenenfalls was über diesen Typen aktenkundig oder sonst wie festgehalten worden war und legte den Hörer wieder zurück.

„Sandro, bei dem Vater war ich ja schon vorgestern, der wollte nichts sagen. Seine Omertà."

Sandro war erstaunt.

„Vorgestern, am Samstag?"

„Na und? War sowieso gerade in der Nähe. Aber dieser Luca, das ist noch offen. Er war nicht da und ich habe ihm meine Karte an die Tür gesteckt. Bitte check doch mal, was du über den rausbekommst."

Sandro schwieg klug und dachte sich seinen Teil. Gerade in der Nähe gewesen, am Wochenende!

~~~~~

Lucas erster Weg am Montag war zu Papa Leone. Das *La Torre Gialla* war noch geschlossen, aber Leone war schon wieder zurück und öffnete auf Lucas Klopfen.

„*Ciao* Luca, komm rein!"

Beide setzten sich an einen der Tische.

„Wie ist es gelaufen?"

Viel war nicht mehr zu klären. Der Termin stand fest, Mittwoch 17 Uhr, die Papiere hatte Leone besorgt, der Priester stand bereit.

„Und wer sind die Trauzeugen?", fragte Luca.

Papa Leone hielt zwei Finger hoch und zählte ab: „Paolo und ich! Und frag nicht auch noch nach den Hochzeitsgästen."

Luca pfiff mit spitzen Lippen ein paar Töne, das sollte nach etwas mit Orgel klingen, und sah dann Leone an.

„Na, wir haben der Kleinen doch erzählt, dass ihr Alter nicht kommen kann. Was ist mit den beiden Brüdern?"

Jetzt spreizte sich der Don breit.

„Hab' ich geklärt, Mimmo hat im Melderegister nachgeschaut. Die beiden leben schon seit zwei beziehungsweise drei Jahren nicht mehr in Rossano. Sind im Norden,. in Milano."

Luca stand auf und wandte sich zur Tür. Leone hielt ihn kurz am Ärmel fest.

„Da wären noch die Kosten, mein Kleiner. Alles im Leben hat seinen Preis allein die Kirche will siebenhundert haben für die Trauung. Und Mimmo hat ebenfalls was gekostet – schon, damit er den Mund hält. Das macht zusammen fünfzehnhundert Euro. Dann noch das Essen bei mir. Plus die Getränke. Die erste Runde schenke ich Euch. Ich selbst will übrigens kein Honorar für die Vermittlung."

Jetzt wirkte er so pomadig wie das überflüssige Gel in seinen dünnen Haaren. Er war der Don. Wenn er auch seinen Part spielte wie in einer drittklassigen Mafia-Telenovela auf Canale 5. Mehr Größe war ihm fremd. Er war auf der sozialen Treppe des Viertels schon ganz oben angelangt und atemlos begeistert von sich selber.

„War mir eine Freude. Du wirst dich sicher mal daran erinnern. Ich denke, dass sich deine Braut nicht unbedingt für morgen einen grünen Tag wünscht."

Es ist Brauch, dass sich Bräute am Vortag der Hochzeit grün kleiden zum Zeichen der Fruchtbarkeit und am Tag der Eheschließung dann erst das große Weiße tragen.

Luca lachte pflichtschuldig zustimmend und verabschiedete sich von Papa Leone.

„Wo ist sie überhaupt? Oben?" Er zeigte mit dem Daumen gegen die Decke der Trattoria.

Leone nickte. „Und da bleibt sie auch, damit sie nicht auf dumme Gedanken kommt."

Leone schlug beide Fäuste in Höhe des Unterleibes in einer obszönen Geste parallel gegeneinander.

„Du wirst es noch ein wenig aushalten müssen ohne sie."

Luca machte über seine Schulter mit dem Zeige- und Ringfinger seiner erhobenen linken Hand das Victory-Zeichen.

„Das mit dem Geld ist okay. Ich geb's dir bald."

Leone leckte sich mit der Zunge die Unterseite seiner Oberlippe.

„Nicht bald, sondern morgen. Um 18 Uhr. Hier bei mir. Und besorg Ringe."

Von Luca stand nichts in den Akten. Das enttäuschte Baldini etwas. So, wie er ihn einschätzte, war der möglicherweise nicht ganz sauber. Aber er hatte noch nicht mit ihm gesprochen und konnte sich darum kein richtiges Bild von ihm machen. Und dass gerade der ihn überhaupt zurückrufen sollte, an einem Sonntag? Und die Carabinieri? Sie hätten klar gesagt, was sie wollten und sich nicht von der Zentrale abspeisen lassen. Notfalls hätten sie darauf gedrungen, Baldinis Privatnummer zu bekommen. Blieb nur die Nummer des unbekannten Anrufers. Vielleicht war es ja der Vater von Elisabetta. Ihm hatte Baldini seine Visitenkarte bei seinem ergebnislosen Besuch auf den Tisch gelebt. Es dauerte lange, das Rufzeichen ging in den weiten Raum der Hohen Sila und verlor sich dort ungehört. Baldini hatte aber Geduld und ließ es lange klingeln. Es ging keiner an den Apparat. Schade.

Der Montag hatte sich ebenso schnell verabschiedet wie der Dienstag gekommen war. Das Wetter wurde immer frostiger. Die Menschen holten ihre dickeren Pullover hervor, sei's drum, auch solche, die längst aus der Mode gekommen waren. Luca hatte noch vor 18 Uhr Papa Leonc das Geld gebracht und der hatte davon den kleineren Teil, nämlich die ausgemachten dreihundert Euro zusammen mit den zwei Ringen, persönlich Pater Marini gegeben. Morgen, Mittwoch, 17 Uhr. Alles war perfekt.

Elisabetta verbrachte ihre Tage im gut bewachten Gefängnis von Papa Leone. Wenn der das Haus verließ das geschah nur zweimal schloss er ihre Zimmertür und auch die Haustür gut ab. Damit sie nicht aus dem Fenster kletterte, hinterließ er ihr noch eigens die Drohung, jeden Fluchtversuch an ihrem Vater zu rächen. Sie nahm ihm das absolut ab. – Sie hatte ständige Angst um ihren Vater.

Die Schmerzen waren zum Glück etwas zurückgegangen, solange sie ihre Nase nicht berührte oder niesen musste. Leone hatte am Montag eine Schachtel Schmerztabletten gebracht und ihr die Schachtel aufs Bett geworfen.

Sie wurde verpflegt, konnte Bad und Toilette benutzen. Papa Leone hatte gefragt, ob und was sie brauche – vielleicht eine Zeitung, vielleicht ein kleines Radio, das er noch in seinem eigenen Zimmer aufbewahrt aber nie benutzt hatte. Elisabetta sagte kein einziges Wort. Sie nickte nur, ohne Leone anzusehen. Das hieß, ja, das Radio. Oder sie schüttelte den Kopf, nein, keine Zeitung. Das Radio kam und es funktionierte sogar. Aber Elisabetta stand nicht mehr in einer schüchternen, ängstlichen, fast demütigen Pose vor Leone. Noch war ihr das nicht voll bewusst, aber mehr als nur Ahnung und Vorhaben und Leone hatte keine Sensoren, das zu registrieren.

Und das Neue in ihr wuchs und wuchs, zunächst erst zögerlich und planlos, aber das sollte sich ändern.

So floh auch der Dienstag aus seiner Verantwortung und machte sich davon. Im *La Torre Gialla* war es an beiden vergangenen Tagen und Abenden ruhig geblieben. Unter der Woche merkte man den Herbst deutlicher, der die Menschen früher und häufiger als in die Trattoria in ihre eigenen Häuser trieb. Nur am Sonntag ging man öfter aus, auch in dieser Jahreszeit. Die Saison war mit jedem kalten Windstoß endgültiger vorbei, ab jetzt lebten viele Leute, die nicht angestellt waren oder nicht durchgehend vom Staat bezahlt wurden, von den Einnahmen des Sommers und hofften, dass die nach manchem Jahr karge Ernte bis Ostern reichte.

Der Mittwoch startete mit strahlendem Sonnenschein. Der ließ zwar die Häusermauern nicht mehr aufglühen wie im Sommer, aber er war ein Geschenk für die Seelen, deren Augen diese Helligkeit aufsogen und verschlangen. Und es war die perfekte Ausleuchtung für die Bühne vor der Kathedrale.

Giacomo war nicht mehr auf dem Berg. Er hatte sich auf den Weg gemacht, war nach Rossano aufgebrochen, mit dem Linienbus. Noch am Sonntag hatte er den *Commissario* in Rossano anzurufen versucht. Bei der Vermittlung in der *Questura* in Rossano hatte man ihm gesagt, dass *Commissario* Enrico Baldini erst am Montag wieder im Büro sei, man wolle gern eine Nachricht für ihn hinterlassen. Giacomo hatte einfach aufgelegt.

Drei lange Tage quälenden Abwägens vergingen, der ungeübten Suche nach einer inneren Sprache, nach einer Entscheidung für eine Ablehnung oder eine wiederholte Zustimmung für das, was er am Sonntag noch im Affekt angegangen war. Jetzt, nicht mehr im Automatismus der Spontaneität, kostete es Zeit, bereitete Mühe, die Dinge im Kopf zu ordnen. Drei Tage dauerte das. Dann, das wenige, das er brauchte, war schnell zusammengepackt, konnte das Spektakel beginnen.

Und jetzt war er in Rossano. Er war noch ohne Rollentext, ihm war nur klar, dass er sein Grillchen suchte. Er wusste, dass Luca in Rossano wohnte, kannte aber keine Adresse. Vielleicht konnte er die ja im *Ufficio di Registrazione* erfahren. Giacomo brauchte keinen zu fragen, wo er die Stadtverwaltung mit dem Einwohnermeldeamt in Rossano finden könnte. Das *Municipio* war sein Vermieter und Andrea Muffos Arbeitgeber. Er brauchte nur wenige Minuten, bis er vor dem zweistöckigen, ockerfarbenen Gebäude an der Piazza Santa Anargini stand. Am Empfang fragte er die Frau hinter dem kleinen Fenster nach dem Melderegister.

„Wen suchen Sie denn?"

„Luca Cresta, meinen Neffen. Vielleicht auch seinen Bruder Paolo. Die beiden wohnen in Rossano."

Sie beschrieb Giacomo den Weg zum Melderegister im ersten Stockwerk.

„Dafür brauchen Sie aber eine Gebührenmarke. Die kaufen Sie zuerst an der Amtskasse hier gleich im Erdgeschoss. Sie können sich doch ausweisen?"

„Natürlich, mein Name ist Giacomo Morabella."

In diesem Moment haute ihm von hinten ein Mann seine Hand auf die Schulter. Er hatte offensichtlich die letzten Worte gehört.

„Morabello, der Vater von Elisabetta Morabella?"

Verwirrt nickte Giacomo.

„Das ist ja wunderbar, dass Sie es doch noch geschafft haben. Um fünf Uhr geht es los."

Die andere Hand landete auf Giacomos Schulter.

„Ich bin Mimmo, Mimmo Strezzo. Was für ein Zufall, dass ich gerade jetzt hier vorbeikomme. Wollte nur mal auf einen Sprung zum *Tabacchaio*."

Er strahlte sein überraschtes Gegenüber an.

„Ich habe die Papiere für die Hochzeit Ihrer Tochter freigegeben. Sie und Luca wollten nicht bei mir im Standesamt heiraten, sondern drüben in der Kathedrale."

Jetzt stieß er Giacomo aufmunternd vor die Brust.

„Na ja, als Vater wissen Sie ja selber", schnell blickte Mimmo im Treppenhaus umher und flüsterte jetzt, „dass in diesem Fall nicht alles so einfach ist." Das Fenster am Empfang war zwar noch immer geöffnet, aber die Frau war nicht mehr an ihrem Platz. Sie hatte dem Mann ja alles erklärt. Der Flur war leer, aber Mimmo sprach noch immer leise.

„Aber von mir kommt kein Wort über die Lippen. Wir können doch schweigen."

Mimmo kicherte albern. Er schwitze etwas, wusste aber nicht, wieso.

„Dann viel Spaß. Übrigens, wohin wollten Sie hier eigentlich, doch wohl nicht zu mir?"

Giacomo hatte bisher kein Wort gesagt. Auch jetzt erwiderte er nichts, machte keine Geste der Überraschung, des Verstehens oder der Freude. Er drehte sich wortlos um und ging die Stufen runter zum Ausgang. Mimmo wusste nicht, ob er ihm folgen sollte, weil er doch auch aus dem Haus wollte. Er ließ den Brautvater vorgehen. „Ein seltsamer Typ," dachte er und blieb für einen Augenblick zurück. Die Zigaretten hatten Zeit.

Dieser Mittwoch, das erzählten die Leute in Rossano noch Jahre später, war wirklich ein Tag, der es in sich hatte. Denn nie wurde ein Drama leidenschaftlicher auf dieser kalabrischen Bühne aufgeführt, als diese Nachmittagsvorstellung. Angefangen hatte sie als eine Exklusivdarbietung. Dann weiterte sie sich aus vom leisen Kammerspiel zum großen Open Air-Drama. Normalerweise hätte keiner geglaubt, dass alle Darsteller blutige Laien waren. Aber in diesem Fall war die gewöhnliche Beziehung zwischen den agierenden Protagonisten und den Zuschauern eher ungewöhnlich und die Grenzen zwischen ihnen fließend. Es war nicht in jeder Szene klar, wer Zuschauer war und wer Darsteller. Auch das Ende war nicht unbedingt als solches ersichtlich.

16

Das Theaterstück „Hochzeit"

Erster Akt Ein Vorspiel gibt es nicht. Es war wenige Minuten vor siebzehn Uhr, als der Don in seinem „Tano" Cariddi-Anzug mit Luca, Paolo und Elisabetta die Bühne der Piazza del Duomo betrat. Die Braut war hell gekleidet mit einer beigen, langen Leinenhose, sie trug ihr einziges Paar flache, ebenfalls helle Sneaker, ein minzgrünes Polohemd und darüber eine geschlossene, weiße, halblange Jacke, die Paolo aus dem Schank seiner Schwester Christina geholt hatte. Elisabetta konnte diese Absurdität nicht als Schicksal abtun. Sie suchte aus den Augenwinkeln ihren Vater, der ja eigentlich die Braut zum Altar hätte führen müssen. Aber sie fand ihn nicht. Papa, wo bist du? Hast du das wirklich gewollt? Mama, siehst du mich von oben? Helft mir doch! Nun sammelten sich doch Tränen. Sie hob die nassen Augen zum Himmel, was von den Zuschauern des Defilees missverstanden wurde. Der Himmel reagierte in keiner Weise. Jetzt betete sie im Verborgenen hinter erstarrter Miene. Dabei hingen ihre geschlossenen Hände herunter vor ihrem Schoss. Jungfrau Maria, du bist doch auch eine Frau. Verstehst du mich denn? Ich will doch nichts Unmögliches. Sie murmelte lautlos, auch ihre Lippen bewegten sich kaum. Es sollte mein schönster Tag im Leben werden, das will doch jede Frau. Aber nicht so und schon gar nicht den!, Dabei zeigte der linke Zeigefinger ihrer zum Gebet geschlossenen, herabhängenden Hände, als heimliches Orientierungszeichen, nach rechts, zu Luca – eine letzte Nothilfe für die adressierte Maria.

Und ganz zuletzt, als wenn das vielleicht im weiblich dominierten Marien-Olymp ein eher zählendes Argument wäre, schickte Elisabetta, in diesem Moment gefühlter Erniedrigung mehr Frau als je zuvor, noch einen Stoßseufzer empor. Das geschah sicher unbewusst und wohl weniger aus seelischer Not, als mehr aus minimal weltlicher Pein.

Und wie ich überhaupt aussehe!

Wie eine festlich gekleidete Braut, die auf dem Weg ist, ihren schönsten Tag im Leben zu feiern, sah sie in der Tat nicht aus, eher wie eine traurige junge Frau, die vom Schicksal gebeugt wird.

Und auch um sie herum erinnerte nichts an die Besonderheit des Anlasses. Luca trug blaue Jeans, ein weißes Hemd ohne Krawatte, dazu ein dunkles, etwas älteres und zu enges schwarzes Jackett. Das Auffallendste an ihm waren seine weißen Halbschuhe. Dagegen wirkte sein Bruder Paolo, der hinter den beiden an der Seite von Papa Leone ging, unauffällig in seiner dunkelbraunen Cordhose, dem schwarzen Hemd und der ebenfalls dunkelbraunen Stoffjacke.

Elisabetta selbst sah keine Details. Jeder, der sie näher betrachtet hätte, wäre überzeugt gewesen, ihre Tränen, die als haarfeine Spur die Augenwinkel befeuchteten, seien salzigsilbrige Zeichen ihres jungen Glücks und nicht, wie in Wahrheit, vom scharfen Wind herausgepresst. Zumindest wäre das die beste Erklärung für dieses Gesicht, so erstarrt wie die von gemeißelten Kalkstein-Figuren an Kirchenfassaden. Sie konnte kaum mehr als gerade nur die Richtung einhalten. Kein Blumenstrauß, keine weißen Handschuhe, keine weißen Spitzenstrümpfe und keine feinen, weißen, engen Lederschuhe mit Absätzen, die die stolze Braut – wenn auch womöglich mit ein paar schmerzenden Blasen – den Augen ihres baldigen Ehemannes ein paar erhebende Zentimeter nähergebracht hätten. Doch das Schlimmste war das bereits brutal vollzogene Verbrechen an ihrer Unschuld und der schamlose Missbrauch ihrer Gutgläubigkeit, die Zerstörung des kindlichen Traums fast jeder jungen Frau.

Genau diese Bilder hatte Elisabetta im Kopf, als sie vor der Kirchentür ankam. Ihr war, als stände sie gleich auf ihrem Golgatha, wie sie es aus der Bibel kannte. Ein grässlicher Ort mit einem unbarmherzigen Kreuz vor ihren Augen, die Stätte ihres

Todes. Vor diesem Bild nun war sie hellwach. Alle ihre Sinne waren ausgefahren wie die Antennen hochsensibler Empfänger.

Hinter der Tür der Kathedrale wartete Pater Marini. Es ist Brauch, dass Brautpaare die mit einem Seidenschal „verriegelte" Kirchentür auf dem Weg zur Trauung erst aufknüpfen müssen. Hier jedoch war nichts aufzuknüpfen. Es ist auch Brauch, dass die Braut mit einem Schleier kommt, der anschließend zerrissen wird, und der Bräutigam immer mit einem Stück Eisen in der Hosentasche, um böse Geister zu verbannen. Elisabetta kam ohne Schleier, aber mit einem hellen Kaschmir-Schal. Und das Stück Eisen in Lucas Hosentasche war eine handliche, geladene Halbautomatik. Wie wirksam dieses kleine Stück Eisen, eine *Beretta 950 Jetfire*, Kaliber 6,35, böse Geister verbannen konnte, davon hatte er eine Vorstellung, aber noch längst keine ausreichende.

Zweiter Akt. Einzug des Brautpaars in die Kathedrale. Die Kirchentür Pater Marini hatte gut reagiert schwang wie von selber auf und die Hochzeitsleute betraten die Stätte. Pater Marini hatte das Geld von Leone gut angelegt, Kerzen waren entzündet, zwei Ministranten schwenkten die Weihrauchschalen, das Blumengesteck am Altar war zwar nicht neu, sondern vom vergangenen Sonntag, aber noch einmal aufgehübscht. Die beiden Stühle der Brautleute hatten weiße Hussen mit Klöppelspitzen, auf einem kleinen Beistelltisch lagen auf einem Samtkissen die Ringe.

Und dann als zwingende, berauschende Begleitung einer solchen Aufführung eine musikalische Untermalung: Sobald die Brautleute den ersten Fuß auf den schwarz-weißen Marmorboden der Kathedrale setzten, tönte aus einem Lautsprecher – natürlich – das *Ave Maria*, das ewige Credo einer anständigen Hochzeit. Ein erhabener, sogar ein – wenn auch nicht übertriebener – sinnlicher Augenblick. Bewegende Töne, die verlässlich Herzen öffnen und in den Bann der Gefühle schlagen. Doch wer hätte gedacht, dass die diesmal von Al Bano gesungenen Worte wie eine böse Ahnungswolke über der Szene schwebten:

„Ave Maria!
In dieser dumpfen Felsenkluft,
Mutter, höre Kindes Flehen,
Jungfrau, eine Jungfrau ruft!
Der Jungfrau wolle hold dich neigen,
Dem Kind, das für den Vater fleht."

Zwischenakt. Giacomo hatte noch etwas Zeit bis 17 Uhr. Er brauchte Lucas Adresse nicht mehr. Und auch nicht die von Paolo. Er musste sie nicht fragen, wo sie seine Tochter festhielten. Eine eigenartige Euphorie stieg in ihm hoch. Er war auf eine ganz eigene Art glücklich, weil er nach einer langen Zeit doch noch angekommen war. In seiner geschlossenen Kapsel, in der sich sein Ich jetzt befand, lief er durch einen hellen, weiten Raum, an dessen Ende seine Tochter ihm zuwinkte. Er hatte sein Grillchen gefunden und konnte sie endlich zu sich heimholen. Dort oben wartete seine Frau schon auf ihre liebe Tochter, die Sonne schien warm und neben dem Haus zirpten die Grillen ihr Hochzeitslied. Er würde ihr altes Zimmer droben im Haus auf dem Berg wieder herrichten und seine Frau Clementia etwas für sie kochen. Dann würden sie zusammensitzen und wunderbar schweigen, weil jetzt nichts mehr gesagt werden musste.

Er spürte etwas in sich aufsteigen. Er wusste ja nicht, dass auch dies ein Teil der großen Liebe ist. Aber er spürte – wie der Trieb tief in einem uralten Stamm –, dass dieses Unbekannte zu ihm gehörte. Dass es sein war, das da – so kam ihm ein Bild aus dem Schlafzimmer seiner Eltern in Erinnerung – wie ein Schwarm auffliegender Engel mit einer winzigen Feder ihrer Flügel berühren würde. Gleich, um 17 Uhr. Wenn sie alle zu ihm kamen.

Dritter Akt. Pater Marini war nicht zartfühlend und mit seiner Hartherzigkeit mochte er die Braut nicht. Er schaute Elisabetta nicht einmal in die Augen, weder während der zunächst weltlichen noch bei der nachfolgenden kirchlichen Trauung. Das *Ave Maria* ging in die zweite Schleife. Die Aufführung nahm an Fahrt auf. Jeder hatte jetzt seinen Text parat, Marini kannte den seinen auswendig. Seine Ansprache war kurz und man merkte, dass es Marini einfach unangenehm war, ausgerechnet diese Eheschließung zu vollziehen. Endlich kam es zum Showdown: *„Puó baciare la sposa"* – Sie dürfen die Braut jetzt küssen. 37 Minuten waren vergangen und Elisabetta war nun Ehefrau wider Willen. Sie hatte zwar die Musik gehört, aber den Text nicht aufgenommen. Sie wunderte sich vielleicht, dass sie nicht tot war. Sie lebte, denn Ekel stieg in ihr auf. Sie steckte Luca den Ring auf wie man ein Huhn beringt. Sie nahm, als Luca seinerseits ihr den Ring auf den Finger schob, ihre Hand sofort danach hinter den Rücken und ballte sie zur Faust. Schneeweiß drückten sich deren Knöchel herausdrückten, Elisabettas Kopf war voller Wut.

Vierter Akt. Auszug und Finale. Das Hochzeits-Quartett schlenderte fast lässig auf dem Weg unter der himmelhohen Kassettendecke durch das heilige Kirchenschiff zurück in die irdische Wirklichkeit. Vier Figuren im Makrokosmos der Kathedrale. Vorbei an leeren Bänken, vorbei an der Namensstifterin der Maria, deren Abbild „nicht von irdischer Hand gemalt" worden war. Eine Maria, eingezwängt in ein monströses, marmornes Medaillon, bewacht von drei weißen Kindsköpfen. Dieses unirdische Bild haarscharf blickt Maria am Betrachter vorbei. Wer auch immer sie gemalt hat, muss diesen sinnbildlichen Blick bewusst gewählt haben: Wegschauen als Haltung.

In der Nische neben dem Hauptaltar ein anderer gemalter Irrtum. Das Bild des *turris eburnea*, der Elfenbeinturm, mit dem das Hohe Lied der Bibel die reine Jungfrau Maria anruft. Aber diese Metapher steht längst auch für zielgerichtete Kommunikationsverweigerung einer Rückzugselite, die sich dem fragenden oder bittenden Volk nicht mitteilen will. Kein Trost, keine Barmherzigkeit. Noch schlimmer: kein Interesse.

Der Weg aus der Kathedrale eine einzige triste, absolut stumme *via dolorosa*. Schwerer kann ein Herz nicht sein, verlassener keine Seele als die Elisabettas. Stille als Bestrafung. Die schweigenden, verschatteten Seitenaltäre. Vorbei am Taufbecken. Eine Vision huschte sie an, dass sie vor dem Taufbecken stand und statt ein Baby zu taufen ein halbtotes, zerfleddertes Lamm zum Ausbluten über das Becken hielt. Sie schüttelte dieses Bild erschrocken weg und schritt schnell unter dem Balkon mit der stummen Orgel hindurch zum Ausgang.

Die Tür schwang auch jetzt auf. Die Sonne war schon fast untergegangen und zunehmende Dunkelheit wehte aus den Seitenstraßen und über die Firste der Häuser wie große, schwarze Schals auf die kleine Bühne. Das Publikum war rührig, es streifte auf Motorrollern, Autos und zu Fuß über die Szene. Nun hatte jeder seine Rolle, mehrfach wurde gehupt, einmal bellte ein Hund, während sich die Gruppe dem Mittelpunkt des Platzes näherte.

Elisabettas Blick verlor sich im Tunnel. Sie lebte nicht, sie wurde gelebt. Ihre Hochzeit. Ihre Anwartschaft auf Glück, Sicherheit, Liebe und Geliebtwerden. Sie sah im Wachtraum ihre Mutter im Spalier der jubelnden Menschen lachen und glücklich weinen. Ihren Vater, den sie noch nie so edel, so wunderbar seriös erlebt hatte. Sie hörte die Verschlüsse von altmodischen Fotoapparaten klicken und sah in hochgehaltene Handys. Gleich wird es alle Selfies geben, reihum mit jedem aller Gäste. Ihre beiden Brüder überschütteten sie und ihren geliebten Mann mit Reis. Kinder drängten sich vor, wollten auch die Braut sehen. Blumen lagen auf dem Weg. Ihr Brautstrauß den warf sie hoch in die Luft und ihre Cousine Chiara fing ihn auf. Böller krachten.

Der erste Schuss mit der alten Armee-Magnum schlug neben der hölzernen Flügeltür der Kathedrale ins Mauerwerk, aus dem der Putzkalk rieselte. Der zweite traf Luca in der Brust. Der stolperte, hielt sich aber aufrecht. Dann riss er die Beretta aus seiner Hosentasche und schoss auf kurze Distanz zurück.

Sie traf in ihr Ziel nur wenige Meter vor ihm. In Sekunden starb Giacomo im schlechten Licht vor der Kathedrale. Noch bevor er den Boden berührte, schoss ein Glücksgefühl durch ihn, das größer war als alles, was er je erlebt hatte. Er hatte sein Grillchen wiedergesehen und befreit. Und sie, sie hatte ihm zugelacht. Sie war ebenfalls glücklich. Ihre Augen strahlten wie Funkenbogen. Das sah besonders schön aus, wo alles andere so dunkel wurde. Es war alles getan. Das tat sehr gut, er hatte es ja gewusst.

Luca hatte gar nichts gewusst. Nicht einmal geahnt. Die Beretta hatte er an seinem Hochzeitstag aus Aberglauben eingesteckt. Sein Stück Eisen gegen die bösen Geister. Er hatte vor Jahren schon einmal mit ihr getroffen. Einen nackten Mann und eine nackte, verheiratete Frau. Die hatte eigentlich ihm gehört, wenn auch heimlich. Ihr Mann war zu blöd, der hatte gar nichts gemerkt, *questo idiota!* Und den Verführer kannte er nicht. *Non mi farò sculacciare da nessuno!* – nein, er ließ sich von keinem Hörner aufsetzen.

Er starb noch im Fallen.

Drei Schüsse. Drei Treffer. Die Kirche. Luca und Giacomo.

Als erster kam der Don zu sich. Dies hier war kein *ZeroZero* und kein Pate-Film. Dies hier war echt. So etwas war nicht sein Geschäft. Mit einem Satz sprang er in die bergende Dunkelheit und war verschwunden, bevor die ersten Blutlachen sich klebrig um die leblosen Körper ausbreiteten wie ein tiefroter Spiegel.

Elisabetta war erstarrt. Ihre Sinne waren plötzlich abgeschaltet, Denken und Handeln paralysiert. Sie stand nur und starrte. Dann warf sie sich auf ihren Vater. Und schrie und schrie und schrie. Paolo wollte sie hochreißen, sie wehrte ihn ab. Dann lief Paolo zu Luca. Inzwischen waren Menschen zusammengelaufen, es war Mittwochabend, ein normaler Feierabend.

Nichts war mehr normal. Elisabetta brach zusammen und verlor kurz das Bewusstsein. Paolo riss sich los vom toten Körper Lucas und sprang zu Elisabetta, packte und schulterte sie sich und schleppte sie in die Seitenstraße, ein humpelnder Abgang in die schwarze Kulisse. Keiner hielt die beiden auf, keiner hatte etwas gesehen. Omertà. Vorhang!

Während das Publikum im Theater blieb und auf ein *da capo* – wie immer es auch aussehen mochte – wartete, zitterte sich aus der offenen Kirchentür dünn und verbogen die Abschiedsmusik auf den Platz der Tragödie. Pater Marini hatte es ja nur gut gemeint. *Ave Maria.* Zum Dritten.

Elisabetta war die ganze Zeit wie erstarrt gewesen, aber als Paolo sie packte, kehrte ihr volles Bewusstsein wieder zurück, nur nicht der volle Verstand. Den hatte ein schützender Reflex vorerst abgeschaltet. Doch dieser bergende Augenblick war bald vorbei. Sie saßen im ersten Stock des *La Torre Gialla*. Papa Leone, Paolo und sie. Im Schlafzimmer von Papa Leone.

Vom Don war – jedenfalls im Augenblick – nicht viel zu erkennen. Umso deutlicher schimmerte durch die aufgeplatzte Kostümierung eines drittklassigen Möchtegern-Gangsters die eigentlich simple Grundfigur des Kneipenwirtes Antonio Strezzo, dem die von ihm angezettelte Inszenierung über den Kopf und damit über das unterste Minimum an arbeitsfähigen Neuronen und den sie verbindenden Synapsen gewachsen war. Kurzum – er war ratlos.

Paolo hatte sich als erster wieder gefasst. Er war – soweit er derlei Reaktionen an sich überhaupt beobachten konnte – überrascht, dass er nicht um seinen toten Bruder weinen konnte. Nun begann sein Fluchtinstinkt zu rotieren.

„Leone, was nun? Du hast uns in die ganze Scheiße hineingeritten, was jetzt?"

Leone, der wieder Antonio war, zog beide Schultern und rieb sich die schweißnassen Handflächen.

„Ihr müsst beide verschwinden. Sofort. Hier darf euch keiner sehen."

„Und warum nicht? Wohin sollen wir denn?"

„Du hast doch einen Wagen, fahrt zu dir nach Corigliano."

Paolo war irritiert.

„Da kommt die Polizei doch sofort hin. Was soll das?"

Antonio schwieg und es sah aus, als würde er nachdenken.

Elisabetta hatte bis jetzt zugehört. Sie kehrte in diesem fremden Zimmer langsam in die Wirklichkeit zurück. Kleine, überhelle Bilder blitzten auf. Pater Marini. Ein Ring. Die Augen des Vaters. Lucas Hand, die sie zuerst wie eine Zwinge festhielt und plötzlich freigab. Sie hörte keine Schüsse, auch nicht das *Ave Maria*. Gerade war die Stelle

Wir schlafen sicher bis zum Morgen,
ob Menschen noch so grausam sind
zum dritten Mal erklungen. Aber einen Hund, der ein paar Mal
bellte, hörte sie. Es war wohl ein junger Hund, denn sein Bellen
war frech und hell.

Und dann stieg ein Geruch auf in ihrer Erinnerung, ein Geruch,
den sie gut kannte, dem sie vertraut hatte, weil er in ihr kindliches
Leben gehört hatte als einer der gelebten, alten Ordnungsfaktoren
wie Putzen, Kochen, Zuhören, Gehorchen. Damals war es noch
das warme Blut geschlachteter Kaninchen gewesen, das oft genug
über ihre Hände in die Auffangwanne gespritzt war und das nach
Vater und Mutter und Küche und Heimat gerochen hatte.

Es war keine der üblichen Frauenarbeiten und Vater Giacomo
war immer stolz, wenn sein Grillchen die Tiere getötet, abge-
balgt und ausgenommen hatte. War ein Kaninchen zu unruhig,
presste sie das Tier fest und mitunter auch hart an ihren eigenen
Körper. Hier war sie wie ein dritter Sohn, während ihre beiden
Brüder sich regelmäßig vor dieser Aufgabe drückten. Die Mutter
schlachtete ebenfalls, aber leidenschaftslos.

Doch das Bild stimmte diesmal nicht überein mit der Erinnerung, die der Geruch hervorrief. Dieses Blut hatte sie auf eine
falsche Fährte gelockt. Es war soeben auf dem Platz geflossen.
Nur gab es diesmal keine alte Ordnung, die Kaninchen waren
Luca und der Vater des Grillchens, das jetzt Elisabetta war.
Dann stand sie auf und legte die Tarnkleider der Erinnerung
ab. Jetzt war jetzt. Sie war wieder bei Besinnung und fasste einen
Entschluss. Ihre Stimme war klar und emotionslos wie eine tele-
fonische Zeitansage.

„Wir gehen zur Polizei."

So ein selbstbewusster Satz gegen das herrschende männliche
Establishment und gegen die tradierte Ordnung, sich als Frau
auch noch im 21. Jahrhundert zu fügen und niemals agierender
Teil eines Konflikts zu sein, hätte eine andere Aufmerksamkeit
und Würdigung im Leben der erwachten, jungen Frau verdient
als den überharten Schlag mit Antonios flachem Handrücken auf

ihr rechtes Ohr. Elisabetta taumelte und stürzte zu Boden. Antonio war wieder Vorstadt-Don.

„Pass auf sie auf und lass sie nicht aus dem Zimmer. Ich komme gleich wieder zurück." Papa Leone warf Paolo den Zimmerschlüssel zu und verließ den Raum.

Zwischen Elisabetta, die rücklings flach auf dem Bett lag, und Paolo, der sich breitbeinig auf einen Stuhl zwischen Fenster und Tür gesetzt hatte, fiel kein Wort. Zwei Familienangehörige hatten sich soeben gegenseitig erschossen, aber die Hinterbliebenen hatten keine Worte. Wenn das Gebot der Omertà auf der Straße funktionierte, so hätten wenigstens hier im Zimmer die Gefühle frei sein dürfen. Aber sie waren es nicht. Das Schweigen zwischen den beiden jungen Menschen war keine Schockstummheit, sondern eine tief eingefärbte Verdunkelung der Sprache. Aus dem unüberwindbaren Diktat der Gefühlsverachtung ergab sich auch die Unfähigkeit zu trauern.

Das einzige Geräusch war, wenn Elisabetta mit aller Vorsicht langsam, dabei deutlich hörbar blutigen Schleim in ihrer Nase hochzog. Die gebrochene Nase schmerzte noch immer und nun kam noch der Schlag hinzu, der das Ohr schmerzhaft anschwellen ließ.

Es dauerte nicht lange, bis Papa Leone wieder zurück war. In der Hand hielt er einen dunkelbraunen, langen, gewachsten Mantel, wie ihn Jäger tragen. Er warf ihn Elisabetta zu, die sich bei seinem Hereinkommen aufgerichtet hatte.

„Zieh das über. Wir gehen."

Die kalte Herbstnacht hatte früh begonnen. Die dicken, dunklen Wolken senkten sich, das letzte Licht abschirmend, rasch auf die müde und fröstelnde Stadt. Die kuschelte sich widerspruchslos ein in die schwarze Decke, als hätte eine strenge Mutter sie zu Bett gebracht. Solche Nächte haben keine Einschlaflieder, keinen Gutenachtkuss. In den kleinen Gassen dünsten die kalkigen Wände ihren Geruch von feuchtem Schimmel aus, der in eisigen Stunden mehr und mehr überlagert wird vom körnigen Raureif. Schon bald würde die Zeit kommen, in der der Schnee alles bedeckte. Ein weißer Flokati wie ihn Elisabetta aus der Wohnung ihrer Tante Lucrezia in Rossano her kannte. Sie erinnerte sich noch gut an die Nächte, die dann so seltsam hell durch die Vorhänge schimmerten. „Der Winter hat ein Lichtkleid an", dachte sie dann. Auch die sonst so undurchdringlichen, nachtschwarzen Wälder rund um die Kirche auf dem Berg waren heller als sonst, selbst wenn die Sterne verdeckt waren.

Das kalte Tuch dämpfte zugleich alle Geräusche; unhörbar fielen, wenn der kalte Wind die Bäume schüttelte, die weißen Schneehäufchen aus den frierenden Fingern der Äste auf den weißen Waldflokati, der sie geräuschlos schluckte. Und auch die Schritte der Tiere und der Menschen im Wald waren nicht mehr zu vernehmen, außer dem kurzen, harten Einbruch in den Schnee, aber erst, wenn dieser durch den Wind eine harsche Glitzerkruste bekommen hatte. So würde es bald sein. Die unbestechliche Zeit hat dann wieder ihr eigenes Schweigegebot mitgebracht und es der kältestarren Welt verordnet. Omertà.

Drei Figuren schlichen mit heftig ausgestoßenen Atemfahnen durch diesen schwarzen Abend von Rossano. Papa Leone, Paolo und Elisabetta, die allerdings mehr gezerrt wurde als dass sie freiwillig mitging. Paolo trug ihren Koffer, darin ihre wenigen Habseligkeiten, über die sie in den letzten Tagen nicht ein einziges Mal selbst verfügt hatte. Papa Leone hielt Elisabetta mit eisernem Griff am Oberarm, und es war auch Elisabetta klar, dass er beim geringsten Versuch, diesem Griff und der ganzen Situation zu entkommen, mit der freien Hand zuschlagen würde.

Trotz des Jägermantels fror sie. Noch immer trug sie ihren dünnen Hochzeitsstaat mit der Leinenhose, dem schrecklich minzgrünen Polohemd, den flachen, weißen Sneakers und der halblangen Jacke unter dem Mantel.

Als sie sich Christinas Haus näherten, hörten sie trotz der geschlossenen Fensterläden, durch deren Holzritzen fingerbreite Lichtstreifen auf die Straße fielen, Stimmen, vor allem die schrille Stimme von Christina selbst. Paolo, ihr Bruder, stellte sich dicht an die Tür und klopfte laut. Sofort verstummte alles. Er klopfte noch einmal. Die Tür wurde aufgeschlossen und Mimmo, der Standesbeamte und entfernte Vetter von Papa Leone, stand vor Paolo.

„Du?!"

Papa Leone drängte sich mit Elisabetta an Paolo vorbei.

„Ja, wir sind's, lass uns rein."

Mimmo trat zur Seite und die Spätbesucher schlüpften ins Zimmer, das früher einmal ein kleiner Laden gewesen war.

Im Zimmer saßen am Tisch eine tränenüberströmte Christina, neben ihr eine ältere Frau, die Leone nicht kannte, und hinter dieser stand ein ihm ebenfalls unbekannter älterer Mann. Schnell schloss Paolo die Tür hinter sich.

Alle blickten völlig überrascht auf die drei. Als erste fasste sich Christina. Sie sprang auf, lief zu ihrem Bruder und umarmte ihn laut weinend.

„Paolo! Was ist bloß passiert, warum nur, warum?"

Vorsichtig entwand sich Paolo den Armen seiner Schwester und ging einen Schritt zur Seite.

Jetzt sah Christina auch die anderen beiden.

„*Ciao*, Christina, wir müssen mit dir reden."

„Paolo, worüber denn reden? Erklär mir bitte, was das alles bedeutet. Luca ist tot und du willst mit mir reden. Sag doch was, erklär es mir."

Nun schob sich Papa Leone mit Elisabetta in den Vordergrund.

Er zeigte, Elisabetta noch immer mit der Hand festhaltend, mit dem Kinn zum Tisch. „Wer sind die da?" Leone zog die Luft durch seine Nase ein, dass sich seine Brust hob. Mimmo sagte gar nichts. Er war erschrocken durch das Auftauchen der Gruppe.

Der ältere Mann kam ein paar Schritte vor.

„*Die da* sind Vera Natana und ich, ihr Mann Giorgio. Wir sind Nachbarn aus dem Viertel und kannten Christinas verstorbenen Mann Tonino Zeferelli. Durch Zufall sind wir gerade vorbeigekommen, als Christina zurückkam von der Polizei."

Er trat noch einen Schritt näher und streckte Leone die Hand hin.

„Und du bist Antonio Strezzo, ich kenne dich aus deiner Trattoria."

Papa Leone schlug ein.

Zuletzt, wie immer, war Elisabetta an der Reihe. Der Mann nahm sie aus Leones Hand und führte sie an den Tisch zu seiner Frau.

„Mimmo hat uns schon alles von der Hochzeit erzählt. Du brauchst nichts zu erklären. Aber keiner weiß, warum dein Vater ..."

Elisabetta kam wieder nicht dazu, selbst etwas zu sagen. Leone antwortete für sie.

„Der Alte hasste Luca, weiß der Himmel warum. Er war nicht ganz dicht im Kopf. Und wollte seine Tochter nur für sich haben. Luca hat sich nach dem ersten Schuss nur gewehrt."

Er legte in einer scheinheiligen Geste die offenen Hände zusammen, die zehn Fingerspitzen berührten sich.

„Es ist alles eine große Tragödie."

Elisabettas Ich war an der Tür stehengeblieben. Und am Tisch neben Leone und dem Nachbarn stand nur ihr Körper. Aus dieser abstrakten Perspektive überschaute sie die Szene. Dann zog sie den Mantel aus und legte ihn sich über den Arm. Damit stand Christina vor ihr und fragte scharf und gar nicht mehr unter Tränen: „Wie kommst du denn zu meiner Jacke?" Sie riss heftig am Stoff, als wollte sie ihn zerreißen.

Paolo flankte dazwischen.

„Luca hat sie aus deinem Schrank genommen. Es war nur für die Hochzeit, weil sie sonst nichts Passendes hatte zum Anziehen."

„Nichts Passendes, nichts Passendes! Soll sie doch den Fetzen behalten. Meinen Bruder heiraten und nichts anzuziehen – da kann sie ja gleich nackt antanzen, wie sie es in Reggio gemacht hat. Das weiß doch …" Elisabetta stellte sich jetzt direkt vor Christina, die durch diesen unerwarteten Schritt aus dem Konzept kam und ihren Satz abbrach.

Es war diese eine Sekunde, die Elisabetta noch gefehlt hatte an ihrer Befreiung. In dieser Sekunde sah sie ihre beiden Brüder – Wie sie mit ihnen am Zaun vor der Kirche auf dem Berg spielte. Sie erlebte den Moment, als sie mit Gemüsehändler Camillo aus Rossano nach Reggio gestartet war und alle – außer ihr – zum Abschied weinten. Sie stand wieder im Untergeschoss des Nationalmuseums vor einem aus dem Meer geborgenen bronzenen Krieger, der ihr zulächelte, der ihr auffordernd zuwinkte. Dann lief sie zu ihrer Mutter und zu ihrem Vater, die sie beide umarmten. In dieser einen Sekunde hörte sie aber auch das rhythmische Klatschen der nassen Körper, wenn man die Kraken auf der steinernen Bank an der Mole von Scilla weich schlägt. Und in dieser Sekunde fühlte sie wieder ihre Finger fester als nötig im zappelnden Fell des Kaninchens und die im Unterleib ziehende Lust und Befriedigung, in der folgenden Sekunde das sich in ihrer Hand windende Tier jetzt endlich, endlich tatsächlich abzustechen.

Sie sah Christina gerade in die Augen. Beide spürten den Atem der anderen.

„Sag noch ein Wort und ich bring dich um."

Dann zog sie die helle, halblange Jacke aus, nahm aus der Innentasche eine kleine Mappe mit Dokumenten heraus und warf die Jacke Christina vor die Füße.

„Die kannst du wiederhaben!"

Und zu Paolo gewandt: „Frag deine Schwester, wo wir heute Nacht schlafen können. Wir bleiben bis morgen. Und schließ die Haustür ab!"

Mimmo, Leone und die Nachbarn waren zu stummen Komparsen in diesem Zimmertheater für drei Personen degradiert worden.

17

Der Duft der Bergamotte

Commissario Enrico Baldini, bitte. Hier ist Brigadiere Mario Fenducci von der Carabinieristation in Rossano."

„*Buon giorno*, ich verbinde."

Minchia – du Trottel hast es nicht einmal nötig, guten Tag zu sagen, dachte Ispettore Capo Barbara Selone. Die Polizeihauptmeisterin war zufällig in Baldinis Zimmer und stand gerade direkt am Telefonapparat von Baldinis Gegenüber Sandro, der irgendwo unterwegs war. Stumm legte sie den Trottel auf den Apparat ihres Chefs und ging demonstrativ laut im Zimmer umher. Baldini nahm das Gespräch entgegen und hörte lange Zeit zu nur unterbrochen von gelegentlichen Kurzkommentaren wie *sì, sì!*, *capisco* oder *una storia pazzesca*, eine wirklich irre Geschichte! Dabei nickte er und machte sich Notizen. Währenddessen rief Barbara laut in Richtung Baldini, wo denn der Zucker für den Caffè versteckt sei. Als Baldini darauf nicht einmal mit einer Geste reagierte, verließ sie das Büro und ließ den *Commissario* allein mit seinem Carabiniere.

Wenn Baldini freilich gedacht hätte, die Geschichte von den beiden Toten auf dem Vorplatz der Kathedrale in Rossano gestern Abend sei die einzige irre Geschichte dieses Donnerstags, lag er falsch. Er würde sich heute noch deutlich mehr Notizen machen müssen und noch heftiger mit dem Kopf nicken.

Rossano wachte an diesem Morgen anders auf als je zuvor. Klar, man hatte die nie aufgeklärten Morde vor Jahren am schnauzbärtigen Pietro „*il gatto*" De Chicchio oder Salvatore Moreno erlebt, beide aus ein und derselben 'Nrina, einer der lokalen 'Ndranghetta-Gruppen in Rossano. Nur war das nicht am selben Tag passiert, sondern mit einem Abstand von zwei Jahren und an verschiedenen Orten – die „Katze" De Chicchio starb an der Straße nach Sant'Angelo in einem Entwässerungs-graben an einer Gewehrkugel und Moreno in seiner Wohnung, wo man ihm im Schlaf die Kehle durchgeschnitten hatte. Der Friedhof von Rossano war eine kleine, aber gepflegte Galerie solcher Schicksale.

Aber zwei Tote in fast derselben Sekunde auf dem Domplatz und vor aller Augen perfekt inszeniert als öffentliches Spekta-kel – das war eine neue Dimension, das war eher typisch für Corigliano, der mehr als Rossano von der 'Ndrangheta durch-seuchte Flecken. Die Statthalter der 'Ndrangheta in beiden Or-ten übrigens ließ die Schießerei kalt, auch wenn die Inszenie-rung und der aufwendige Polizeiauflauf die Geschäfte störten Es waren jedoch nicht ihre Leute und nicht ihre Belange. Sie kannten auch den Möchtegern-Kaspar Antonio Strezzo. Da er sie aber nicht störte, ließ man ihn in Ruhe, beobachtete ihn einstweilen aus dem Augenwinkel. Man war auf Ruhe bedacht, nachdem es – wenn auch vor Jahrzenten – immer wieder nicht nur in Corigliano-Rossano, sondern auch an der Küste und im Vorort Schiavonea zu Morden gekommen war. Die hatten der Gegend eine fatale Popularität beschert, nicht zuletzt auch den Protagonisten aus der lokalen 'Ndrine, den Carellis, und dem hier geborenen besonders brutalen Mafia-Killer Giorgio Basile, das „Engelsgesicht". Als jetzt die Schüsse vor der Kathedrale gefallen waren, hatten wohl alle 'Ndrine-Leute sofort wieder die Köpfe eingezogen und dasselbe gedacht. Und sich geirrt. Aufatmen. War zum Glück nur privat.

Für alle anderen war es ein echter Aufreger. Immerhin war unmittelbar nach ihrer Hochzeit eine junge Ehefrau zur Wit-we geworden und hatte zugleich ihren Vater verloren. Das aber reichte nicht für ein dieser Konstellation angemessenes Mitleid. Im Gegenteil. Es dauerte nach der Schlussszene keine Stunde, bis das Publikum Elisabettas Rolle in dieser großen Tragö-die ausführlich etikettiert hatte. Denn schnell stellte sich her-aus, dass die junge Witwe ausgerechnet „die da", diese Hure, die große Sünderin, eine verdammte *lucciola*, das unrühmliche

„Glühwürmchen" aus Reggio war. Und dessen Mutter war ja auch erschossen worden, und zwar, als sie – da schnellten die Fächer aus Papier, Stoff oder Beinimitat hoch vor die geifernden Mäuler – in flagranti erwischt worden war. Seitdem wusste man, woher die Tochter „das" hat. Und jetzt ist sie Vollwaise.

Dieser theatralische Chor war so ganz anders als das 2500 Jahre alte Vorbild mit seinem schon rituellen Appell zu Mäßigung und Vernunft. Die profane Version in Rossano wurde dirigiert von Vorverurteilung ohne jeden Kenntnisstand. Da genügten zu Anklage und umgehendem Urteilsspruch schon ein paar Zeitungsartikel mit einigen aus dem Zusammenhang gerissenen Sätzen, mit denen fragmentarisch und fahrlässig aus einem psychologischen Gutachten zitiert worden war. Weiß Gott wie die Redaktion an die Akte gekommen war, aber so ein Schaden geht dank der allgegenwärtigen Geschwätzigkeit schnell viral. Keiner verstand etwas vom Inhalt, doch die Laienrichter waren schon zur Stelle mit ihrem Kopf-ab-Urteil.

Auffällig dabei war die unverhohlene Lust, die gerade Frauen endlich einmal – in aller sonst verbotenen Freiheit so öffentlich wie auch bei einer Hinrichtung – scham- und schadenslos ausleben durften. Und dass es ausgerechnet eine junge Frau war, die gemeint hatte, aus ihrer Heimat und Familie, fliehen zu müssen, um ihr als verlogene Rückkehrerin den Tod zu bringen, prickelte im Unterbauch mehr, als sich manche von ihnen zugeben wollte.

Da waren sie sich, ob in echter Verachtung oder gespielter Empörung einig: *„Va a morire ammazzato"* – Scher dich bloß zum Teufel!

Natürlich wurde wild über die Motive spekuliert. Die *Gazetta del Sud* hatte neben der ausführlichen Darstellung auf ihrer Cosenza-Seite in der Regionalausgabe auch die Titelseite mit Libretto, Choreographie und Darstellerliste aufgemacht, außerdem berichtete der Internet-Blog *Specchio Focale*, der Brennpunkt, der Antimafia-orientiert war, detailliert.

Wer zuerst geschossen hatte, konnte die Polizei schnell beantworten. Doch das Warum, das blieb ein Rätsel.

Der Kugeleinschlag an der Kirchenmauer neben der Eingangstür war amtlich fotografiert, die drei Patronenhülsen eingesammelt und gesichert worden. Die Polizei hatte die rotweißen Flatterbänder zur Sperrung des Tatorts vor der Kathedrale wieder entfernt. Doch trotz zweier Eimer Wasser der Stadtreinigung waren die Blutlachen der Opfer – beziehungsweise Täter – auch an diesem Donnerstagmorgen noch gut zu erkennen.

An der Kirchenwand tupften die Szenebesucher in ihrer bigotten Frömmigkeit ehrfürchtig die Fingerspitze in den Einschlagkrater der Kugel, als legten sie einen Finger in die Wunde des Blutwunder-Heiligen Gennaro im Dom von Neapel. Für dieses Wunder brauchten sie – im Gegensatz zum ungläubigen Thomas – keinen Beweis, zumal der geheiligte Bischof von Neapel ja ursprünglich einer der ihren war, stammte er doch aus Joppolo in Kalabrien. An diesem Tag danach in Rossano lag – dilemmafrei – für jeden die Glaubwürdigkeit als Stigma in Augenhöhe – alles taufrisch, alles authentisch. Haptik zum Gottesfürchten. Darin waren sie geschult

Dabei war es fast zweitrangig zu wissen, wo die Überlebenden unter den Darstellern abgeblieben waren. Sie waren zwar nur Zeugen, sie hätten aber mehr aussagen können über die Gründe der doppelten Bluttat, die seltsame Hochzeit, das Verhältnis des Brautpaares zueinander, die psychische Verfassung der Braut und besonders das, was sie mit den Männern in Reggio angestellt hatte und was noch alles in diesem ominösen psychologischen Gutachten über sie gestanden hatte.

Nur von Luca wurde kaum geredet. Die Menge hatte einverständlich einen Schutzschirm um ihn aufgespannt. Für die Leute war er das eigentliche Opfer und Giacomo der einzige Täter. Zudem stand fest, dass Luca sogar zweifach ein Opfer war – einmal erschossen durch Giacomo und zuvor noch ausgeliefert von seiner frisch angetrauten eigenen Frau. Doch der wichtigste Unterschied zu Elisabetta: Luca war ein Mann, schon wieder einer, und gefallen als Held, schon wieder einer. Scham im öffentlichen Befragungsrausch gab es nicht, auch keine anderen Grenzen. Nur Lücken. Doch nun waren die Zeugen weg. So war es ja immer.

Die Omertà nahm der Souffleuse erneut das Textbuch aus der Hand.

Paolo fuhr vorsichtig durch die Kurven nach Maria del Partire. Neben ihm saß Elisabetta. Sie waren sehr früh aufgebrochen.

Elisabettas Nacht war traumlos und kurz gewesen. Christina, die Nachbarn und selbst Papa Leone hatten sich gefügt. Elisabetta wollte keine Diskussion, sie wollte nur schlafen. Wenn etwas gesagt, gefragt oder besprochen werden musste, dann nicht mit diesen Leuten. Gegen Morgen – es war noch dunkel – hatte sie Paolo, der im selben Zimmer wie sie auf einer Couch schlief, während sie das Bett bekommen hatte, geweckt. Obwohl sie so müde war, hatte sie kaum geschlafen, sondern viel nachgedacht und versucht, Zusammenhänge und Gründe zu verstehen. Eines war ihr klar: Es musste etwas geschehen. Und diesmal wollte sie nicht wieder von den Ereignissen überrascht werden. Sie musste selber handeln. Jetzt. Sie stand auf. Paolo knurrte:

„Was ist los? Kannst du nicht schlafen?"

„Steh auf, wir fahren los. Mit deinem Auto."

War es nur seine Verschlafenheit oder fügte er sich auf einmal stillschweigend ihrem Kommando? „Sag noch ein Wort und ich bring dich um ..." – hatte wirklich sie das gezischelt? War sie das gewesen? Leise hatten sie sich fertig gemacht.

„Wohin fahren wir denn so früh?"

„Ich fahre nach Hause, in unsere Wohnung auf dem Berg."

Paolo hatte nicht protestiert, nur eingewandt, dass oben vielleicht die Polizei wäre oder der tote Giacomo. Er war wie paralysiert. Sein Bruder war erschossen worden. Und hatte zuvor den alten Giacomo getötet. Neben ihm saß nun Elisabetta, die eine Gefahr für ihn war, weil sie alles ausplaudern könnte, wenn die Bullen sie mal in die Mangel nahmen, alles, was sie damals gesehen hatte. Genau um das zu verhindern, war ja die Hochzeit eingefädelt worden – damit die Polizei auch keinen Druck auf sie ausüben könnte, dem sie kaum widerstanden hätte. So aber: Zeugnisverweigerungsrecht. Auf keinen Fall durfte er sie alleine lassen, auch wenn er Bedenken hatte. Aber Elisabetta beschwichtigte ihn.

„Meinen Vater haben sie bestimmt nicht nach oben gebracht, der ist noch hier unten, wie Luca, im Krankenhauskeller. Und was sollte die Polizei in der Nacht da oben?"

Das leuchtete ihm ein. So fuhr Paolo. Aber er nahm sich vor, dort auf dem Berg und in der Dunkelheit besonders leise und vorsichtig zu sein schon wegen der Nachbarn, den Muffos, die immer noch nicht, wie lange geplant, ausgezogen waren.

Wie in allen Nächten lagen die Pilgerkirche und das danebenstehende Anwesen in tiefer Dunkelheit, weil die hohen Peitschenlampen seit Jahren kaputt waren. Paolo ließ den Wagen auf dem Parkplatz leise ausrollen und griff sich die Taschenlampe aus der Türablage. Sein Auto war das einzige auf dem Platz, von der Polizei keine Spur. Vom etwas zurückversetzt liegenden Haus der Muffos war kein Lichtschein zu sehen. Erst am Eingang fiel Elisabetta ein, dass sie ja gar keinen Schlüssel hatte für die schwere Tür. Zu selbstverständlich war sie in eine Zeit zurückgefallen, in der sie hier ein- und ausgegangen war und immer – sogar noch vor ihren Brüdern – einen eigenen Schlüssel besessen hatte. Paolo ging zurück zum Wagen und kam mit einer Wolldecke von der Rückbank und der Eisenstange des Wagenhebers wieder. Er setzte sie – lärmgedämpft durch die Decke, die um das untere Ende gewickelt war – an der Tür an und hebelte sie in Sekunden auf. Allerdings glaubten beide, dass das Geräusch des aufsplitternden Türblattes die ganze Welt geweckt hätte. Aber nicht einmal die Muffos drüben waren wach geworden.

So dunkel, wie es draußen war, so dunkel war es auch in der Küche. Elisabetta nahm Paolo die Taschenlampe aus der Hand und ging damit zielsicher zur steinernen Spüle.

„Halt mal die Lampe." Paolo gehorchte. „Sag noch ein Wort ..."

Elisabetta dachte klar und handelte überlegt. Sie wollte nur das holen, was ihr wichtig war. Es waren seltsamen Dinge, die sie aber allesamt mit ihrem toten Vater verband. Darum hatte sie unbedingt noch einmal in dieses Haus gewollt.

Mit beiden Händen griff sie über dem Wasserhahn auf den kaum sichtbar aus der Wand herausragenden Stein, zog ihn heraus und legte ihn auf das Abtropfblech der Spüle. Dann nahm sie Paolo wieder die Taschenlampe aus der Hand und leuchtete in das Loch hinein.

Sie griff mit der linken Hand tief in die Nische und zog heraus, was darin lag. Erregung lag in ihrer Stimme.

„Deswegen bin ich noch einmal hergekommen, Paolo. Deswegen."

Es war eine seltsame Mischung, die jetzt – von der Taschenlampe angestrahlt – auf dem Küchentisch lag. Paolo konnte nichts begreifen. Eine flache Blechschachtel mit Kaffeemehl, eine grüne Visitenkarte, eine halb aufgerollte Tube mit süßer Kondensmilch, ein Ring, ein Umschlag mit Fotos, wie man durch das Kuvertfenster sehen konnte, sowie eine in einer Papierserviette eingewickelte Unterkiefer-Zahnprothese, die sich beim Herausholen aus der Wand aus einer Papierserviette ausgewickelt hatte.

Elisabetta steckte bis auf die grüne Visitenkarte alles ein; sie trug wieder den langen Mantel von Papa Leone, der zwei außen aufgesetzte tiefe Taschen hatte, die viel Platz boten. Ihr Koffer war ja im *La Torre Gialla* geblieben, nur ihre Papiere, die sie bei der Trauung in der Kirche gebraucht hatte, trug sie im Mantel wieder bei sich.

Die Visitenkarte drehte sie hin und her, bevor sie auch die einsteckte. Sie war von einem Polizisten aus Reggio und offenbar für ihren Vater wichtig genug gewesen, um sie in seinem Versteck aufzubewahren. Später könnte sie sich damit beschäftigen. Jetzt mussten sie erst einmal weiter, runter vom Berg und vielleicht rüber nach Corigliano. Aber nicht in die Wohnung von

Paolo, sondern zu Freunden von ihm. Oder doch nach Rossano, dort dann zu den Nachbarn, den Natanas? Die hatten freundlich gewirkt und wollten offenbar wirklich helfen, oder?. Ja, das wäre besser als Corigliano, hatte auch Paolo sofort zugestimmt, ja, zu den Natanas, aber insgeheim hatte er an Papa Leone gedacht. Ihm war absolut klar, dass Elisabetta auf keinen Fall zu ihm gehen wollte. Aber er schon, wenigstens kontakten musste er ihn.

Elisabetta und Paolo stiegen so leise ins Auto wie sie zuvor ausgestiegen waren. Nichts hatte sich gerührt. Die Luft war kalt und feucht, aber es regnete oder graupelte nicht. Der morgendliche Nachthimmel räkelte sich noch ein wenig über dem schwarzen Bergwald und wollte am liebsten noch weiterschlafen. Ihm lagen die menschlichen Schicksale unter ihm fern, sie gingen ihn nichts an, er wollte ungestört bleiben vom kleinteiligen irdischen Wirrwarr und weiterschlafen. Aber die Mutter der Zeiten hatte bereits am Horizont ein Fenster geöffnet, durch das sich das erste Licht – noch zartbitterrot mit einer kitschig weißgelben Aura – ausbreitete.

Doch noch wehrte sich die Nacht.

Paolos fuhr diesmal schneller den Berg hinab. Das Scheinwerfer-Bündel seines Wagens purzelte wie hingeworfene rohe Spaghetti durch die Kurven.

≈≈ ≈

Es war das zehnte oder elfte Mal, dass Baldinis Telefon klingelte. Ein sehr geschäftiger Donnerstagvormittag hatte ihn abgehalten, den Hörer aufzunehmen. Kleinkram, Verwaltungsfragen, Recherchen hinüber und herüber. Und dann dieser Anruf.

„Commissario Baldini? Ich weiß nicht, ob du dich noch an mich erinnerst. Ich bin Maresciallo Silvester Mantua von der Carabinieri-Station hier in Reggio."

„Ah, ja, und was …"

„Wir hatten uns bei dem Mord in der Bar am Museum getroffen."

Jetzt war Baldini erleichtert, denn er erinnerte sich gleich an den Kollegen.

„Ja, ich denke sogar in letzter Zeit wieder deutlich mehr daran. Da war doch so eine junge Frau. Vize-Questore Rumello hatte den Fall an sich gezogen und da schmort er jetzt."

„Egal, nur weil du es bist: Ich hätte etwas für dich. Den Mörder. Es fiel mir vor einigen Wochen bei einem Besuch in Condofuri auf."

„Condofuri? Das liegt ja bei uns um die Ecke."

„Richtig, wir waren auf einer Bergamotte-Plantage."

„Und da pflückte also unser Mörder Bergamotten – wie praktisch, die Ernte hat ja gerade begonnen."

Der *Commissario* war mehr als irritiert. Sein Kollege lachte leise ins Telefon.

„Nein, nein, aber da ist mir sein Geruch in die Nase gestiegen."

„Sein Geruch?"

„Nun gut, man könnte auch sagen, sein Duft. Und das war ein starker Bergamottenduft. Derselbe, nach dem auch in der Bar der Barista Ludovico roch. Und zwar so stark, dass es mir wieder in den Sinn gekommen ist. *Mi è caduta la monetina*, da ist bei mir der Groschen dann gefallen." Er gluckste wie ein glückliches Kind in Vorfreude auf hohes Lob der Staatsanwältin oder gar mehr.

Baldini war perplex. Jetzt erinnerte auch er sich wieder an den Wirt. Und an das, was offensichtlich auch seinem Kollegen aufgefallen war, nämlich derselbe feine Bergamottenduft auf der Toilette der Bar, wo der tote Franco gelegen hatte. Der Maresciallo hatte einfach eins und eins zusammengezählt. Franco, Ludovico und die Bergamotte. Es war eine bittere Ironie, dass zu den Angeboten der Bar auch ein selbst hergestellter Bergamotten-Schnaps gehörte, wie in anderen ein Limoncello oder Cidrocello. Und als Wirt hinter der Theke hatte Ludovico oft genug mit der Flasche hantiert. Es war *sein* Duft. Nicht etwa eine Duftseife am Waschbecken.

Im Nachhinein, stellte sich nach nochmaliger Auswertung der Tatortfotos heraus, dass zur Tatzeit im Toilettenvorraum überhaupt keine Seife ausgelegt war, sondern ein billiger gelber Plastik-Handspender mit Flüssigseife gestanden hatte. Duftnote: Vanille.

Mantua gluckste wieder. „Und das Hauptindiz: An der blutigen Papierserviette, die neben dem Opfer gelegen hatte, fanden unsere Molekular-Forensiker eindeutige DNA-Spuren des Wirts. Offensichtlich hat er mit dieser Serviette die Spiegelscherbe gefasst und zugestochen."

„*Salute!*", dachte Baldini. Obwohl dieser Wunsch für das Opfer überflüssig war. „Dauert es denn nicht ewig, bis solche Analysen fertig sind?"

„Stimmt, aber in Catanzaro gibt es jetzt ein ganz neues Hochfrequenzlabor, das braucht dafür nur wenige Tage. Und dorthin haben wir nach unserem neuen Verdacht die Serviette geschickt. Vorher hatte die keiner untersucht, weil man geglaubt hatte, dass auch diese Serviette bei einem möglichen Gerangel mit dem frischen Serviettenstapel vom Tisch gefallen sei. Denkste. Gestern hieß es Bingo!"

Kollege Mantua war voller Genugtuung. „Ludovico wurde festgenommen und verhört. Spät in der Nacht hat er gestanden."

„Ist der Vize-Questore bereits informiert?"

„Nein, ich habe bei dir angefangen."

„Aber was hat denn Ludovico zu seinem Motiv gesagt?"

„Es ging um Geld, wie so oft. Ludovico hatte sich vom Opfer, Franco Bardo, für seine Bar Geld geliehen. Viel Geld, das er offenbar nicht zurückzahlen konnte oder wollte."

„Woher hatte denn Franco das Geld? Lief seine Massage-Bude wirklich so gut?"

„Keine Ahnung, wir sind ja noch am Anfang. Der Wirt sagt, Franco habe ihn erpresst, womit auch immer. Aber wir denken, es ist wahrscheinlicher, dass Franco von Ludovico hingehalten wurde. Und als er immer deutlicher auf Rückzahlung gedrängt und seinem Schuldner wohl auch gedroht hat, musste er sterben."

„Und wie ging das vor sich?"

„Der Wirt sah Franco in die Toilette gehen und wollte ihm sofort folgen. Dann aber schlüpfte kurz vor ihm noch eine Frau hinter Franco her. Ludovico war schon ganz nah an der Tür. Die Frau blieb keine Minute, kam wieder heraus und verließ sofort den Laden. Dann ist unser Mann rein, hat mit einem Griff den Packen Servietten und das abgesplitterte Stück Spiegelglas genommen, Franco erstochen und ist unbemerkt wieder raus und im Sichtschutz der dicken Kaffeemaschine zurück hinter seine Theke gehuscht. Nur den Duft der Bergamotte hat er hinterlassen."

Langsam legte Baldini den Hörer auf. Was er soeben gehört hatte, war kriminalistischer Alltag, wenn auch mit einem überraschenden Lösungsmoment. Und sicher war es nicht normal. Während er diesen Fall auch nur als Zaungast aus einer Loge betrachten musste, weil es ja nicht mehr sein Part war – sollte sich doch die Staatsanwaltschaft darum kümmern –, stieg dennoch etwas ganz und gar Unprofessionelles und Parteiisches in ihm hoch. Er spürte eine seltsame Erleichterung. Elisabetta war es also nicht gewesen.

Sein Blick fiel auf den *Campari*-Kalender an der Wand. Seit fast einer Woche war er nicht mehr abgerissen worden. Er zeigte noch immer den vergangenen Freitag, den Tag, an dem er sich entschlossen hatte, Elisabetta Morabella in Rossano zu suchen.

Es war jetzt Mittag und Baldini dachte an eine Pizza von gegenüber. Aber Sandro Domballa, sein junger Kollege, war immer noch unterwegs. Dann eben nicht.

Baldini fror etwas, obwohl die Heizung angestellt war. Es war so still im Zimmer, dass man das zarte Knacken im Heizkörper hören konnte. Die letzten Herbstfliegen hatten es aufgegeben, sich wie Harakiri-Bomber mit aller Gewalt und deutlichem „Plopp!" gegen die geschlossenen Fensterscheiben zu stürzen.

Auch von der Straße kam in diesem seltenen, ruhigen und geruchlosen Augenblick kein Geräusch. Baldini sog die Stille ein wie die kalte, frische Luft auf einer Bergtour am nahen Aspromonte.

Dann schrillte wieder das Telefon.

„Kriminalpolizei Reggio di Calabrio, Kommissariat 4. Worum geht es?"

Die Stimme auf der Gegenseite der Leitung war klar und dennoch dünn und verletzlich, aber sie zitterte nicht.

„Sind Sie Commissario Baldini?"

„Ja, das bin ich. Und wer sind Sie?"

„Sie kennen mich nicht, aber ich brauche ganz dringend Ihre Hilfe."

Baldini nahm sich einen Block zum Mitschreiben. Die übliche Routine, die Anrufe der Bedrängten, Verängstigten, dem Ensemble ohne Fortüne im Stück vom schöneren Leben.

„Wie ist denn Ihr Name?"

„Elisabetta Morabella. Aus Rossano."

Ende der **18** Vorstellung

Sie waren wirklich nette Nachbarn, die Natanas. Und sie hatten Telefon und Handys. Als Paolo und Elisabetta so früh am Morgen bei ihnen klingelten, waren sie überhaupt nicht erstaunt, die beiden zu sehen. So gut konnten sie derlei gar nicht spielen.

„*Buon giorno*, kommt doch rein.“

Sie wohnten in einem kleinen Einfamilienhaus in derselben Straße wie Christina. Gute Nachbarn eben. Mit offenen Augen und Ohren, Herzen und Händen, aber mit verschlossenen Lippen, wann und wo es sein musste.

„*Grazie mille!*“ Elisabetta schob Paolo vor sich her zur Tür hinein.

Die Wohnung war klein und gemütlich. Für Elisabetta strahlte sie eine ganz neue Geborgenheit aus, die sie so bisher nicht kennengelernt hatte. Vera nahm sie im Wohnzimmer mit offensichtlicher Herzlichkeit in die Arme und fragte dann die beiden, ob sie schon gefrühstückt hätten.

Sie wartete aber deren Kopfschütteln gar nicht erst ab, sondern rief ihren Mann.

„Giorgio, kannst du mal schnell *Briosce* und *Panini* holen, wir haben Gäste!“

Giorgio, erklärte Vera, habe heute erst ab Mittag Dienst. Kurz darauf hörte man die Haustür klappen.

„Was machen wir jetzt mit euch? Paolo hat nichts zu befürchten, er ist ja, wie die anderen auch, nur Zeuge. Das gilt eigentlich auch für dich, Elisabetta“.

Paolo schien aufzuatmen.

„Sollen mich die Bullen doch ausfragen. Ich habe ja keinen erschossen.“

„Aber warum seid ihr abgehauen. Immerhin lagen da ja ein toter Vater und ein toter Bruder."

Man konnte sehen, wie mühsam Paolo mit hochgezogenen Augenbrauen – sich die schwitzenden Handflächen reibend – nachdachte.

Es war die Version der Schockhandlung, auf die sie sich einigten.

„Aber ihr müsst auf jeden Fall zur Polizei und eine Aussage machen, am besten heute noch. Und denkt daran, dass es ja auch um zwei Bestattungen geht. Wer kümmert sich denn darum?"

Paolo berichtete, dass sie schon am gestrigen Abend, nachdem die Natanas gegangen waren, mit Christina darüber gesprochen hätten.

Vera hakte nach.

„Ihr seid doch auch dabei? Und wann soll es stattfinden normalerweise würde es schon in der nächsten Woche sein."

Bevor Paolo antworten konnte, meldete sich Elisabetta. „Ich möchte, dass Tante Lucrezia das übernimmt. Sie hat ja wohl auch die Adressen meiner beiden Brüder – ich hoffe es jedenfalls."

Als Vera Natana in die Küche ging, um das Frühstück vorzubereiten, riss Paolo seine Cousine heftig am Ärmel.

„Spinnst du, der Alten so viel von dir und uns zu erzählen?! Das geht die doch gar nichts an. Kein Wort mehr," und damit zog er Elisabetta mit einem Ruck an sich, sodass sich ihre Nasen fast berührten, „oder du wirst es bereuen!" Er warf sie mit einer herrischen Geste zurück auf ihren Stuhl. „Also wag es nicht!"

Wieder nahm Elisabetta den Geruch der Angst wahr. Wieder musste sie einen heißfeuchten, übelriechenden Atem ertragen und einen Würgereflex unterdrücken. Mit dem Handrücken wischte sie ihren Mund ab und netzte mit der Zunge die Lippen.

„Wovor hast du denn Angst, Paolo?" Wo war ihre Sicherheit hingeraten? Sag noch ein Wort … Stattdessen sagte sie: „Du hast doch nichts getan – jedenfalls diesmal nicht."

Paolo sprang auf.

„Was meinst du damit?"

Eine Männerhand flog durch die Luft und stoppte nur einen Millimeter vor Elisabettas gebrochener Nase.

„Wirst du deinen Mund halten?! Nichts weißt du, nichts, weil da nichts ist! Ich werd's dir geben!"

Aber diesmal zuckte Elisabetta nicht einmal, sondern blickte ihm direkt in die Augen. Sag noch ein Wort ...

Sie war sitzengeblieben. Er hatte ein sicheres, durch Erfahrung geschärftes Gespür für Kälte. Und er wusste in diesem Augenblick, dass diese Kälte aus Elisabettas Augen kam. Wie sie ihn fixierten. Da war kein Ausweichen, kein Blinzeln. Er wusste, dass er endgültig seine Beute verloren hatte. Das Spiel hatte sich umgekehrt. Der nächste Satz war das Stichwort für den Rollenwechsel.

„Ach, damals war ich ja noch ein Kind ..."

Bevor Paolo reagieren konnte, öffnete sich die Küchentür und Vera kam, gefolgt von ihrem Mann, mit einem Tablett ins Zimmer.

„So, jetzt können wir frühstücken, Giorgio hat die Panini geholt und der Kaffee ist auch fertig."

Während des Frühstücks waren alle ziemlich einsilbig. Dann wandte sich Vera an Elisabetta und nahm das Gespräch wieder auf.

„Abgesehen von den Begräbnissen musst du zum Amt, weil du Witwe geworden bist; auch wenn die Umstände dramatisch sind. Du bist ja jetzt eine Cresta."

„Ich werde immer eine Morabella sein, immer!" Elisabettas Stimme war wie mit einem überhohen Diskant angerissene Sehne.

„Vera hat aber recht, da ist noch viel mit den Behörden zu regeln. Hattest du denn schon Kontakt zu deinen Verwandten hier?"

Elisabetta schüttelte stumm den Kopf. Vera nahm das Thema noch einmal auf.

„Was die Beerdigung deines Vaters und Paolos Bruder betrifft ..."

Giorgio unterbrach seine Frau.

„Sowas dauert ganz bestimmt noch, erst einmal müssen alle Untersuchungen abgeschlossen sein."

Das nun beunruhigte Paolo, der gerade seinen süßstarken Kaffee schlürfen wollte.

„Welche Untersuchungen denn?"

„Na, die machen doch Autopsien und die brauchen bestimmt ihre Zeit. Apropos Zeit – ihr müsst noch heute zur Polizei gehen und euch melden."

Paolo setzte die Kaffeetasse hart auf die Tischplatte.

„Das müssen wir noch lange nicht. Halt dich aus unseren Angelegenheiten raus, Giorgio! Wir brauchen keine Ratschläge."

Vera und Giorgio blickten überrascht zu Paolo, dessen Gesicht rot angelaufen war.

„Und wir", er stand jetzt neben Elisabetta und seine unsichere Stimme zitterte, „wir gehen jetzt mal los. Ihr habt ja selbst gesagt, dass es viel zu tun gibt. Komm jetzt, Elisabetta!"

Von einer Sekunde zur anderen hatte sich die Temperatur im Zimmer verändert. Es schien, als seien die Tapeten der Wände von einem Frostfirnis überzogen. Und wieder bestimmte das Schweigen diese eiskalte Sekunde.

Und in der zweiten Sekunde verstärkte Elisabetta dieses Kältephänomen:

„Du musst mir nicht sagen, was ich tun soll. Das bestimmt du nicht. Ich weiß genau, was zu tun ist. Du kannst gehen, jetzt sofort."

Paolo implodierte förmlich. Er sackte etwas in die Knie, seine Schultern hingen schlaff, sein Mund klappte auf. Völlig konsterniert sah er seine Cousine an. Sie hatte sich tatsächlich aus seiner Hand gewunden. Er konnte ihr nicht länger sagen, wo es lang geht. Ungläubig schaute der klägliche Rest seines Egos in die Runde. Keiner versuchte, ihn aufzuhalten.

Er nahm seine warme Jacke, zog den Autoschlüssel aus der Außentasche und verließ das Zimmer. Ohne Türenschlagen, ohne sichtbare Wut, ohne Verfluchungen auszustoßen. Er ging ganz klein und ganz still durch den kurzen Flur. Ganz leise machte die Haustür ein Geräusch: Klick!

Paolo hatte die Kontrolle über sein Leben verloren. Nur wusste er es nicht. Noch nicht.

Vera nahm Elisabetta mit in die Küche, während Giorgio im Wohnzimmer blieb. Mit keinem Wort hatten die Gastgeber die Szene kommentiert. Aber man sah ihnen an, wie erschrocken sie waren.

Das dünne Oktoberlicht traute sich kaum durchs Fenster. In der heimeligen Küche, dem Dreh- und Angelpunkt italienischer Behausung, wurde viel und offen über das Leben in Rossano gesprochen. Da war sie wieder, zumindest in der Rückschau, die kleine, schwermütige Grille. Und da öffnete sich in der Obhut von Vera ein Wehr, sodass endlich die Trauer herausgespült werden konnte, die sich angestaut hatte. Vera nahm Elisabetta in den Arm. Sagte nicht so dumme, unsinnige Worte wie: „Wein doch nicht, es wird ja alles wieder gut."

Nein, Vera hatte Respekt vor der Größe dieser Tragödie und spürte, dass solche Worthülsen unangebracht waren. Sie ahnte auch, dass dieses Trauerstück schon viel früher begonnen haben musste. Vor Elisabettas Rückkehr aus Reggio di Calabria. Vera war selbst eine der Frauen aus Rossano. Aber sie lehnte sich nicht über Balkonbrüstungen und warf ihre Verachtung auf andere. Sie war nicht infiziert vom Bazillus der widerstandslosen Ergebenheit in ihr Schicksal.

„Du bleibst erst einmal bei uns." Vera räumte den hölzernen Küchentisch leer, nahm aus dem Wandschrank ein hohes Glas mit Mehl und bestreute damit die Tischplatte.

„Ich will schon mal das Essen vorbereiten. Heute gibt es *Pizza Ebraica di Erbe*. Die kennst du bestimmt nicht, hab ich Recht?"

Elisabetta konnte kaum hinhören, zu aufgewühlt war sie noch immer. Sie war erschüttert und auch über sich selbst erschrocken, doch viel tiefer hatte sie etwas gespürt, was sie bisher gar nicht von sich gekannt hatte: Wut. Manchmal geschehen existenzielle Wandlungen im Nu. Das sind die besten, ohne Schmerzen und Probleme. Doch die gibt es nur ganz selten, meist bleiben sie Wunschträume oder romaneske Schimären. So war es mit Elisabetta. Der Akt ihrer Befreiung war eine harte, schmerzhafte Zäsur, die ihre Kräfte deutlich schwächte. Da durchbrauste sie kein verdihafter „Gefangenenchor". Sie war entkräftet, sie war verletzt, sie war der Brutalität ausgesetzt, auch gerade eben wieder, als Paolo ihr die alten Schranken hatte aufzeigen wollen. Doch wenn sie auch litt – sie und ihr neues Selbst lebten und widerstanden. Die Repräsentanten der überholten Gegenwelt hatten eine der wichtigsten Verbündeten verloren: Elisabettas Angst. Und sie – wie auch Elisabetta – erfuhren selbst, wie es ist, wenn Ohnmacht nicht mehr länger als das einzig erlaubte Bewusstsein gilt.

Vera bemerkte das nicht oder sie wollte es nicht zeigen und fuhr mit ihrer Erklärung fort.

„Das ist eine jüdische Pizza. Sagt ja schon der Name. Eigentlich isst man die am Karfreitag, aber so eng sehen wir das nicht. Giorgio könnte sie immer essen."

„Seid ihr …"

„Ja, wir sind sephardische Juden. Seit mehr als vierhundert Jahren gibt es uns hier."

Elisabetta hatte noch nie davon gehört, dass in Rossano oder überhaupt in Kalabrien Juden lebten. Sie kannte sie eher als historische Figuren aus der Bibel – aber hier?

Vera mischte den Teig geschickt wie ein neapolitanischer Pizzaiolo an.

„Meine Familie stammt aus Diamante, drüben an der thyrrenischen Küste. Da haben wir eine große Plantage mit Zitronatszitronen, aber ganz besondere. So dicke *Cedri*, die kennst du."

Jetzt war Elisabetta wieder aus der Höhle ihrer Gefühle heraus und zurückgekehrt in die Küche der Familie Natana.

„*Cedri*? Natürlich kenne ich die."

„Wir nennen sie *Etrog* und brauchen sie für unser Laubhüttenfest."

„Was ist das, ein Laubhüttenfest?"

In diesem Augenblick kam Giorgio in die Küche: „Das ist der *Sukkot*, einer unserer hohen Feiertage im Herbst, fünf Tage nach unserem höchsten Feiertag, *Jom Kippur*, dem Versöhnungstag. Eigentlich wird der *Sukkot* eine Woche lang gefeiert, aber wir feiern ihn bei uns hier nur einen Tag. Nächste Woche ist es wieder soweit wie jedes Jahr im Oktober."

„Und was ist mit den Zitronen?"

„Die gehören zum Feststrauß, zusammen mit Myrthe, Bachweiden und Palmzweigen, aber sie müssen makellos sein, unbeschädigt, ohne faule Stellen oder Insektenbisse. Nur dann sind sie richtig und ihren hohen Preis wert. Ich kenne mich da aus, arbeite für unsere Plantage als Marketingleiter. Mein Büro ist in Diamante und leider nicht in Cosenza, das ist aber auch keine Stunde mit dem Auto von hier."

„Dann wachsen diese besonderen *Cedri* also in Diamante? Und bringen viel Geld ein?" Auf einmal gefiel Elisabetta das Thema. In ihr lösten sich immer mehr Hindernisse und legten Fähigkeiten und Reserven frei, von denen sie nie zuvor etwas gewusst hatte.

Giorgio freute sich über Elisabettas Interesse.

„Speziell gezüchtete *Etrogs*, eine Sonderform der Zitronen, wachsen überall in Kalabrien. Und sie bringen das Zigfache des normalen Zitronenpreises. Es gibt zwei Ernten, da lohnen sich der Anbau und die teure Pflege."

„Was kostet denn so ein *Etrog*?"

Vera schaltete sich ein und hob in gespieltem Entsetzen beide Hände halbhoch.

„*Mamma mia*, in den letzten Jahren haben sich die Preise verdreifacht. Heute kann ein *Etrog* bis zwölf Euro kosten!"

Das gefiel Elisabetta noch mehr.

In der nächsten Stunde erfuhr sie viel über Anbaumethoden, künstliche Bewässerung, Düngen, Pestizide. Alles war neu und begehrenswert für sie und sie verschlang alles wie die aufgerissene, eisenrote Sommererde einen ersten erlösenden Regenschauer. Besonders die Marketingstrategien faszinierten sie: anbauen, hochziehen, ernten und verkaufen. Gewinn machen und wieder von vorne. Toll!

Sie empfand diese vormittägliche Pause mit ihren Gastgebern in ihrer Trauer über den Tod des Vaters tröstend und ablenkend ohne Eile, ohne Bedrückung. Für eine kurze Zeit stand sie neben sich als das neugierige, kleine Mädchen, das über alle Zäune sprang, auch wenn sie sich dabei schon mal die Knie aufschlug wie eine *impetuosa capretta*, das ungestüme Zicklein. Fast hätte sie darüber Paolo vergessen.

Doch kaum war sie für eine Zeitlang allein im Zimmer – der Pizzateig war fertig und musste ruhen, Vera wollte einkaufen und Giorgio fuhr ins Büro – da war Paolos Bild wieder gegenwärtig. Elisabetta wusste genau, was er mit seinen Drohungen gemeint hatte und was er verbergen wollte. Dass noch jemand dieses böse Geheimnis der beiden Brüder teilte, war ihnen klar vor Augen getreten, als Elisabetta aufgetaucht war. Doch ihr Plan, die Cousine mundtot zu machen, war fehlgeschlagen. Luca als ihr Ehemann war tot, und Elisabetta lebte und könnte reden. So war Paolo beides Zeuge und Täter, auch wenn dazwischen mehrere Jahre lagen.

In ihrer Jackentasche steckte noch immer die grüne Visitenkarte aus dem Mauerversteck ihres Vaters. Sie nahm sie hervor und drehte sie um. Sanftheit und Naivität hatten sie bisher geprägt und nie hätte sie deshalb einen Menschen verraten können. Erst recht kein Familienmitglied. Denn das war Paolo ja als der Sohn ihrer Tante Grazia, Vaters Schwester. Selbst wenn der eigene Vater oder Bruder als Mörder im Gefängnis säße für die nächsten Verwandten sind sie auf ewig unschuldig. Aber jetzt war Elisabetta nicht mehr das naive Grillchen. Das Leiden hatte diese schützende Naivität aufgebraucht, ihre Kindlichkeit zerstört.

Sie hatte am Übergang vom Kind zur Frau eine Bronzefigur lieben wollen, weil die realen Menschen schon früh das kleine

Mädchen entliebt hatten. Doch ihre erkrankte Seele scheitert; die *anima candida* von den bewaldeten Bergen der Hohen Sila suchte für ihre Bronzefigur einen Ersatz in der realen Welt. Aber dort traf sie wieder nur auf reale Menschen, die ihr weh taten. Nur solange sie sich weigerte zu lieben, bliebe sie funktionsfähig. Und jetzt sah sie in Paolo auch nicht mehr zuerst den Vetter. Sie hatte erkannt: Paolo war nach dem Tod seines älteren Bruders an die erste Stelle gerückt und noch gefährlicher und noch rücksichtsloser als Luca. Und wenn sie auch Familienmitglieder waren – er kannte keine Grenzen. Dennoch wollte sie sich auf keinen Fall weiterhin unterdrücken lassen. Sie wollte und musste, das stand für sie fest, das Heft des Handelns in der Hand behalten. Sag noch ein Wort … Wo sie früher immer nur dem Weg folgte, den andere ihr wiesen, hatte sie jetzt ihre eigene Richtung gefunden. Bei den Natanas spürte sie vom ersten Augenblick an eine ganz andere Freiheit des Denkens und Handeln und – gerade was Vera betraf – einen für sie nie erlebten gegenseitigen Respekt.

Im kleinen Flur stand das Telefon der Natanas. Sie ging und wählte die Nummer, die sie von der grünen Karte ablas, es dauerte ein wenig. Dann nahm jemand am anderen Ende der Leitung ab.

„Sind Sie Commissario Baldini?"

„Ja, das bin ich. Und wer sind Sie?"

„Elisabetta Morabella. Sie kennen mich nicht, aber ich brauche ganz dringend Ihre Hilfe."

~ ≋ ≋ ~

Paolo war unsicher und wütend auf sich selbst. Seine Cousine hatte sich widersetzt, ihn vor den Natanas blamiert und in die Ecke gestellt. Sie hatte ein Tabu gebrochen; ein Tabu wie das, Frauen und Kinder zu attackieren. Und sie hatte mehr als nur angedeutet, dass sie etwas Gefährliches über ihn und seinen toten Bruder wusste.

Von den Natanas aus ging er nicht, wie er es zuerst vorgehabt hatte, zu seiner Schwester Christina, sondern steuerte auf Papa Leones *La Torre Gialla* zu.

Leone hatte ebenfalls eine schlechte Nacht gehabt und machte sich Sorgen. Missmutig ließ er Paolo herein. „Warst du schon bei der Polizei?"

Eine Stunde später verließ Paolo also den Don. Er war nicht weniger verunsichert als vorher. Das mit der Schießerei auf dem Domplatz gestern war die eine Sache. Die andere: Wie erklärt er die Hintergründe und seinen Part und vor allem: Warum sind sie erst einmal von der Bühne geflohen? Leone, wieder ganz Don, stellte klar: Sofort zur Polizei und erzählen, dass Vater Giacomo wohl rasend vor krankhafter Eifersucht gewesen sein musste. Sie beide, Paolo und Elisabetta, seien in Todesangst geflüchtet, weil sie nicht gewusst hatten, ob auch sie verfolgt würden – von wem auch immer. Wo die Frau jetzt war? Das wüsste er nicht, vielleicht in Panik verschwunden.

Leone war nicht so unsicher. Er konnte seine Rolle in diesem Drama gut erklären als Trauzeuge neben Paolo. Was sollte er schon wissen? Aber er musste auf Paolo aufpassen. Der wirkte gar nicht stabil. Außerdem, hatte er Paolo gesagt, müsse er noch das Geld von Luca für seine Beteiligung an der Hochzeit bekommen. Das war er ihm noch schuldig; als Lucas Erbe ist Paolo schließlich auch für dessen Schulden zuständig. Er oder Christina. *Basta!* Für sich selber konnte er schon sorgen. Augen und Ohren aufhalten und wie immer weitermachen.

Heute noch, am Nachmittag, wollte er sein Lokal öffnen; das ganze Gerede draußen macht die Leute im Viertel bestimmt durstig. Außerdem, da war der über allen Niederungen des Lebens schwebende Don jetzt wieder ganz der kleinliche Wirt Antonio, war da ja noch ein unangetastetes üppiges Hochzeitsessen, das gestern ausgefallen war. Das konnte er gut versilbern.

Commissario Baldini schaute auf seine Uhr: Mittagszeit. Was er da hören musste, erschütterte ihn. Er fühlte so etwas wie Verantwortung für dieses misshandelte Mädchen, das sich bei ihm gemeldet und nach dem er selbst noch bis gestern gefahndet hatte. Das und seinen Besuch in Rossano verschwieg er ihr vorerst und hörte nur zu. Und bei dem erfahrenen Polizisten läuteten die Alarmglocken: Elisabetta war gefährdet. Die beiden Brüder, ob tot oder lebendig, waren ein Fall für die Kollegen in Rossano. Die konnten sich auch gleich den Wirt der Trattoria vornehmen, der die junge Frau bei sich eingesperrt, misshandelt und zur Ehe gezwungen hatte. Gut, diese Ehe konnte problemlos annulliert werden. Aber auch der Pfarrer musste dringend vernommen werden und wohl noch andere Leute.

Er versprach Elisabetta zu helfen. Ob sie ihm das glaubte oder es als eine der üblichen Floskeln abtat, wusste er nicht. Aber er meinte es wirklich ernst.

Baldini legte auf und sah aus dem Fenster. Der Spätherbst hatte nachlässig einen schmutziggrauen Lappen über Reggio gelegt. Gedämpft drangen die Straßengeräusche ins Büro. In den bis zum Anschlag aufgedrehten Heizkörpern gluckerte das heiße Wasser. Baldini drehte sich um.

Der *Campari*-Kalender operierte noch immer mit falschen Zahlen.

„Mein Gott", der *Commissario* hatte kurz wie im Sekundenschlaf die Augen geschlossen, „was war bloß alles in den vergangenen Tagen seit diesem Datum auf dem Kalender passiert?!"

Aber nun musste er erst einmal die Kollegen in Rossano verständigen und suchte die Nummer der Wache heraus. Es fiel ja nicht in seine, sondern in deren Zuständigkeit. Sie mussten den Staatsanwalt in Cosenza verständigen. Er wusste, nun war es Mantua, der sich wundern würde.

Die Tür ging auf und Baldini öffnete die Augen. Es war nicht sein Assistent Sandro, es war Barbara Selone, die neugierig fragte: „Na, Cheffe, hab' ich was verpasst?"

„Und ob …!"

Am Ende von Baldinis Erzählungen rätselte auch Barbara, wie es nun mit Elisabetta weitergehen würde.

„Es ist doch klar, dass sie als Zeugin gegen ihren Cousin aussagen muss und natürlich auch gegen diesen Wirt. Und gegen den Priester. Bin mal gespannt, was sein Bischof von der Trauung hält."

„Wichtiger ist wohl, was die Leute um Paolo und diesen Antonio Strezzo, den Wirt, gegen das Mädchen vorhaben."

„Du denkst, sie ist gefährdet?"

„Genau das denke ich! Ich müsste mal mit Rumello reden."

„Worüber denn?"

„*Programma Protezione Testimoni?*"

„Warum nicht? So ein Zeugenschutzprogramm ist doch das Beste für sie, wenn es genehmigt wird."

Baldini stand auf. „Ja, richtig. Wenn es genehmigt wird."

~ ≈ ≈ ~

Dottore Rumello winkte ab. „Das wird nicht gehen, Baldini. Dieses Programm schützt ausschließlich Beschuldigte sowie Zeugen und Zeuginnen gegen die Folgen ihrer Aussagen in Hauptverhandlungen gegen die 'Ndrangheta. Dafür gibt es ja die spezielle Antimafia-Staatsanwaltschaft. Nein, nein, für Ihre ehemalige Lieblingsverdächtige kommt das nicht in Frage. Soll sie sich mal schön was einfallen lassen." Mit den Augen fixierte er Baldini, der vor ihm auf dem Besucherstuhl saß, und streckte einen Bleistift in Richtung *Commissario*.

„Ich wundere mich ohnehin über die Beharrlichkeit, mit der Sie förmlich an diesem Mädchen kleben. Erst war sie die Mörderin und jetzt eine kleine, rehabilitierte Heilige."

Der Polizeidirektor von Reggio di Calabria lachte etwas blechern und albern. „Nicht dass sich Ihre Frau eines Tages noch bei mir ausweint."

Der *Commissario* hob, schon beim Aufstehen, wie zur Abwehr beide Hände hoch und schüttelte sie verneinend.

Zwei Stockwerke tiefer und zurück in seinem Büro trat Baldini, als er sich energisch die eigentlich sauberen Hände wusch, wütend gegen den unschuldigen Papierkorb unter dem Waschbecken.

„Ach, Rico, ich verstehe, du warst beim Dottore." Barbara saß noch immer auf dem Platz von Sandro Dombella. „Und du bist abgeblitzt."

„*Vaffanculo*, der kann mich mal!"

„Aber sowas sagt man doch nicht zu seinem Boss! Dann nehmen wir eben die Angelegenheit selbst in die Hand."

„Stimmt auch wieder. Hauptsache, die Kleine kommt raus aus der Stadt. Sie müsste irgendwo unterschlüpfen, wo sie keiner kennt." Barbara lehnte sich weit über den Schreibtisch.

„Genau, und vielleicht kann sie die Aussagen dann auch dort vor der Polizei machen; oder sie kommt kurz und heimlich nach Castrovillari zur Verhandlung und dann schnell wieder weg mit ihr, ohne dass ihr einer folgen kann!"

Seit langem war nach einer großen Gebietsreform des Gericht in Castrovillari zuständig. Zum Entsetzen der Bevölkerung und gegen alle Widerstände und Proteste hatte man den über hundert Jahre alten, ehrwürdigen Justizpalast in Corigliano-Rossano geschlossen und war stattdessen samt Berufungsgericht in den fast 60 Kilometer entfernten extra dafür in Windeseile hochgezogenen 12-Millionen-Neubau an der Via Francesco Muraca in Castrovillari gezogen, ein moderner blassgelber Betonkomplex mit zwei dreistöckigen Riegeln „Dann hätten wir ja gleich in das Hundeasyl in der Nähe ziehen können," war einer der Kommentare gewesen.

Fast eine Stunde diskutierten sie über die verschiedenen Szenarien, erst zu zweit, dann, als Sandro endlich eingetrudelt war, zu dritt. Nichts überzeugte sie. Die Schwachstelle war immer dieselbe: Jeder hätte ihr folgen können. Man konnte sie nicht in Luft auflösen, denn so eine Verhandlung war öffentlich und Elisabetta war keine x-beliebige Zeugin, sondern die Hauptzeugin und eine der Hauptakteure in dieser Tragödie.

Wieder ging das Telefon. Sandro nahm das Gespräch an, gab aber sofort den Hörer weiter an Baldini.

„Hier: der Vize-Questore."

Rumellos Stimme war wie dickflüssiger Honig.

„Baldini, Sie wissen ja, wie sehr ich Sie schätze. Ich habe eine Überraschung für Sie und dafür dürfen Sie mich umarmen. Ich habe nun einmal meine Beziehungen; Sie sollten mich nie unterschätzen, verstehen Sie! Es war natürlich alles andere als leicht!!"

Eine einzige Sekunde kann so voll sein wie ein ganzer ereignisreicher Tag. So vieles geht durch den Kopf, so viele Blitze erhellen ein Etwas, das trotzdem nicht klarer wird. Eine Hand winkt, ein Gedanke bekommt Flügel, eine …

„Baldini, haben Sie mir überhaupt zugehört?"

Die Sekunde war vorüber.

„Ja, ja, natürlich, ich dachte, es war doch unmöglich … wie haben Sie bloß …"

Neugierig schauten Barbara und Sandro auf Baldini. Der hörte stumm zu. Durch den Hörer drang die Stimme des *Vize-Questore* in den Raum, brachte aber keine konkreten Worte und Sätze mit, nur Lautstärke und Schwingungen. Dann, nach einigen weiteren ewig langen Sekunden, war das Gespräch zu Ende und Baldini legte auf.

Vier Augen starrten ihn an. Dann drosch er mit der rechten Faust auf den Schreibtisch, dass Kugelschreiber, drei Handys, ein Feuerzeug und die flache Glasschale mit Büroklammern auf der Platte tanzten.

„*Questa è pura follia*, das ist der reinste Wahnsinn. Wir kriegen unser Zeugenschutzprogramm!"

Die dritte ewig lange Sekunde. Dissonantes Autohupen auf der Straße. Die dunkle Fanfare einer Fähre von weit her, die sich stampfend nach Sizilien entfernte. Schrill die schwingenden Schreie einer wütenden Möwenwolke, die sich auf das Schiff stürzte. Das beständige Heizungsknacken. Das Klopfen der vom Anhalten des Atems angestrengten Herzen.

Dann war auch diese Sekunde verklungen.

Sandro sprang auf, ging zum Wandschrank hinter sich, holte aus dem oberen Fach die dort versteckte Reserve für alle Fälle: eine Flasche Cirò Rosso und drei Plastikbecher dazu und schenkte ein.

„*Salute*, Commissario!"

~ ~~~~ ~

Baldini würde nie vergessen, was er Sandro mit diesem Schluck Wein verdankte. Natürlich wollten alle wissen, wie es Rumello geschafft hatte, für Elisabetta doch noch ein Zeugenschutzprogramm zu organisieren. Es war das Übliche; die bewährte Kette der Beziehungen, deren einzelne Glieder sich am besten nicht gegenseitig kennen – bis auf die nächsten Nachbarn links und rechts. Das, aber nur das hatte man mit allen „ehrenwerten Gesellschaften" gemein. Man wollte im Falle Rossano wegen der ominösen Rolle dieses Wirts eine Beteiligung der 'Ndrangheta a priori nicht ausschließen. Und darum war es eben doch ein Fall für den Antimafia-Staatsanwalt. Eine erstaunliche Version bei einem so frühen Stadium der Ermittlungen. Aber wie auch immer – *Dopo facciamo i conti* – das wird später geklärt. Elisabetta konnte und würde jetzt alles, was sie wusste und erlebt hatte, ungefährdet aussagen können. Dann würde es harte Urteile geben. Und Elisabetta wäre bis dahin längst verschwunden.

Jeder erinnerte sich an Piera Aiello, die 27 Jahre mit falscher Identität und unerkannt auf Sizilien im Zeugenschutzprogramm gelebt hatte. Nach dem Mafia-Mord an ihrem Mann und Schwiegervater hatte die damals 18-Jährige die ihr bekannten Mörder bei der Polizei angezeigt und blieb danach verschwunden. Nach fast drei Jahrzehnten tauchte sie wieder auf und zog als Abgeordnete für die Fünf-Sterne-Bewegung in die Politik ein, jagt seitdem Mafiosi. Das würde Elisabetta sicher nicht, aber Baldini wollte ihr nun einmal Schutz garantieren.

Diese kleine, glückliche Wende für eine kleine Idee, die erst noch glücken sollte, versetzte die Runde im Büro in gebührende Feierlaune. Nun durfte konkret geplant werden. Wohin mit Elisabetta?

Das Ausland kam nicht in Frage, auch Sizilien war zu weit weg.

Aber wo könnte Elisabetta abtauchen?

„Wie auch immer: *Salute*, Commissario!" Barbara freute sich mit den beiden Kollegen im Zimmer.

„*Salute*, Barbara und Sandro!"

Der schrankwarme Rotwein schmeckte ganz ordentlich. Vielleicht war es auch nur die galvanische Kraft des Augenblicks, die den simplen Tropfen für einen kleinen Wahnmoment veredelte. Baldini nahm die Flasche und begutachtete das Etikett. *Azienda agricola della Collina*, *Rende*.

Heute war die Zeit verschwenderischer als sonst. Sie war gut gelaunt wie selten und schenkte dem Geschehen eine vierte ewige Sekunde. Aber sie legte kein gedankenvolles Füllhorn bei, sondern verschenkte eine ungebrauchte, frische Leere. Die explodierte in Baldinis Kopf.

Als diese wunderbare vierte Sekunde ebenfalls vergangen war, wusste Baldini, wo Elisabetta sich verstecken konnte. Es war Sandros Flasche, die ihm den Weg gewiesen hatte nach Rende bei Cosenza in den schützenden Weinberg der Rechtsanwaltswitwe Donna Anna und ihres Schwiegersohnes Dottore Ernesto Strabo. Er sah sich wieder am langen Tisch auf der Terrasse der Witwe tafeln und einen köstlichen Wein trinken. Eine tiefrote Maglicocco-Traube. Wie diese.

„*Salute*!"

Teil II

Das Lied der Grille

19 Reifeprüfung in Rende

Donna Anna hatte es sehr wohl bemerkt: Ihr Schwiegersohn Ernesto konnte, was Silvia betraf, seine Finger – und seine Zunge – nicht stillhalten. Hier eine kurze gewollte Berührung, dort ein zufälliger Kontakt, dann, am vergangenen Freitag, wieder eine fast unschickliche Nähe – Seite an Seite beim sechsten Geburtstagsfest von Eligio, ihrem Enkelsohn in Montalto Uffugo im Garten der Strabos. Silvia Dell'Canto hatte es ihm offensichtlich angetan. Zu offensichtlich für Donna Anna.

Dabei war Ernesto nicht gerade ein Don Giovanni. Bei ihm zeigte sich, wie unter falscher Perspektive die Durchschnittlichkeit zum Gardemaß anschwillt: Seine Statur war dementsprechend und nur um ein Weniges höher als das Stockmaß eines kalabrischen Gauls. Voll und ganz mittelmäßig. Sein Bauch unter den hellblauen XXL-Office-Hemden drohte, sich aus dem – in diesem Fall beschönigenden – Mittelmaß in die deutlich stärkere und ehrlichere Kategorie zu wölben.

Seine 52 Jahre und die progressive Illusionslosigkeit sah man ihm deutlich an, und das Einzige, was ihm schmeichelte, war seine späte Vaterschaft. Die Haare wurden bereits gefärbt und zeigten sich schwärzer als angemessen. Offensichtlich übersah er im Spiegel seine Alters-Tonsur, die schon jetzt so breit war wie eine fettlose, mittlere *Piadina*, einer der dünnen romagnolischen Lieblingsfladen, die an fast jedem Imbiss längst auch in Kalabrien zu finden waren.

Es war mit allem Möglichen an Äußerungen und Handlungen zu rechnen, wenn sich Ernesto, den Mund halb geöffnet, mit der Zungenspitze wie ein aufgeregter Scheibenwischer die Oberlippe massierte.

Seine Schwiegermutter vermied es, allzu oft hinauf nach Montalto Uffugo zu fahren. Es stimmte schon, was die Leute hinter ihrem trotz des Alters ungebeugten Rücken sagten: *Non andavano d'accordo*, sie waren sich nicht grün. Wirklich nicht. Ernesto, Rechtsanwalt wie sein Schwiegervater, war nun einmal ein *fallito*, ein *perdente*, ein Loser. Seine Prozesse – allesamt Wirtschafts- und Privathändel – endeten meist mit einem für seine Partei ungünstigen Vergleich, wo nicht mit einer peinlichen Niederlage. Verständlich, dass so etwas seine Ambitionen einengte und die gesellschaftlichen Epauletten schmälerte. Sein angestrebter Kürlauf auf der Partymeile der Haute Volée schrumpfte zu einer Kurzstrecke durch die mageren Pfründe des Mittelstands. Dort waren die Prozesse nicht nur seltener schon aus Furcht vor den Kosten , auch die Streitwerte knisterten nicht vergleichbar mit den Prozessen in der oberen Loge. Am gesellschaftlichen Zenit angekommen, wird das Big Business mit leichterer Hand gemacht, zwischen einem Birdie am dritten Loch auf dem feinen, kleinen Neun-Loch-Golfplatz des Clubs San Michele – Mitgliedsgebühr über 1000 Euro im Jahr – oder auf der Sommerend-Charity-Gartenparty im Toscana Countryhome in Rende – mindestens 200 Euro pro Nacht und Nase.

Ernesto war weit von solchen Höhenflügen entfernt und wenn er nicht aufpasste, fleißiger und endlich erfolgreicher würde, drohte ihm die Degradierung auf den Posten eines Pflichtverteidigers.

Donna Anna, deren Mann Präsident des *Tribunale di Cosenza* gewesen war, fasste ihr Urteil in einfachen Worten zusammen:

„Du bist kein Erzbischof des Rechts, du bist ein Gefängnispfarrer der Paragraphen. *Basta*!"

In diesem „Basta" steckte ihre ganze Hoffnungslosigkeit für eine Verbesserung der Situation Ernestos und ihre Verachtung für den Schwächling, den ihre Tochter Claudia geheiratet hatte und von dem sie einen kleinen Sohn hatte, Eligio.

Doch die eigentliche Enttäuschung von Donna Anna war Claudia. Sie empfand ihre eigene Tochter – und mittlerweile auch ihren Enkelsohn Eligio – als absolut zu blass und phlegmatisch. Sie musste leider damit leben: Ihr eigenes Kind war nun einmal eine *tapezzeria*, ein graues Mauerblümchen. Nie war sie als Kind zu laut gewesen, nicht einmal dann, wenn sie mal gestürzt war und sich verletzt hatte. Sie war in allem, was sie tat, so *brava*, so artig, und das zeigte sich augenfällig in ihrem Äußeren. Nie diskutierte sie mit der Mutter über Kleiderfragen – zog an, was die Donna für sie herausgelegt hatte. Donna Anna selbst, stets in edles Witwenschwarz gekleidet, hatte lange versucht, Farbe und Schwung ins Leben ihrer Tochter zu bringen, vielleicht auch nur, um nach außen hin die Jugendlichkeit und Dynamik des Hauses Strabo zu vorzuführen. Claudia hatte – *brava anchora* – zwar alles angezogen, aber freudlos und eher mit Unwohlsein. Sie litt ihr Leben lang unter den Zwangswohltaten ihrer übermächtigen Mutter. Diese hätte, wäre sie befragt worden, immer behauptet, ihre Tochter zu lieben. Und sicher tat sie das auch aber eben auf ihre Art. Unemphatisch, moderat und distanziert. Ganz selbstbewusste und unnachsichtige Herrin, versagte sie sich ihrer Tochter gegenüber jeglichen nachsichtigen Blick überflüssiger innerfamiliärer Toleranz. Ihr war nie bewusst, wie gewaltsam sie im Grunde die Tochter eingeengt, sie in das vorgegebene Korsett der Strabo-Familie gezwängt hatte. Sie hätte bestimmt gejubelt, wenn von Claudia mal Widerworte gekommen wären. Wenn sie beide sich hätten messen können. Dann hätte sie auch gerne zurückgesteckt. Aber es kam nichts. Und wie hätte sie als Mutter lieben können, wo sie doch selber ohne Liebe hatte aufwachsen müssen. So blieb diese Formel der Kraft und des Glücks eine rein theoretische.

Claudia änderte sich auch als Erwachsene nicht. Sie war wie schon als Kind ohne Neugierde, ohne Entschlusskraft, ohne eigene Meinung. Das blieb so, auch in ihrem Äußeren. Ihre Kleidung: eintönig. Ihre Haare: halblang, Mittelscheitel, langweilig.

Ihre Ausstrahlung: reizlos. Ihre Ausbildung: Bürokauffrau. Alles durchschnittlich, eintönig und fade.

Donna Anna hatte sehr bald gemerkt, dass ihre Tochter keine Führungskraft würde, keine Aufgaben würde übernehmen können und wollen, schon gar keine großen. Dabei hatte die Donna doch noch so viele Ideen. Aber die Tochter blieb unfähig und inaktiv und die Mutter resignierte. Enttäuscht legte sie ihre Ideen und Pläne in eine Schublade, wo sie verstaubten.

Ein Wunder, dass Claudia überhaupt einen Mann kennengelernt hatte. Es war Rechtsanwalt Ernesto Cattore, der Leiter eines Wochenend-Seminars über Rechts- und Haftungsfragen im europäischen Binnenhandelsverkehr in Rende. Die zwei passten zusammen. Er war schwach wie Claudia und in allem das unbedeutende Gegenteil von Donna Anna. Die war wieder einmal tief enttäuscht von ihrer Tochter, als Claudia ausgerechnet diesen *sfavorito*, diesen Underdog heiratete. Bei der Hochzeit in der *Villa Busento* aber hatte sich die Donna ausgelebt. Es war ein krachendes, grandioses Fest geworden, bei dem sich jede Sekunde gezeigt hatte, wer im Haus die Hosen anhat und anbehält. Da half es auch nichts, dass Cattore zuvor den Namen der Familie Strabo angenommen hatte.

Ausgerechnet der machte sich an Silvia heran, ein doppelter Affront, wobei er sein Niveau deutlich überschätzte.

Die Kleine aus Mailand war ihr vor fast einem Jahr von der Frau des *Commissario* Enrico Baldini aus Reggio di Calabria empfohlen worden. Silvia – eine Vollwaise ohne Familie mit einer normalen Schulbildung – hatte ganz allein und mittellos in der großen Stadt gewohnt, nachdem bei einem schweren Autounfall im Piemont ihre Eltern gestorben waren. Baldinis Frau, so wurde es Donna Anna berichtet, habe die Eltern flüchtig gekannt und wolle ihr helfen. Ihr Mann Rico hatte sich daher an die Donna erinnert, bei der er einmal eingeladen war, vermittelt durch ihren Schwiegersohn, den Avvocato Dottore Ernesto Strabo, der den Namen der Familie trug, in die er eingeheiratet hatte. Ob der nicht vielleicht … oder sie, die Donna, die ja eine kleine Landwirtschaft betreibe …? Der Dottore war schnell überzeugt. Er empfand es durchaus als nette Ablenkung von den trockenen, langweiligen Familien-Ambitionen seiner Frau Claudia und empfahl sie seiner Schwiegermutter weiter. So waren sie zusammengekommen, die starke Donna Anna und die kleine Silvia Dell'Canto aus Milano-Malpensa. Aus dem Lärm und Gestank landender und startender Flugzeuge in die Ruhe einer kleinen Stadt am Fuße der Hohen Silva, die sie sicher nie in ihrem Leben gesehen hatte.

Dass sie aus der Großstadt kam, war offensichtlich. Das zeigte allein ihre Kleidung – Jeans, modische T-Shirts, Sneakers. Das Einzige, was aus der jungen Mode fiel, war die antiquierte Halskette mit einem silbernen Christus-Kreuz. Und sie hielt „den Kopf gegen den Wind", fand Donna Anna. Die Augen suchten nicht nur das, was in Armlänge vor ihr lag, wie es die Art der anderen Frauen im Haus – auch Donnas Tochter Claudia – war und die sich mit dem Greifbaren begnügten. Nein, Silvia sah mehr. Weiter. Sie relativierte den Horizont zu einer überwindbaren Grenze. So, als wenn sie in ihrer Jugend ohne Rücksicht auf blutige Knie über Zäune gesprungen wäre, obwohl es die sicher nicht in Mailand gegeben hatte.

Aber man merkte ihr auch an, wie engagiert sie das Leben jetzt außerhalb der dicht bewohnten Geometrie einer Metropole im kleinen, ländlichen Kosmos entdeckte. Sie wanderte viel allein in ihrer Freizeit. Sie sammelte mit dem *Fänger ihrer Sinne* – Donna Anna gefiel dieses Bild - bestimmt mehr Wirklichkeiten als andere mit den flachen Fotos ihrer Handys. Sie saugte die Natur des Südens nur so ein. Besonders rührend fand es Donna Anna, als sie das Großstadtkind zwei Tage zuvor im Garten mit einem Einmachglas traf, in dem sie eine gefangene Feldgrille mit etwas Grasbüscheln verwahrt hatte.

„Was willst du damit?"

„Ihr zuhören; ich will ihr nur abends zusehen und zuhören, später lass ich sie wieder frei."

„Dann mach Löcher in den Deckel, sonst erstickt sie."

Silvia trug die Grille vorsichtig in ihr ebenerdiges Zimmer in der *Villa Busento* und platzierte das Glas auf der Fensterbank. Die Sicht ging in die Weite, die sich vor dem Haus in ein langes Tal absenkte und in grünen Wellen, die der Wind manchmal bewegte, auslief. Sie fragte sich ernsthaft, ob Grillen überhaupt etwas sehen könnten. Ob sie das Grün erkennen würden. Um der Grille die Aussicht zu erleichtern, hatte sie das Glas etwas höher auf einen umgedrehten Aschenbecher aus rotem Marmor – sie rauchte ja nicht – gestellt. Als es Nacht wurde, öffnete sie ihr Fenster weit, damit die wiesenwürzige Luft ungehindert das Zimmer füllen und durch die Löcher im Deckel des Glases auch bis zur Grille dringen konnte.

Sie konnte in der ersten Nacht mit ihrer Grille nicht gleich einschlafen und rückte im Dunkeln des Zimmers einen Stuhl mit der Lehne zur Wand ans Fenster und setzte sich umgekehrt darauf, die Unterarme verschränkt über der Lehne. Sie seufzte ein bisschen glücklich, wie ein junger Hund, der in seinem Körbchen träumt. So auch Silvia. Saß einfach nur so da, durch das offene Fenster vom Pastelllicht des Mondes beschienen, schaute ins Glas vor sich auf der Fensterbank und entdeckte die Grille in den grünen Blättern, wo sie sich in Zeitlupe bewegte. Sie dachte, dass ihre Grille einen Namen haben sollte, damit sie sich besser unterhalten können. „Lizzy! Ich werde sie Lizzy nennen." Dabei seufzte Silvia wieder und lehnte sich auf ihrem Stuhl etwas zurück. *Com'è bella la vita!*, dachte sie. Ach, wie schön war doch das Leben.

Sie hört aus einer unwirklichen Ferne das Hochzeitslied der Grillen, vernimmt das Rascheln der Grashalme, die der Wind kämmt, riecht den rauchigen Atem glimmender Feldfeuer, in denen winternasses Unterholz des Waldes ausglüht. Eine kleine Glocke an der mondhellen Fassade einer Pilgerkirche schlägt dünn. Ein schnittiges Schiff mit weit vorragendem Steven und hohem Mast schneidet durch die nachtschattengrünen Wie-sen-Wellen da draußen. Silvia sieht alles, hört alles, es taucht nur kein Gesicht, kein Mensch auf.

Sie schlief tief an ihrem Fensterplatz. Nur die Grille war wach und konnte alles sehen.

Donna Anna wunderte und freute sich zugleich. Es war schon verblüffend, wie leichtlippig Silvia, die doch aus der hart artiku-lierenden Lombardei kam, die sanftwarme Melodie der kalabri-schen Sprache übernommen hatte, sogar dieses typisch Zurück-rollen der Zunge, mit dem andere in Kalabrien geboren werden. Kein Mensch in Italien – außer vielleicht in Florenz – spricht doch freiwillig Italienisch, diese „Hochsprache" taugt doch nur für die Schriftform. Silvia war offenbar sprachbegabt und hatte ein feines Gehör. Donna Anna staunte nur, wie schnell dieses einfache Mädchen von dem einen in den anderen Dialekt wech-selte.

Sie war auf alle Fälle auch fleißig, sehr fleißig sogar. Schon seit einem halben Jahr arbeitete sie sich nun in, wie ihr Schwie-gersohn spottete, Donna Annas „Spielzeug-Firma" ein, ein nicht besonders ernst zu nehmendes kleines, privates Weingut. Sie kontrollierte die Lese, half dort auch selber tatkräftig mit, or-ganisierte den Transport der Reben zur genossenschaftlichen Weinpresse und kümmert sich um den Nachschub an Flaschen - alle Arbeiten, die – bis auf die Hilfe im Weingarten selber sonst auf den Schultern von Donna Anna gelegen hatten. Der Wein-garten war nicht riesig, aber er warf etwas ab. Seine Rebenaus-läufer erreichten fast das große Wohnhaus der Familie Strabo in einer Kurve der Via Bernardino Telesio, die *Villa Busento*.

Dieser Name war Donna Annas Wunsch gewesen, weil sie den Busento, der durch Cosenza fließt und sich am Fuß der Kirche San Francseco di Paola mit dem Flüsschen Crati vereint, liebte. In dieser kleinen Kirche nämlich hatte sie vor weit über 60 Jahren im Alter von elf Jahren ihre Erstkommunion gefeiert und sie erinnerte sich noch heute daran, wie sie und ihre gleichaltrige Freundin Amalda gekichert hatten, als sie die erste Pflicht-Beichte ihres noch so jungen und unschuldigen Lebens abgelegt und den allerersten Schluck Messwein getrunken hatten.

Seit einiger Zeit indes kam bei seinem Namen eine deutliche Verstimmung auf. In seinem Bett soll ja der Sage nach seit mehr als 1600 Jahren der tote Feldherr Alarich und sein Kriegsschatz vergraben sein, hier am Zusammenfluss beider Ströme. Als vor einigen Jahren der damalige Bürgermeister Mario Occhiuto mit teurer Technik und allzu optimistischen Wissenschaftlern diesen Schatz – angeblich 25 Tonnen Gold, Silber und Edelsteine – heben wollte, war es Schwiegersohn Ernesto, dieser *stupido*, der recht viel Geld dafür gespendet hatte. Ihr Geld, das sie ihm anvertraut hatte – ein teures Ärgernis für die Donna. Natürlich fand man den Schatz nicht und das Geld war unwiederbringlich im Fluss versenkt worden. Typisch für den Trottel.

So war die Donna froh gewesen, als ihr ungeliebter Schwiegersohn einen Job in einer vakanten Kanzlei in Montalto Uffugo gefunden hatte. Um den Weinberg am Haus und den Hügel herauf hatten sich weder er noch Claudia jemals gekümmert; auch dort also fehlten ihr die beiden seither nicht.

Zur Erntezeit im September lud sie im Herbst, bevor es zu kalt wurde, wie immer Freunde und Verwandte ein, aber nie wahllos und keinesfalls zu viele. Hier kamen sie alle zusammen und schwärmten mit Körben zur Lese aus in die vollen Rebengassen.

Nun gut, voll waren die Reben, aber nur in Hausnähe. Das Gros der Lese war zuvor professionell erledigt worden – der Rest noch nicht abgeernteter Reben war süffiger Folklore-Anlass. Kinder und Erwachsene durften in großen Wannen im Freien die Trauben mit den Füßen stampfen und kreischten vor Freude, wenn sie bis zum Scheitel vollgespritzt waren. Zudem sind die menschlichen Füße, erklärte die Donna, für diesen Zweck ideale Instrumente, da die weichen Sohlen zwar die Trauben zermaischen, nicht aber die harten Kerne zertreten. Das machte zum einen also großen Spaß, und zum anderen wurde auf diese Weise eine vorzeitige Oxydation verhindert. Auch gelangen so keine unangenehmen und unerwünschten Bitterstoffe in den Saft.

Es war üblich, dass nicht nur die Gäste, sondern auch das gesamte Personal mitfeierte. Mitfeiern musste. Alle zusammen – ganz die Familie – saßen sie nachher an der langen Tafel auf der Terrasse, aßen, tranken, redeten und lachten sie mal echt, manchmal aber auch nur scheinbar ausgelassen miteinander. Wer den Service machte, ergab sich schnell, aber nach dem Auf- und Abtragen der Speisen und dem Nachschenken der Getränke setzte sich jeder wieder ohne feste Platzordnung an den Tisch – eine kleine Gnaden-Demokratie, die freilich so unüblich nicht war, solange die Regularien der Geschlechterordnung eingehalten wurden; allein die Donna machte dabei eine respektierte Ausnahme, die sie sich erworben hatte.

Anna dominierte die Tafelrunde. Sie sah alles aus den Augenwinkeln, unerbittlich wie eine Sicherheitskamera nahm sie es auf. Wenn sie wollte, konnte sie alles später wieder vor ihrem inneren Auge abspielen, jeden Fehler, jeden falschen Lacher, jede Ungehörigkeit. Sie selbst sagte stets wenig und lachte nie. Aber sie lenkte auch ohne Worte den Ablauf des Tages mit kontrollierter Miene und Minimalbewegungen des linken Zeigefingers. Die Worte *sfortunato* oder *accidentalmente*, „Pech" oder „versehentlich" gehörten nicht in das Glossar ihrer tagesdemokratischen Verständnisfreudigkeit.

Besonders Silvia, die dieses Lese-Fest zum ersten Mal erlebte, tat sich dabei hervor und fiel der Donna auf. In Sekunden war ihre Witterung angesprungen, schon immer – neben dem Geld und der verblassenden Aura ihres verstorbenen Mannes, dem Landgerichtspräsidenten – ihr bester Schutz. Das Alphatier wittert ein anderes Alphatier. Es war eine ganz seltsame, fast beunruhigende Feststellung: Diese Silvia, fast ein Findelkind, hielt als einzige auch hier „den Kopf gegen den Wind". Immer wieder trafen sich ihre Augen und immer wieder hielt diese Silvia dem

Röntgenblick der Donna stand. Die wusste es in diesem Moment genau: Das waren Augen auf derselben Höhe und nicht Blicke aus subalternen Winkeln.

Donna Anna fühlte eine erst kalte und dann eine heiße Welle in sich. Es war das erste Mal, dass solche Wellen sie überhaupt erreichten konnten. Es war das erste Mal, dass sie eine Seele vor sich nicht fixieren konnte. Das erste Mal, dass sie den Finger auf eine Herdplatte legte und das Feuer spürte. Und das Überraschendste und ebenso beunruhigend war, dass sie zum ersten Mal nicht wusste, wie sie darauf reagieren sollte. Die Katze in ihr bekam einen Buckel. Geschnurrt hatte sie ohnehin nicht.

Ihr Ich registrierte akkurat: Das war ein Geburtsmoment. Und Donna Anna war klug und neugierig genug, diesen Eindruck nicht zu entwerten. Im Gegenteil, sie dachte – nach einem ersten Erschrecken – ausgerechnet, aber nur ganz, ganz wenig, diesen Gedanken: Silvia könnte irgendwann einmal eine ideale Junior-Partnerin sein, nur richtig aufbauen musste sie die. „Du bist wie eine Libelle", hatte sie zu Silvia mal gesagt. „So bunt und immer in Bewegung. Du hast es sicher schon gesehen, obwohl du ja aus Mailand kommst - manchmal stehen die Libellen auch wie bewegungslos über ein und derselben Stelle in der Luft – wie du, wenn dich etwas Besonderes fesselt." Es hatte Silvia geschmeichelt zu erfahren, welches Bild Donna Anna von ihr hatte. Verlegen hatte sie ein wenig gelacht. Natürlich kannte sie Libellen, aber sie wusste nichts Genaues über sie. Zum Beispiel nicht, dass sie im Grunde aggressive Killer sind, die alle Insekten, die sie überwältigen können, auch ihre Artgenossen, im Flug fangen und auffressen.

Was der Donna und auch anderen auffiel, war Silvias ausgeprägte Eigeninitiative selbst im Kleinen oder in scheinbaren Nebensächlichen, wenn sie etwa beim gemeinsamen Traubentreten auf dem Herbstfest dafür sorgte, dass der ausgestampften Saft nicht verlorenging. Immer, wenn eine Wanne voll war, schöpfte sie den Saft – so gut und viel es ging – in ein Fass aus Edelstahl, das sie aus der Maischeküche hergeschleppt hatte.

Donna Anna nahm sich vor, Silvia stärker in den Weinbau einzubinden. Doch sie hatte die Rechnung nicht mit ihrem Schwiegersohn gemacht. Der wollte mehr haben von der Kleinen aus dem Norden. Das konnte er aber besser, wenn er sie nun, nach einem guten halben Jahr, das sie seit ihrer Ankunft in Rende verbracht hatte, zu sich in seine Kanzlei im knapp 20 Kilometer entfernten Montalto Uffugo holen würde. Er ertrotzte sich gegen seine Schwiegermutter dieses Recht, Silvia – allerdings nur zunächst, wie Donna Anna zugestand – bei sich zu beschäftigen.

Donna Anna gab trotz der großen Hilfe, die Silvia ihr war, überraschend schnell nach. Sie konnte und wollte nicht über Silvia, deren Hilfe ja keineswegs in irgendeiner Art institutionalisiert war, verfügen, sondern ihr das Recht auf Selbstbestimmung lassen, bei aller Strenge und Herrschaftsattitüde. Vielleicht hatten aber auch ihre Sinnes-Seismographen etwas registriert, das der Überraschung über Silvias Stärke etwas Wind aus den Segeln nahm und sie zur Vorsicht rief. Es gab im Haus nur ein Denkmal, und das sollte auch so bleiben: Donna Anna.

Ernesto selber hatte Silvia gar nicht erst gefragt, sondern seine Frau vorgeschickt. Claudia war das sichtlich peinlich. Sie druckste vor Silvia herum und war froh, als sie „Ernestos große Bitte", wie sie die eindeutige Aufforderung ihres Mannes mit dünner Stimme genannt hatte, abgeliefert hatte. Eine Antwort schien sie wohl nicht zu erwarten. Es war doch klar: Natürlich würde sie kommen. Musste kommen. „Die Donna hat nichts dagegen, sie ist auch einverstanden und du, *no è vero*, bestimmt auch, nicht wahr?"

Aber Silvia war gar nicht einverstanden. Lieber wäre sie unten bei der Donna geblieben. Doch jetzt galt es, klug zu handeln. Sie ließ sich vor Claudia nichts anmerken und ging auf ihr Zimmer, schloss sogar – ganz gegen ihre Gewohnheit – die Tür hinter sich ab. Sie wollte jetzt allein sein und ungestört überlegen. Dafür setzte sie sich auf den Stuhl vor dem Fenster und versuchte, einen klaren Gedanken zu finden., vor ihr das runde Glashaus mit der Grille. „Nur nicht übereilt handeln, keiner im Haus weiß doch über dich so viel wie du selbst. Und das muss auch so bleiben. Darum darf ich möglichst keine Blicke auf mich ziehen. Aber rauf zu diesem schmierigen Ernesto gehen …?"

Sie hatte vom ersten Tag an die plumpen, wenn auch glücklicherweise nicht allzu dreisten Annäherungsversuche des Kerls mitbekommen. Und sie hatte auch die angespannte Konstellation zwischen Ernesto, Claudia und der Donna gespürt. Sie beugte sich vor und suchte die Grille, die offensichtlich tagfaul im Grünzeug schlief. „Lizzy, was soll ich machen? Was, wenn ich hier unten in Rende bleibe? Ernesto wird alles daransetzen, das zu verhindern."

Die Grille rührte sich nicht in ihrem Glas. Sie hatte ja überhaupt noch nie gezirpt. Silvia klopfte ganz leicht mit dem Finger an das Gefäß, als wolle sie eine Antwort aus ihr herauskitzeln.

„Es ist wohl klüger und besser, nicht aufzufallen und keinen unnötig zu verärgern. Ernesto könnte einen Aufstand machen. Und die Donna? Claudia meinte, sie sei einverstanden."

Silvia wog vieles gegeneinander ab. Sie wollte auf keinen Fall ihren Status gefährden oder gar aufgeben. Also blieb nur eines übrig:

„Lizzy, ich gehe nach Montalto Uffugo. Ich zeige einen guten Willen und riskier es mal, es muss ja nicht für ewig sein."

Jetzt klopfte sie lauter und entschiedener an das Glas. „Und dich, *promesso!* nehme ich mit, versprochen. Dann bist du nicht so alleine. Und ich auch nicht." Hatte die Grille auf der Fensterbank tatsächlich geschlafen? Sie schloss die Tür auf und ging zu Donna Anna.

Zum Glück musste Silvia nicht aus dem Zimmer in der *Villa Busento* ausziehen. Mit dem Bus – dem blauen 117er – konnte sie bequem zwischen Rende und ihrem neuen Arbeitsplatz pendeln; die Donna hatte ihr erlaubt, das Zimmer bei sich im Haus weiter zu benutzen. Deren Absicht war jedoch nicht so altruistisch, sondern vom angezweifelten Verhaltenscodex ihres Schwiegersohnes bestimmt sicher nicht zu Unrecht, denn es wurde nur ein kurzes Intermezzo, das schon nach drei Wochen mit einem abgerissenen Knopf enden sollte.

Angefangen hatte es ruhig und arbeitsreich. Silvia war völlig neu eingekleidet zum Dienstbeginn erschienen. Sie hatte viel von ihrem Lohn bei Donna Anna gespart und zudem einen kleinen Vorschuss von Ernesto erhalten. Der hätte sie, wie er nur scheinbar scherzend bemerkte, am liebsten zum Einkauf in Cosenza begleitet.

Für Silvia war das keine Option. Es war ihr Einkauf, es war ihr Geld und es war ihr Geschmack. Silvia begann sich zu häuten, wie eine Grille, jedoch noch ohne es zu wissen. Ihr Vater sollte recht behalten, als er – ganz früher – mal erzählt hatte, dass auch Grillen sich häuten, sogar bis zu zehn Mal und mehr

Donna Anna hatte gemeint, das Shopping-Center in Rende in der Via Kennedy böte doch auch alles, aber Silvia wollte sich das schon selber aussuchen. Sie kannte Cosenza zwar nicht, wurde aber im Internet in Donna Annas Büro schnell fündig: Corso Mazzini im historischen Stadtzentrum. Die Fußgängerzone mit ihren vielen Marken-Labels und Einzelshops war ein Volltreffer. Die ganze Straße war außerdem eine riesige Kunst- und Erlebnismeile.

Als Silvia unsicher und unschlüssig mit einigen ausgewählten Kleidungsstücken den Vorhang der ersten Umkleidekabine wie eine Klausur, eine unbewusste Absonderung vor der gewohnten und gewöhnlichen Welt bisher hinter sich zugezogen hatte, musterte sie sich in den Spiegeln, wie man Fremde in einer Warteschlange mustert. Eine junge Frau mit von der Sonne gebleichten, halblangen Haaren, die auf den Rand ihres kragenlosen, zu kurzen, minzfarbenen T-Shirts fielen. Ein gebräuntes Gesicht, gebräunte Arme. Abgetragene Jeans, die ihr deutlich zu weit waren, flache Sandalen. Dann blickte sie sich selbst in die spiegelverkehrten dunklen Augen. War sie das wirklich und für alle Zeiten? Und wenn ja, warum sollte sie sich heute und hier verkleiden? Wer war sie dann? Nur eine maskierte Erinnerung?

Die Frau im Spiegel veränderte sich plötzlich, das Bild verlor an Kontur, löste sich auf, war verschwunden. Und im selben

Augenblick stand eine zweite junge Frau in der engen Umkleidekabine. Hellblonde Haare mit feinster violetter Ahnung als Curtain Bangs wie ein Victoria's Secret-Model, die halblang auf die nackten, gebräunten Schultern fielen; ihr zartgrünes T-Shirt ließ über den Vintage-Stonewashed-Jeans einen aufreizenden Hautstreifen wie einen cognacfarbener Etsy-Ledergürtel sehen. Und ihre Augen waren klar und fest und selbstbewusst. Ich bin ich. Silvia nahm die ausgewählte Bluse und zog sie über.

„Passt alles, Signora?"

Mit einem kräftigen Ratsch zog Silvia den Vorhang auf und präsentierte sich der Verkäuferin. Ja, es passte. Und wie!

Die Verkäuferin war eine junge Frau. Keine Italienerin, vielleicht aus Afrika, wohl noch jünger und sichtbar kleiner als Silvia. Auf ihrem Namenschild stand *Kisha*. Sie schien verlegen, von der Kundin so gemustert zu werden.

„*Kisha* heißt bei uns ‚Hoffnung im Leben'."

„Wo ist das, bei uns?"

„Ich komme aus Ghana."

Eine Fremde – wie auch Silvia. Mit einem Namen, dessen Inhalt von der Wirklichkeit pervertiert wurde. *Kisha*, die freundliche, dunkelhäutige Verkäuferin, war gewiss anders fremd hier als Silvia, und damit lebte sie eine der Wahrheiten in Cosenza, in einer Welt mit ihren traurigen, bitteren Widersprüchen – Flüchtlinge wie die an den Straßenecken, die hier an den vermeintlichen Goldstrand gespült wurden, nachdem man sie – vielleicht vor Lampedusa – aus dem Meer gerettet hatte. Für die sich aber, an Land entkommen, kein Erbarmen zeigt.

Silvia registrierte diesen Kontrast, wie alles um sie herum voller Kontraste war. Weiß und schwarz, bunt und fad, hell und dunkel. Auch Sehnsucht und Verzweiflung, Leben und Tod, kleines Glück und großer Schmerz. Sie warf dem Schicksal nichts vor und das Leben verlangte von ihr keine Rosenkränze als Ablass, weil es ohnehin keine Instanz für eine Vergebung ist. Also argumentierte sie nicht und versuchte, ganz einfach nur glücklich zu sein.

Die große Tüte füllte sich mit Silvias modischen Trouvaillen: hellbeige und dunkelblaue Leinenhosen von Zara, ein paar dunkle Jeans in Karodesign von Alba Moda, eine schwarze, raffiniert geschnittene kurze Rock-Bluse-Kombination fürs Büro von La Strada und eine knallbunte Tunikabluse von Viarella, reizend junge Marken-Polos für die Freizeit, je ein Paar flache Chicsoso-Treter und halbhohe Sascha-Schuhe. Und das große Joghurt-Erdbeer-Eis in der Waffel bei *Poppi* war ein herrliches Finale – auch wenn es klebrig auf Silvias Jeans tropfte.

Ernesto zog die Augenbrauen fast bis zum dünnen Haaransatz hoch und nahm die Brille ab, als Silvia am ersten Arbeitstag ins Büro trat. Das junge, naive Pony aus Rende war auf einmal ein Rassepferd. Das sollte – ihm wurde ganz warm – endlich einmal ohne Longierleine geführt werden. Aber auch Ernesto wusste: Seine Kanzlei war keine Rodeo-Arena. Kommt Zeit, kommt Tat.

Er schnupperte. „Chloé?" Er kannte in Wahrheit nur diese Marke, weil seine Schwiegermutter sie seit langem benutzte und neuerdings auch seine Frau, wohl, um sich bei ihrer Mutter Liebkind zu machen. Aber Silvia war für Chloé zu jung. Er müsste unbedingt ihren Duft herausfinden, für ein kleines Präsent auf ihrem Schreibtisch. Eine Gratifikation mit Sprayer sozusagen. Hätte er einen Bart gehabt, und wenn auch nur einen kurzen Ziegenbart unter dem Kinn, dann hätte er jetzt bestimmt träumerisch darüber gestrichen, so machten das doch Cloney und die anderen?.

Die ersten Wochen war Silvia das Mädchen für alles im *Studio Legale*. Akten ordnen, Kaffee kochen, Gespräche annehmen, dem Chef Süßigkeiten oder ebenso fettmachende Snacks aus der benachbarten Pasticceria *Dolci Fantasie* holen, Gänge zur Bank erledigen, zur nahen Stadtverwaltung gehen oder mit dem Fahrrad, das ihr Ernesto gönnerhaft – „Jetzt hast du einen Dienstwagen" – schon am dritten Tag spendiert hatte, mit gelegentlichen Einschreibbriefen zum Postamt in der Via Aldo Moro radeln.

Schräg gegenüber der Kanzlei lagen das Rathaus und die Stadtverwaltung, im selben Haus wie er residierte zudem und praktischerweise auch der Friedensrichter der Stadt alles Umstände, die eigentlich einem aufgeweckten Rechtsanwalt nutzen könnten. Eigentlich – aber der antriebslose Ernesto hatte es bisher nicht geschafft, daraus leichtes und gutes Kapital zu schlagen. Pünktlich mit dem Glockenschlag der Pfarrkirche San Giacomo um 18 Uhr – und natürlich nach einer ausgedehnten Mittagspause – verließ er stets die Kanzlei und fuhr zurück zu seiner Familie, die am nördlichen Ortsrand an der Via Conicella lebte, ohne dort besonders auf ihn zu warten.

Das neubezogene Haus lag wie der ganze Ort auf einer Anhöhe. Von hier fiel der Blick hinab ins fruchtbare Zwischental, streifte links den kleinen Flecken Gaglioppo, Namensgeber einer guten Traube, und scheiterte am bergigen Kamm des Pollino-Ausläufers, der die freie Sicht auf das Thyrrenische Meer versperrte.

Auch die Natanas feierten an diesem Wochenende. Es war *Rosh ha-Schana*, das Neujahrsfest und für sie Jahrestag der Schöpfung der Welt und Adams. Man feierte mit Honigkuchen, Weintrauben, süßem Wein, Sesambrot und in Honig getauchte Apfel- oder Möhrenscheiben. Wer wollte, nahm auch etwas Fisch- und Schafskopffleisch, um – symbolisch – nicht zum Kopf eines Schafs oder zum Schwanz eines Fisches zu werden. Vera schüttelte sich immer bei so einer unappetitlichen Vorstellung und Giorgio erklärte ihr wieder einmal lachend, dass sie das Bild als reine Metapher sehen sollte.

Da in diesem Jahr das bewegliche Fest an einem Wochenende – oft bis 48 Stunden lang – begangen wurde, konnte Giorgio ausschlafen. Es gab zwar eine kleine, eher private Synagoge in Serrastretta bei Catanzaro und die offizielle, Bova Marina, bei Reggio di Calabria. Aber beide Ziele lagen ihnen zu weit entfernt. Sie waren keine konservativen Juden, eher reformiert. Und im Übrigen auch etwas faul.

Nach dem Mittagessen hatte sich Giorgio noch ein wenig hingelegt, als es an der Haustür klingelte. Vera öffnete.

„Ja, bitte?" Sie kannte den großen Mann in dem hellbraunen Anzug nicht. Seine Augen blickten freundlich, seine Stimme klang warm und dunkel wie die eines Sprecher in einem familienfreundlichen Tierfilm auf Rai 5.

„Mein Name ist Enrico Baldini, ich hatte …"

„Commissario Baldini? Ja, natürlich, ich erinnere mich. Sie hatten sich damals mit meinem Mann getroffen, vergangenen Winter. Kommen Sie doch bitte herein."

Und über ihre Schulter rief sie ins Haus: „Giorgio, wir haben Besuch."

Der Besucher trat etwas zögernd näher.

„Ich möchte auf keinen Fall stören, es ist rein privat und gar nicht wichtig. Ich war auf dem Weg …"

„Ach was, wir freuen uns, dass Sie da sind. Bitte nehmen Sie doch Platz. Einen Kaffee?"

Ein gutes halbes Jahr war vergangen, seit sich der *Commissario* mit Giorgo in Rossano getroffen hatte. Er freute sich sichtlich, dass Baldini ihn – wie damals versprochen – besuchte und ihn über den Fortgang der Geschichte informieren wollte. Paolo Cresta, der nach dreimonatiger Untersuchungshaft wegen Beihilfe zum Mord an Clementia Morabella zu etwas über 19 Jahren Gefängnis verurteilt worden war. Antonio Strezzo, der Wirt des *La Torre Gialla*, der alles rund um die Fake-Hochzeit eingefädelt hatte. Wegen Freiheitsberaubung, Körperverletzung und Nötigung dreinhalb Jahre Gefängnis. Der Pfarrer Marini. Kein Prozess, aber Versetzung nach Catanzaro.

Und natürlich Elisabetta Morabella, das Opfer, das mit dem Zeugenschutzprogramm und einer neuen, geheimen Identität ausgestattet an einem unbekannten Ort lebte. Der Abschied von ihren beiden Brüdern und Lucrezia, der Tante in Rossano, bei der Elisabetta nach der Schule gewohnt hatte. Sie alle waren auch zum Prozess gekommen und es wurde ihnen klargemacht: Das ist ein Abschied für eine lange Zeit, ohne irgendwelche Treffen, ohne Anrufe. Das Zeugenschutzprogramm war dicht und ließ keine Lücken zu. Aus dieser Verborgenheit war sie unter Polizeischutz zum Prozess gebracht worden, um ihre mutigen Aussagen zu machen.

Eigenartig: Während Elisabetta in Tränen aufgelöst war, schienen die anderen fast feindselig mit dieser Situation umzugehen. Kein guter Blick, kein verstohlenes „Daumen hoch!", kein sichtbarer Trost. Im Gegenteil. Nicht nur draußen in der Öffentlichkeit, sondern besonders in den Verhandlungspausen auf den Gängen schien Elisabetta die eigentliche Schuldige zu sein, von der man sich distanziert hielt. Da war das Blut eben nicht dicker als das Wasser auf den Mühlen der Hetzer.

„Und warum sind Sie heute hier?"

„Das dürften Sie eigentlich gar nicht wissen, aber wir beide haben zu Anfang ja mit den Behörden zusammengearbeitet und darum dachte ich: Ich bin ja der einzige Verbindungsmann und schau mich immer wieder um, was sich so tut in Rossano. Und heute wollte ich Sie einfach mal privat treffen nach so langer Zeit – nur so, auf einen Sprung, weil ich am Abend wieder zuhause sein will. Schließlich ist ja Wochenende."

Er sah sich jetzt zum ersten Mal im Zimmer um. Es war klein und aufgeräumt. Eine Couch, vier Stühle um den Tisch, auf dem drei Schalen standen, eine mit rund gewickeltem Weißbrot, die andere mit Apfelscheiben, Datteln und Weintrauben und daneben ein Glas Honig. In der dritten Schale war nur Wasser, in dem Brotkrümel schwammen. Giorgio bemerkte aus den Augenwinkeln das kurze Erstaunen seines Gastes. Seine Bemerkung klang fast entschuldigend.

„Heute ist bei uns ein Feiertag, ein jüdischer."

Baldini, der sich gerade eine der Datteln nehmen wollte, zog wie ertappt sofort seine Hand zurück.

„Oh, entschuldigen Sie bitte, ich habe nicht gewusst, dass Sie ..."

Giorgio lächelte und nahm die ganze Schale mit Obst. „Nein, nein, ich bitte Sie, das ist gar kein Problem, es sind nur unsere Bräuche, gerade das Essen. Im Ganzen sind wir nicht extrem.

Und es ist bestimmt nicht Brauch, unsere Gäste verhungern zu lassen. Greifen Sie zu, bitte!"

Jetzt war Baldini die Situation besonders peinlich und er hoffte umso mehr, dass Giorgio Natana ihm die Lüge für den Grund seines Besuchs abnehmen würde, war sich aber nicht sicher.

Die Natanas waren sehr wohl auch noch unter Beobachtung.

Silvia hatte ihr Glas mit der Grille in einer Tüte tagsüber mit ins Büro genommen und dort auf die Fensterbank gestellt. Sie sollte, *„promesso!"* nicht allein sein. Lizzy hatte auch in Rende bisher noch nicht ein Mal gezirpt. Vielleicht, dachte Silvia, stand sie noch unter Schock. Oder sie hatte das Konzert ihrer kleinen Freundin nur verpasst, während sie im Haus oder im Weingarten gearbeitet hatte. Vielleicht aber fehlte der Grille etwas. Ein Partner etwa. Oder einfach nur etwas Leben um sich herum. Von der Fensterbank im Büro konnte sie Silvia den ganzen Tag beobachten, den Himmel sehen und natürlich auch – durch die schattenspenden Gräser im Glas geschützt – die Sonne. Leider erlebte sie aus ihrer sicheren Warte aus keinen Regen. Der war ohnehin seit April nicht mehr gefallen. Schon wieder so eine Jahrhundertdürre, wie die Moderatoren von *Meteo Sat* jubelten, als hätten sie selbst die Welt so trockengelegt – aber klar, nicht die vielen Wald- und Buschbrände vom Monte Pollino bis zum Aspromonte entfacht.

Der Grille in ihrer schwarzen, mit Goldsamt umsäumten Gala-Garderobe war das alles egal. Sie zirpte auch im Büro nicht. Selbst dann nicht, als sich der Dottore hinunterbeugte, neugierig ins Glas sah und mit seinen wurstigen Fingern auf den durchlöcherten Deckel klopfte. „Vielleicht ist es ja ein Weibchen", meinte er, „dann zirpt sie sowieso nie." Albern und altklug geckernd zitierte er sein Party-Wissen – „Glücklich leben die Grillen, denn sie haben stumme Weiber. Das wussten doch schon die alten Griechen." – aber das hatte nichts mit Bildung zu tun hatte, denn es klang ganz nach einer chauvinistischen Sprüchesammlung.

Ernesto richtete sich wieder auf. „Ist sie tot?"

Silvia war entsetzt. „Nein, ganz bestimmt nicht. Lizzy ist sicher nur verschreckt."

„Lizzy?" Ernesto prustete. „Sie heißt Lizzy?"

„Ja, Dottore Strabo, so nenne ich sie. Sie haben ja auch einen Namen."

„Na schön, aber ich bin auch nicht so ein halbtotes Zeug."

„Sie ist nicht halbtot."

„Na gut, dann ist sie von mir aus eben quicklebendig. Und das bin ich auch."

Jetzt schob sich ihr Chef ganz nahe an Silvia, die mit dem Rücken zur Fensterbank stand, heran, legte beide Arme wie Klammern um ihre Taille und zog sie mit einem heftigen Ruck näher.

„Du willst es doch auch, das weiß ich schon lange. Und jetzt darfst du mich spüren."

Silvia war im allerersten Moment erstarrt. Dann wollte sie sich mit Gewalt aus der Umklammerung herauswinden. Ernesto hielt dagegen. Beide keuchten, rangen miteinander. Deutlich spürte sie eine harte Aufwölbung, die er gegen ihre Hüfte presste. Sein Atem ging stoßweise. Als sie sich aus seinen Armen befreien konnte, riss ein mit aufgelötetem Mini-Anker verzierter Messing-Knopf seines zweireihigen Blazers ab.

Dann stand sie frei im Raum. Ernesto war rückwärts gegen das Fensterbrett getaumelt. Er rang noch immer nach Luft und seine Stimme war rau wie die eines getretenen Maultiers.

„Das machst du mit mir nicht noch einmal, *piccola stronza malvaglia*". So hatte Silvia noch keiner beschimpft: „eine miese, kleine Schlampe". Sie trat einen Schritt näher.

„Dottore …"

„Dottore, dottore! Den kannst du dir schenken. Du bist ein Dreck! Und das wirst du noch merken!"

Ernesto hatte Tränen in den Augen. Er drehte sich seitlich zum Fensterbrett und wischte mit einer harten Handbewegung das Glas mit der Grille hinunter auf den harten, crèmefarben gefliesten Fußboden, wo es klirrend zerbarst.

Außer sich vor Wut trat er mit seinen schwarzen Brunello-&-Cucinelli-Schuhen in die Scherben.

Seine Stimme überschlug sich und schmerzte in den Ohren wie Kreide, die schräg über eine Tafel gezogen wird. „Und wenn du es genau wissen willst, ob die Grille tot ist – jetzt ist sie es!"

Silvia nahm wahr, wie sein Edelschuh-Absatz knisternd den Chitinkörper der Grille zerstampfte.

„Da hast du deine Lizzy!"

Sie hatte Lizzy versprochen, für sie da zu sein. Sie hatte so oft angeklopft am Glas und es an ihre Brust gedrückt. Sie hatte dieses kleine Wesen auf ihre Weise geliebt, wie eine beste Freundin oder mehr. Vielleicht hatte sie in ihrem Leben das erste Mal etwas bewusst geliebt. Und nun war die Grille tot. In Silvia war alles abgesunken. Es schossen keine Tränen in ihre Augen, stattdessen war es Wut. Eine kalte, bittere Wut.

Sie blickte den tobenden Mann an, dann bückte sie sich, klaubte mit spitzen Fingern einen abgerissenen Blazer-Knopf mit aufgelötetem Mini-Anker aus den Scherben und hielt ihn hoch.

„Wie können Sie mir nur …"

„Wie kann ich was? Willst du mich anschwärzen mit so einer Lappalie?

„Die Leute werden …"

Wieder unterbrach sie der Anwalt.

„Die Leute werden – na, was denn? Das glaubst auch nur du! Wer bist du denn? Eine Praktikantin, ein Nichts. Denkst du wirklich, irgendwer hört dir zu? Und wenn: Keiner wird für dich einen Finger krümmen – *non c'è nessuno che apre un barile* – wegen dir macht doch keiner ein Fass auf.

Silvia ging zurück an ihren Schreibtisch, zog mit einem heftigen Ruck die unterste Schublade auf und nahm einen gelben Umschlag heraus.

„Vielleicht nicht wegen mir, Dottore, aber vielleicht wird das hier die Leute interessieren."

Mit zitternden Fingern zog sie ein Blatt Papier aus dem Umschlag.

„Ich sollte doch ihre Akten sortieren, die sich im Keller stapelten. Also habe ich damit angefangen nicht nur nach Jahrgängen, sondern auch nach Sachverhalten. Dabei habe ich zufällig eine Quittung gefunden, die Ihnen ein gewisser Lazaro Gestone aus Rende ausgestellt hat, ein ehemaliger Kollege Ihres verstorbenen Schwiegervaters. An diesen Mann haben Sie das Geld weitergeleitet, das Ihnen Donna Anna anvertraut hatte für eine Suchaktion im Busento in Cosenza. Für mich sieht das aus wie eine Unterschlagung."

Ernesto sprang auf Silvia zu und wollte ihr das Papier entreißen. Aber sie war schneller und wich ihm aus.

„Gestone war wohl nur ein Strohmann." Sag nur ein Wort. „Ich habe noch mehr Belege gefunden. Mit weiteren Geldern, die Sie der Donna abgezweigt haben, hat er für Sie das Nachbargrundstück der Strabo-Familie gekauft. Das wollte Donna Anna gerade selber kaufen, um direkt am Haus einen eigenen Weinberg anzulegen. Da war ihr eigener Schwiegersohn jedoch schneller gewesen. Und Sie wussten, dass Sie noch einmal Kasse machen würden …"

Wieder drang Ernesto gegen Silvia vor, wollte an die Papiere kommen, und wieder wich sie ihm aus.

„Dies hier sind ohnehin nur die Kopien. Die Originale habe ich an einem besonderen Ort aufbewahrt. Ich kann alles belegen. Ihr nächster Betrug: Nur gegen viel Geld konnte die Donna das Grundstück von Gestone kaufen, der dieses Geld heimlich und prompt an Sie weitergeleitet hat. Daheim aber haben Sie sicher gemeinsam mit Ihrer Frau und der Donna gegen den angeblich so gierigen *tagliagola*, diesen Halsabschneider gewettert."

Ernestos Wut wurde kleinlaut; er schien wie in sich zusammengesunken, schaute nicht schuldbewusst, nicht betroffen, auch nicht wütend oder hochmütig. Er wirkte erbärmlich.

Silvia hatte auf einmal ein seltsames – aber ihr nicht unbekanntes – Gefühl. Es war wie früher, wenn sie beim Kaninchenschlachten ihre Hände länger und tiefer als nötig in das Fell des Opfers gekrallt, die Finger immer fester um das wild zappelnde Tier geschlossen hatte und sich in ihrem Unterbauch eine ganz besondere Süße ausgebreitet hatte.

Silvia bückte sich, nahm die Reste der zertretenen Grille zwischen den Glasscherben vom Boden auf und legte sie auf die weiß lackierte Fensterbank.

Ihre Worte waren kalt und nur halblaut. Aber sie fuhren dem Anwalt heiß ins Gemüt. „Dottore Strabo. Das jetzt werden wir beide nie vergessen."

Ihre Wut, die noch immer ihre Tränen versiegelten und gegen die selbstbemitleidende Erregung Ernestos ein Nichts war, bekam Worte. Dabei war ihr Gesicht nicht verzerrt, keine Ader schwoll und wellte ihre Stirn oder die Schläfen. „Aber ich schwöre Ihnen, ab jetzt werden *Sie* ständig Angst haben." Ihre Wut war plötzlich in einem Habitus geschlagen, der männlicher nicht hätte sein können. „Sie werden nicht wissen, wovor. Das erfahren Sie erst, wenn es soweit ist."

Dann packte sie unter dem leeren Blick des aschfahl gewordenen Anwalts mit immer noch zitternden Händen ihre wenigen Sachen aus der Schreibtischschublade, legte sie zusammen mit dem gelben Umschlag und dem abgerissenen Knopf in ihre Umhängetasche, zog ihre Jacke an und ging mit steifen Schritten ohne sich umzudrehen aus der Kanzlei. Das Letzte, was sie hörte, war ein wimmerndes Geräusch wie aus einer Klimaanlage. Aber in der Kanzlei gab es keine Klimaanlage.

Draußen ließ sie ihr Dienstfahrrad ordentlich abgeschlossen an der Hauswand stehen und warf den Schlüssel zusammen mit den beiden Büroschlüsseln in den Briefkasten. Sie würde den nächsten blauen 117er nach Rende nehmen. Der fuhr in einer Stunde.

In der Zwischenzeit setzte sie sich auf der Piazza Enrico Bianco ins *Café Scalino*. Aus dem kleinen, roten Plastiklautsprecher neben dem bunten Schild mit der Eisreklame tönte Musik auf die Außenterrasse. Paolo Conte.

„Via, via, vieni via di qui, niente più ti lega a questi luoghi …" Jetzt schossen ihr doch die aufgestauten Tränen in die Augen. „Komm, komm fort von hier, dich bindet doch nichts mehr an diese Orte." Wie blind stieg sie in den Bus.

Als sie an diesem Tag früher als sonst wieder in Rende ankam, lief sie vor dem Haus ausgerechnet als erste Donna Anna über den Weg.

„Hast du heute früher frei?" Sie musterte Silvia von oben bis unten. Die aber hielt ihrem Blick stand und verzog keine Miene. Aber Donna Anna merkte, wie Silvia sich straffte, wie eine kaum sichtbare Spannung in ihr war, als sie den Kopf eine Winzigkeit schräg in den Nacken legte und sehr klar und sehr selbstbewusst zurückblickte.

„Nein, Donna Anna, ich bin gegangen. Für immer. Es ist für mich nicht gut in Montalto Uffugo."

Donna Anna zog nicht einmal eine halbe Augenbraue höher. Sie wusste genau, was Silvia meinte. Also doch!

„Ich kann dich auch gut hier brauchen. Arbeit gibt's ja genug."

Danach wurde nie wieder ein Wort darüber verloren. Aber Donna Anna hatte eine *memoria di un elefante* – ein wahres Elefantengedächtnis.

Allerdings Silvia auch.

20
Die Donna kommt

Es lag noch viel Sommer herum, aber verausgabt, deutlich abgenutzt und fertig. Die vom *Gelato* aufgeweichten Waffelhörnchen rund um die vollen, grünen Abfalleimer. Die zerknüllten Zeitungsseiten an den Straßenrändern. Vor den Ruhebänken das wilde Muster in die Erde getretener Kronkorken. Die dünnen, fettverschmierten Papierservietten neben dem Bahndamm; vom Fahrtwind der Vorortzüge an die Stacheln der kranken Feigenkakteen gerissen, flatterten sie jetzt wie ausgebleichte tibetanische Gebetsfähnchen im Wind, der nach Diesel, Verwesung und von der Hitze pulverisierten Exkrementen roch. Halbe Flip-Flops lagen herum und die zerfetzten Reste billiger Strohhüte – stumm anklagende Zeugen viel zu schnell vergangener Urlaubstage.

Nur im Weinberg war die Welt geordneter und heiler. Silvia hatte sich vor einen Rebenstock in einer der mittleren Reihen hingehockt. Ihre Fingerkuppen strichen zärtlich über die bis zum Platzen gespannte, polierte Haut der prallen Weintrauben. Sie konnte mit leichtem Druck von Daumen und Zeigefinger im Inneren die harten Kerne spüren. Ihr Gesicht lag verdeckt im Schatten der schräg stehenden Sonne, die das Weinlaub der vollen Rebe, die sie ein wenig an sich herangezogen hatte, fast transparent erscheinen ließ. Nur das hauchdünne, filigrane Blatt-Geäst der Rippen gab dieser Durchsichtigkeit einen Halt.

Auch hier lebte noch der Sommer, aber wie ein Instantpulver konserviert im festen Fruchtfleisch, der – wie vieles Gutes – noch eine Metamorphose aus Reifung und Gärung brauchte, um – dann endlich entfesselt – mit ihm in ein, zwei oder mehr Jahren ein rauschendes Fest zu feiern oder einen stillen Moment zu genießen und den Sommer im Glas zu befreien.

Der Himmel war heute so freundlich. Hauchdünn sein Make-up sich kaum bewegender Schleierwölkchen.

„Silvia!"

Donna Anna bahnte sich mit hoch gehobenen, rudernden Armen ihren Weg durch die vollen Trauben-Gassen. Ihre hagere, schwarze Gestalt ragte deutlich über die grünen Rebenwellen.

Kinder wären erschreckt weggelaufen, wenn solch eine Vogelscheuche wie die schwarze Donna Anna plötzlich vor ihnen aufgetaucht wäre. „*Mama, mama, una spaventapasseri!*"

Silvia richtete sich aus ihrer Hocke auf.

„Donna Anna, ich bin hier."

„Ich muss mit dir reden, sofort!"

Silvia registrierte genau die Spannung in Donna Annas Worten. Es war nicht der übliche Befehlston. Wenn Donna Anna in diesem Ton „sofort" sagte und dafür eigens in den Weinberg gekommen war, auch wenn er nur hundert Meter von ihrem Haus entfernt begann, musste es wirklich wichtig sein. Das war umso erstaunlicher, als es bisher für Donna Anna in keinerlei Beziehung zu Silvia etwas Dringliches gegeben hatte. Dies wäre denn auch Zeichen irgendeiner Form von Abhängigkeit gewesen, die die Donna weder sich noch der Umwelt erlaubt hätte.

Wie eine überdimensionale Handpuppe drehte sich Donna Anna pirouettenartig um und ruderte zum Haus zurück, sicher, dass Silvia unverzüglich nachkommen würde.

Silvia klopfte sich mechanisch die Hände ab, bevor sie Donna Anna ins Wohnhaus folgte.

Ohne weitere Einleitung begann diese mit klarer, befehlsgewohnter Stimme. „Wir müssen reden." Aber dann doch diese Geste, die ungewöhnlich war für einen solchen Augenblick zwischen Herrin und Geduldeter: Donna Anna zeigte mit der linken Hand, deren Innenfläche leicht nach oben gerichtet war, auf einen der schwarzen Stühle an dem langen Refektoriums-Tisch, der sonst bei Feierlichkeiten und größeren Einladungen draußen auf der Terrasse stand.

Und bevor sie es selber tat, sagte sie sehr freundlich: „Setz dich doch."

Silvia, das Stadtmädchen aus den Bergen, witterte etwas. Sie spürte, dass gewohnte Ordnungsprinzipien und die damit verbundene Zusammengehörigkeit allein durch diese unübliche, freundliche Aufforderung nicht mehr stimmig waren. Aber sie blieb erst einmal ganz ruhig, setzte sich zwar, bewegte sich aber sonst nicht mehr wie eine Grille bei Gefahr, die nicht wie eine Heuschrecke im ersten Augenblick wegspringt, sondern erst einmal abwartend sitzenbleibt.

Donna Anna nahm ihr gegenüber Platz und blickte Silvia direkt an.

„Du wirst ab Montag zur Schule gehen. Ich habe dich bereits angemeldet. In Cosenza."

Manche Menschen reden, wenn sie Bedeutung in ihren Ausdruck legen wollen, mit einem sichtbaren Ausrufezeichen am Ende ihres Satzes. Die Donna brauchte solche Gesten und Mimik nicht.

Jetzt war sie wieder da, Donna Annas apodiktische Art, ohne Widerspruch zu dulden, einfach nur anzuordnen, was sie für richtig hielt. Sie wusste längst, was über sie getuschelt wurde und es machte sie stolzer, als sie zugeben wollte, wenn die Leuten untereinander von ihr als „der Don" oder „Don Anna" redeten. Und in dieser Sekunde war auch für Silvia – fast zur Erleichterung – die Welt im Hause Strabo wieder in Ordnung, obwohl sie den Satz zuerst gar nicht begriff.

„Montag schon. Dann nimmst du deine Papiere mit für die persönliche Einschreibung."

Für Silvia war das eine Überraschung. Nie hatte sie auch nur einmal darüber nachgedacht, nie hätte sie so etwas erwartet. Sie war, wie alle Kinder, fünf Jahre lang auf die Grundschule gegangen und anschließend mit elf Jahren auf die Mittelschule gewechselt. Eigentlich hätte sie dem Gesetz nach noch weiter lernen müssen, bis sie 18 Jahre alt war. Oder sie hätte sich eine Lehrstelle suchen müssen, was sie zwar versucht, was aber nicht so richtig geklappt hatte. Aber – *non importa a nessuno* – kein Hahn krähte in Wirklichkeit danach. Das, was sie war und hatte, war in ihrem Kosmos völlig ausreichend. Was also und vor allem wofür sollte sie jetzt noch lernen? Ihr war etwas unwohl und sie war irritiert.

„Was ist das denn für eine Schule? Ich war doch als Kind schon …"

„Es ist eine Schule nur für Erwachsene, ein Institut für Landwirtschaft. Und was mir wichtig ist, auch für den Weinbau."

Jetzt überzog die tiefe Röte der Aufregung Silvias Gesicht. Weinbau das war doch das, was sie hier schon machte und was sie so liebte. Sie konnte kaum fassen, was die Donna da gerade gesagt hatte. Weinbau! Sie stammelte fast.

„Aber, aber was das kostet …"

Wenn sie auch nur einen Moment lang gezweifelt hätte, bei diesem nicht abgesprochenen Plan der Donna womöglich deren Anforderungen nicht gerecht werden zu können, dann waren diese Zweifel jetzt weggewischt. Sie war überzeugt: „Ja, das kann ich!" Sie sagte sich das nicht als Elisabetta, die sich diese Haltung bitter erkämpfen müsste. Sie sagte sich das als Silvia, die ganz für und in sich und nicht unter äußerem Druck diese Stärke frei gemacht hatte und über die sie nun verfügte. Diese Stärke war weder männlich noch weiblich. Sie war beides.

Donna Anna erwähnte nicht, dass die Aufnahmebedingungen „eigentlich" das Abitur voraussetzen. Sie hatte mit der Schulleitung einen Deal gemacht: Silvia sollte sich vorwiegend auf den Weinbau konzentrieren ohne Anspruch auf Prüfungen. Zudem zahlte Donna Anna etwas mehr Schulgeld pro Monat ohne Quittung. Obendrein – und das war schwerwiegender – gehörte ihr der nur scheinbar schuleigene Weinberg.

„Das lass meine Sorge sein. Es ist es mir wert. Und du musst auch kein Examen machen. Das verschweigen wir der Schulleitung aber besser. Warum denn ein Zeugnis – du musst dich ja bei mir nicht mehr bewerben. Das spart Zeit und Geld. Hauptsache, du lernst, lernst, lernst."

Bei den letzten drei Worten klopfte Donna Anna mit dem Zeigefinger der linken Hand heftig auf die Tischplatte, während sie in gewohnter Art – etwas schräg sitzend – mit der rechte Faust fest den silbernen Schwanenknauf ihres Gehstocks umklammert hielt, als wolle sie sich im nächsten Moment erheben. Doch diesmal verlor die sonst so kurz angebundene Pose ihre herrische Strenge. Da war etwas, aber wirklich nur für die allerfeinste Empfinden Spürbares. Ein ätherisches Unbestimmtes – wie ein Windhauch, der schon wieder eingeschlafen ist, bevor er die Wange erreicht. Ein Vorbote vom Ende des reifenden, alles beherrschenden Sommers. Ein Anflug von – Aufgabe.

Silvia hatte ihre Hände leicht geöffnet auf die Tischplatte gelegt. So vernahm sie auch mit den Fingerkuppen das kurze Stakkato, das sich durch das alte Holz des Eichentisches zitterte und wie Klopfzeichen in der Höhle unterhalb ihres des Zwerchfells ausbreitete. So verstand sie plötzlich von ihrem Gegenüber mehr, als es angelerntes Wissen im Kopf je vermag.

Das *Istituto Tecnico Agrario Belterra* lag auf dem Weg von Rende nach Cosenza neben der vierspurigen Autostrada del Mediterraneo in der Via Giuseppe Tommasi am nordwestlichen Stadtrand. Das – bis auf die vierstöckige Scharnierachse – zweigeschossige, vom Alter pigmentierte, einst reinhelle, mehrflügelige Gebäude aus den 1960er-Jahren hatte eine Seite zum Parkplatz und eine andere in die schuleigene grüne Gemüsewelt und Weinlandschaft. Mit den Nebengebäuden und den zwei eingesprenkelten, gläsernen, langestreckten Gewächshäusern im Gartengrün wirkte das Anwesen wie ein mächtiges Universitätsensemble am Rande der Stadt.

Am Montagmorgen brachte Tarik, der Aushilfsfahrer der Donna, Silvia mit Annas Auto zur Einschreibung in die Schule.

„Ich hab's abgefahren", hatte die Donna sie informiert, „das sind laut Tacho nur 8,7 Kilometer. Die kannst du gut mit dem

Fahrrad schaffen. Du darfst dir eins aussuchen, wir haben im Geräteschuppen links neben dem Haus gleich drei. Und im Winter nimmst du den Bus von Rende über Roges nach Cosenza. Such dir die richtige Haltestelle aus, wenn du Montag dort bist."

Schulleiterin Professoressa Giuletta Carmine war an diesem Morgen verhindert, dafür begrüßte Sekretärin Karina Settestelle die neue Schülerin. Silvia füllte die üblichen Fragebögen aus, ließ sich für den Schülerbogen fotografieren (Karina nahm dafür ihr Handy) und bekam den Stundenplan und die Liste der Fachgebiete, die in der kommenden Zeit für sie wichtig waren. Dass sie in das bereits laufende Schuljahr einstieg, sei – so Karina – kein Problem. Zur besseren Hilfe würde ihr eine Tutorin aus den höheren Semestern an die Seite gestellt.

Es folgte eine ausgedehnte Führung durch das Haus, die Labore, Werkstätten, fächergebundenen Abteilungen, über den Acker, das Gemüsefeld und in den Weingarten. Dann ging es in die kleine Bibliothek und am Schluss – es war schon Mittag – wurden sie und auch Tarik, der etwas im Auto gedöst hatte, zum Pranzo in die Kantine eingeladen, wo sich alle Studierenden und das hungrige Kollegium trafen. Es gab Spaghetti mit Zitronenhühnchen in heller Pilzsoße und Salat.

Während sie aßen, ging ein Mann an ihrem Tisch vorbei. Er war schon fast vorüber, als Karina ihn zurückrief „Gigi, darf ich dir Silvia Dell'Canto vorstellen, sie ist deine neue Schülerin in der Anfängergruppe. Silvia, das ist Giorgio Natana."

Der Lehrer hatte sich umgedreht, kam zurück zum Tisch und sah Silvia an. „Oh, das freut mich aber. *Benvenuta!* Sind Sie aus Cosenza?"

Silvia war aufgestanden. „Nein, ich komme eigentlich aus Mailand, aber jetzt lebe ich in Rende."

„In Rende, da ist es sicher etwas ruhiger und noch grüner als bei uns hier. Ich bin nur montags und freitags in der Schule. Was ist denn hier ihr Hauptfach?"

„Weinbau."

„Das ist gut. Ich bin eher auf der sauren Seite – ich leite eine besondere Zitronenanlage bei Diamante."

„Ach, *Cedri* oder Bergamotten?"

„Na, Sie kennen sich ja aus, als kämen Sie von hier. Nein, weder noch. Es sind *Etrogen*, allerbeste Zitronatzitronen." Mit einem lächelnden Blick in Silvias Augen drehte er sich um und ging weiter.

Er hatte sehr wohl bemerkt, wie sich Silvia – wie ertappt leicht fleckig rot am Hals geworden – heftig auf die Lippen biss. Aber sie konnte nicht sehen, wie Natana zwar überrascht war, ihr hier plötzlich zu begegnen, aber auch ein wenig amüsiert, als wenn ein Streich wider Erwarten gerade noch einmal gut gegangen wäre. Besonders, wenn es *per il rotto della cuffa* war, nämlich äußerst knapp. Ohne dass es der Schulsekretärin auffiel, die mit dem Rücken zum Dozenten saß, machte Natana ein Zeichen. Er hielt seine rechte Hand halbhoch mit waagerecht gespreizten Fingern und hob und senkte sie unauffällig, aber doch so, dass Silvia es bemerkte. Dabei schürzte er die Lippen, als wolle er mit dieser mimischen Geste andeuten: „*Piano, piano*, alles ist gut."

Es war früher Nachmittag. Endlich zurück in Rende, hatte sich Silvia wieder beruhigt. Dann nahm sie sich in ihrem Zimmer die Liste der Fächer vor. Es ging um Landwirtschaftskunde allgemein, um die Biologie der Rebe und Traube, um önologische Grundlagen, Anbauverfahren, Mikrobiologie, Weinsensorik, Rebenzüchtung, um Finanzen und Betriebswirtschaftslehre, Chemie, Physik, Technik und Wirtschaftsrecht.

Das komplette Programm für drei Jahre. Silvia war fast schwindelig. Das hier war etwas ganz anderes als mit nackten Füßen in einer Wanne die vollen Reben mit den Füßen zu zerstampfen und mal zuzusehen, wie der Saft in den Stahlfässern im Kelterhaus langsam zu Wein wird. Wie genau das funktionierte, wusste sie nicht. Man konnte ja nicht in die Fässer hineinschauen. Aber dann erinnerte sie sich erleichtert, was Donna Anna gesagt hatte: Es geht auch ohne Zeugnis. Hauptsache lernen, lernen, lernen.

Und dazu war sie fest entschlossen. Drei Jahre!

~~~~~

Es wurde eine intensive Zeit, wenn auch eine kürzere. Silvia hatte in den zwei Jahren, die inzwischen vergangen waren, an der Landwirtschaftsschule sehr viel gelernt. Und auch wenn sie quasi als *privatista* ohne Prüfung und Diplom die Schule vorzeitig verlassen hatte Donna Anna hatte gemeint, nun sei genug für die Praxis getan worden, sie brauche ihr ja keine Papiere vorzulegen: Silvia glänzte mit Wissen und Fleiß. Das Lernen hatte ihr überhaupt keine Mühe gemacht. Donna Anna hatte das bald mitbekommen und Silvias rasante Fortschritte einmal mit einem Scherz kommentiert: „Dein Gehirn war wohl bis vor kurzem noch ein trockener Schwamm, dass es jetzt so viel auf einmal aufsaugt."

Silvia lernte in dieser Zeit viel, hielt sich aber mit zwischenmenschlichen Begegnungen zurück. Eine feste Freundin hatte sie nicht – geschweige denn einen Freund. Sie blieb zu allen Dozenten, Mitschülerinnen und Mitschülern freundlich und hilfsbereit, aber mehr Nähe gab es nicht. Nie lud sie – wie viele andere – in den Schulferien mal zu sich nach Rende ein. Und wenn sie selbst einmal privat eingeladen wurde, bog sie dies möglichst ab. Es fehlte ihr einfach nicht und sie war auch ohne weitere Beziehungen innerhalb der Schule bestens zufrieden. Nur ihren Lehrer Giorgio Natana traf sie öfter – wenn auch nie außerhalb der Schule. Eher mal im weitläufigen Schulpark, dem Versuchsweingarten, im Labor. Ja, sie fühlte sich frei und glücklich. Eine *fortunata*, ein, wenn auch stiller, Glückspilz

Dann kam wieder eines dieser opulenten Familienfeste in der *Villa Busento* in Rende. Ernesto Strabo feierte seinen 54. Geburtstag. Erst wollte er diesen Tag in seinem eigenen Haus in Montalto Uffugo begehen. Aber seine Frau Claudia hatte ihn überzeugt, die Feier nach unten zur Mutter zu verlegen. Sie wusste, dass sie dadurch viel Arbeit und Geld sparen konnte; ein Argument, das auch ihren Mann überzeugte. Sie hatte es mit einer merkwürdigen Stimme vorgetragen – halbhoch, ohne

Schwingungen, wie auf einer einzigen Ton-Linie. Das klang mechanisch wie ein schlechter Sprechautomat, aber Ernesto wusste nur zu gut, dass Claudia sich dann in einem äußerst angespannten Zustand befand. Nie in ihrem Leben bisher hatte sie geschrien, nie auf den Tisch gehauen, nie den Kopf in den Nacken geworfen. Wenn sie mal wirklich erregt war oder wirklich etwas durchsetzen wollte, dann verflachte sich ihre zurückhaltende Stimme zu einem Strich, zu dieser einzigen und einzigartigen Ton-Linie, vor der sich bereits auch der mittlerweile über achtjährige Sohn Eligio hütete.

Ernesto wusste ganz genau, dass sich dahinter eine Gefahr für ihn verbarg, er auf der Hut bleiben musste. Claudia war zwar eine einfältige Person – neben ihrem gut betuchten und renommierten Elternhaus hatte er sie damals auch darum ausgewählt –, aber diese Einfalt war im Laufe der Jahre bei ihr offensichtlich weniger geworden. Sein *sciocchino*, das Dummchen, wie er Claudia immer wieder – vorgeblich scherzhaft – nannte, war mittlerweile geschmeidiger und anpassungsfähiger geworden. In ihrem engen Lebensradius agierte sie nun listiger und bauernschlau.

Besonders Claudias Argument „Geld" zog. Ernestos Geschäfte liefen seit über zweieinhalb Jahren – seit dem Zeitpunkt, als seine Kraft Silvia ihn Hals über Kopf und ohne Angabe von Gründen, wie er sagte, verlassen hatte – so schlecht, dass sie schon aus Kostengründen ernsthaft planten, die Kanzlei an den Stadtrand in ihr Haus in der Via Conicella zu verlegen, um die hohen Mieten rund um die teure Piazza Francesco De Munno oder Piazza Errico Bianco zu sparen. Die konnte sich der Friedensrichter im Nachbarhaus leisten, Ernesto aber bestimmt nicht. Auf keinen Fall konnte er wieder seine Schwiegermutter um einen – wie er es ausdrückte – „Wohlfühl-Zuschuss" bitten. Und seine Frau würde er auch nicht noch einmal auf die „Tochter-Betteltour" nach Rende schicken.

Also wurde wieder einmal unten gefeiert, bei Donna Anna.

Da es kein „runder" Geburtstag war, hielt sich die Gästezahl in überschaubarer Größe: 19 waren geladen und auch gekommen, die Kinder nicht mitgezählt, die ja überall hinliefen es aber sicher nicht am Tisch ausgehalten hätten. Für sie hatte der albanische Hausmeister und Chauffeur Tarik eine kleine Extra-Tafel aufgebaut als Kuchen- und Saftbuffet. Sogar Eligio, der sonst etwas zu stark an seiner Mutter Claudia klebte, machte diesmal bei den anderen Kindern mit; er tobte zwar nicht und blieb bei der Hüpfburg, die Tarik mit einem kleinen Kompressor aufgeblasen hatte, lieber außen vor. Aber er war zumindest dabei.

Der lange eichene Refektoriumstisch war wie immer auf die Terrasse geschleppt worden, zehn Stühle standen an der unteren Längsseite, zwei an den Kopfenden und neun an der oberen Längsseite mit dem Blick zum Haus. „Nimm eine ungerade Zahl an Stühlen, wenn du genau in der Mitte sitzen willst. Dann stimmt es immer", hatte Donna Anna einmal Silvia vorgerechnet. Die Wanne für die Weintrauben war bereit und die Gäste schwärmten in die Reben, um die Trauben für das Stampfen zu pflücken. Jeder freute sich schon auf diese Tradition und hoffte auf „seine" Flasche mit dem persönlichen Etikett später zum Abschied.

Aber es war nicht alles wie immer. Die erste Irritation war ein leerer Stuhl rechts von Donna Anna, die wie immer in der Mitte thronte.

Alle hatten sich um sie herum gesetzt, die Küche servierte kalabrische Köstlichkeiten wie Schüsseln dampfenden Ziegenfleisches oder *Pollo alla calabrese*, Hühnchen mit Kartoffeln, Salate mit der *Cipolla rossa*, der süßen roten Zwiebel, Nudeln wie die typischen *Bucatini* oder die *Fileja alla 'Nduja*, die pikante Wurstpaste; Saucen wie die *Bomba calabrese* mit scharfen Peperoncini, herrliche Käsesorten wie den leckeren *Butirro* aus Kuhmilch und innen mit Butter gefüllt zur warmen *Pitta*, der kalabrischen Pizza. Und dazu dieser herrliche Wein! Ernesto zwischen seiner Frau Claudia und seiner Mutter an deren linken Seite langte zu, wie er nur konnte, und war ganz glücklich. Es war wieder einmal sein Fest.

Weit lehnte er sich vor, langte über den Tisch und zog sich eine Schüssel mit *Costoletto d'agnello*, den krustig gebratenen Lammkoteletts, heran. Dann hob er sein Glas und prostete sich mit schon etwas schwerer Zunge selbst zu.

„Wenn's auch sonst keinen interessiert – aber ich mag dich, Ernesto! *Salute*, feiner Kerl."

Alle kannten das bereits, so war es mit steigenden Alkoholpegel bei ihm immer, *„si appende alla bottiglia"* – er hängt nun mal gern an der Flasche. Und wie immer wollte Donna Anna ihm etwas Passendes zuzischeln, da offensichtlich seine Frau Claudia, ihre Tochter, ihn nicht im Griff hatte, und hatte sich mit der Rechten auf ihren Stock gestützt.

Doch in dieser Sekunde passierte etwas, das es zuvor nie gegeben hatte. Es war wie ein Dorftheater aus der Sila in Slowmotion: Ernesto ließ sich auf seinen Stuhl fallen, Donna Anna lockerte ihren Griff am Stockknauf und blickte sofort entspannter. Claudia reagierte gar nicht, wie immer. Und alle anderen Gäste am Tisch blickten nicht mehr auf Ernesto, sondern in die Richtung, aus der das Ungeheure kam, wobei die Reihe gegenüber der Donna sich dafür komplett umdrehen musste. Aus einem kleinen Außenlautsprecher, der oben neben die Terrassentür gehängt worden war, ertönte das erste Mal auf einer solchen Feier Musik.

„La gaggia siti vui, rosa d'amuri …"

Die Einzige des sonstigen Ensembles auf dieser Bühne, Silvia, war nicht anwesend. Und der Einzige, der sie absolut nicht vermisste – im Gegenteil –, war Ernesto. Silvia ließ sich Zeit. Sie hatte ihren Auftritt nicht verpasst, er lag noch vor ihr. Schon am Vormittag hatte sie sich in ihr Zimmer zurückgezogen. Sie musste und wollte sich umziehen. Der Kleiderschrank war ganz gut bestückt. Silvia blickte sich im Spiegel an der Innenwand der Schranktür ins Gesicht. Sie blies eine imaginäre blonde Haarsträhne aus der Stirn.

„Sollen die sich doch alle wundern, sollen ihnen die Augen heute rausfallen. Das ist jetzt mein Spiel. Und ich danke der

Donna auf Knien dafür." Dann wählte sie ihre Kostümierung für den großen Auftritt aus. Alles wirkte teuer, war aber tatsächlich erschwinglich für die schmale Kasse von Silvia gewesen.

Silvia hatte jedes Teil bewusst gekauft. Nicht für andere, sondern für sich. Als sie jünger war, wäre ihr das nie in den Sinn gekommen. Sie war zwar auch heute noch nach außen hin eher introvertiert, aber sie wurde älter und erfahrener.

Nicht nur die Schule hatte sie geformt, auch das Leben in Rende. So begann sie zum Beispiel, Bücher zu lesen – eher Triviales, aber sie ging jetzt mit der Phantasie auf Reisen und auch ihre Welt vergrößerte sich. Sie wollte mehr. Begnügte sich nicht mehr mit einfachen Fragen und Antworten, einfachen Verhältnissen. Sie wurde neugieriger und hungriger. Sie sah öfter als früher in den Spiegel, wollte mehr für sich. Mehr Ich, mehr Verantwortung. Sie hatte begonnen, sich selbst zu sehen, zu erkennen und – zu mögen. Das zeigte sich auch an der Mode. Und daran, dass sie nichts mehr anzog, das man ihr gab, sondern nur noch das, was sie sich selbst ausgesucht hatte.

Wie heute: den schwarzen, engen Rock, der auf der Mitte ihrer Kniescheiben endete. Dazu einen breiten, weißen Lackgürtel. Statt einer Jacke zog sie die tief ausgeschnittene, feuerrote Bluse mit dreiviertellangen Ärmeln von Massimo Dutti an, die sie kürzlich bei *Cara* in der Via Cristoforo Santanna Pittor in Rende gekauft hatte. Um den Hals schlang sie locker einen bunten Seidenschal, der ihr tiefes Dekolleté verbarg. Unter ihren Schuhen wählte sie ihre eigentlich zu teuren, aber zum Glück stark im Preis reduzierten superschicken weißen Lackstilettos von Gianvito Rossi aus. Sie machten die schlanke, junge Frau deutlich größer. *Una tipica milanese* wurde sie bereits wegen ihrer kleinen, feinen Sammlung eleganter Fashion-Treter raunend aber anerkennend im Hause Strabo, die Donna ausgenommen, genannt. Als Schmuck legte sie sich wie so oft die schlichte Silberkette mit einem ebenfalls silbernen Kreuz ohne Christus um, an den Blusenkragen heftete sie eine goldglänzende Brosche. Dann war das Make-up drangekommen – das Gesicht mit dem

Hals wurde hell, fast weiß geschminkt, dazu glühten die Lippen gegen die Farbe der Bluse an, die Augen – eines war von Natur aus blau und das andere dunkelbraun – umgab ein tiefblauschwarzer Schatten. Man musste unbedingt anerkennen – Silvia war erwachsen geworden. Sie lebte bewusster, was auch bedeutete, dass sie planvoller vorging und immer gezielter auch taktisch. Wie heute.

Silvia war fertig. Noch einmal prüfte sie sich im Spiegel. „Das hätte keiner von denen gedacht. Und erst recht nicht dieser Ernesto." Sie kam ohne ungehörige Verbalinjurien wie *seccante stronzo* aus, aber das war er nun einmal für sie: ein übler Kotzbrocken. Sie schloss die Schranktür. „Ciao, Ernesto, du wirst dich noch wundern." Dann verließ sie das Haus. Sie hatte noch eine wichtige Besprechung und wollte pünktlich für ihre Inszenierung „Die rächende *Colombina* gegen den schmierigen *Scaramuccia*" zurück sein zu ihrem Auftritt. Und was nur sie und die Donna wussten: Dies hier heute war nur das wichtige Vorspiel. Mit einem scheinbaren Finale – aber nicht gefällig *a piacere*, sondern nur und vordergründig *scherzando*. Aber dann, am nächsten Tag folgte die zwingende Fortsetzung, der zweite Akt mit Außenszenen. Und schließlich das eigentliche, das große Finale. Sehr *furioso* mit Knalleffekt, da war sich Silvia sicher. *Con effeto bang!*

„*O corvu nirgu chi va' girijandu!*" Oh Rabe, schwarzer Rabe, wie du da deine Runden ziehst … du, mein Schatz, bist der Käfig, der mich einsperrt …

Der Erste, der sich gefasst hatte, war Ernesto. Er sprang auf, wobei sein Stuhl umfiel und schrie in Richtung Terrassentür: „Was soll das, wer hat das gemacht? Sofort aufhören! Aufhören! Das ist ja furchtbar, ausmachen. Sofort. Das ist doch keine Musik!"

„Doch, Dottore, das ist Musik. Meine Musik. Mimmo Cavallaro und Cosima Papandrea von *Taranprojekt*."

In der Terrassentür stand eine junge, schlanke Frau in einem schwarzen Rock mit roter Bluse und buntem Schal, die blonden Haare fielen lockig bis auf ihre Schultern. Ihr Gesicht war sorgfältig weiß geschminkt und wirkte starr wie ein Porzellankopf oder wie die *larva*, die venezianische Halbmaske der *Baùtta*, die nicht nur im Karneval, sondern jederzeit und oft genug auch auf Banketten die gewünschte Anonymität garantierte.

Die war aber hier nicht angesagt. Im Gegenteil. Sie stellte statt Maske ihr eigenes Gesicht zur Schau, lächelte etwas maliziös mit ihren kontrastierenden roten Lippen und spielte wie gedankenverloren mit ihrem einzigen Schmuck – einem hübschen, goldpolierten Messing-Knopf mit einem Anker auf dem Kragenspiegel ihrer feuerroten Bluse.

Ernesto wurde blasser als die Kalksteine der Terrasse. Wer wagte es, so mit ihm zu reden? Ungestraft! War er, der Schwiegersohn der Donna, doch so gut wie auch ein Don. Der Don.

„Du hast bei uns überhaupt nichts zu sagen und erst recht nichts zu ändern. Du bist so anmaßend, du bist so frech!"

Silvia schaute dem wütenden Geburtstagskind direkt in die Augen.

Dann streifte sie mit einem uninteressierten Blick Ernestos Frau Claudia, die betreten nach unten sah, und wandte sich – freundlich lächelnd – der eigentlichen Gastgeberin zu.

„Entschuldigen Sie, Donna Anna, aber ich hatte ja bereits angekündigt, dass ich etwas später kommen würde. Aber nun freue ich mich", jetzt sah sie wieder zu Ernesto hin, „endlich gratulieren zu dürfen."

Donna Anna schaute sie fast herzlich, so erschien es den anderen, an. „Das macht überhaupt nichts, liebe Silvia. Ich freue mich auch, komm und setz dich."

Lächelnd ging Silvia um den Tisch herum und bückte sich, um Donna Anna einen angedeuteten Kuss auf die Chloé-Wange zu hauchen. Dann nahm sie Platz – auf dem einzigen freien Stuhl. Und wie sie saß: kerzengrade, beide Hände nur zur Hälfte auf dem Tischdamast gelegt mit den Fingerspitzen unmittelbar vor dem Tellerrand, den Kopf Millimeter zur Seite geneigt. Eine verblüffende, nur jüngere Kopie der Donna Anna – allerdings noch ohne deren Härte – neben ihr.

Die neigte ihren Kopf ein paar Millimeter zu Silvia und flüsterte ihr zu: „Gut gemacht, meine Libelle. Flatter ruhig noch etwas länger über diesem Teich."

Es war, als gäbe es nur diese zwei Menschen am Tisch. Zweimal Donna Anna. Zwei menschliche Libellen. Zwei Atem, zwei Herzschläge. Alle anderen wirkten von außen betrachtet wie innerhalb einer Sekunde eingefroren. Aber das stimmte natürlich nicht, denn bei genau 19 Gästen raste auf einmal das Herz ganz besonders. Am schnellsten bei Ernesto, der wie implodiert auf seinen Stuhl, den seine Frau Claudia geistesgegenwärtig wieder aufgestellt hatte, gesunken war. Nein, heute war es nicht wie immer.

Ernesto kam langsam wieder zu sich und murmelte nur halblaut wie in trotziges Kind: „Aber wer hat die Musik überhaupt erlaubt?"

Donna Anna schaute zur linken Seite und sah dabei aber an Ernesto vorbei. „Das war ich!"

Die Musik blieb auch in der großen Theaterpause. Auch Silvia blieb. Und die Gäste blieben, auch Ernesto. Nur die Spekulationen rasten durch die Köpfe. Es wurde noch ein schönes Fest für fast alle. Die nackten Füße trampelten wie jedes Mal in der Wanne die Trauben zu Saft. Die Kinder hatten vom vielen Lakritz, dem Produkt des Süßholzes, einer der vielen Schätze Kalabriens, schwarze Zähne, Zungen und Münder.

Das kleine Finale gab es Stunden später – in denen Ernesto keinen Tropfen Wein mehr angerührt und auch die flüchtigste Begegnung mit Silvia vermieden hatte. Es war die schon fast rituelle Überreichung der obligaten, ganz persönlichen Abschiedsflasche, üblicherweise mit dem Konterfei des jeweiligen Gastes auf dem Etikett. Diesmal war es ein tiefroter Magliococco – *Casa Busento* – *Riserva Imbottigliamento da vignaiolo*. Allerdings gab es dieses Mal eine Bildvariante. Auf allen Flaschenetiketten der Gäste lachte in diesem Jahr nur Silvia.

Nein, es war diesmal wirklich nicht wie immer. Und auch am nächsten Tag nicht. Denn das Theater ging ja weiter.

~ ~ ~
~ ~~~ ~

„Was war das?" Ernesto war noch immer erregt und völlig verunsichert. Bevor er sich auf den Heimweg machte (mit Tarik als
Fahrer, der nichts getrunken hatte), wollte er seine Schwiegermutter zur Rede stellen. „Für mich und uns alle war das heute
ein Affront, ein starkes Stück von dem Weib. Es ist ja immerhin
mein Geburtstag, *mein* Fest, *ich* bin ja schließlich der Gastgeber
und *mit mir* hat sie nichts abgesprochen."

Ernesto stand vor Donna Anna, die mittlerweile von der ver-
waisten Terrasse ins Wohnzimmer gewechselt war. Sie mochte
keine Verabschiedungen, schon garnicht von Ernesto, und ebenso wenig lange, laute Begrüßungen. Ihr Schwiegersohn schwitzte, sein Kopf war eine begossene Kugel, seine Hände nass wie
Seehundflossen. Wie ein abgestrafter Schüler. Er suchte nach
einem leidlich starken Abgang.

„Es tut mir Leid für dich, Anna. Bestimmt hat sie auch dir vorher nichts davon gesagt. Wie peinlich, dich so zu hintergehen,
du Arme." Er schleimte theatralisch. „Ganz toll, wie du dich beherrscht und alles überspielt hast. Du hast sie doch sicher gleich
rausgeschmissen?!"

Jetzt begann das Intermezzo, zu dem Donna Anna sitzen blieb.
„Für das bisschen Musik? Ich fand sie gut. Das ist auch heute noch unsere heimische Musik, unsere alte Sprache. Was will
man dagegen sagen? Und natürlich müssen auch wir modern
sein und mit der Zeit gehen."

„Aber ich hatte doch …"

Jetzt schlug Donna Anna mit der flachen Hand auf den Tisch.
Ihre Stimme war schärfer und leiser geworden. „Ja, Ernesto, *du*
hast Geburtstag, aber *ich* bin die Gastgeberin." Unangenehm
leiser. Ernesto musste sich sogar ein wenig bücken, um sie verstehen zu können, was ihn unterwürfig aussehen ließ. Er wusste,
dass die Donna genau das erreichen wollte. „Ich habe alles be-
stellt und bezahlt. Und liebst du es nicht auch, zum Geburtstag
überrascht zu werden?"

Ernesto richtete sich wieder auf. Er stammelte: „Aber ja doch, Anna, aber ja. Aber was sollte das mit den Bild auf den Flaschen?"

„Das, mein lieber Ernesto, war die Überraschung. Und sie geht noch weiter."

Donna Anna war mit Hilfe ihres Stocks fast sportlich aufgestanden und zog sich eine Jacke über, die auf dem Nachbarstuhl gelegen hatte. Ihr Ton war wieder etwas lauter geworden.

„Komm mit, Ernesto, ich will dir etwas zeigen."

Ohne auf ihn zu warten, verließ Donna Anna das Wohnzimmer, überquerte die Terrasse und wandte sich nach links. Ernesto folgte ihr. Neben dem Haupthaus lag noch ein weiteres, etwas verfallenes Gebäude, in dem Gerätschaften wie die Kinderhüpfburg, der Diesel-Generator, die alte Zinkwanne für die Reben, Ersatzteile für den Trecker, Autoreifen und Baumaterialien lagerten. Die Vorderseite zum kleinen Parkplatz vor dem Hauseingang war mit ineinander verschlungenen Glyzinien- und Efeuranken bewachsen, sodass seine Schäbigkeit malerisch verdeckt war.

Was man bislang nicht sehen konnte – auch nicht von der Terrasse und dem Weingarten aus –, war eine ganz neue, flache, langgestreckte Halle aus Fertigbauteilen, die dahinter lag. Auf diese steuerte Donna Anna jetzt zu.

Sie nahm einen Schlüssel aus der Jackentasche und öffnete die Eisentür. Mit der Hand gebot sie Ernesto, als erster einzutreten.

„*Hai l'acquolina*, Ernesto, da staunst du aber – da hast du die Überraschung!"

Der Schwiegersohn sah links und rechts Regale mit Kartons. Die Regale waren etwa zu Dreiviertel gefüllt. Weiß und mit Aufschrift. In der Mitte war der Laufgang. Vier Lampen an der Decke, am Ende des Gangs ein Fenster, das geschlossen war. Das war alles. Wo war die Überraschung? Er blickte ratlos die Regale entlang, sah aber nur Pappkartons.

Donna Anna tippte Ernesto auf die Schulter. „*Guarda*, schau doch mal. Was liest du da auf den Kartons?" Offensichtlich musste sie diesen Dummkopf mit der Nase draufstoßen.

Ernesto las laut: „*Casa Busento Riserva – Imbottigliamento da vignaiolo*. Das ist ja der Wein, den wir gestern bekommen haben. Der Magliococco."

„Bravo, mein Kleiner, bravo. Lesen kannst du ja."

„Und von wem bezieht ihr diesen Wein? Ich dachte bisher immer – wie alle anderen wahrscheinlich auch– dass es wie immer unser eigener Wein ist. Aus unserem kleinen Garten. Das ist ja auch ein Magliococco. Aber jetzt so viel," er hatte seine beiden Bäckchen aufgeblasen und breitete die Arme ungläubig aus wie ein Gast auf der Hochzeit von Kanaan, „wo habt ihr das Lager aufgekauft?"

Donna Anna klopfte auf einen der Kartons in Schulterhöhe.

„Nimm mal irgendeine Flasche aus irgendeinem Karton heraus und schau sie dir an. Du kannst frei wählen."

Ernesto sah sie verständnislos an, nahm aber einen Karton, riss ihn auf und fingerte eine der zwölf Flaschen heraus.

„Na, schön, hier ist eine Flasche, die gleiche wie eben bei der Verabschiedung."

„Bingo!", dachte Donna Anna. Denn Ernesto hatte völlig Recht. Es war die gleiche Flasche wie alle, die heute verschenkt worden waren. Sogar absolut gleich. Vom Etikett lachte ihn Silvia an. Und sie trug tatsächlich – auf dem Portrait gerade noch am unteren Bildrand zu sehen – einen goldglänzenden Messingknopf mit Anker auf dem Kragenspiegel. Ernesto wurde blass, ihm wurde schwindelig, er ließ fast die Flasche fallen, die ihm Donna Anna schnell aus der zitternden Hand rettete.

„Unser neues Weinlager. Hier haben wir etwa 70000 solcher Silvias. Ist das nicht eine tolle Überraschung?"

Ernesto hörte nichts mehr. 70000 hämisch grinsende Silvia-Fratzen mit 70000 Anker-Messingknöpfen auf dem Kragenspiegel schwebten auf ihn zu und er riss entsetzt die Hände vors Gesicht. Vorhang.

Am nächsten Nachmittag ging der Vorhang wieder auf, diesmal zum *finale infernale*. Wieder gab es etwas zu feiern. Wieder saß das – jetzt anzahlmäßig deutlich verkleinerte Publikum – auf seinen Plätzen auf der Terrasse. Donna Anna, Claudia, Ernesto, Tarik und zwei weitere Angestellte, dann ein Mann, den allerdings die meisten anderen noch nie zuvor gesehen hatten. Und Silvia war auch dabei.

Natürlich saß Donna Anna wieder in der Mitte. Wieder wie am Tag zuvor mit Silvia an ihrer rechten Seite.

„Schön, dass ihr alle gekommen seid." Donna Anna hielt sich knapp und kam gleich zum Punkt. „Wir haben bis heute gewartet mit der Neuigkeit. Alles muss reifen. Es geht um unseren Wein."

Keiner sagte etwas. Die Angestellten blickten betont gefühlsneutral vor sich hin, der fremde Mann schaute freundlich in die Runde, Silvia zur Donna. Über ihnen, am blauen kalabrischen Himmel, kreuzten sich die weißwattigen Bahnen zweier Flugzeuge und formten für eine flüchtige Zeit ein aufgebauschtes „X". Als erster brach Ernesto das kurze Schweigen.

„Donna Anna", er sagte diesmal bewusst, nicht vertraulich „Anna". Seine Sitzhaltung war stockstelf, die nassen Hände lagen, verborgen unter der Kante der Tischplatte auf dem Schoss. Er hatte die Brille bis ans obere Ende der Nase gezogen und so wirkten seine Augen unnatürlich vergrößert und hervorquellend.

Es war der Blick eines Schwachen, der jetzt stark sein will, aber nicht weiß, wie er das machen sollte. Aber hier witterte ein verhalten kläffender Wadenbeißer Ungemach. So mit Argwohn und Vorsicht munitioniert, hielt Ernesto – vielleicht seine einzige zutreffende Annahme – Vertraulichkeit für Schwäche und für Buhlen um Verständnis, das missverstanden werden könnte.

„Wir sind also die einzigen, die davon nichts erfahren haben. Vom Weinlager nichts, auch nichts von den neuen Anschaffungen, den Maschinen, dem Tank, nichts. Über zwei Jahre lang. Selbst deine eigene Tochter hat nichts gewusst. Warum?" Die Frage war legitim und überfällig.

Am Vortag hatte er sie angesichts der vollen Regale im Weinlager schon stellen wollen, wie er so vieles in seinem Leben tun wollte, aber es rechtzeitig dabei beließ. Doch diesmal war es nicht seine unendliche Lethargie, die ihn davon abhielt, sondern die Donna. Sie hatte ihn aus dem Lager bugsiert, die Stahltür abgeschlossen und ihn einfach draußen stehen gelassen. Kurz vor der Terrasse hatte sie ihm, der ihr langsam gefolgt war, zugerufen: „Morgen Nachmittag, 15 Uhr. Bei mir. Bring Claudia mit, aber lass Eligio zuhause. Dann erkläre ich euch alles."

Das war die Ausgangssituation dieses dritten Aktes auf der Terrasse der *Villa Busento* in Rende. Donna Anna drehte sich zu Ernesto. „*Chi di speranza vive, disperato muore.* Das hat mein Vater mir immer gesagt – wer nur von der Hoffnung lebt, stirbt an Verzweiflung. Man muss also auch etwas tun. Das habe ich mir gemerkt. Wir hatten ja schon immer den kleinen Weingarten. Mir war er freilich zu klein, für das, was ich noch vorhatte. Ich habe noch einen anderen Weinberg nahe Cosenza", hier bekam das Erstaunen fast der gesamten Runde große Augen, „aber ich wollte mich auch am Haus erweitern. Nebenan stand ja ein Grundstück zum Verkauf, wie wir alle wussten. Aber mir kam einer zuvor."

Ernesto schoss es heiß den Hals hoch. Donnas Diktat der Gefühlsverachtung für Ernesto bezog sichtlich auch Claudia mit ein.

„Ich hatte erhebliche Schwierigkeiten und Kosten, diese Fläche dem neuen Besitzer abzukaufen. Siehst du, Ernesto, ich wollte euch mit diesen Problemen nicht belästigen, bis sie gelöst waren."

Ernesto rechnete jeden Moment damit, dass die Bombe platzen und er als hinterhältiger Betrüger der eigenen Familie vom Hof gejagt würde. Sein Blick ging verstohlen zu Silvia. Aber die sah nur geradeaus und an ihm vorbei.

Donna Anna trank einen Schluck Mineralwasser.

„Der Wein, der jetzt auf diesem Grundstück wächst, ist mein Wein. Das wisst ihr ja. Und ich danke allen, die dafür hart gearbeitet haben. Sonst wären die Regale nicht so voll. Nun muss er nur noch verkauft werden."

Jetzt war sogar etwas Licht in Donna Annas Stimme.

„Aber was für viele, lieber Ernesto, neu sein wird: Ich kümmere mich nicht mehr darum. Ich habe mit Hilfe eines befreundeten, guten Anwalts aus Cosenza", wieder blickte sie kurz auf Ernesto, der seinerseits auf den unbekannten Mann am Tisch schaute, „eine eigene *Società a responsabilità limitata*, eine Gesellschaft mit beschränkter Haftung, gegründet, die auch schon öffentlich beurkundet ist." Ernestos Atem ging deutlich schneller. „Das Kapital habe ich ganz allein eingegeben, die neue Geschäftsführerin mit voller Prokura ist seit vier Tagen unsere Silvia."

Ernesto kollabierte innerlich. Claudia begriff gar nichts mehr. Vier Händepaare klatschten leicht. Tarik, der Unbekannte, die zwei Angestellten.

„Silvia ist bereits seit dem letzten Jahr das junge Gesicht unseres Weins, ein Geheimnis, das wir aber erst gestern gelüftet haben – die Idee unseres Marketingberaters Giorgio Natana aus Rossano." Auf dieses Stichwort hin erhob sich der Unbekannte kurz, verbeugte sich freundlich und setzte sich wieder. Viele Augen aus der Runde musterten ihn.

„Giorgio ist auch der Marketingchef einer großen Zitrus-Plantage bei Diamante. Und ganz in der Nähe von Cosenza lehrt er als Dozent an einem Fachinstitut für Landwirtschaft und Weinbau, an dem auch Silvia ausgebildet worden ist."

Jetzt strahlte Tarik. Er hatte ja schließlich Silvia vor gut zwei Jahren zur Anmeldung dorthin gefahren und beim Essen in der Mensa auch den Signor Giorgio Natana, *docente*, kurz kennengelernt.

„Wir haben also Wein genug, und den müssen und wollen wir ab sofort verkaufen. Viel verkaufen." Donna Anna stach – wie es ihre Art des Nachdrucks war – wieder vernehmlich mit dem harten Zeigefinger auf die Tischplatte. „Wir haben uns um die Mitgliedschaft in der wichtigsten *collettiva* der Region für neue Weine hier in Rende beworben. Und wir wollen ein Güteprädikat. Gestern war Silvia mit Giorgio noch zu einem Gespräch darüber beim Präsidium in der Via Afferi. Darum kam sie auch etwas später zu unserer kleinen Geburtstagsfeier. Das war schon alles, auch wenn es für manchen vielleicht etwas viel auf einmal war."

Alles war gesagt worden. Die Runde zerstreute sich wieder. Ernesto hatte sich ohne einen Kommentar hinterrücks an Silvia vorbeigemogeln wollen, um sie nicht ansprechen zu müssen. Claudia wollte allerdings spontan noch zur Mutter laufen, die wie alle anderen ebenfalls aufgestanden war. Ernesto hielt sie mit harter Hand zurück. „Hast du nicht gemerkt, wie sie uns ausgehebelt hat? Einfach abserviert. Wenn sie nicht deine Mutter wäre … Aber darüber ist noch längst nicht das letzte Wort gesprochen."

Damit sollte Ernesto Recht behalten, denn kurz darauf stand an der Gartentür auf einmal Donna Anna vor den beiden.

„Wollt ihr denn schon gehen, Claudia? Ernesto, nur eine Minute noch", damit wandte sie sich dünn lächelnd an ihren Schwiegersohn. „Bitte sei so nett und stell mir doch in den nächsten Tagen alle Papiere und Akten, die uns hier unten betreffen, und auch meine Transaktionen und Bankunterlagen zusammen; ich will sie hier unten haben in unserem neuen Büro. Darum kann sich dann unsere neue Buchhaltung kümmern. Dir verstopfen sie bestimmt nur die Schränke. Ich schick dir Tarik rauf, wenn du so weit bist. Der kann sie dann abholen."

Silvia hatte von weitem zugesehen, wie sich Donna Anna ihrem Schwiegersohn und Claudia in den Weg gestellt hatte, bevor beide den Wagen, der auf dem kleinen Hausparkplatz stand, erreicht hatten. Sie konnte nicht hören, um was es bei dem Gespräch ging. Aber sie wusste es. Schließlich war sie es ja gewesen, die Donna Anna geraten hatte, ihre Akten aus Uffugo holen zu lassen. Zur Sicherheit. Und wieder verspürte sie dabei so ein schönes Ziehen im Unterbauch.

Das neue Leben

21

Silvia hatte auf den Richtigen gesetzt, denn eines musste man Dottore Ernesto Strabo lassen – er konnte sich den Verhältnissen anpassen. Und diese Verhältnisse waren an jenem denkwürdigen Nachmittag vor einem dreiviertel Jahr von Donna Anna völlig neu geregelt worden. Donna Anna hatte Silvia quasi zu ihrer Stellvertreterin gemacht. Das Geschäft mit dem Wein lief schon nach drei Monaten bestens, der Schachzug, Giorgio Natana als Marketingleiter zu engagieren, war eine hervorragende Idee gewesen. Silvia hatte das schon während des Kurzstudiums eingefädelt. Sie wusste: Natana hatte seinen festen Job in Diamante, dazu gab er an zwei Tagen der Woche nachmittags Unterricht. Und so konnte er sich an einem Tag, Mittwoch, um Silvias neues Geschäft kümmern oder die Arbeit mit nach Hause nach Rossano nehmen. Dort besuchte ihn Silvia in der Folgezeit immer öfter und freute sich auch mit Vera, Natanas Frau an. Aber was Silvia nie tat, wenn sie in Rossano war: Niemals bummelte sie nur mal so und für sich umher, durch die Gassen der Altstadt, nie über die Plätze, ging nie in ein Café oder in eine *Gelateria*. Mied alle menschlichen Kontakte in der Stadt. Sie blieb bei den Natanas. Tarik fuhr sie hin und holte sie wieder ab, wenn sie ihn anrief. Im Gegenzug kamen die Natanas auch ab und zu privat ins Haus von Donna Anna.

Für Ernesto war in Rende kein Platz mehr. Er hatte sich mit Claudia völlig zurückgezogen in sein Wohnhaus in Montalto Uffugo, wohin er die Kanzlei mit den wenigen Mandaten verlegt hatte, und vermied Besuche bei der Schwiegermutter. Aber – er war höchst anpassungsfähig.

Darauf hatte Silvia gesetzt, verbunden mit dem Druck, den sie auf ihn ausübte. Dazu brauchte es keiner großen Anstrengung –

es reichte schon ein einzelner Knopf. Und so arbeitete Dottore Ernesto Strabo für Silvia Dell'Canto, seine ehemalige Praktikantin. Mit Claudia sprach Silvia knapp und fast im Befehlston, wie ein Boss. Sie hatte eine Position erreicht, die sie auch nicht mehr verlassen, ja, eher ausbauen wollte. Dafür war genug Anlass und genug dafür zu tun gab es auch. Wo der Erfolg aus dem Boden sprießt, wollen sich viele auf die satte Wiese legen. Aber Silvia war nicht mehr so weltfremd wie früher und baute dem vor. Ernesto sollte unter seinem Namen falls es zu entsprechenden Kontakten kommen würde, – wovon sie überzeugt war – die Verhandlungen führen und die Konditionen, soweit man sie nicht ausschlagen konnte, aushandeln.

Tatsächlich dauerte es ein knappes halbes Jahr bis zum Start der Schmutzarbeit. Da war es fast eine Erholung, ganz normale Verträge mit Fass- und Flaschenlieferanten oder Arbeitsverträge mit neuen Pflückern und Packern abzuschließen. Die Immobilien- und Bankgeschäfte aber wurden extern betreut – damit hatte er nichts zu tun. Das wurmte ihn zwar, aber so war es nun einmal. Doch der Dottore suggerierte sich selber aus dieser Sackgasse gegenüber Claudia und vor allem vor sich selbst heraus in eine völlig falsche Sicht der Dinge, wenn er mit Pathos deklamierte: „*l'esca deve assaporare il pesce e non il pescatore*" – der Köder muss dem Fisch schmecken und nicht dem Angler.

Doch da lag der Dottore falsch. Silvia war nicht der Köder, die „andere Seite" – so die neutraleVerbrämung der heimischen Mafiosi – nicht der Fisch und er, Ernesto, alles andere als der Angler. Er selbst war der Köder. Und Silvia angelte mit ihm die dicken Fische. „Die Anderen" waren nur das trübe Wasser dieser Geschäftswelt. Das blieb nicht verborgen. Auch in den sogenannten Kreisen sprach es sich herum, dass Silvia ein Fakt war, mit dem man klarkommen musste. Sie war bestens und frühzeitig über alles Wichtige informiert, verhandelte redegewandt und blieb unnahbar. Ihr größter Erfolg: Sie wurde ernst genommen. Einer von weiter oben beschrieb sie als „Don im schwarzen Kostüm". Doch natürlich ging von ihr keine Gefahr aus, das wussten die Herren. Aber sie redete, was man einem Mädchen leicht anhängen könnte, nicht in blumigen Worten. herum, im Gegenteil: Ihre Ansagen waren klar und eindeutig. Es schien ihr zu gefallen, auf dieser Ebene mitzuhalten. Dazu gehörte auch Diskretion. Die Männer waren keine Gegner, sie sah sie als gleichrangige Partner, fühlte sich bereits in gleicher Etage mit ihnen.

Das gefiel ihr sehr.

Wenn es um die schmutzigen Verträge ging, trug keiner von ihnen Silvias Namen oder hatte ihre Unterschrift. Nur die von Dottore Ernesto Strabo. Es war die uralte Inszenierung, die nicht auf Zuschauer erpicht ist, aber ständig funktioniert – als Drama, Tragödie oder, wie auch hier, als kleines Schmierentheater. Man spielte es sich, ob man wollte oder nicht, vor wie einen rituellen Klassiker. Texte, Kulissen, Ensemble: austauschbar, aber nur in der stilistischen Form.

Die „Anderen" taten, als glaubten sie, dass der Dottore ihr offizieller Geschäftspartner sei. Dabei lachten sie im Stillen über ihn. In seiner anbiedernden, dümmlichen Vertrauensseligkeit den anderen gegenüber präsentierte er sich als der eigentliche *Major Domus*. Schwafelte flüsternd, Donna Anna lebe längst auf dem Altenteil und Silvia sei nur ein plakatives Pin-Up-Girl der Marketingabteilung.

Alle außer dem Dottore indes kannten die wahren Konstellationen. Silvia war fein raus – Auch die Menschen auf dem Weingut haben gute Erdungen und ein sensibles Gespür für Umbrüche, und nicht nur für Wetterwechsel.

Es war vor nicht allzu langer Zeit. Eine Kleinigkeit nur. Silvia war unversehens in die Küche gekommen. Sie war offensichtlich in Ausgehkleidung. Das obligate schwarze Kostüm., einen silberbeigen Schal, in der Hand einen flachen, schwarzen Pillbox-Hut. Chic aus England. Sie schien es eilig zu haben. Am großen Holztisch stand Stefania und rührte Teig an.

„Was machst du denn hier? Warum bist du nicht drüben im Garten bei den anderen, wie ich angeordnet hatte?"

„Hallo Silvia, *scusi*, ich backe eine Torte, eine leckere *Torta Caprese*. Schön mit Schokolade."

„Wieso? Für wen denn?"

„Für Tarik zum Geburtstag. Sonst kümmert sich ja keiner um ihn."

„Sind wir seine Eltern? Und es ist nicht dein Job, ihn zu füttern. Wo ist er überhaupt? Er muss mich fahren. Jetzt!"

Die letzte Silbe war so hart wie der Knall, wenn die Donna ihren Stock auf den Boden rammte. Sie verließ die Küche und setzte sich bei geöffneten Türen gleich nebenan im Wohnzimmer an den Tisch. Sie war zwar – ohne, dass es ihr aufgefallen wäre – herrisch im Ton gewesen, aber das tat ihrer eigentlich guten Laune keinen Abbruch. Es war Tarik, der nur eine Minute später ungewollt Silvias euphorische Stimmung dämpfte. Ohne zu wissen, dass Silvia ihn brauchte, war der Albaner von sich aus in die Küche gekommen. Köchin Stefania stellte sich mit dem Rücken vor den Kuchenteig, damit Tarik ihr noch unfertiges Geburtstagsgeschenk nicht sehen konnte, und gratulierte ihm erst einmal. Das hörte auch Silvia gegenüber.

Und was Stefania dann Tarik steckte, schockte sie: „Silvia macht aber mächtig Tempo mit der Karriere. Von wegen Dame. Sie ist wohl doch nicht die nette Signora, wie ich es geglaubt habe. Sie ist schon eine richtige Donna, aber nicht so wie unsere Donna Anna."

Stefania, die sich unbeobachtet fühlte, fuhr fort: „Man sagt ja, *la moneta rovina il carattere*. So ist das oft. Aber welches Geld soll denn Silvias Charakter verdorben haben? Das gehört doch sowieso alles der Donna. Auf mich wirkt sie wie ferngesteuert, neben sich."

Tarik nach einer Sekunde Pause: „Vielleicht ist es ja etwas anderes. Mein Großvater Enis in Pogradec, das ist in Albanien am Ohridsee, hat immer erzählt, wie sehr sie in ihrer Brigade unter einem einzigen Mann gelitten hätten. Damals wurden überall im Land idiotische Kleinbunker gegen alle möglichen Feinde, auch Italiener, die nie kamen, gebaut. Der Brigadier dieser

Truppe von vielleicht, was weiß ich, einem Dutzend Familenväter war ganz klar ein riesengroßes *Gomar*."

„Was ist ein *Gomar*?" Zwei Sekunden Pause. Dann Tarik:

„Ich wills lieber nicht übersetzen. Aber er konnte es sich leisten, denn er hatte die Macht dazu. Und die Signora hat auch Macht. Aber sie weiß wohl nicht, wie man richtig mit ihr umgeht. Sie sollte mal in den Spiegel schauen!"

„Magst du sie nicht, Tarik?" Die Antwort kam prompt.

„Doch, sehr sogar. Aber seit einiger Zeit denke ich mir schon mal so einiges."

„Meinst du denn, dass du selber mit der Macht in der Hand nicht auch anders würdest?"

Silvia im Wohnzimmer war blass geworden und atmete dünn, als wolle sie das belauschte Gespräch nicht stören. Tarik zu Stefania:

„Nun ja, ich glaube nicht, dass ich anders würde. Aber garantieren kann ich es nicht. Das mit der Macht ist so eine Sache."

Stefania fiel dazu auch etwas ein: „Ich habe mal gehört, wie unser Monsignore gesagt hat, die Macht der Männer sei nur unsere Angst vor den Männern."

„Oder vor mächtigen Frauen, Stefania. Wie die Signora."

„Ich denke, dass ihr alles über den Kopf gewachsen ist. Im Grunde ist sie doch noch immer unsere kleine Silvia aus Milano. Ich wünschte mir, dass sie nicht ihr gutes Herz verloren hat."

Silvia war wie vor den Kopf geschlagen. Geld verdirbt den Charakter? Auch ihren? Und sie soll herzlos und ungerecht sein? Hatte sie sich wirklich so sehr verändert?

Was sagen bloß die Leute?

Vor einem Monat war Silvia aus ihrem kleinen Mädchen-Zimmer im Erdgeschoss rauf auf die erste Etage gezogen. Ganz in die Nähe von Donna Anna auf demselben Flur. Die hatte ihr das große Zimmer – das ehemalige Matrimonio für sich und ihren verstorbenen Mann, den Gerichtspräsidenten – angeboten. Seit Jahren wurde es nicht mehr genutzt, weil die Donna bei all ihren Erinnerungen in ihm fröstelte – ihre Art von Trauer. Es war das größte der drei Zimmern der ersten Etage. „*Si addice alla stazione di qualcuno.* – Standesgemäß", hatte die Donna geschmunzelt.

Silvia hatte einmal in ihrer Schulzeit einen Bildband über kampanische Schlösser in der Hand gehabt. Die Reggia von Caserta, Neapel, Capodimonte und Portici. Tief hatte sie sich in die Welt der bourbonischen Könige und besonders Königinnen hineingeträumt. Jetzt und hier, in ihrem neuen Zimmer, stand sie, so kam es ihr vor, wieder in einer königlichen Kulisse. Diese schweren Mahagonimöbel, dieses breite Bett, der Murano-Leuchter, die zartblauen Papiertapeten mit dem aufgedruckten Blumenmuster, der dicke Teppich, die leichten Deckenstuckverzierungen. Transparente Seide-Stores mit zarten Blumenzeichnungen wehten, vom Wind ermutigt, durch die Verandatür ins Zimmer und der weitreichende Blick promenierte über das unten beginnende, grünwellige Reben-Tal bis zum dunkleren Hügelhorizont.

„Meine Reben, es sind jetzt alle auch meine Reben!", flüsterte sie gegen den leichten Wind.

Wenn sie sich ein wenig hinauslehnte, konnte sie linker Hand die Sonne untergehen sehen. Jetzt war sie die Königin – oder zumindest auch eine Donna – und hatte ihr Personal. Stefania und abwechselnd Pia, die junge Aushilfe aus Cosenza, kümmerten sich ab sofort um Ordnung und Sauberkeit in diesem Pracht-Zimmer. Auch das gefiel Silvia sehr, sehr gut.

Was also sagen bloß die Leute?

Silvia wusste im Grunde genau, was die Leute sagen. Denn sie war ja eine von ihnen. Die wussten ganz genau, wann und bei wem sich ein Schatten wie schwarzer Schimmel auf das Herz legt. Enttäuschungen verhaken sich in ihnen tiefer als offene Fehlhandlungen, Illoyalität mehr als Illegalität. Dieser tiefen Enttäuschung lag eine tragische Entwicklung zugrunde: Silvia drohte – von ihr selbst unbemerkt und wie nach einem ewigen Gesetz – ein Teil dessen zu werden, aus dem sie zuvor vehement und voller Schmerzen ausgebrochen war. Nur war dieser Ausbruch nicht bewusst und absichtlich geschehen, sondern eine Folge der Umstände und keine Infektion mit dem schwarzen Virus der Macht; „es" steckte bereits in den Genen.

Der eigentliche Kampf gegen einen solchen – aber nur scheinbar unlösbaren – Geburtsbann begann nun tatsächlich mit diesem Gespräch, dessen Zeugin sie gerade unbeabsichtigt geworden war und das ihr Dinge aufzeigte, die sie nie geahnt hatte. Das war ein Glück, denn für die Zukunft hatte Silvia nun einen wichtigen Verbündeten: Wissen. Und sie stand auf einmal neben sich und konnte ihr *alter ego*, ihr zweites Ich, sehen.

Silva schreckte auf wie aus einer fremden Matrix. Wie in einem rasend schnell ablaufendem Film sah sie Bruchstücke ihres Lebens eine Schriftrolle in der Hand des Heiligen Chrysostomos. Der erste Blick auf das Meer. Eine Bronzestatue. Breite Männerrücken. Sterbende Kraken, die auf Felsen geschlagen wurden. Ein weinender Priester. Fäuste. Blut. Das Gesicht ihres Vaters. Eine Spielkarte auf einem toten Körper. Aber nichts von Donna Anna. Zum Schluss der Absatz eines polierten Brunello-&-Cucinelli-Schuhs, der mit aller Kraft auf eine Grille tritt, die zerbirst wie ein Habicht-Ei, das aus dem Nest gefallen ist.

Es hatte sie wie ein umstürzender Baum getroffen. Ihr gesamtes Sein lag unter ihm vergraben. Es war eine furchtbare Viertelminute. Wie zufällig war sie an einem Wandspiegel vorbeigegangen, der plötzlich lebendig wurde, riesige Tentakeln ausfuhr, die sie ergriffen und mit einem gewaltigen Ruck vor das Spiegelglas rissen. Und in diesem sah sie eine grässliche Fratze. Ein böses, abartiges Zerrbild ihrer selbst. Nie vorher hatte sie sich so gesehen. Sie war entsetzt. „Das ist nicht mein Gesicht, nein, das bin nicht!" Silvia riss sich los, der Spiegel verschwand. Der Albtraum blieb. Ihr Atem flimmerte wie ihr Herzschlag. Sie, Silvia, war eine von denen, den anderen.

Kein weltfremdes, junges Mädchen mehr. Sie war eine erwachsene, erfolgreiche Frau geworden. Hatte sie wirklich auf diesem Weg etwas Wesentliches von sich verloren? Waren Tarik und Stefania nur zwei aus einem vielstimmigen Chor derselben Erkenntnis? Und wenn sie recht hätten? Wenn sie nun doch – dermaßen amputiert – noch einmal zu einer anderen geworden wäre? Wieviel wert war ihr das alte Ich und wie könnte sie es retten?

Silvia versuchte, sich zu sammeln. „Übertreib jetzt nicht, sieh die Dinge mal klar – was ist denn wirklich passiert?" Aber sie konnte das Gehörte nicht banalisieren. Soweit kannte sie sich recht gut. Und daher auch ihre Schwäche – neben der Vorsicht das beste Schutzschild im Kampf des Lebens. Das Gerede zweier Angestellter hatte sie aus der Bahn geworfen und ihr die Brüchigkeit ihrer Souveränität demonstriert. Sie war nicht wirklich souverän. War es nie gewesen. Sie hatte immer nur mit angehaltenem Atem gelebt; für alles, was sie geleistet hatte, gab es keine Historie, auf die sich ihr Selbstbewusstsein stützen könnte. Ein flüchtiges Geschwätz – und Silvia fühlte sich wie in einer fremden Haut. Was sie besonders erschrak: dass man sie jetzt in der Nähe derer sah, die sie misshandelt und gedemütigt hatten, vor denen sie geflohen war. Davon wusste hier zwar keiner etwas, nur sie kannte alle ihre Verletzungen, Narben und abgestreiften Lebenshäute. Sie wusste alles. Auch hier. Auf dem Weg zur zweiten Donna. Zur Macht.

Draußen lag die helle, gut ausgeschlafene Morgensonne auf der Terrasse und wärmte die Kalksteinplatten. Eine zufällige Brise hatte sich hierher verirrt und machte den Büschen und Sträuchern geflüsterte, verwegene Versprechungen von neuen, farbenfrischen Kleidern. „Saturn", Tariks hechelnde vierbeinige Mischung aus mindestens zwei Vaterländern, trollte sich ins Wohnzimmer und sprang fröhlich bellend an Silvia hoch, wodurch Tarik sie mitten im Raum am Tisch stehend entdeckte. Er war unsicher, ob sie das kurze Gespräch zwischen ihm und Stefania mitbekommen hatte.

„Signora, ich wollte gerade …"

„Und ich wollte gerade zu dir. Ich muss nach Diamante zu Giorgio. Hast du Zeit?"

Sie vermied es, ihm nur einfach anzuordnen, den Wagen start-bereit zu machen. Und sie drehte sich diesmal auch nicht um, ohne auf eine zustimmende Antwort zu warten.

Silvia sah ihn fragend an.

„*Sì, sì*, Signora. Ich habe Zeit, Donna Anna braucht mich heu-te den ganzen Tag nicht, hat sie mir gesagt. Wann soll es denn losgehen?"

Für Tarik war es eine ganz normale Fahrt an einem ganz nor-malen Tag. Er sollte sich sehr irren.

Der Frühling an diesem Vormittag war so zart, so sanft, so wär-mend. Es war wieder diese Malerei mit feinem Pinsel, die das Land, die Hügel, die Bergflanken, die Straßenränder, die steil abfallenden Felsklippen und selbst die zum Himmel strebenden Bäume gelb einfärbt. Kein kaltes Gelb wie verschattete Zitronen im zu warmen November, kein dünner Teint wie der blassgelbe Klee auf den abfallenden Wiesen der Donnici-Hügel. Und auch kein hässliches Schwefelgelb wie die Vespa von Lara Cotti, der Briefträgerin von San Benedetto Ullano auf dem letzten Hügel vor der Apenninenkette gegen das Meer. Das Gelb dieser Zau-bertage war ein üppiges Geschenk reinster Farbe – der flam-mende Ginster, die geplusterten Puderquasten der Mimosen, die eingesprühten Goldakazien, der Rausch der wie hingetupf-ten, kleinen Ochsenaugen im frischen Gras, die Krokusse und Forsythien in den Gärten und Parks unterwegs.

Silvia war mit Tarik nach Diamante zur Zitrus-Plantage von Giorgio Natana gefahren. Die lag etwa zwei Kilometer land-einwärts auf der schmalen, fruchtbaren, zum Meer abfallenden Ebene zwischen zwei kleinen Hügelketten. „Wenn ihr an Do-natellas Pasta-Laden vorbeikommt, seid ihr schon da", hatte Natana sie das erste Mal eingewiesen.

Silvia musste sich noch einmal mit Giorgio Natana treffen. Er wollte ihr einen Verwalter für ihren Betrieb vorstellen. Das

Frühjahr brachte viel Arbeit in den Weingärten. Die Reben müssen bis auf zwei Ruten heruntergeschnitten, der Holzabfall in den gejäteten Boden als Humus eingebracht, die Pflanzen selbst gebogen und neu angebunden, es musste gedüngt und – soweit erlaubt und vertretbar – Pflanzenschutzmittel gesprüht werden. Viel Handarbeit. Natana hatte dafür noch extra zwei Saisonarbeiter aus Diamante gefunden, die er zu auch gleich diesem Treffen mitgebracht hatte.

Alles war – wie immer – gut verlaufen. Diesmal hatte Natana meist für Silvia verhandelt und sie brauchte es nur abzunicken. Er wunderte sich ein wenig darüber, wie bereitwillig sie ihm die Rolle als Verhandlungsführer überlassen hatte. Auch beim gemeinsamen kurzen Mittagsimbiss war ihm Silvia ungewohnt in sich gekehrt und wie abwesend erschienen.

Jetzt am frühen Nachmittag ging es wieder zurück nach Rende.

Doch schon kurz nach der Abfahrt hinter dem neuen Hotelkomplex im Grünen bat Silvia Tarik um eine Pause, als sei ihr plötzlich schlecht geworden. Tarik reagierte sofort und hielt besorgt, damit Silvia aussteigen konnte. Aber sie übergab sich nicht am Straßenrand, sondern lief weit in die Wiese neben der Straße hinein und setzte sich mitten in die gelben Kronenmargeriten. Dort saß sie in einem Zimmer mit geblümten Tapeten und ohne Dach und immer noch ohne Namen an der Tür. Über ihr am blauen Himmel bummelten runde Wölkchen wie süße *Ricciarelli*, die kleinen, kugeligen Mandelkekse.

Silvia nahm diese Bilder nicht wahr. Ihr war nicht schlecht geworden. Zumindest nicht so, wie es Tarik vermutete. Sie saß nur da. Hielt den Kopf gesenkt und blickte ziellos nach unten. Und sie weinte leise. Nicht heftig. Nur ein paar Tränen liefen über die geschminkten Wangen und tropften lautlos ins Gras wie Regentropfen, die von einem Schilfrohrblatt abperlen.

Tarik konnte von der Straße aus davon nichts sehen, denn so verhalten weinte Silvia, dass ihre Schultern nicht einmal bebten. Alles – bis auf die Tränen – ging nach innen. Und sie wusste nicht einmal, welche Frau jetzt weinte. Eine verwirrte, traurige Frau oder eine ihr fremde Schimäre?

Unauffällig und hinterlistig hatte sich die klebrige Hülle des Selbstmitleides um den Kern echter Betroffenheit gelegt und verdickte den soeben entstehenden Seelentumor. Doch die attackierte Seele bewies wieder einmal, dass sie noch stark genug ist, sich zu wehren. Ihre Kindheit wurde beschützt durch die Unschuld, die Jugend durch die immunisierende Kraft der Naivität und jetzt waren es Silvias gesammelte Erfahrung und die Alarmglocke, die bei jeglicher, ernsthafter Übertreibung läutet und weckt.

Silvia öffnete abrupt die feuchten Augen. Nein, sie schüttelte heftig den Kopf, nein, so wollte sie auch nicht sein. Das war sie nicht. Es dauerte eine kurze Weile, dann hatte sich ihr eines Ich gegen das andere entschieden. Plötzlich hatte das Wiesenzimmer, in das sie sich geflüchtet hatte, ein Dach und feste Wände und eine offene Tür, durch die sie gehen konnte, die sie hinter sich abschließen konnte. Silvia stand auf und ging zurück zum Auto.

Tarik hatte seine Kippe gerade ausgetreten, als Silvia wieder zurück zum Wagen kam und sich stumm hineinsetzte. Aus dem Handschuhfach holte sie ein Paket Papiertaschentücher und klappte die Sonnenblende mit dem Schminkspiegel herunter. Dann nahm sie ihre Handtasche hoch, die sie im Fußraum gelassen hatte, als sie in die Wiese gelaufen war, und schaute nach, was sie alles bei sich hatte. Die Vertragsunterlagen der Saisonarbeiter und des neuen Verwalters, das Handy mit dem Ladekabel, die Geldbörse, Schlüssel, Make-up, das Etui mit den Kreditkarten und in einem Nebenfach mit Reißverschluss einen Messingknopf mit einem Anker darauf.

Sie nahm ihr Make-up heraus und wischte sich sorgfältig das Gesicht ab, tupfte die nassen Spuren aus den Augenwinkeln und von den Wangen und trug neues Make-up auf, um die Spuren der Gefühle zu überdecken. Dann ließ sie die Blende mit einem so harten Geräusch zurückklappen, dass Tarik, der gerade den

Wagen starten wollte, überrascht zu ihr hinübersah, aber nichts sagte.

Schweigend fuhren sie los. Als der Wagen die Provinzialstraße erreicht hatte, konnte Tarik mehr Gas geben. Ein frischer Wind war aufgekommen und hatte das Meer sichtbar übermütig gemacht, denn es flimmerte frech und schickte aufblitzende, salzige Kusshände in die leichte Luft über den Wellenkämmen.

Silvia war in Gedanken noch einmal in ihr Wiesenzimmer zurückgekehrt und hatte dort ihre Entschlusskraft abgeholt, die sie vergessen hatte. Jetzt konnte sie handeln. Die Libelle wechselte im Bruchteil einer Sekunde wie ein Projektil vom stehenden Flug in eine andere Richtung. Zu schnell für jedes Auge. Wisch!

„Tarik, es gibt eine kleine Änderung. Fahr mich bitte zurück nach Diamante."

„Geht in Ordnung, Silvia." Diesmal sagte er „Silvia" und nicht mehr „Signora". Sie bemerkte das sehr wohl.

Er ging vom Gas runter und suchte eine Möglichkeit zum Wenden. Sie waren noch nicht allzu weit gekommen und hatten gerade erst die Marina di Belvedere passiert.

„Wieder zu Signor Natana?"

„Nein, Tarik, zum Bahnhof."

22
Unerwartetes Wiedersehen

Der Zug war pünktlich um 16 Uhr in der Stazione von Buonvicino in Diamante abgefahren. Inzwischen war es kurz nach 19 Uhr, etwas verspätet stieg Silvia aus. Die mehr als dreistündige Zugfahrt hatte sie kaum wahrgenommen. Kein Blick nach draußen, keine sehnsüchtigen Gedanken über den gekräuselten Stretto. Silvia war erschöpft eingeschlafen. Das Handy hatte sie bewusst abgestellt. Diese Fahrt war keine Reise gewesen, sie war ein Transport.

In Reggio di Calabria hatte die Dämmerung begonnen. Was sie jetzt brauchte, war eine Unterkunft. Sie war müde. Bevor sie den Bahnhof verließ, fragte sie eine Angestellte an der Auskunft neben den beiden Fahrkartenschaltern in der dunkel marmorierten Halle nach einem Hotel oder einer Pension in der Umgebung. Die Frau musterte Silvia freundlich.

„Warten Sie mal, es gibt hier ein 'Bed & Breakfast' gleich in der Nähe." Sie lehnte sich nach hinten.

„Lena, wo übernachtet deine Mutter immer, wenn sie nach Reggio kommt?"

Die Antwort kam aus der Tiefe des Raums. „Im *Clario* drüben in der Via Nino Bixio."

Zu Silvia gewandt, erläuterte die Frau ihr den Weg.

„Raus aus dem Bahnhof, über die Via Missoni und hundert Meter die *Aspromonte* hoch, dann die nächst links. Da ist es schon."

Auf dem kurzen Weg kam Silvia an einem Schnellimbiss vorbei, wo sie dankbar etwas aß. Seit dem kleinen Mittagssnack bei Giorgio Natana hatte sie nichts mehr zu sich genommen. Sie kaufte sich noch eine Flasche Mineralwasser und steuerte dann die angegebene Adresse an.

Es war kein Problem, auch nicht, dass sie kein Gepäck bei sich hatte. Offensichtlich wirkte ihre Erscheinung seriös genug. Schon im Einschlafen wusste sie, dass ihre überstürzte Fahrt nach Reggio richtig gewesen war. Morgen würde sie Donna Anna anrufen. Sie wusste genau, was sie tun wollte und musste. Silvia schlief gut und fest, so hatte sie es geplant, in der letzten Nacht dieses Lebens.

Der Morgen kam mit einem Grauschleier. Die Frühlingssonne hielt sich bedeckt. Silvia stand vor ihrer Unterkunft auf der Straße. Sie hatte gut gefrühstückt und war jetzt froh, dass sie kein Gepäck bei sich hatte. Tief sog sie die frische Luft ein. Wie anders sie schmeckte als in Rende, und auch ganz eigen roch. Gerade diese olfaktorische Wahrnehmung schließt oft eine längst verloren geglaubte Erinnerungswelt wieder auf, egal, ob schön oder hässlich. Die Nase wählt sie nicht aus, sie fördert sie nur zu Tage. Der Geruch ist das Transportband. Silvia spürte vorwiegend das Salz des Meeres, aber darunter lagen auch die Würzen der aufknospenden Bäume und sprießenden Gärten der Stadt. Der auflandige Wind wehte zudem eine Prise Atemluft der Schiffe aus der Meeresenge vor Sizilien über die Stadt, erzählte von Reisen und weiten Zielen noch jenseits dieser welligen Welt.

Diese Mischung war dominant, verdeckte aber eine Botschaft aus einer anderen Welt, die offenbar nicht untergegangen war. Sie ließ ganz, ganz hinten im Kleinhirn wenigstens eine Ahnung zu von Salbei, Rosmarin, Thymian und Wiesen nach dem ersten Schnitt, nach dem Parfüm der Stärke wilder Macchiensträucher, ihrer Zistrosen, Myrten oder der alles umschlingenden Stechwinde als die raue Haut grüner Hügel. Die Gegenwart dieses Morgens in der schmalen Straße in Reggio konnte die Erinnerungen der Nase nicht verdrängen.

Aber etwas anderes schien verdrängt. Oder es war ausgelöscht. Der Geruch dieses Morgens in der Stadt löste keine Erinnerungsangst oder lähmende Panik in ihrem Herzen oder im Bauch aus. Welche Gnade – ihre Leiden waren aus diesem Bewusstsein ausgeklammert.

Silvia wandte sich nach rechts. Sie hatte Glück, denn – was sie vorher nicht gewusst hatte – ihr Ziel lag nach Auskunft an der Rezeption nur einige hundert Meter entfernt am Corso Giuseppe Garibaldi.

~~ ~~

Sie sprang fast die acht Stufen der Questura bis zum Empfang neben den Glastüren hinauf. Es war kurz nach neun Uhr. Da würde sie ihn nicht verpassen.

„Was möchten Sie?"

Der ältere Mann in Zivil hinter der Glasscheibe am Empfang hatte einen kleinen Plastikbecher mit heißem Espresso neben sich. Er fragte nicht „Was kann ich für Sie tun?", denn er sah sich nicht als Servicekraft, sondern als Beamter, und er schnarrte es, als wäre ihm diese Störung während seiner wohlverdienten Pause lästig.

„Ich möchte zu Commissario Baldini."

Silvia hatte ein Gespür für den Augenblick und sagte ihrerseits kein „bitte".

„Einen Commissario Baldini haben wir hier nicht mehr."

„Ach, das ist ja schade. Wo ist er denn hingegangen?"

„Der Vize-Questore Enrico Baldini ist kein Commissario mehr und hat sein Büro im ersten Stock. Was wollen Sie denn von ihm? Haben Sie einen Termin?"

„Nein, den habe ich nicht. Aber der Commissario, *scusi*, der Vize, Vize …"

„Vize-Querstore!"

„Der Vize-Questore hat mir gesagt, dass ich jederzeit zu ihm kommen könnte, wenn ich ihn brauche."

„Und jetzt brauchen Sie ihn?"

„Ja, jetzt brauche ich ihn. Es ist dringend."

„Und was genau ist so dringend? Ich muss ja wissen, welche Abteilung für Sie zuständig ist –"

„Das kann ich nur ihm sagen."

Der Mann hinter der Glasscheibe trank seinen Espresso mit einem Schluck aus.

„Das glauben Sie. Aber wenn Sie mir nicht sagen wollen, worum es sich handelt, können Sie gleich wieder gehen."

Mit einem Ruck stellte Silvia ihre Handtasche auf die polierte Marmorfensterbank des Schalters, eine kleine Mauer, über die sie sich dicht an die Scheibe mit den rosettenförmig angeordneten Löchern für den Durchlass der Stimmen beugte.

„Jetzt will ich Ihnen mal was sagen:" Sie sah ihn kalt an und dann ging sie zum vollends zum Angriff über.

„Ich bin keine Bittstellerin und keine, die vor Ihnen kuscht. Ich möchte mit dem Vize-Questore Baldini sprechen. Nur dem werde ich etwas erzählen. Und Sie melden mich jetzt sofort dort an. Und merken Sie sich: Wenn ich hier gehen muss, dann auch Sie. Vielleicht sogar so schnell, dass Sie mich noch überholen!"

Gerade den letzten Satz schleuderte sie regelrecht durch die kleinen Stimmlöcher der Glasscheibe. Der Mann dahinter hatte sich erst etwas erhoben, sackte aber zurück und griff zum Telefon.

„Clarissa, ist der Vize zu sprechen?"

Er lauschte ein paar Sekunden. Dann legte er den Hörer auf und grinste Silvia an.

„Der Vize-Questore ist leider beim Bürgermeister und kommt erst um 11 Uhr zurück. Da werden Sie wohl doch noch einmal kommen müssen, Signora. Tut mir ja so leid." Mit einem gezielten Wurf schoss er seinen leeren Espressobecher in den Papierkorb.

Zurück auf der Straße, bummelte Silvia in Richtung des kleinen Botanischen Gartens. Sie hatte also zwei Stunden Zeit.

Gegenüber lag ein Reisebüro. Sie überquerte die Straße. Neben der Tür, die noch geschlossen war, hing ein Plakat für eine Sonderausstellung.

Eine Sonderausstellung. Wie mechanisch kam sie in Bewegung. Der Verkehr auf dem Corso war mäßig. Die Sonne hatte sich noch immer nicht herausgewagt. Möwen kreisten über ihrem Kopf und schrien gegen den Wind, der die Vögel hochriss und am Scheitelpunkt ihrer Bahn wie auffliegendes Papier in die Tiefer der Straßenschluchten warf, bis sie – scheinbar im letzten Moment – voller Lebenslust hochjagten und gegen die Unterseite der Wolken schnellten.

Silvia war stehen geblieben und hatte dieser rasanten Flug-Choreographie zugeschaut. Nun ging sie weiter. Wenn man es eilig hat, ist jeder Weg weit. Aber für Silvia schien er zu schrumpfen. Nach einer guten halben Stunde immer den Corso hoch stand sie vor dem Archäologischen Nationalmuseum. Es hatte gerade erst nach der Winterpause wieder eröffnet. Es schien, als sei sie eine der ersten Besucher an diesem Morgen. Die junge Frau an der Kasse jedenfalls schaute die blonde Besucherin erstaunt an. Silvia löste ein Ticket und ging ohne zu zögern die breite Besuchertreppe hinunter ins Untergeschoss. Sie registrierte die letzten Reinigungskräfte, die ihr entgegenkamen und nach oben gingen. Und dann stand sie vor den zwei Bronzestatuen – oder besser, zwischen ihnen –, die auf ihren weißen Marmorpodesten weit auseinander positioniert worden waren; überhaupt – ein Privileg ihrer Berühmtheit – die einzigen Objekte in diesem lichten, hellen Saal.

Genau in diesem Moment schmolz etwas in ihrem Kopf, ein Etwas aus Sehnsucht, Gefühl, Überwältigung – und Wahn. An dieser Stelle ihres späten Rendezvous' spürte Elisabetta, wie dieser Klumpen Etwas implodierte und seine Reste aus ihrer Gegenwart zurück in ihre Kindheit flossen. Lautlos.

Es war, als habe sich in diesem einen Augenblick ein maligner Knoten um die inneren Abläufe, das Gemüt, die Erkenntnis- und Handlungsfähigkeit gelöst und ihren Geist wieder freigegeben. Nur – das wusste Silvia nicht, da zugleich auch die Erinnerung an die katastrophalen Einschränkungen gelöscht war. Einzig ein Gefühl von Traurigkeit blieb hängen wie ein zerknittertes, löchriges Seidenpapier, in das man – vergeblich – einen letzten Hauch vergehenden Sommergeruchs mit in einen kalten Winter nehmen will.

Ihre Knie berührten die Absperrung. Sie trat einen Schritt zurück. Drehte sich um und verließ den Saal, in den jetzt gerade eine erste geführte Besuchergruppe strömte. Sie ging durch den Nachbarsaal, passierte einen kurzen Gang voller Vitrinen mit Ausstellungsstücken und wandte sich zur Treppe nach oben.

Dort machte sie einen Fehler.

Als sie die erste Stufe der Treppe erreicht hatte, kam ihr von oben ein junger Mann entgegen. Offensichtlich kein Besucher, denn er trug einen großen Fotoapparat umgehängt und einen dunkelblauen Plastikeimer in der Hand.

Das konnte kein Zufall sein! Warum hielt sie plötzlich den Atem an, schoss ihr Schweiß in die Handflächen und auf die Stirn, schlug das Herz wie wild?

„Sebastiano!"

Mit einem Schritt stand Silvia vor ihm und strahlte ihn an. Unwillkürlich streckte sie beide Hände aus.

Der junge Mann blieb abrupt stehen und blickte verwirrt auf die junge blonde Frau vor sich.

„*Buongiorno signora*, woher kennen Sie mich?"

Silvia hatte sofort ihren Ausrutscher bemerkt, zog ihre Hände zurück. Ob er sie erkannt hatte? Nein, das durfte nicht sein. Auf keinen Fall. Bitte, nicht.

„*Mi scusi*, ich hatte gedacht, sie seien ein Bekannter von mir. Hab mich leider geirrt."

„Und heißt Ihr Bekannter denn auch Sebastiano wie ich?"

Silvia hatte sich wieder etwas im Griff.

„Ja, ja, so heißt er. Hab mich geirrt." Sie wollte an ihm vorbei und die Treppe weiter aufsteigen. Doch der junge Mann hielt sie am Ärmel fest.

„*Aspetta un attimo*, nun warte doch einmal, ich kenn dich doch. Du bist Elisabetta. Wir haben hier doch gemeinsam gearbeitet." Er zeigte auf ihren Hals. „Du hattest schon immer so ein Kreuz am Hals getragen. Ja, ja, du bist Elisabetta!"

Sebastiano de Martis, der junge Mann, hatte den Plastikeimer abgestellt und fasste sie nun mit beiden Händen an den Schultern, als wolle er sie an sich ziehen. „Wie geht es dir denn, was machst du hier?" Er war völlig perplex. „Und warum, bist du denn blond?"

Silvia schaute umher, ob sie allein waren. Sie wusste, Sebastiano hatte sie erkannt. Es hatte keinen Sinn, ihm etwas vorzumachen. Schnell hatte sie ihre Stärke und Entschlusskraft wieder.

„Ja, Sebastiano, ich bin es. Ich hab' dich auch gleich erkannt. Aber ich habe leider keine Zeit für dich, ich muss weiter. *Peccato*, schade." Sie lachte etwas dünn und fasste sich ins Haar. „Ach so, ja, blond. Das ist ja nur Farbe, einfach mal so. Also, *ciao*, Sebastiano."

Sie sah sein enttäuschtes Gesicht. Darum fragte sie ihn einfach noch etwas, was ihr gerade einfiel:

„Arbeitest du hier fest oder studierst du noch?"

Sebastiano zeigte auf seinen umgehängten Fotoapparat.

„Ich bin mit dem Studium fertig. Aber ich habe noch nichts gefunden. Das hier ist auch nur wieder ein Nebenjob. Ich fotografiere jetzt für den neuen Katalog, im Internet."

Silvia hatte unwillkürlich in den blauen Plastikeimer geschaut. Sebastiano lachte wieder sein offenes Lachen.

„Ach, darin sind meine Kabel, Filter, weitere Objektive auch für Makroaufnahmen." Ganz stolz fügte er hinzu: „Ich habe mir sogar extra ein 75-Millimeter-Objektiv gekauft. War gar nicht so teuer."

Wie er so jungenhaft dastand, kam etwas in Silvia hoch – nichts Konkretes, kein Bild. Aber ein schon einmal Gelebtes – deutlich intimer als nur ein Erlebtes, was ja auch aus der Distanz möglich gewesen wäre. Wärme, Vertrauen, gelachte Laune.

Fast hätte sie sich auf diesen Moment eingelassen, schreckte dann aber auf.

„Ich muss los, Sebastiano, wirklich. Aber es war schön, dich zu treffen. *Ciao!*"

„Warte, warte, Elisabetta, nur eine Minute. Können wir uns nicht mal treffen? Ich wohne ja immer noch in Reggio."

Er zog aus seiner Hosentasche einen zitronengelben Notizblock mit einem kleinen Kugelschreiber an einer Gummischlaufe.

„Hier, ich schreib dir meine Telefonnummer auf. Ruf mich mal an, wenn es geht, bitte."

Silvia nahm den gelben Zettel entgegen.

„Okay, will mal sehen, wie es klappt. Aber tu mir dafür auch einen Gefallen. Sag bitte keinem, dass du mich getroffen hast. Bestimmt nicht der Dottoressa , wie hieß sie noch?"

„Ach, meinst du die Fuconi? Die ist schon lange nicht mehr bei uns."

Ohne Zwischenfall oder eine weitere Begegnung verließ Silvia das Museum. Sie war noch etwas benommen und fühlte sich mehr als irritiert. Sie konnte es nicht erklären oder orten. Ein Ziehen, die kleine Schwester der Sehnsucht, breitete sich in ihr aus. Jetzt erst recht, dachte sie. Jetzt erst recht wollte sie zu Baldini. Sie nahm ihr Handy aus der Handtasche und stellte es wieder an. Auf dem Bildschirm fand sie vier verpasste Anrufe aus Rende. Je einen von gestern Abend von Donna Anna und Giorgio Natana und noch einmal zwei an diesem Morgen, wieder Donna Anna. Aber alle mussten sie warten. In Rende würde sie später anrufen. Vorher musste etwas anderes getan werden.

Kurz vor elf Uhr betrat Silvia nach einer Pause im Botanischen Garten ein zweites Mal die Questura. Derselbe Mann hinter dem Glas, nur ohne Espresso. Aber er schluckte dennoch, als er sie sah. Offensichtlich hatte er nicht mehr mit ihr gerechnet.

Als Silvia vor ihm an der Glasscheibe stand, nickte er ihr fast aber vertraulich und um weiteren Schaden zu vermeiden zu und zeigte mit dem Daumen nach oben. Ohne zu fragen, bediente er das Telefon.

„Clarissa, der Herr Vize-Questore ist doch eben gekommen. Hier ist eine Dame, die hatte schon einmal nach ihm gefragt." Er hatte nicht „jemand" gesagt, sondern tatsächlich „Dame".

Dann fragte er – noch immer mit dem Hörer in der Hand – zu Silvia gewandt:

„Wie ist denn bitte Ihr Name?" Er konnte ja nett sein, wenn er musste.

Silvia trat ganz nahe an die Scheibe, die nach einem ekelhaften Glasreiniger roch, was ihr im Eifer vorher gar nicht aufgefallen war.

„Hier ist Elisabetta Morabella, sagen Sie ihm das bitte ganz genau so."

Es war *Commissario* Sandro Domballo, der Silvia ins neue Büro des *Vize-Questore* im zweiten Stock der Questura brachte. Als sie den Gang entlangkamen, stand Enrico Baldini schon in der offenen Tür.

„*Ciao*, Silvia!", rief er laut seinem Überraschungsgast entgegen. Dann ließ er sie eintreten.

„Setz dich doch!" Er zeigte auf eine kleine Besucherecke neben dem großen Holzschreibtisch mit drei Fahnen dahinter. Silvia schaute sie interessiert an – die blaue Fahne Kalabriens mit Pinie, dorischem Säulenkapitell und zwei kleinen Kreuzen in der Mitte, die dreifarbige *Bandiera d'Italia*, und die tiefrote der Stadt Reggio di Calabria mit dem Heiligen St. Georg, dem Drachentöter.

„Kennst du sie alle?" Der Vize-Questore Baldini hatte sich in den zweiten schwarzen Ledersessel gesetzt.

„Nein, nicht alle, nur die da in der Mitte. Das ist die von Italien. Mit den Farben der Pizza Margherita."

Als wenn Silvia nur aus diesem einen Grund gekommen wäre, erläuterte Baldini ihr die einzelnen Fahnen und besonders die „Pizzafarben".

„Das Grün ist unsere Natur, es sind unsere Wälder, Wiesen, der Wein. Das Weiß ist der Schnee unserer Dolomitengipfel. Und das Rot steht für das Blut der Italiener, die in den Freiheitskriegen gefallen sind."

Silvia hatte die Erklärungen fast gleichgültig aufgenommen, nur bei der Erwähnung des Weins war ihr Blick für eine Sekunde sichtbar interessiert auf die Fahne gesprungen.

„Vize-Questore …"

Baldini unterbrach sie, als wäre es gar nicht so wichtig und eilig zu erfahren, warum Silvia so völlig überraschend gekommen war. Er, der erfahrene Verhörer, wollte ihr Zeit lassen, sich zu beruhigen, sich nicht gedrängt zu fühlen.

„Ach, lass den Vize-Questore doch weg. Es ist nun einmal mein Pech, dass ich jetzt keinen eigenen Namen mehr habe. Immer nur Vize-Questore, Vize-Questore. Für dich bleibe ich Signor Baldini. Wenn du willst, auch Commissario Baldini. Denn ich bin ja trotz der Fahnen und der Sessel hier", er machte mit der Hand eine ausholende Bewegung durch das große Zimmer, „noch immer auch Polizist."

Er schaute Silvia nun neugierig an, fragte aber nichts.

Silvia war überhaupt nicht entspannt. Sie lehnte sich auch nicht zurück in ihrem bequemen Sessel, sondern saß mit dem Oberkörper leicht vorgebeugt, die Hände auf den Knien, vor Baldini. Dies hier war keine Reise an einen Punkt der Erinnerung, den sie längst verlassen hatte. Sie überlegte, wie sie ihm das schlüssig erklären konnte.

Sie hatte sich das seit gestern so oft gesagt: „Ich will doch nur etwas aus meiner Vergangenheit zurückhaben, was mir gehört und nicht dort wieder anknüpfen." Was wusste er schon von den letzten Jahren, von ihrer Entwicklung, ihrem jetzigen Leben und von ihrer Bürde, die sie allein tragen musste und die sie endlich abwerfen wollte, um wieder frei zu sein. „Ja", bestärkte sie sich innerlich, „ja, ich will wieder frei sein. Ich muss es ihm richtig klar machen."

Sie nahm die Hände von den Knien und richtete sich auf.

„Commissario Baldini, ich möchte wieder zurück. Ich kann nicht mehr länger die Silvia sein. Ich heiße Elisabetta Morabella und ich bin Elisabetta Morabella. Und nicht Silvia Dell'Canto."

In Baldinis Miene zeigte sich nichts. Er schwieg einen längeren Moment. Dann stand er auf, ging zu seinem Schreibtisch und tippte auf seinem Computer. Schließlich schien er die Seite gefunden zu haben, die er gesucht hatte, winkte Silvia zu sich heran und drehte ihr den Bildschirm zu.

„Lies das einmal."

Silvia blickte auf den Bildschirm. Baldini tippte mit dem Finger auf eine Namensreihe.

„Hier, das ist die Akte Rossano und Morabella. Das war dein Vater und das bist du. Durch deine Aussagen gab es folgende Urteile. Du kennst sie ja sicher auch, aber ich will sie dir noch einmal deutlich aufzeigen: Paolo, *Complicità in omicidio*, Beihilfe zum Mord mit erweitertem Vorsatz – 19 Jahre Gefängnis im Hochsicherheitstrakt in Rossano. Antonio Strezzo, der sich immer gern Papa Leone nennen ließ: *Privazione dellà libertà* und *Lesione personale*, also Freiheitsberaubung und schwere Körperverletzung – damit bist du gemeint – dreieinhalb Jahre. Im Gefängnis von Castrovillari, das früher einmal Papst Franzesco besucht hat, naja, das wird es Strezzo auch nicht leichter machen. Da können sich beide nicht beim gemeinsamen Hofgang treffen und neue Pläne schmieden: Luca, der Mörder deiner Mutter, ist tot, von deinem Vater erschossen worden …"

„Aber er hat doch auch meinen Vater erschossen!"

„Ja, richtig, aber das zählt für die Familie nicht. Einer ist tot, der andere für dreieinhalb und der dritte für 19 Jahre im Gefängnis, und das, weil eine Frau sie verraten hat. Und die bist nun einmal du."

„Ich gehöre aber doch auch zur Familie. Ich bin ihre Cousine. Die werden mich doch nicht …"

„Doch, werden sie. Den Schutzstatus einer Frau hast du längst verloren. Der ist ohnehin vorbei, nicht nur bei dir. Selbst die ehrenwerte Gesellschaft kennt keine Ehre beziehungsweise das, was sie darunter verstanden haben, mehr. Daran orientieren sich die Mitläufer erst recht. Und dann eine Frau, die sie verrät! Eine Frau aus der eigenen Familie!"

Baldini hatte den Computer wieder zugeklappt.

„Übrigens hat euer Papa Leone einen Antrag auf vorzeitige Entlassung gestellt und damit Glück gehabt. Er wird im Juli entlassen. Da wird er sich aber freuen, wenn er nach Rossano zurückkommt und sieht, dass er alles verloren hat – kein *La Torre Gialla* mehr, das ist längst an einen anderen Pächter vermietet worden, also auch keine Wohnung, kein Geld. Und ob er noch Freunde hat, die ihm helfen werden? Die Capos der anderen Seite halten sich zurück, es ist ja nicht ihre Angelegenheit. Und dann trittst du wieder auf *come un coniglio dal cappello* – herbeigezaubert wie das Kaninchen aus dem Hut. Elisabetta ist zurück. Denk darüber doch einmal nach, auch, wie du deine Brüder und deine Tanten Grazia und Lucrezia gefährdest, vielleicht sogar die, wie hieß sie noch, die Tochter von Lucrezia?"

„Chiara."

„Richtig, Chiara. Da hätte sowieso schon mal was passieren können, aber dadurch, dass es dich praktisch nicht mehr gab, war es zum Glück ruhig. Obwohl sich jeder denken konnte, was mit dir war. Doch letztlich geht es auch um dich selbst, um deine Sicherheit. Garantieren können wir gar nichts, aber wenn Elisabetta wieder aufersteht …"

In diesem Augenblick ging das Telefon.

„Scusa, un attimo."

Baldini meldete sich am Apparat. Es schien eine vertraute Person am Ende der Leitung zu sein. Sie duzten sich. *„Sì, sì,* ja hier bei mir … du hast recht, Giorgio, ich habe das auch schon gefürchtet. Sind nicht alle so stabil, wie es gut wäre … nein, ich habe die Fakten auf den Tisch gelegt … gut, ich rufe dich später zurück. *Ciao!"*

Silvia hatte bei diesem Gespräch nicht hingehört. Sie war verwirrt und verunsichert.

Baldini hatte aufgehängt und sah Silvia nachdenklich an. „Wir können und wollen dich nicht einsperren. Jeder kann dieses Programm freiwillig wieder verlassen. Das ist auch dein gutes Recht. Abgesehen davon, dass es sowieso von unserer Seite beendet wird, wenn sich der Grad der Gefährdung entsprechend verringert hat."

Er sah sie ernst an. „Das ist aber noch nicht der Fall."

„Dann geht es mir aber schlimmer als Paolo. Der hat nur 19 Jahre bekommen, ich habe lebenslänglich!"

Baldini setzte sich wieder.

„Nein, du hast nicht lebenslänglich. Du kannst gehen, wohin du willst. Du kannst tun, was du willst und hast damit großen persönlichen Erfolg gehabt. Die Firma in Rende floriert, ihr habt die Anbauflächen verdreifacht, du bist die Vertreterin der Hausherrin mit aller Prokura, euer Wein ist bestens zertifiziert, ihr seid mit Bravour im Kreis der Kollektive angekommen."

Come? Silvia war sichtlich überrascht.

„Woher wissen Sie das denn alles so genau? Haben Sie mir nachspioniert?"

„Nein, nicht spioniert. Das wissen wir ganz offiziell, allerdings intern. Wir sorgen uns um dich. Schließlich bist du ja in unserer Obhut, und da haben wir auch die Pflicht, uns um dich zu kümmern.

Glaube mir, du bist so frei wie längst nicht alle, die nicht im Gefängnis sind. Und du bist sogar freier als früher. Du hast ja gemerkt, ich habe deinen Lebenslauf immer verfolgt – bis heute. Du hast dich befreit aus so vielen inneren und äußeren Zwängen, aus so vielen Gefängnissen."

Baldini nahm ihre Hand in seine.

„Bist du heute weniger frei, nur weil du jetzt blonde Haare hast und einen anderen Namen trägst? *Guarda*, schau, du heißt jetzt Silvia, weil du aus dem Wald kommst, dem lateinischen *silva*. Und dann heißt du *Dell'Canto*, weil du nämlich von einem Lied abstammst, einem Vers, der von den Bergen und Tälern, den Winden und der Erde, der Musik und den

Menschen, allen Menschen übrigens, nicht nur den Heiligen, erzählt."

„Und den Grillen!", entfuhr es Silvia. Baldini stutzte nicht, er kannte ja Silvias Trauma mit der zertretenen Grille nicht, merkte nur, dass Silvia ihm nun folgte.

„Ja, natürlich auch von den Grillen. Und von den Vögeln."

„Und auch von den erschlagenen Kraken an der Trockenleine und von den Schwertfischen auf den blutnassen Böden der Boote", dachte Silvia, sagte es aber nicht, sondern hörte Baldini zu.

„Ein Lied dieser Welt hier bist du, von Kalabrien, deiner Heimat. Auch weil in deinem neuen Pass ein anderer Name steht, bist du doch dieselbe. Schon dein erster Name 'Morabella' erzählt schon seit deiner Geburt von dem, was du heute bist: eine wunderbare *bella mora*, eine reizende Brünette, auch wenn du heute aus guten Gründen ein bisschen blonder bist."

„Ich war aber doch nie brünett, sondern immer nur schwarzhaarig."

Baldini glaubte, dass er mit einer so komplizierten Erklärung bei Silvia kein Verständnis fand und ins Abseits geriet.

„Nun ja, das Schicksal ist eben nicht immer perfekt bei der Haarfarbe. Aber im Grunde bleibst du im inneren Wesen eine *bella mora*, so hübsch und brünett wie die lombardischen Frauen aus Mailand, wo ja auch deine Brüder leben. Passt doch alles gut und ist kein Widerspruch – oder, Elisabetta?"

Es war ein letzter Versuch von Baldini. In dieser einzigen Sekunde, die ihnen dafür verblieb, verbrannte ein leuchtender Regenbogen im Plasma der Unentschlossenheit. Die junge Frau hatte den Kopf leicht in den Nacken geworfen und schaute Baldini entschlossen an.

„Silvia! Ich heiße Silvia."

Von der Straße stieg der Verkehrslärm nur gedämpft bis an das doppelt verglaste Fenster im zweiten Stock und perlte ab. Noch immer hingen die Wolken über der Stadt. Auf dem graugrün bewegten Stretto begegneten sich zwei weiße Fähren und tuteten sich gegenseitig an. Komisch, diese fernen, dumpfen

Töne durchdrangen im Gegensatz zu den schrillen, aufreizenden Autohupen mit Leichtigkeit das dicke Fensterglas und mit ihnen schlüpften gleich noch die Rufe der von sich selbst entzückten, gefiederten Flugakrobaten vom frühen Morgen über dem Corso Giuseppe Garibaldi ins sprachlose Zimmer.

Die Schwertfische und Kraken waren verschwunden wie in den feuchten Atemhauch die auf einer Scheibe gemalten Finger-Bilder, die der wärmenden Morgensonne weichen.

Silvia sah hinter ihren geschlossenen Augen jetzt junge, grüne Weinreben in vielen hundert Reihen. Sie sah ihr Zimmer in Rende. Sie sah Donna Anna auf ihrem zentralen Platz an der großen Tafel ihres Refektoriumstisches auf der Terrasse der *Villa Busento*. Der rechte und der linke Platz neben Donna Anna waren frei. Viele Freunde und Mitarbeiter dieser imaginären Aufführung waren zu einer Weinverkostung eingeladen, an der einen Seite des Tisches ihr Vater Giacomo und Mutter Clementia, neben ihnen Ernesto und Claudia. Silvia winkte ihnen aus dem Hintergrund ungewohnt freundlich zu. Es schien, als würde Ernesto aufatmen, als ob sich eine befreiende Freude in ihm ausbreitete. Er winkte fast scheu zurück. Silvia zeigte auf die beiden freien Plätze neben der Donna und bedeutete Claudia und Ernesto durch ein Handzeichen, dort Platz zu nehmen. Es war eine Szenerie wie in Zeitlupe. Das Lächeln der Mitspieler war dauerhafter, die Bewegungen liefen geschmeidiger ab.

Die beiden Natanas und Baldini waren auch gekommen. Baldini nahm die Flasche Wein vom Tisch und schenkte ein. Es war ein roter Magliococco *Bella Mora*. Vom Etikett lachte das Portrait von Silvia in die Runde, bis auch diese Szene des inneren Fensters auf dem Weg nach draußen verblasste, Silvia aus ihrer Traumvision erwachte und sie zurückkehrt war in die *Questura* von Reggio di Calabria.

Wieder drangen gegenseitige Begrüßungen der Fähren von und nach Sizilien in den Raum des *Vize-Questore* Enrico Baldini mit den drei steifen Fahnen.

Sie musste unbedingt in Rende anrufen. Vielleicht könnte Tarik sie vom Bahnhof in Diamante abholen, wenn sie den Zug noch bekam. Silvia stand eilig auf. Noch war Zeit.

Feuer und Flamme

Donna Anna hatte nicht gefragt, warum Silvia in ihrem Namen ein altes, verlassenes Haus bei Rossano kaufen wollte. Sie hatte sie nur ernst und prüfend angeblickt. Es war nicht der sehr geringe Kaufpreis, den sie prüfte, sondern ihr Vertrauen. Dann schob Silvia nach: „Ich zahle es dir zurück." Also wollte Silvia es für sich haben, nun gut, warum nicht? Donna Anna fand zwar nichts Aufregendes an einem verfallenen Haus irgendwo im Wald der Sila, aber es war das erste Mal überhaupt, dass Silvia einen persönlichen Wunsch äußerte.

Ohnehin war sie sehr zurückhaltend, gerade in letzter Zeit. Donna Anna war schon aufgefallen, wie wenig sie bei der einen oder anderen kleinen Feier aus sich herausfand. Jetzt, im Sommer, bewegte sie sich am liebsten allein durch die Weingärten, wo sie sich um die Trauben kümmerte, als wären es eigene Kinder.

Der Weinbau war offensichtlich für Silvia zur Lebensaufgabe geworden und Donna Anna ließ sie gerne gewähren.

Der Erfolg gab ihr recht und natürlich macht Erfolg auch hier erfolgreich. Silvia hatte mit Zustimmung der Donna, die ja bezahlen musste, für die immer größer anwachsende Rebfläche Fachleute aus ganz Kalabrien geholt, Önologen und einen Winzermeister, hatte neue Geräte und Kessel gekauft, die Anlagen perfekt gemacht. Der Fuhrpark unter Leitung von Tarik war vergrößert worden, und mit steigendem Erfolg hatte Silvia mittlerweile die Geschäfte – zunächst bei zwei kleineren Abnehmern – bis nach Nordostitalien in der Konkurrenzregion Friaul Venetien ausgeweitet.

Der letzte Clou war ihre neueste Produktion – ebenfalls aus der Magliococco-Traube, die schon seit über 600 Jahren in Kalabrien angebaut wird. Aber keine weitere Kategorie des tanninreichen Canino, sondern ein ebenfalls hervorragender *Mag-*

liococco Dolce. Für alle überraschend wollte Silvia ihn *Bella Mora* nennen und Natana als Marketingberater hatte ihr zugestimmt.

„Das klingt doch ganz gut, vier runde Silben und drei starke Vokale. Und dann noch die Assoziation an die schöne, süße Brünette. Warum nicht? Wir sollten dann aber Silvias Haar auf dem Etikett entsprechend etwas brünetter färben." Doch gegen das dunklere Färben der Haare hatte sich Silvia mit Erfolg gewehrt.

„Ein Wahrzeichen färbt man nicht um, das muss immer so bleiben. Außerdem müssen wir ja nicht alles erklären wie in der Schule."

Und so lachte auch auf diesen Flaschen das Wahrzeichen aller ihrer Weine, das Konterfei Silvias.

Aber im alltäglichen Leben in Rende ertönte dieses früher so ansteckende Lachen überhaupt nicht mehr, was Donna Anna stärker vermisste als sie gedacht hatte. Silvia war ihr mehr ans Herz gewachsen als die eigene Tochter Claudia, die so sah es Donna Anna ohne eigene Meinung und Antriebskraft brav bei dem Verlierer Ernesto ausharrte. Donna Anna hatte allerdings mit ihrem feinen Gespür für Ver- und Entwicklungen schon früh mitbekommen, wie Silvia sich Ernesto zurechtgebogen hatte, wie auch immer ihr das gelungen sein mochte.

Nur was Silvia so still und in sich gekehrt machte, konnte sie sich nicht erklären. Ihr Instinkt konnte zwar etwas wittern. Aber das hatte keine Kontur, keinen benennbaren Geruch, keinen Namen. Und das beunruhigte sie.

Jetzt wollte sich Silvia also ein marodes, altes Haus im Wald kaufen. Genauer gesagt sollte sie, Donna Anna, das Haus unter ihrem Namen kaufen. Nun gut, Silvia wollte in ihrer Bescheidenheit damit nicht hausieren gehen. Kein Problem. Die Donna hatte recht. Silvia suchte tatsächlich einen kleinen, unauffälligen Rückzugsort für eine Pause, ein Anhalten, ein Asyl des Durchatmens und gegen alle sie immer wieder überfallenden Verwirrungen, die zu entwirren es viel innere Kraft kostete. Sie hatte sich bewusst dieses Haus ausgesucht, weil es zu einem amputierten Teil ihres Lebens in einer anderen Währung gehörte. Sie wusste:

Es war für sie ein gemauertes Denkmal ihrer Kindheit und Jugend, ein idealer Hort für alte und noch nicht völlig ausgeträumte Träume vor dem Aufwachen in einer unruhigen Welt. Und auch ein Platz für ein bisschen Stille. Wie ein Tier, das ein Schlupfloch sucht, um sich darin zu verstecken, so sah sich Silvia immer, wenn ihr mal der Atem ausging und so ähnlich vermutete es auch Donna Anna. Ein Schlupfloch wie für eine Feldmaus, eine Ameise oder eine Grille. Sie nickte Silvia zu. „Ich kaufe es dir."

Es wurde wieder so ein heißer Sommer mit seinen eigenen Ritualen, Gewohnheiten und Verbrechen. Wer konnte, schlief in der kühleren Nachtluft auf Flachdächern und Balkonen. Tagsüber hielt man Türen und Fenster geschlossen, damit die Hitze nicht in die Wohnung eindringen konnte. Fast rundum lagen die dicken, weißen Qualmwolken über den Bränden, die sich durch überhitzte Waldstücke fraßen und deren Schein in den Nächten wie Fackeln der Gier und entfesselten Gefräßigkeit durchs trockene Gehölz flackerte. In *Meteo IT* oder in den *Telegiornali* hieß es dann – und wie in jedem solcher Hitzesommer zutreffend –, dass die meisten Feuer absichtlich als verbotene Brandrodung gelegt worden seien. Besonders bizarr die Fernsehbilder aus Kampanien, wo die Brände wie übelweiße Rauchzeichen giftiger Fumarolen die Hänge des Vesuvs hochkletterten. Aber auch in Kalabrien gab es solche Bilder rund um den Monte Pollino, den Aspromonte und überall in der Hohen Sila.

Solange die Straße von Rossano nach Santa Maria del Partire noch nicht die schattenspendenden Bäume erreicht hatte, war der ungeschützte Asphalt von der Hitze an vielen Stellen in Wellen geworfen worden.

Tarik fuhr besonders vorsichtig. Erst im waldigen Abschnitt den Berg hinauf ging es wieder leichter und schneller. Auf dem leeren Parkplatz der kleinen Pilgerkirche hielt er an und ließ Silvia aussteigen.

„Danke, Tarik. Du brauchst nicht weiter mitzugehen. Es ist schon gut. Ich rufe dich an, wenn du mich abholen sollst." Es waren Silvias erste Worte. Die ganze eineinhalbstündige Fahrt von Rende bis hierher hatte sie geschwiegen.

„Ich kann auch hier warten, Signora."

„Das ist nicht nötig, Tarik. Ich weiß noch nicht, wie lange ich bleibe. Ich kann mir ja auch ein Taxi kommen lassen und von Rossano mit dem Bus zurückfahren."

Tarik startete den Wagen und ließ Silvia wie gewünscht allein.

Auch wenn Häuser seit Jahren unbewohnt sind, leben sie dennoch. Der sichtbare Verfall ist ihre natürliche Reaktion auf Missachtung und Verlassensein, sie leiden unter einer groben Kränkung und fahren ihre Vitalfunktion auf ein Minimum herunter. Dabei entwickeln sie einen Geruch von Strenge, Altern und Naphtalin, dem Bestandteil von Mottenkugeln. Wer je in solchen schlafenden Häusern auf Entdeckungstour gegangen ist, kennt diesen Geruch. Nie hat er gestört oder abgeschreckt. Er gehörte dazu, war Bestandteil des Geheimnisses dieser meist verbotenen Erkundungen, das Parfüm des Abenteuers. Diese Häuser leben.

Mit dem Verkauf durch die Kommune von Rossano hatte Donna Anna auch die Schlüssel erhalten und sie an Silvia weitergegeben. Doch sie wären gar nicht nötig gewesen, das Schloss war erbrochen. Silvias Herz klopfte bis zum Hals. Sie betrat kein Haus, sondern ein Leben, das in diesen Mauern überdauert hatte. Alles, was sie sah, was sie berührte, was sich bemerkbar machte, war sie selber.

Die kargen Möbel, der Tisch, die beiden Stühle, der Küchenschrank, die Spüle standen wie alt gewordene Freunde zur Begrüßung im Zimmer Spalier.

Mit den Fingerspitzen berührte Silvia die einzelnen Teile. Dann ging sie durch den Flur und inspizierte die rückwärtigen Räume, das winzige Wohnzimmer neben der Küche rechts vom Eingang, das Schlafzimmer der Eltern und die beiden kleinen Kinderstuben. Aber bis auf ein Bett im Elternzimmer mit schmutziger Matratze waren sie alle leergeräumt.

Zurück in der Küche probierte sie aus, ob das Wasser lief. Der Hahn funktionierte nach einem glucksenden Beginn und erbrach dunkelbraunes Wasser in die Spüle. Silvia ließ es laufen, bis das Wasser sich normalisierte. Dann kontrollierte sie die Toilette. Es war ein stinkender Abort. Hier wartete noch viel Arbeit auf sie. Der Strom war noch abgestellt; die Gemeinde hatte versprochen, ihn in den nächsten Tagen wieder anzuschalten. Zuvor musste allerdings im Flur der Schaltkasten erneuert werden.

Nur eines vermied Silvia: Sie berührte nicht ein einziges Mal den minimal aus der Wand über der Spüle herausstehenden Stein.

Sie wusste nicht, wie lange sie auf einem der Küchenstühle gesessen hatte. Aber sie registrierte, wie das Haus lebte. Vernahm das Wispern der Balken, das feine Knacken der Dielen, ohne dass einer darüber ging, spürte körperlich das Räkeln und Erwachen. Und hörte auf einmal auch wieder die Vettern singen:

„Apriti sti cancelli pè caritati, vagnati chissi labbra chi sù siccati donatici nu pocu i libertati, a tutti chiddri chi su carcerati … – Öffnet bitte die Tore, benetzt unsere trockenen Lippen, schenkt allen, die gefangen sind, ein wenig Freiheit. "

Die Gemeinde hatte Wort gehalten und den Strom in dem alten Haus auf dem Berg bei Rossano eine Woche später eingeschaltet. Der Sicherungskasten und der Zähler im Flur waren erneuert worden. Die Arbeiten an der verstopften Toilette erwiesen sich als langwieriger, wurden aber ebenfalls rechtzeitig fertig und auch das Schloss an der Haustür war ersetzt worden. Silvia hatte Tarik gebeten, in Rende eine Matratze und Bettzeug, das sie dort gekauft hatte, abzuholen und alles mit dem neuen Pickup auf den Berg zu bringen. So konnte sie das Haus in äußerst bescheidenem Umfang in Besitz nehmen. Donna Anna, die es sich bisher nicht angesehen hatte, war noch immer nicht klar, was Silvia damit eigentlich wollte. Es sollte wohl ihre erste Vermutung – so etwas wie eine weltliche Klausur – sein, in die sie sich zurückziehen konnte.

An einem Samstagabend fuhr Silvia – sportlich bequem in Jeans und mit leichtem Poloshirt – mit Tarik wieder auf den Berg. Der Sommer war nicht weniger aggressiv geworden und die Brandwachen beobachteten ihr Revier sorgfältig. In Rossano war bereits das Autowaschen und der Wasseraustausch der Swimmingpools verboten worden, wogegen die betroffenen Hotels – wenn auch vergeblich – protestiert hatten. Busento und Crati, die beiden nassen Adern von Cosenza, waren zwar nicht versiegt, aber müde und kaum mehr als Rinnsale. Die ersten Schatzsucher wanderten bereits am breiter gewordenen Ufer des Busento auf und ab und suchten bei diesem selten so extrem niedrigen Wasserstand, ob sich nicht doch Spuren des Alarich-Goldes im sandigen Flussbett zeigten.

Die Abendstunde versprach Kühlung und Erholung. Silvia hatte einen kleinen Day Bag bei sich mit zwei Flaschen Mineralwasser, einem Handtuchknäuel und ein paar persönlichen Dingen wie etwas Kosmetik. Sie wollte dieses Wochenende erstmals allein im alten Haus auf dem Berg verbringen.

An der Tür begann bereits die Katastrophe. Das Schloss war schon wieder erbrochen worden. Vorsichtig schob Silvia die Tür auf und ging zögerlich hinein. Ihre Witterung war die eines verwundeten Tieres.

Sie inspizierte als erstes das völlig ausgeräumte Wohnzimmer, das Elternzimmer mit der neuen Matratze, über die Tarik wohl etwas nachlässig eine Wolldecke geworfen hatte, und die leeren Kinderzimmer. Alle waren leer. In der Küche entspannte sie sich. Dann nahm sie eine der Wasserflaschen und trank. Der Abend wechselte fast abrupt von einer nicht einmal halbstündigen Dämmerung in den schwarzen Nachtmodus.

Silvia schaltete das Licht in der Küche nicht an. Die Zwischenwelt brauchte keine Beleuchtung. Jetzt unterhielten sich ihre Sinne mit dem Haus. Tauschten Dinge aus, von denen Silvia nie zuvor etwas gewusst hatte. Und Geheimnisse blieben es auch weiterhin, denn Silvia verspürte zwar diese Unterhaltung, ihre Inhalte, Worte, Bilder. Aber sie stand vor einer ihr fremden Sprache wie vor einer geschlossenen Glastür. Sie sah alles dahinter – die sich bewegenden Lippen, die vorbeiziehenden Bilder, die aufgerissenen Augen der Dinge, die endlich ein Gesicht bekommen hatten in diesem alten Haus auf dem Berg. Und manchmal formten sich Gerüche zu Schattenwesen aus.

Sie erinnerte sich an ihren Vater, der ihr einmal mit seinen einfachen Denkmustern und Worten etwas Abstraktes erklären wollte, das sicherlich auch weit außerhalb der katholischen Doktrin stand.

„Schau, Grillchen, dieser Stein hier", er hatte im Garten vom Boden einen Feldstein aufgenommen, „der kann doch auch leben, oder? Nur weil wir es nicht erkennen, kann er doch auf seine Art lebendig sein."

„Kann ich dann auch mit ihm reden?"

„Ja, Grillchen, das kannst Du. Du kannst mit allen Dingen reden. Lern nur ihre Sprache, es ist gar nicht so schwer."

„Lebt denn alles? Auch der Tod? Kann man denn auch mit ihm reden?"

„Ja, Grillchen, der Tod lebt auch. Aber mit dem kann man nicht reden."

Das Haus erzählte sehr viel an diesem heißen Sommerabend, aber Silvia verstand es noch nicht. Sie wollte unbedingt seine Sprache lernen. Die Sprache der Dinge. Ihr Vater muss sie beherrscht haben hier, in diesem Haus auf dem Berg. Darum hatte er auch so wenig mit den Menschen geredet.

Nur, was Silvia überhaupt nicht verspürte, war Trauer. Dabei wollte sie trauern. Gerade hier im alten Haus auf dem Berg, im Schatten der kleinen Kirche; ein Schatten, den jetzt die Nacht mitsamt der Kirche und der ganzen Welt da draußen aufgesaugt hatte.

Die Schwermut hatte zu kämpfen mit dem Verlust ihrer Tochter, der Trauer. Schon verschwanden die Bilder, all das Miteinander ihrer bloßgelegten Sinne und die geheimen Antworten des Hauses hinter der Glastür. Und Silvia spürte noch etwas – ihre Unzulänglichkeit, die nie enden zu wollen schien. Doch es kam in ihr dabei kein Gefühl der Unvollkommenheit oder Einschränkung beim großen Dialog mit dem Leben auf. Es war – eine wunderbare Gabe ihrer unverwüstlichen Anima – eher eine akzeptierte Existenzform, bei der sie, ohne sich jemals entscheiden zu müssen, von vornherein auf den Anspruch von Vollkommenheit verzichtet hatte.

Sie öffnete die Augen. Wie in Panik flohen alle Protagonisten, als sie das Licht einschaltete, das durchs Fenster in die von so viel Helligkeit schmerzhaft überwältigte Nacht flutete wie ein einziger Tropfen Methylenblau, der einen ganzen Bottich klaren Wassers einfärben kann.

Doch Silvia war das Deckenlicht der Küche zu grell. Aus der Schublade des Tisches holte sie zwei Kerzen und uralte aber trockene Streichhölzer, die sie dort schon bei ihrem ersten Besuch entdeckt hatte. Erst das sechste Holz funktionierte.

Der bescheidene Schein der beiden Kerzen traute sich nicht hinaus, er blieb im Zimmer. Die Nacht draußen beruhigte sich wieder. Sie kehrte aus den dichten Zweigen der vollen Laubbäume und den bergenden Wedeln der Pinien zurück, in die sie geflüchtet war. Sie verließ wieder die Schattenverstecke der dreifachen Apsisrundungen der kleinen Kirche, die wohl auch aus dem Schlaf hochgeschreckt war. Und sie sammelte sogar noch vom entfernten Parkplatz versprengte Reste ein und barg sie unter ihrem schwarzen Mantel. Alles war gut. Alles schien gut.

Auf dem Tisch lag immer noch ihr Handtuchknäuel, das Silvia jetzt öffnete. Ein skurriles Sammelsurium, aber auch Fossile eines Lebens, wenn nicht gar von zwei: eine flache Blechschachtel mit Kaffeemehl, eine halb aufgerollte Tube mit mittlerweile versteinerter, süßer Kondensmilch, der Ehering ihrer Mutter, ein Umschlag mit Familienfotos und eine in einer Papierserviette eingewickelte Unterkiefer-Zahnprothese.

Einen Moment stand Silvia gedankenverloren vor dem Tisch. Ihr war, als hätte sie ein ganz fernes Lied gehört.

„*O, mammacedda bella chi duluri, ti cunsumasti l'occhi pi li stenti* ...“ – O, geliebte Mutter, was für Schmerzen musst du durchleiden? Deine Augen sind verbraucht von deinen Tränen ...

Den Ring deponierte Silvia wieder in ihrem Tagesrucksack.

Im Gegenzug holte sie aus einem Seitenfach einen messing-farbenen Knopf mit einem Anker und einen zitronengelben No-tizzettel mit einer handgeschriebenen Telefonnummer und legte beides zu den restlichen Utensilien auf dem Tisch.

Mit beiden Händen zog sie nun den etwas vorstehenden Stein über dem Wasserhahn vollständig aus der Wand und legte ihn ebenfalls auf den Tisch. Mit der Hand fühlte sie tief in die offene Höhlung. Sie war leer. Dann schob sie als erstes den Messing-knopf in das Loch. Dann die Unterkieferprothese. Es folgten die Blechdose mit dem Kaffee, die Tube, die Fotos. Silvia hatte es sich so ausgemalt: Alle diese Dinge, die sie bisher in ihrem Zimmer in Rende in der Schrankschublade versteckt hatte, sollten nun hier liegen. Sie brauchten kein Asyl mehr. Hier war ihr Zuhause.

Beim Notizzettel zögerte sie und drehte ihn unschlüssig in der Hand um. Für einen Moment lächelte sie wieder. Stand im Un-tergeschoss des Museums in Reggio. Blickte in offene, lachende, fröhliche Augen. "Ruf doch mal an, bitte …" Sie hatte es nie ge-tan. Sie legte die Notiz auch in die Wandöffnung.

Aber dann zögerte sie noch einmal. Mehr und näher als die Er-innerung spürte sie wieder diese heiße Welle, das Ziehen, das sie mit auf eine ganz besondere Reise nehmen wollte. Eine Welle, die nicht abebbte und auslief. Sie sah plötzlich wieder die lachen-den Augen hinter einer Gelehrtenbrille, in der sich auch ihre Augen spiegelten. Ihr Herz lachte mit. Spontan griff sie in das Mauerloch, nahm den gelben Zettel wieder heraus und steckte ihn in ihre Jeanstasche. Sie fand es besser, die Zahlenkombinati-on für diesen seltsamen Tresor bei sich zu haben.

Sie setzte sich wieder an den Tisch. Ließ zu, dass das letzte Lä-cheln noch etwas anhielt, obwohl es die Hitze der Nacht nicht gerade minderte. Aber das war ihr nur recht. Sie schloss die Augen und nahm sich vor, die Nummer einfach mal anzuwählen, wenn sie am Montag wieder zurück war in Rende. Einfach nur mal so.

Dies war endgültig der letzte Moment im Leben der Silvia. Sie hatte nicht bemerkt, dass mit der Schwärze der Nacht eine andere Schwärze sie von außen beobachtet hatte.

Es war ein gewaltiger Knall, als die Haustür aufflog. Ein Mann wie der böse Bote der Nacht stand mit einem Sprung in der Küche. Die ganze Welt explodierte.

„*Maledetta cagna*, die verdammte Schlampe ist zurückgekommen. Hab ich's doch gewusst!"

Als Silvia entsetzt hochschoss und sich zu dieser Stimme umdrehte, traf sie mitten in der Bewegung ein Schlag, der sie auf den Stuhl zurückschmetterte. Alles, was der Mann ihr noch zuschrie, verlor sich im Dämpfer einer gnädigen Fast-Ohnmacht, denn sie war nicht völlig bewusstlos. Sie roch die stinkende Schärfe des Alkohols, der aus dem stumm schreienden Schlund des rasenden Mannes ausgestoßen wurde. In der nächsten Welle sah sie sich wieder zurück in einem Blumentapetenzimmer ohne Dach auf der Wiese, in die sie hineingeweint hatte. Sie sah ihren Vater ebenfalls weinen, hier, an diesem Tisch. Sie hörte wieder das widerliche Stakkato, wenn tote Kraken gegen einen Felsen geschlagen werden. Und sie hörte das entsetzliche Knacken, wenn ein Schuhabsatz auf eine lebendige Grille, die vielleicht gerade anfangen wollte, zu musizieren, tritt und sie zu einem gelblich-weiß-braunen Brei zerstampft. Oder wie eine Faust ihre Nase brach.

Ohne den Kopf zu heben, blinzelte sie in den Raum. Der Mann hatte sich mit dem Rücken zu ihr schwer auf den zweiten Stuhl fallen lassen. Jetzt brabbelte er Unverständliches. Die Kerzen waren erst wenig heruntergebrannt. Der nun wieder ungestörten Nacht draußen war so wohl, dass sie am liebsten selbst schlafen gegangen wäre. Auf dem Tisch vor Silvia stand ihr Tagesrucksack. Vor ihm Packpapier, in dem zuvor die Mineralwasserflaschen kühl gehalten worden waren. Und daneben lag der schwere Stein aus der Wand. Ganz vorsichtig streckte Silvia ihren Arm aus. Ihre Hand berührte den Stein.

˜≈ ≈ ˜

Es hatte, so ergab es sich aus dem Protokoll, exakt 33 Minuten gedauert, bis die ersten Einsatzkräfte nach dem ersten Anruf im

Wald eingetroffen waren. Wie lange allerdings der nächtliche Brand bis dahin schon gewütet hatte, wusste keiner. Aber es musste schon eine Weile gebrannt haben, wie sich aus dem Ausmaß der Zerstörung schließen ließ. 33 Minuten – das war nicht schlecht, aber letztlich unerheblich. Das Haus war nicht mehr zu retten gewesen. Die Außenmauer war eingestürzt, Dachteile lagen darüber. Ein Wunder freilich, dass rundherum nicht ein einziger Busch oder Baum mit dem Haus verbrannt war. Und auch, *Mama, Maria, Madonna!*, die kostbare Pilgerkirche nicht. Vielleicht, weil es zum Glück, wie in vielen Nächten zuvor, windstill gewesen war. *La fortuna aiuta gli audaci*, manchmal musste es eben auch mal ein wenig Glück sein, das Glück, das den Tüchtigen hilft. So auch beim toten Wasserhydranten oben an der Straße auf dem Berg. Der war laut Liste der Feuerwehr eigentlich funktionstüchtig. Die mitgeführten 2 000 Liter Löschwasser hätten nicht viel bewirkt. Aber als sie ankamen, war ohnehin nur noch der Rest abzulöschen.

Kein Glück hatte offensichtlich der halbverkohlte Tote gehabt, den man im Inneren des Brandhauses unter den Resten des eingestürzten Dachs gefunden hatte. Die Identifizierung würde schwierig werden, es stand nicht einmal fest, ob es ein Mann oder eine Frau gewesen war. Vielleicht konnte man durch die Auswertung einer aus der Asche geborgenen künstlichen Unterkieferzahnprothese mehr herausfinden.

Donna Anna stand wieder einmal kerzengerade da. Es war Sonntagmittag. Sie blickte auf die verrauchten Reste ihres Hauses, das sie nie zuvor gesehen hatte. Als die bei der Kommune von Rossano eingetragene Käuferin hatte man sie gleich in Rende angerufen. Noch immer roch es beizend nach dem Brand der vergangenen Nacht, die Luft stand fast an diesem windstillen Morgen über der ausgeglühten, weißgrauen Asche der verbrannten Balken und Holzmöbel.

Donna Anna hielt sich ein Taschentuch vor die Nase. Hier dünstete sich der Tod aus und sie wollte ihn nicht inhalieren. Die Polizei war immer noch vor Ort und sammelte und sichtete Spuren. Der oder die Tote war von der Staatsanwaltschaft Corigliano-Rossano beschlagnahmt und abtransportiert worden. Jeder, der sie nicht kannte – und dazu zählten an der Brandstätte die meisten –, glaubte, die alte, große Frau am Rand der Aschegrenze sei rührungslos. Wie eine ergraute Statue mit verwitterten Augen ohne Blick und Tränen stand sie da oder wie ein uralter, borkiger Wacholderbaum mit mumifizierten, weißlichen Zapfen.

Donna Anna war zutiefst erschüttert wie noch nie im Leben, mehr noch als am Sterbetag ihres Mannes, des Gerichtspräsidenten von Cosenza. Das hier war tiefer, es traf den ungeschützten Lebensnerv dieser strengen Frau, weil dieser Verlust nicht vorhersehbar gewesen war. Silvia war ihr letztes, eigenes, großes und beglückendes Wagnis gewesen, das ihr mehr war als ihre Tochter Claudia. Einmal noch oder sogar zum ersten Mal – so weit zurück mochte sie nicht blicken – hatte sie in ihrem gar nicht versteinerten Herzen und Handeln den Nucleus der umgebundenen Entscheidung und Freiheit verspürt, ein Nucleus, der jetzt in der noch warmen Asche unauffindbar verschwunden war.

Alles, was Donna Anna suchte, war eine kleine Spur, ein winziger Hinweis auf den Verbleib von Silvia. Die Polizei hatte sie gefragt, ob Silvia denn einen Zahnarzt gehabt hätte. Nein, das wusste die Donna nicht, glaubte es aber auch nicht. Und, nein, sie habe mit Sicherheit auch keine Unterkiefer-Zahnprothese getragen. Woher sie das denn so genaue wisse? „Das sieht man, das merkt man, sie war wie eine Tochter in meinem Haus."

Ohne bessere Auskünfte fuhr sie mit Tarik wieder zurück. Es war das erste und letzte Mal, dass sie das Haus besucht hatte. Sie musste widerwillig ihren Schwiegersohn Ernesto beauftragen, den Kontakt mit der Versicherung aufzunehmen. Als auch das erledigt war, zog sich die Donna zurück auf ihr Zimmer. Sie wollte, ordnete sie an, von keinem Menschen gestört werden, außer, wenn sich Silvia melden sollte. Dann schloss sie die schwere Olivenholztür hinter sich ab. Keiner konnte daher sehen, ob die Donna Anna tatsächlich weinte. Und wenn sie wirklich weinte, sollte das keiner sehen. Und es sah auch keiner.

Von diesem Zimmer aus ordnete sie ihr Leben neu. Ließ alle Silvia-Bilder von den Weinflaschen entfernen und durch ein Foto der *Villa Busento* ersetzen. Ein halbes Jahr später würde sie den gesamten Weinhandel einstellen und durch ihre Cosenzer Anwälte auflösen lassen, ihre Rebflächen – bis auf die kleine unmittelbar am Haus – verkaufen und das überzählige Personal großzügig auszahlen. Giorgio Natana würde sich wieder ausschließlich um die Etrogen-Plantage kümmern, Stefania würde bleiben und auch Tarik, der sie weiterhin fahren würde. Irgendwann einmal hätte die Versicherung den Brandschaden bezahlt, aber Donna Anna würde weder das Haus wieder aufbauen noch jemals ein zweites Mal zurück an diesen Ort gefahren werden. Jedoch – sie würde das kleine Grundstück neben der Kirche nie verkaufen. Sie wusste zwar selber, wie wenig Ausdehnung dieses „nie" für sie noch haben würde, aber darauf kam es ihr nicht an.

In den nächsten Wochen arbeiteten die Forensiker penibel an der Aufklärung der Katastrophe. Für die Prothese ergab sich absolut nichts, zumal sie durch das Feuer erheblich angeschmolzen war. Auch der zusätzlich zur örtlichen Polizei hinzugezogene Polizeidirektor Baldini aus Reggio di Calabria, der mit dem hiesigen Staatsanwalt drei Tage später angereist war, konnte nichts zur Aufklärung beitragen. Er wurde nur hellhörig, als durch einen DNA-Vergleich herauskam, wer das Opfer aus dem abgebrannten Haus war – ein erst kürzlich vorzeitig aus der Haft in Castrovillari entlassener Antonio Strezzo.

„Sieh mal einer an, unser Papa Leone."

Das dürftige, pomadige Abbild des Kinohelden „Tano" Cariddi hatte einen ganz schlechten Abgang gehabt.

Später bekam Baldini noch die Kopie des Obduktionsbefundes. Das Opfer war in den Flammen gestorben, also verbrannt und nicht schon vorher tot gewesen. Das bezeugten unter anderem Russspuren im Magen und eine hohe Konzentration von Kohlenmonoxyd in der Lunge. Zusätzlich wurde ein recht hoher Alkoholspiegel in seinem Restblut, das nicht verdampft war, gemessen. Eine Gegenprobe aus dem Muskelgewebe bestätigte diese Analyse. Es gab auch keine Stich- oder Schussverletzung, andere mögliche Todesarten durch Fremdeinwirkung wie zum Beispiel Würgemale hätte das Feuer allerdings vernichtet. Aber davon ging keiner aus.

Es stand fest, dass Silvia an diesem Samstag tatsächlich im Haus gewesen war. Das konnte Tarik, der sie gegen Abend hingebracht hatte, bezeugen. Und Antonio Strezzo musste ebenfalls vor Ort gewesen sein. Man hatte ja seine Leichte. Darum wurde angenommen, das spätere Opfer habe Silvia überfallen und verschwinden lassen. Zeugen dafür waren nur die Bäume, die froh waren, von den Flammen verschont geblieben zu sein. Wie der Brand selbst entstanden war, blieb ungeklärt. Die Experten hatten lediglich festgestellt, dass er im Küchenraum, wo Strezzo gefunden worden war, entstanden sein musste. Alles andere war Vermutung: das Hantieren eines schwer Betrunkenen mit Feuerzeug, Kerzen, ein Sturz vom Stuhl, Bewusstlosigkeit, Feuertod. Ja, dieser Sommer war sehr heiß.

Aber über den Verbleib von Silvia erfuhr nie einer etwas, auch nicht Giorgio Natana. Auch nicht Enrico Baldini. Er berichtete später der betreffenden Staatsanwaltschaft von ihrem spurlosen Verschwinden und dem Verdacht, dass sie vom Brandopfer Strezzo möglicherweise als Elisabetta Morabella erkannt und aus Rache für ihre Aussage gegen ihn vor Gericht umgebracht worden ist. Man wolle noch etwas warten und sie dann aus dem Zeugenschutzprogramm streichen. Die Zwillinge in Mailand, die schon seit Jahren keinen Kontakt und auch kein Interesse mehr an ihrer Schwester gehabt hatten, konnten ebenso wenig wie zwei Tanten in Rossano offiziell befragt werden, aber anfängliche Observationen brachten nichts zutage.

Das Mädchen war tot. Das stand wohl allem Anschein nach fest. Unklar war nur, wo es verscharrt war.

Teil III

Die Verwandlung der Grille

24
Die Verwandlung der Grille

Es war eine wunderbar geschäftige, fröhliche Welt, die sich täglich über das Meer und zurück wälzte. Die Möwen wussten genau, warum sie laut schreiend die Schiffe begleiteten. Es war längst in ihren Genen. Dabei machten sie durchaus Unterschiede. Es waren nur Fähren, die immer eine lärmende, weißwogende Möwenwolke hinter sich herzogen. Die tanzte über dem Stretto hin und her, stürzte sich mal geschickt in die Tiefe und touchierte die Wellenspitzen, um gleich wieder hoch aufzuflattern und sich kreischend mit jedem Brocken, den die Flugkünstler aus dem Wasser gefischt hatten, gegen den Himmel zu werfen. Es war diese Gewissheit, die den Schwarm so fröhlich stimmte. Die gut zwanzigminütige Passage verschaffte durch die spendablen Passagiere eine garantierte Futter-Route. So wussten es die Möwen. Und daher ließen sie Frachtschiffe lieber links oder rechts liegen, auch private Segler oder Schnellboote konnten keine solche Freude wecken wie die Fähren. Erst beim Anlegen kehrten sie um und verfolgten das nächste Fährschiff, das meist gleichzeitig ablegte.

Gerade hatte wieder eines in Messina auf Sizilien angelegt und das große, stählerne Maul geöffnet, um seinen Inhalt an Land zu entlassen, die Fußgänger und Radfahrer voran. Es war eine der älteren Fähren, die *Reggio Calabro*, wie man am Bug lesen konnte. Das war nicht ihr ursprünglicher Name, denn der war, obwohl weiß überstrichen, als sich durchdrückende, erhabene Buchstaben noch immer zu erkennen: *Portoferraio*. Das ist ein Hafen auf der Insel Elbe, ihrem früheren Einsatzort. Nüchterne Schiffsnamen sind das heute, so nüchtern wie der Fährverkehr nun einmal ist, eilig, immer hin und her, ohne Blick zurück. Keine Aura, keine schönen Schiffsnamen, keine Göttinnen oder

Helden. Auch die *Reggio Calabro* war nur eine schwimmende Nummer.

Die graue Beton-Mole war der Festplatz der kurzen Abschiede und Begrüßungen. Wie immer. Etwa das junge Paar dort mit dem vielleicht Zweijährigen im Buggy. Es waren wohl die Großeltern des Kleinen, die die Ankömmlinge begrüßten. Sie beugten sich herzlich zum fröhlich krähenden *Ragazzo* herunter. Der junge Vater in den graublauen Jeans und dem dunkelblauen Freizeit-Blazer über dem weißen T-Shirt schob den Buggy. Auf seinem dunklen Wuschelkopf trug er ein beiges Basecap.

Auf die Fußgänger und Radler folgten die Motorräder, die Autos, die dreirädrigen Lastesel, die Überland-Trucks.

Jetzt ging die kleine Gruppe mit den Abholern und dem Buggy ganz nach links, um dem nachfolgenden Verkehr auf der Mole auszuweichen. Sie näherte sich den mächtigen Tetrapoden, den aufgestapelten Brandungsbrechern aus Beton. Dort blieb der Vater des Kleinen kurz stehen. Er sah, wie sich sein Sohn freute. Der Junge schlug mit beiden Händen auf den Sicherheitsbügel seines Buggys. Vielleicht begleitete er den Takt, der von den Tetrapoden kam, das rhythmische Anklatschen der Wellen, die von der Schraube der zurück nach Reggio di Calabria ablegenden Fähre härter aufgewühlt wurden.

Vielleicht fiel er aber auch ein in den unüberhörbaren Offbeat eines Mannes in der Nähe. Der stand da und schlug mit weit ausholender Kraft Kraken weich. Und schlug sie und schlug sie auf die Mauer der Mole. Die junge Frau mit dem modernen Bob, der sportlich geschnittenen, schwarzen Kurzhaarfrisur, die schon mit dem älteren Ehepaar voraus gegangen war, drehte sich um und rief ihrem Partner, der mit dem Buggy einen Augenblick neben dem Mann stehen geblieben war, zu „Sebastiano, lass uns weitergehen, ich mag das nicht hören."

„*No, non salire*, Lizzy, hab dich doch nicht so." Aber dann schob er den Buggy doch weiter.

Die Möwenwolke hatte sich bereits im Lee an die gerade abgelegte Fähre gehängt. Die Wellen rollten aus, beruhigten sich. Die heiße Luft schwitzte Marinedieselöl, Meeressalz, Ruß und Fisch aus. Der Vater hatte seinen Jungen aus dem Buggy gehoben und auf den Arm genommen. Glücklich und voller Lebenslust wollte er dem Vater die Kappe vom Kopf reißen. Das Stakkato an den Steinen wurde mit jedem Schritt leiser. Dann war es vorbei. Die weiße Wolke der Möwen tollte lachend über der Fähre, die im Weichzeichner der Ferne immer kleiner wurde. Das Barometer drüben am Häuschen des Parkwächters war stark gefallen – der Schirokko, der heiße Sommerwind, hatte sich auf seinem Weg übers Meer von Nordafrika bis Messina reichlich mit Feuchtigkeit vollgesogen und näherte sich mit großer Gewitterlust.

Die junge Frau blieb einen Augenblick stehen und schaute zu ihrer Familie. Alles lag vor ihr. Sie war so frei. Und ohne Angst. *„Com'è bella la vita!"*, dachte sie. Ach, wie schön ist doch das Leben.

Alles schien gut.

~~ ~~ ~

Uwe Krist

Uwe Krist, gebürtiger Wiesbadener, studierte nach seinem Abitur Archäologie und Kunstgeschichte in Münster und Neapel. Dann folgten in Hamburg journalistische Stationen, unter anderem als Ressortleiter bei WELT am SONNTAG und Manager Magazin, bis er zum Fernsehen wechselte, wo er zuletzt als Chef vom Dienst wirkte. Er drehte weltweit Reportagen und Dokumentationen – mehr als 40 allein über Italien – und war für einige Jahre als Korrespondent in Kalabrien.

Heute arbeitet er als TV-Produzent und Autor in Berlin, aber seine Italienliebe ist ungebrochen. Er verbringt, wenn es möglich ist, den Sommer auf seiner „Terrasse mit Bett" hoch über Sorrent mit Blick übers Thyrrenische Meer und pendelt zwischen Capri, der Amalfitana, dem Vesuv und Neapel.

Mehr zum Autor, aber auch zum seiner „Elisabetta" benachbarten Verlagsprogramm findet sich auf der Verlagwebsite unter

www.dielmann-verlag.de

Bleiben Sie neugierig!